光阴光景光华

殷耀散文自选集

GUANGYIN · GUANGJING · GUANGHUA

殷耀◎著

新华出版社

图书在版编目（CIP）数据

光阴·光景·光华：殷耀散文自选集 / 殷耀著.
--北京：新华出版社, 2022.10
ISBN 978-7-5166-6484-1

Ⅰ.①光… Ⅱ.①殷… Ⅲ.①散文集－中国－当代
Ⅳ.①I267

中国版本图书馆CIP数据核字（2022）第183575号

光阴·光景·光华：殷耀散文自选集

作　　者： 殷　耀	
封面题字： 张百新	**摄影绘画：** 殷苹苑
责任编辑： 林郁郁	**封面设计：** 刘宝龙
特约编辑： 康志华	

出版发行： 新华出版社
地　　址： 北京石景山区京原路8号　　**邮　　编：** 100040
网　　址： http://www.xinhuapub.com
经　　销： 新华书店、新华出版社天猫旗舰店、京东旗舰店及各大网店
购书热线： 010－63077122　　　**中国新闻书店购书热线：** 010－63072012

照　　排： 六合方圆
印　　刷： 三河市君旺印务有限公司

成品尺寸： 170mm×240mm
印　　张： 22.75　　　　　　　　**字　　数：** 310千字
版　　次： 2023年4月第一版　　　**印　　次：** 2023年4月第一次印刷

书　　号： ISBN 978-7-5166-6484-1
定　　价： 89.00元

目 录
CONTENTS

第三卷　古风旧俗人情好

第四卷　乡村旧事倍关情

第五卷　此地风物伴流年

第六卷　书卷多情似故人

第七卷　诗书会心沐春风

第一卷

光阴荏苒须当惜

人是光阴的过客，一代又一代人的光阴接续出了百代，接续出了波澜壮阔的历史。我们是光阴里生命链条的编织者，一代又一代地编织下去，生生不息代代相续，生命的藤蔓越来越蓬勃，生命之树葳蕤常青，是因为枯萎的树干上总能抽出嫩绿的枝条。

光阴·光景·光华

浓郁年味今宵至

春节前两三天，我站在城市的街头望去，潮水般的车辆从身边掠过，感受不出丝毫年的味道。大年二十九往老家走，一路经过一个又一个村庄，才感到年味扑面而来，家家户户挂起了灯影摇红的灯笼，红彤彤的对联贴在了大门前，彩旗和春幡大字在春风中摇曳，摇曳出了浓浓的年味。

回到老家后，后街上的新发嫂来串门聊天。健谈的新发嫂自豪地说在城里是找不出年味的，"年味就在我们农村里，你看这灯笼，你看这对联，就在你从小长大的这个村子里。"新发嫂这几年做了五次不小的手术，新发哥也放了两回心脏支架，但她非常乐观："不是孩子们孝顺，不是现在医院里的技术好，我们早埋到土里了。我告诉你新发哥说，咱们这俩条命是捡回来的，可得好好地活着，活一天就要高兴它一天。这过年呀，我们要像娃娃们一样高兴。"

是啊！人生有好多不容易，但活一天就要忘记所有烦恼和忧愁，欢欢喜喜过好每一天。特别是要跨过一年的门槛时更要高高兴兴，庄重而虔诚地辞旧迎新，天空日月没有亏待我们，大地山河非常眷顾我们：天增日月人增寿，春满乾坤福满门，有些人非要说过一年少一年、过一年老一年，为什么不说过一年长一年，过一年添一岁。楼房、汽车、美食……我们今天享受的一切不知要优于祖辈多少倍，但先辈过节的仪式感却强过我们多少倍，不管再苦再穷也要挂一对红灯到大门外，不管有钱没钱也要"剃头过年"，不管再烦再累也要在大门上贴一副春联——"门前车马非为贵，家有儿孙不算穷"，骨子里傲视着王权富贵。

过年要像娃娃们一样高兴！是啊，年味是有孩子气的，越是孩子越是盼望过年，盼望好吃好穿和好玩的。"稚齿喜成人，白头嗟更老"，随着年龄

开门大吉

的增长，老年人不盼望年过得太快，但稚气的孩子却盼望长大成人。宋代辛弃疾的《元日》诗说："老病忘时节，空斋晓尚眠，儿童唤翁起，今日是新年。"小的时候我看父亲在除夕这天垒好旺火就躺在炕上休息，我就想这么好的时辰怎么能睡一觉过去呢，就缠磨着他起来。如今才明白"节物催双鬓，情怀欠少年"的道理，但年幼的儿子缠着我放爆竹时，我也会打起精神学年少，和他一起放炮逛街。我知道在儿子的心中：年就像他兜里的摔炮，没有响完的时候，为什么不陪着他高兴呢！

　　我也不想"新年冷落如常日"，要把这一年最好的日子过成一个又一个里程碑，过得仪式感十足。我仔细地想，年在"衣冠朴素古风存"的乡村里，在老家的院落里，父母亲曾在我童年的时候陪我度过了一个又一个大年，那是最快乐的大年。如今尽管父母已走了多年，但我们一家人还是回老家过年，我陪着不眠的儿子守岁，他欢呼雀跃地在院子里放着爆竹，重复着我当年觉得兴味盎然的游戏，我也"老夫聊发少年狂"，陪他燃放烟花，看烟花在夜空中绽放成怒放的心花，我同样过着最快乐的大年。我想：年味就是陪伴，是亲情的陪伴，在陪伴中孩子们找到了乐趣，大人们找到了幸福。

说起了除夕守岁觅年味，就想起了苏轼的《守岁》诗："欲知垂尽岁，有似赴壑蛇。修鳞半已没，去意谁能遮。况欲系其尾，虽勤知奈何。儿童强不睡，相守夜欢哗。晨鸡且勿唱，更鼓畏添挝。坐久灯烬落，起看北斗斜。明年岂无年，心事恐蹉跎。努力尽今夕，少年犹可夸。"是啊，年光犹如蜕皮之蛇稍纵即逝难以捉摸，但我们可以珍惜当下，珍惜今宵，年味就会在这种恋恋不舍的厮守中弥漫。明年虽然也有年，但不能草草放过今日，要趁着好心情守好今夜岁，才能不给心事留下遗憾。做事也一样，努力应从今日始，"人生百年几今日，今日不为真可惜！"

回到故乡的村庄里，我才知道这年是有色香味的。年的颜色是红彤彤的，对联是红彤彤的，灯笼是红格艳艳的，彩旗和春幡是红色的……这红色是红红火火的日子，这红色是旺旺盛盛的心志，这红色是美美满满的憧憬；这年的香味是满家飘散的炖肉味，这年的香味是满屋飘荡的炸糕味，这年的香味是满村弥散的烟火味；年也是有声音的，这年的声音是此起彼伏的爆竹声，这年的声音是儿童嬉戏的喧闹声，这年的声音是举杯共祝的笑语声。有声有色有滋味的年，才是让人怀恋和动心的日子，才有让人痴迷陶醉的年味。

年味是什么？年味是一种氛围，当爆竹声响起，当喜庆酒举起，当团圆饺子出锅，热气腾腾蒸蒸日上的生活场景就是年味；年味是一种礼俗，当儿孙们甜甜的拜年声响起，当老人们的拜年红包递来，当大人小孩把新衣换上，年就款款而来；年味是一种心情，当我们充满了对亲情的思念，对友情的珍惜，对老人的孝顺，对孩子的爱怜，就会用充满喜乐的心情来审视这个世界，就会感知出无尽的年味。

年味在哪里？就在烟火人间，就在你我心间。"今夜无眠，当欢乐穿越时空，激荡豪情无限情……情无限祝福永远，幸福岁岁年年。今夜有约，今夜无眠，今夜欢乐无限，今夜礼花满天……"让我们在这欢乐安康的神州大地上，今夜无眠来守岁，今夜有约来感受浓浓的年味。

牛年我也吹吹牛

打小出生在农村，对牛有一种天生的亲近感和亲切感。感觉牛儿就是我生活的小村中的一员，耕牛和犁铧完美的契合构成了田野上最美丽的风景线，耕牛和耕者默契的配合使大地有了播种的辛苦和收获的欢乐。今天是九九的第一天，正是"犁牛遍地走"的时节，我也想吹吹牛了。

以牛耕犁铧为代表的农耕文化在我国延续了几千年，勤劳温驯的牛成为人们最为喜爱的动物之一。《山海经·海内经》云"后稷播百谷。稷之孙曰叔均，始作牛耕。"从此耕牛拖着犁铧走成了中华大地上几千年不变的风景，直到我的父辈们仍然干着在耕牛后边扶犁的农活。在他们眼中牛不是一头简单的耕畜，而是人们忠实的伙伴甚至是一位家庭成员。他们憧憬的美好生活仍然是"三十亩地一头牛，老婆孩子热炕头。"这样的生活场景在我们小的时候也向往过，一户人家能拥有一头牛？想一想都觉得那是难以实现的奢望。

最早对于耕牛的亲近，是上世纪七十年代大集体的时候。我们家所在的第二生产队饲养着三四十头耕畜，其中大约有七八头牛。当时的喂养院就在二队的队部南边，西边是队里的打谷场。喂养院占地面积很大，有好几排牲畜棚圈，还有牛犋房、饲草料房等，每一头耕畜都有"量身定做"的牛犋，由牛梭子、挺棍、抛杆、挂钩与拉绳等组成，牛梭子也叫革头，我们土默川农村叫做"牛样子"。光滑弯曲的牛样子套在牛脖子上，是牛出力的一个着力点。

　　小的时候我们一帮小孩儿没事就往喂养院跑，为的是看马炮蹶子或牛顶架。有一头牛叫"黑骚蛋"，是顶架最厉害的一头公牛，也是干活力气最大的一头牛，黑骚蛋的食量也大，是团结村十个队里最好的一头耕牛。每年开春快到惊蛰节气时，十个生产队要把牲畜拉到村西的空地上遛一遛，有点像春耕前鞭春牛的那种仪式，又像一个小型的骡马大会，其实是比赛一下膘情，看哪个队的牲畜喂得好。聚在一起的公牛免不了会顶架斗起来，黑骚蛋双角所向披靡，众人都夸这是一头好耕牛，给喂养它的茹月忠大爷挣足了面子，回到喂养院里给它添上好草好料。黑骚蛋给我留下了深深的印象：牛是威猛无比力大无穷的大牲畜，但它是帮着人类出力的。

　　我的家乡团结村在古老的敕勒川上，这里从事农耕的农民大多数是从晋陕冀等地走西口而来。清初走西口的先辈们管敕勒川叫"草地"或"后草地"，他们在口外的草地上拓荒，靠的就是耕牛，所以民间称走西口为"跑青牛犋"。清初严格限制汉人在草地上定居，因此来口外务农的农人们都是每年过罢正月后离家走西口，到塞外的草地上耕种，秋田佃农向蒙旗的地主缴纳粮食和草料后，将余粮带回口里的家乡。官府形象地把他们称作"雁行人"，意思是像大雁一样春来秋归的人们。老百姓说的"跑青牛犋"就是打短工的意思，一般能拉动一辆车、一张犁、一张耙等的一头或两头牛称为一副牛犋，每一副牛犋约耕种百亩到三百亩土地。垦田的汉民与蒙民之间有约定，垦田者向草场主人缴纳一定的谷物和草料。

　　"跑青牛犋"的人越来越多，就呼朋引伴挈妇将雏在口外安下了家。牛犋是走西口人的命根子，一代又一代的走西口人繁衍生息，耕牛拉着犁铧掀开了肥沃的土地，在敕勒川上开出了良田千万顷，形成了阡陌交通"村连数百"的农耕景象，有好多以"牛犋"为名的村庄，如托克托县有九犋牛窑村，土默特右旗有牛犋村和五犋牛尧村……拓荒种田离不开牛犋，走西口的先人们把自己立身的村落命名为这最朴素无华的名字。"家有五口，一犋牛紧走"，人与牛在拓荒的路上播撒下希望的种子，在耕种收获中子孙繁衍生生不息。

牛是走西口人劳动和生活的伙伴，在人们心目中牛是力大无穷的畜种，在内蒙古西部一些农村，过去人们把地震称作"土牛眨眼"。

在过去那贫困的岁月里，好多穷人家靠拾牛粪来取暖做饭。我的父亲就不止一次和我说起，刚到团结村住下没有柴禾烧，就跟在地主的牛群后边捡拾牛粪，晚上和奶奶把牛粪在炉灶边烤干，储存起来当柴烧。父亲说牛粪是好燃料，把牛粪放到炉灶里煨着，后半夜都不会熄火。那苦难的岁月里燃烧的牛粪给父亲那样的穷苦人家带来过温暖，这种温暖穿透了岁月，使父亲一生都难以忘怀，每每提及记忆犹新。如今草原上的牧民还是把牛粪撬起来晒干存放，用来烧火煮饭，牧区管这种燃料叫"粪砖"，用它熬制的奶茶和煮熟的手把肉远远胜过炭火。垒旺火是土默川人家过年的习俗，是最为神圣的仪式，过去穷人家哪里舍得用炭来垒旺火，上世纪五十年代多数人家用干柴和牛粪垒，人们逐渐发现牛粪旺火耐燃。现在想来，这牛粪旺火既环保，又真的是牛气冲天。

性子慢而又温顺的耕牛不仅役使起来吃苦耐劳，在人们心中还是忠诚无比的伙伴。小的时候没少听母亲讲述牛郎织女的故事，心里对老牛充满了敬佩：是它提醒善良的牛郎兄嫂要虐待他；是他出主意让贫穷的主人娶到了天仙织女；是它死后还不忘让主人用它的牛皮升上天庭，追赶寻找妻子。神话传说里忠诚善良的老牛，是底层劳动群众塑造出的关于耕牛的美好形象，它源自真实生活中人们对牛亲密无间的印象，驯化了的耕牛不仅是人们改造自然的重要帮手，还成为乐于帮助受苦难主人的守护神。在人们的心目中，牛是神更是人，神通广大的老牛是人们对耕牛崇拜的心理表现和折射。听了牛郎织女的故事后，我每每见到牛时就会想：牛是知道天上人间的，牛是洞悉人情事理的。

父亲那一辈人对耕牛的感情非常深，他们不会轻易鞭打和拼命使唤它，他们懂得如何精心喂养它。父亲曾告诉我，牛和骡子的性子都挺犟的，喂养或使唤它时要顺着它的性子来，所以使唤牲畜时有"打马卜掌（即摩挲的意思，用手抚摸）牛，见了骡子就磕头"的说法，对牛要"虚打实吆喝"。生产队的时候牛耕地时一般是早晨五点多套犁，快晌午时把犁卸掉，下午让耕牛吃草休息，不能把它使唤过了，"不怕千日使，就怕一日累；不怕使十天，就怕猛三鞭"。饲养照料耕牛要"饿不急喂，渴不急饮，饱不加鞭，乏不骤停"。耕牛爱吃青草，所以有"要使牛长膘，多食露水草"的说法，"九月重阳，放开牛羊"，秋季要多放牧让牛吃到更多的青草，以便很好地过冬。冬季能保住膘情春耕时牛就有力气，所以要保证冬天喂好水和盐，"冬牛不患病，饮水不能停"，还有"来年要耕田，冬牛要喂盐"。

　　小的时候我们在喂养院里看到，饲养员大爷们像照料孩子们一样精心地照顾牛。"马吃铧草，牛吃寸草"，经常能看到喂养院里有年轻力壮的后生们铡草，草料房里的寸草堆成了小山，对于牛儿来说"寸草铡三刀，没料也上膘"，饲草铡短了牛儿才爱吃增膘。在喂养院里给牛清理圈舍也是个苦差事，也要由年轻力壮的劳力来完成。"养牛无巧，圈干食饱"，圈干槽净牛儿才能没病，圈舍保持干燥才不易滋生细菌、病毒和寄生虫，牛才能休息好。早晨喂完牛后，饲养员就把它们拴在露天食槽边的桩子上，日头渐渐升高晒着牛儿，它们悠闲地休息，慢条斯理地反刍，这时饲养员们便将圈里的食槽清理干净，把圈舍门窗打开通风。下午赶牛进圈时要垫上细沙土，保证牛舍干燥，如此这般细心照料，牛儿才能健康。我还见过勤快的喂养员大爷用苕帚和刷子刷拭牛体，这样使牛舒服的同时清洁了皮肤，牛儿也少生病，所以俗话说"勤刷牛体，等于加料"。

　　《礼记·曲礼下》里就有"诸侯无故不杀牛"的说法，没有哪个好庄户人会轻易宰杀耕牛的。在古代好多朝代是禁止杀牛的，尤其是正在壮年的耕牛和未成年的小牛，杀牛是要判刑坐牢的。但当耕牛老到实在无法役使时，人们才不得已地将它宰杀，实在不忍心便卖给别人去宰杀。老牛即使卖肉也比老马值钱，因为老牛肉多皮子贵，老马肉少又不好吃，所以庄户人说"牛老了是牛价，马老了是羊价"，这也是过去农区人们爱养牛而不爱养马的缘由之一。牛肉好吃，尤其是用酒糟喂养过的牛，过去把不再耕种的老牛用酒糟喂起来上膘叫做"糟牛"，土默特右旗双龙镇有个召牛营村，其实应该写作"糟牛营"。

老牛一旦被牵到市集上卖掉，就只剩食用的价值了，这也是没办法的事情，不光牛会老，人也会老的。文人们总会有悲悯的诗情的，清代端木国瑚《卖牛词》说："朝向陇上去，千犁随身走。暮向市上来，千刃随身受。既困牧儿鞭，又苦屠儿手。命尽主人心，肉尽忍人口。异日要扶犁，陇上还忆否？"是以被卖的牛的口吻嗔怨主人的。老牛一旦被卖下场可想而知，所以清代叶士鉴以老牛的口吻写了一首《老牛叹》："老牛代耕年已久，自问此身亦无负。但愿卖牛心莫起，老牛不死耕不已"，哀求主人不要把它卖掉，一息尚存耕不止，怪可怜的。"老牛力尽刀尖死"是我父亲当年常念叨的一句谚语，我觉得远比这些文绉绉的诗文好理解。父亲告诉我牛是有灵性的，被杀的前一天晚上会流泪不止，所以他到后来怎么也不忍心宰杀大牲畜了。

还是想起那个耕地靠牛的时代，大人给孩子起名字不少也要带上个"牛"字，好让孩子茁壮成长。我们村里就有不少带有"牛"的名字，如虎牛、五牛、耕牛……听起来多么接地气啊！如今，耕田种地早已不再靠牛了，和我同年仿佛的同学们都娴熟地用上了各种现代化的农机，过去繁重的农活现在靠机械的帮助变得轻松平常。当耕牛从田野上淡出时，生活也改变了慢悠悠的节奏，人们被洪水般的日子裹挟向前，失去了应有的平静和悠闲，失去了应有的重心和质感，失去了应有的虔诚和敬畏。

"牛马年，好种田。"走在春风吹拂的田野上，耳际响起了那首著名的歌："我家住在黄土高坡，日头从坡上走过，照着我窑洞晒着我的胳膊，还有我的牛跟着我……"日头依旧从坡上升起来又下去，但身后空荡荡的只有弯弯曲曲的乡路，不会有牛跟着我了。

努力请从人日始

明天是农历正月初七，是我国传统节日——人日。明天又是雨水节气，温暖的南方已经开始降雨，春意盎然万象更新。人日恰逢雨水，二节同庆真美好。大家也知道，正月初七也是时下的上班日、开工日，人日成为一年中奋斗的起点。"爆竹声中人老大"，虽然又添了一岁，但其实"今年人是去年人"，该恢复到大年除夕以前的工作劳动和学习的状态了。

小的时候每到正月初七大人就会嘱咐我们，人庆这天不能出远门去走亲戚，更不要瞎跑蹓逛，老老实实在家里呆着。我一直不明白这种禁忌的由来，在我们土默川农村，人们还挺讲究这个忌讳，一般尽量避开这天出远门。后来看到一种解释是过年时人们东跑西串，心都逛得野了，人日这天该在家团聚收心，准备春耕生产了。是啊，生活永远向前，奋斗哪能停止，该回归节前的作息时间和生活规律，调整心态恢复精气神投入工作和学习了。

送旧迎新也辛苦。在这个春节小长假里，我们或者享受了亲人团聚的快乐，或者相互拜年拜到累，或者觥筹交错把酒言欢，或者熬夜守岁通宵达旦……这辞旧迎新的年，是伫立在时光道路上的驿站，在这个驿站里对旧年的不舍和对新年的憧憬交织，人的心情会变得懒懒的；这欢歌笑语的年，是伫立在人生旅途上的长亭，在这个长亭里歇脚会尽量放松休闲，人的身体也会变得懒懒的。重新开始工作和学习时，的确需要调节好自己的身心状态。

时代在变年俗也在变，人日也没有了那么多的忌讳。过年我回老家农村，发现今天的年俗已经有了很大的变化，我小的时候感觉过年的"禁忌"特别多，但现在人们也不再拘束于过去过年的各种禁忌或忌讳。就说"有钱没钱回家过年"这条吧，好多人都不会太在意了，我的小学同学史二柱春节长假里就一直在准格尔那边的煤矿上加班；茹义的媳妇一直在城里打工，他和孩子在家过年……劳动创造财富，好多过年在城里打工的人，其实心里都想着在乡下那个温暖的家，但为了追求幸福的生活，可以放弃春节的团圆，这不等于他们不重视家庭和亲情，而是为了明天更美好。

人日是开工的号角，雨水是春天的使者。"一年之计在于春"，劳动是人世间一切幸福和欢乐的源泉，新的一年里一切都充满了希望，我们要以饱满的精神和崭新的面貌迎接开工第一天。今年的春天来得特别早，往年与人日伴行的一般是立春节气，今年已到了雨水节气，羊角葱已经在田野里伸出了尖尖的小角。呼和浩特市这个春节小长假阳光明媚风和日丽，呼之欲出的春天正从年画中走来，从春联中走来，从人们的心中走来。一年之计在于春，这两天村里的小学同学们一边互相饮酒宴客，一边把酒桑麻。是啊，从雨水节气开始，农民就要算计好一年的春耕夏耘秋收冬藏，才会有五谷丰登和六畜兴旺的好收成。

努力请从人日始！好日子是奋斗出来的，好光景是劳动创造的。有人说，农历正月初七这个人日就是"人民安之日"的意思，祝愿神州大地国泰民安家家欢洽。"年来日日春光好，今日春光好更新"，让我们在正月明媚的春光里出发，开始辛勤的劳动；让我们在开春湿润的雨水中劳动，用汗水浇灌出幸福的花儿。

登临赏秋好时节

这几天呼和浩特市天气晴和，丽日当空，真是丽日秋色胜春光。五彩缤纷的花草、树叶在温暖的秋阳下炫耀着自己的美丽，黄的、绿的、红的、紫的、靛的……秋花秋草的绚丽胜过了春日繁花浓妆艳抹的美丽，长风浩荡万里晴，登临赏秋的好时节到了。

小时候没有机缘爬山登高，大青山距离我们村还远，一望无际的土默川平原上无山可登。上了大学我一遍又一遍背诵杜甫的《望岳》，有一种强烈的登高念想。我敬佩杜甫才二十出头就写出那么好的诗，"会当凌绝顶，一览众山小"这一千古名句就不说了，开头"岱宗夫如何？齐鲁青未了"这一句多有气魄：问得巧妙答得精彩。当时我就在想，走出海海漫漫的土默川，一定要好好登高，体会"欲穷千里目，更上一层楼"的境界。

在天津纺织工学院第二学期的五一假期，我和两位室友背起行囊去往泰山，这是我平生第一次登山，登的是我神往已久的泰山。那时刚刚二十岁的我年轻气盛体力好，几乎是一路小跑登上玉皇顶的，一路上看到一些老者蹒跚着上山，心里还奇怪："为什么不稍微快一些呢？"第一次看到巍峨高大的泰山是如此神奇秀丽，年轻的我大概和当年杜甫的心情差不同，山中雾岚缭绕烟霭氤氲，心胸为之开阔而荡漾，真有俯仰天下"一览众山小"之志。

中国文人自古有登高歌赋之雅兴，登高望远的抒发给我们留下了浩如烟海灿若星辰的诗词歌赋。李白是一个"一生好入名山游"的主，庐山、敬亭山、天门山、峨眉山……都留下了他的踪迹，他绝对是游历名山最多的诗人；王安石在"正故国晚秋，天气初肃"时候，登临送目看到"千里澄江似练，翠峰如簇"的美景，想起了金陵"繁华竞逐"的六朝时代；辛弃疾在"楚天千里清秋，水随天去秋无际"的季节里，把"栏杆拍遍，无人会、登临意"。"一带江山如画，风物向秋潇洒"，在寥廓空旷长风万里的晚秋时节，最适宜来欣赏壮观的河山，古人的登高之作涌现出的佳作最多。王安石《游钟山》：云："终日看山不厌山，买山终待老山间。山花落尽山长在，山水空流山自闲。"登高望远即兴抒发，会使文人生发出不竭的创作灵感。

"江山留胜迹，我辈复登临"，在登临瞻仰之际肯定会思接千载、神交古人，登临形胜肯定会感伤今古、吟咏讽喻。唐代杜牧曾作《九日齐山登高》这一名篇，写出了"尘世难逢开口笑，菊花须插满头归"这样不辜负良辰美景的名句。宋代杨万里又来到位于今安徽省池州贵池区的齐山，想起了杜牧，写下了"风月不供诗酒债，江山长管古今愁"的名句。唐人陈子昂登临幽州古台时会生出"前不见古人，后不见来者"的寂寞，一时间"念天地之幽幽，独怆然而涕下"；元代萨都剌登临石头城上，"指点六朝形胜地，惟有青山如壁"，滚滚长江依旧东流，感叹"一江南北，消磨多少豪杰。"

秋色如画

　　在登临之际发思古之悠情，肯定会对千古兴亡人物风流感慨无限。就像辛弃疾登高看到了满眼风光，也感叹"千古兴亡多少事，悠悠，不尽长江滚滚流"。元人的一首散曲里写道"怯重阳九月九，强登临情思幽幽，望故国三千里，倚秋风十二楼，没来由惹起闲愁"，其实，登临胜迹"今古一相接"后所生发出的闲愁，是一种会心不远的美好。

　　人生其实就是一个不停登高的过程，永远有尚未攀登过的山峰等待我们去征服。杨万里有诗云："莫言下岭便无难，赚得行人错喜欢。政入万山围子里，一山放出一山拦。"人到中年诸事烦乱，恰似走进了乱山深处，四处都是要爬的山，不知道先翻越哪一座山好。在大学读书期间，"少年壮气当拏云"的我喜欢登高慷慨，和同学们经常相约郊游，秋游时节去登临香山赏红叶；刚参加工作的我仍然是"爱上层楼"的心境，游览了峨眉山、贺兰山等不少名山。

年岁渐长，父母渐老，儿女成行，诸事烦扰，使我难以静下心来登临赏景，生活中的我需要不停歇地去登临奔波。但我还是觉得人生无常和悲哀谁都会遇到，"古往今来只如此"，应该像杜牧那样"菊花须插满头归"，珍惜片刻的宁静和瞬时的欢乐。所以，直到如今还没有"怕上层楼，十日九风雨"的萧瑟心境，只要得闲，还是想和李白一样"且饮美酒登高楼"。

在人生跋涉登临的途中，应该像杜甫那样即使遭遇再多的穷困与不幸，都不忘在诗歌艺术和人生境界上登高。少年"裘马颇轻狂"的他登临泰山写出《望岳》这样雄奇壮阔的诗篇，勃发着意气风发的青春朝气，他还写过两首咏华山和衡山的《望岳》，是中老年的作品，因为失意萧瑟而难以传诵，这也是人的心路历程。但经历了战乱兵燹的杜甫，尽管长期颠沛流离寄人篱下，尽管一生穷困潦倒报国无门，但他不忘"诗穷而后工"，不忘"语不惊人死不休"，愈挫愈奋的诗人形成了"沉郁顿挫"的诗风，这使他的诗歌笔追清风心夺造化，登上了艺术的巅峰，成为"四千年文化中最庄严、最瑰丽、最永久的一道光彩"（闻一多语）；他更不忘"穷年忧黎元"，像"葵藿倾太阳"忠君爱国，这使他的诗歌境界"光焰万丈长"。

现实生活中的杜甫极爱登临咏怀。如果说雄浑磅礴的《望岳》使杜甫初享诗名，那么后来一篇接一篇的登临佳作把杜甫推向了"诗圣"的高度。杜甫登临佳作《九日》诗云："重阳独酌杯中酒，抱病起登江上台。竹叶于人既无分，菊花从此不须开。殊方日落玄猿哭，旧国霜前白雁来。弟妹萧条各何往，干戈衰谢两相催。"这首在夔州的重阳登高之作慷慨悲壮，已被后人称作大手笔；他的《登楼》（花近高楼伤客心）更是被后人评价"律法甚细，隐衷极厚，不独以雄浑高阔之象，陵轹千古"；《登高》（风急天高猿啸哀）一诗被胡应麟视为"古今七律第一"。宋人叶梦得认为"自老杜'锦江春色来天地，玉垒浮云变古今'与'五更鼓角声悲壮，三峡星河影动摇'等句之后，常恨无复继者。"如果没有爱国忧民的情怀，如果没有沉雄苍劲的笔力，哪里会有这样气象雄浑铿锵有力的诗作。不断地攀登艺术高峰和陶冶爱国情操，使诗人拥有登峰造极的成就。

还有比杜甫那样更困厄的人生遭遇吗？在自然界或人生道路上我们面对高高低低的峰峦时，需要的是锲而不舍的恒心和不畏艰险的勇气。"穷困出诗人"，但杜甫如果彻底被穷困压垮，中国的诗歌史上就少了一位诗圣。正是由于他穷且益坚不坠青云之志，颠沛穷困不忘天下苍生，在不辍的跋涉和登临中，成为我国诗歌史上一座雄视千古的巍峨丰碑，让后学瞻仰到了一座无限风光的艺术高峰。

前不久我曾带着儿子登上了逶迤绵亘的大青山。"登高壮观天地间"，在高高的蜈蚣坝上，山川风物尽收眼底，放眼远山近岭，漫山红叶黄花，儿子为登高所见雀跃欢呼。我想，他才刚刚开启登高望岳的人生，但愿他从小有"会当凌绝顶，一览众山小"的志向。

"政入万山围子里，一山放出一山拦。"我虽然已入万山圈子里，但仍然要继续登临，山至高处人为峰。生命的精彩也在于不懈的攀登，因为无限风光在险峰！

人间八月桂花秋

记得是刚上大学那会儿，有一部叫《八月桂花香》的电视连续剧热播，我没有完整地看过这部连续剧。到如今我记不得一丁点剧情了，连续剧中人物的名字也都叫不上来了，但这个电视连续剧的剧名经常会浮现在我的脑海里，桂花的香味早已沁入了我的心脾，尽管我所居住的城市不是丹桂适宜生长的地方，但丹桂在我的心里飘香。

"清香不与群芳并，仙种原从月里来"，对于桂花的喜爱是因为吴刚伐桂的故事，是因为《八月桂花遍地开》这首民歌，是因为金灿灿的桂花香飘于八月。当桂花飘香的时候，当馥郁的桂花香味扑面而来时，人们知道是天上的中秋节来了，是地上的丰收节到了，是人间的八月秋来了……被称为桂月的八月是一个充满味道的时节，"问讯吴刚何所有，吴刚捧出桂花酒"，我们托克托是一个盛产葡萄的地方，县里的酒厂很早就酿制有一种桂花葡萄酒，我上初中的时候就喝过这种酒，一边背着毛主席的诗词一边品味，觉得月亮里的这桂花酒甘冽无比。八月的乡村里，弥漫着月饼香甜的味道，弥漫着猪肉烩菜油炸糕的味道，弥漫着土豆粉条炖羊肉的味道，这些味道交织出了人间烟火气。

明月千里寄相思的八月，是一个怀人思乡的月份。五十年来如一梦，如今每当进入八月，我就想起了已经逝去多年的父母亲。小的时候我牢牢地记着父母亲的生日，每年阴历七月二十五过完母亲的生日后，我就迫不及待地等待着八月的到来，父亲和我都出生在八月里，我喜欢出生在这瓜果飘香的八月。每逢八月初二父亲的生日时，他秋收忙得都忘掉了自己的生日，每当八月十三我的生日到来时，家里都要隆重地吃上一顿好饭。我问父母亲为什么？他们说："大人们就不过了。"我说："哪里的规矩了，都得过。"在我的坚持下家里定下一个规矩：不论谁过生日，都要点上一盏长命灯，喜喜乐乐庆贺一番。

如今，每到八月桂花依然飘香，但慈爱的父母已化作天边的双星佑护着儿孙，对他们的思念总是在心永远难忘。一生匍匐在田野里的父母亲是像野草一样平凡的农民，在我们土默川农村，一个人去世后生日就渐渐被人淡忘了，在乡下很少像名人那样给逝者过诞辰。但我对父母亲的思念从未断绝过，我心中牢牢铭记着父母亲的生日，每当桂花香飘的季节，父母亲生前和我们一起共处的时光，就像这浓郁的桂花香味一样袭上心头。生活永远向前，一个又一个生日就像一个又一个驿站，陪伴老人的美好时光浓缩在了那些已经过去的站台，陪伴孩子的幸福时刻永远在路上和前方，人生无论回望过去还是瞻望未来都有花香般沁人的幸福，都不缺曼妙的人生风景，关键是有一颗能够贮存下阳光和美好的心，一颗永远懂得感恩和满足的心。望月怀远，这个"远"应有远方的亲朋，也应有远去的亲人，中秋节的月亮是为思念而圆的，有了思念月亮才会缺了又圆。

天高云淡的八月，又是一个色彩斑斓的季节。横亘北方的内蒙古在秋天呈现出了多彩的风姿和多情的风韵，在"丹青不数东南秀，俯仰方知覆载宽"的大兴安岭上，八月的秋阳下层林尽染淡妆浓抹，演绎着"万木霜天红烂漫"的绚丽；在西部苍天般的阿拉善，夕阳下金黄色的胡杨林像盛妆之后的新娘一样美艳；在我的家乡托克托县，秋分时节辣椒红得像喷薄欲出的朝阳，葡萄紫得像晶莹剔透的水晶……高秋八月的色彩渲染得让人感到有些夸张，内蒙古广袤的林区被涂抹得红的像火焰跳动，黄的像金子摇曳生辉。秋风吹过的草原上草色转黄，打草机捆扎起来的草捆整齐排列在草原上，青黄色的草原上是蓝得出奇的天空，天空像穹庐一样笼罩着大地，偶尔有南去的归雁列阵滑翔飞过。八月的草原上天高地迥，让人懂得了盈虚有数的时候，有一种"站在芬芳的草原上我泪落如雨"的意绪，这样的落泪并不是因为悲伤，而是懂得了永恒和瞬间都是天道之常，明白了花和草在春风和秋风里自在荣枯。

当目光从"秋风吹来花凄凉"的草原拉回来时，放眼内蒙古那些辽阔的丘陵平原，你就会被八月的色彩温暖，被成熟的美景感染，被丰收的表情陶醉。今年八月我从兴安岭脚下一路向西，领略了内蒙古八月的丰收美景：在乌兰浩特的三合村，归流河等三条河流在这里汇合，万亩水稻在夕阳下翻滚着金色的波浪；在内蒙古开鲁县，数十万亩辣椒红了，像繁密而浪漫的小红灯笼镶嵌在绿叶之间；在被称为"世界小米之乡"的敖汉旗，起伏的山峦缠上了黄绿相间的腰带，无数低垂的谷穗仿佛不堪重负一样，托举起了农民金秋的丰收梦；穿行到乌兰察布的后山地区，我看到了农民收获马铃薯的场面，白胖胖的马铃薯从土地里见到天日，给人一种掘金淘宝的惊喜。当农民把收割的莜麦成捆对头排列，仿佛一处又一处伫立在田野上的原始房子"撮罗子"，在一望无垠的西辽河、河套、土默川等平原上，玉米黄了，高粱红了，糜黍弯腰了……丰收的色彩映衬着农民的笑脸，这是八月里最美的秋色。

烂漫秋色

进入八月，我的心中就充满了欢喜，遇见八月，就邂逅了所有的美好。给亲人和自己过生日心中充满喜乐，在"天涯共此时"的中秋节赏月怀人充满幸福，在"岁晏酒飘香"的丰收节举觞庆贺开怀畅饮，心中荡漾着桂花飘香般的温馨，弥散着圣洁月光般的幸福。

不知秋思落谁家

就在又一年的秋天快要告别人间时，一场突如其来的疫情降临到了我们内蒙古，我居住的呼和浩特市也全力投入疫情中预防：往日热闹的街道突然清静了许多，放缓了的时光就像马头琴的悠扬长调一样，让人感到一种莫名的怅惘与忧伤，慢镜头之下的生活像灌了铅的腿跑步一样。看着空旷的街道莫名有一种寂寥的感觉，一种秋思浩荡无处安放的感觉。

秋冬时节面对衰飒肃杀的景象很容易让人"风景每生愁"，这种类似抑郁的秋思有时无法排解。这种秋思在李白送别朋友的高楼上，虽然对着长风万里送秋雁的寥廓美景饮酒正酣，但乱我心者之烦忧从景中生、从心中来，绵绵的怅惘就像抽刀断水一样不可斩断，美酒也难以化开郁积在心中的块垒；这种秋思在李煜思念故国的西楼上，晚秋时节的深院里梧桐被秋风无情地吹打着，一声梧叶一声秋，光秃秃的梧桐树就像孤零零的后主一样凄凉，这般愁绪真是"剪不断，理还乱，是离愁，别是一般滋味在心头"；这种秋思在马致远古道西风的瘦马上，夕阳西下的时候乌鸦在枯藤缠绕的老树上凄厉地咶噪，看到小桥流水边人家升起了温暖的袅袅炊烟，马上行人倍增羁旅愁思。

　　"秋风卷秋叶，秋思满秋天"，对于多愁善感的女子来说，秋思更易使多情女子彻夜无眠。在李清照最难将息的寂寞里，在"冷冷清清，凄凄惨惨戚戚"的院落中，看到雁阵惊寒从头顶飞过，看到窗前满地堆积的菊花憔悴不堪，偏偏漫长的秋夜窗外是细雨滴梧桐的声音，这次第真是"怎一个愁字了得！"在朱淑真夜久无眠的闺阁中，她频剪烛花已经到了三更天，看着高高秋月悬在梧桐缺处，月下笛声唤起了她的愁思，因为"自是断肠听不得，非干吹出断肠声"，她呀，"桃花脸上汪汪泪，忍到更深枕上流"，甚至"哭损双眸断尽肠"，但夜阑更深还有细雨之声从窗外传来，正是"更堪细雨新秋夜，一点残灯伴夜长"；还有曹雪芹在《红楼梦》借黛玉之手写出了凄婉的《秋窗风雨夕》，真是"秋花惨淡秋草黄，耿耿秋灯秋夜长。已觉秋窗秋不尽，那堪风雨助凄凉"，隔着书本都让人感到"秋风秋雨愁煞人"。

　　闺阁女子的秋思有点儿女情长，在古代征夫远戍时思妇的秋思就充满了祈盼团圆和平安的急迫心情。在古代每到秋夜时，妇女们把织好的布帛铺在砧板上，用木棒敲柔软了来裁制衣服，砧声凄冷饱含征人远戍边关的思乡之情，也寄托着许多思妇的思念。每到秋季赶制御冬衣服的时候，就出现了李白所言"长安一片月，万户捣衣声"的场面，就出现了杜甫所写"寒衣处处催刀尺，白帝城高急暮砧"的景象，就出现了贺铸笔下"斜月下，北风前，万杵千砧捣欲穿"的情景。在"断续寒砧断续风"的秋夜，妇女们一边捣衣缝制衣服，一边充满了各种各样善良的秋思，"砧声不断思绵绵"，她们祈盼"征衣未寄莫飞霜"，不要冻坏了远方的丈夫；她们想着"何日平胡虏，良人罢远征"，战争早日结束良人归来。当征衣缝制好后也充满了各种担心，"寄到玉关应万里，戍人犹在玉关西"，这么远的路程丈夫什么时候才能收到征衣呢？"欲寄君衣君不还，不寄君衣君又寒。寄与不寄间，妾身千万难"，衣服是肯定要寄的，但心中总有好多放心不下的情绪。

　　"听说相思情绪，难禁最是秋时"，普通人的秋思是对亲人刻骨铭心的思念。在杜甫的思念里，妻子在鄜州（今陕西省富县）独自一生遥望一轮明月，她身旁幼小的儿女还不懂得思念沦落在长安的父亲；在李商隐的思念中，告诉妻子巴山秋雨绵绵的时节就是自己的归期，"共剪西窗烛"的温馨时刻就在回归的那一刻；在张籍的思念里，写了一封家书交给行者，但"复恐匆匆说不尽，行人临发又开封"，啰嗦是人到情多的表现。对于远戍边疆的将士，秋思就是范仲淹的"将军白发征夫泪"；对于独在异乡的游子，秋思就是王维的"每逢佳节倍思亲"。"秋风清，秋月明，落叶聚还散，寒鸦栖复惊"，这样的思念是无休无止的，这是闺中望远的思念，这样的思念是"玉户帘中卷不去，捣衣砧上拂还来"，是"相思相见知何日？此时此夜难为情！"在秋风浩荡的白日里，在秋雨绵绵的黑夜里，当个体的生命感到空旷和寂寞时，感到无边的愁思围拢袭来的时候，最怀念的就是在过往和未来都能送给我们温暖的亲人和朋友。

　　秋思更多时候是故园之思，这样的思乡之情绘出今古最温馨的风景。当秋夜的月光如霜一般朗照人间时，李白想起了自己的故乡；当高高秋月照长城的时候，琵琶和羌管奏出的是绵绵不绝的乡思，远戍边关的将士们想起了故园；即使在离乱的时候，重阳节秋深时节岑参在行军途中，仍然惦记战乱中故园的菊花，"遥怜故园菊，应傍战场开"。"若论秋思人人苦，最觉愁多客又深"，客居在外的游子对秋风秋雨是最为敏感的，西晋张翰一日见秋风起，便想起故乡吴郡的菰菜、莼羹和鲈鱼脍，于是弃官归家。后人惦记着他这份见秋风起而归故园的潇洒，大约九百多年后辛弃疾在清秋时节登临建康赏心亭，在落日楼头和断鸿声里想起了张翰，"休说鲈鱼堪脍，尽西风，季鹰（张翰之字）归未？"张翰是回去了，自己呢？"月是故乡明"，杜甫在安史之乱中的一个秋夜，想起了故乡的秋月，想起了秋月下分散已久的弟弟们。在清冷孤寂的秋天里，心中的故乡永远是游子最温暖的港湾和怀抱。"边月无端照别离，故园何处寄相思。西风不解征人语，一夕萧萧满大旗。"在纳兰性德笔下的征人眼中，边月西风把思乡之情照在了军营边，猎猎的大旗上连皱折里都是满满的故园之思。

在豁达豪迈者的心中，秋思或者是达观向上的，或者是壮怀激烈的。在"我言秋日胜春朝"的刘禹锡眼中，秋思是诗意的，"晴空一鹤排云上，便引诗情到碧霄"；秋色是色彩绚丽的，"山明水净夜来霜，数树深红出浅黄"；秋景是脱俗清高的，"试上高楼清入骨，岂如春色嗾人狂"。写下这么好的诗句并非是他心情大好的时候，而是他被贬朗州（治武陵，今湖南常德）期间。和他一样达观的还有"此心安处是吾乡"的苏东坡，东坡眼里的秋景是"江山如画，望中烟树历历"。对于"亘古男儿一放翁"的陆游来说，秋思是壮怀激烈的，多少个秋夜陆游是睡不着的，想着国家的统一大业，"遗民泪尽胡尘里，南望王师又一年"；想着能够报效国家，"雁来不得中原信，抚剑何人识壮心"；想着自己壮士难酬，"塞上长城空自许，镜中衰鬓已先斑"。在"万山红遍，层林尽染"的秋色里，毛泽东的秋思是"指点江山，激扬文字，粪土当年万户侯"的志向，是"到中流击水，浪遏飞舟"的豪情。

在"霜露既降，木叶尽脱"的秋天里，在"西风吹老丹枫树"的季节里，让我们的秋思随风飘荡。"故新相代谢，底用为秋悲"，让我们以达者的态度面对秋天，让我们尽情地讴歌秋天，"笔端秋思浩无边"，记录下秋天的美好，秋风的浩荡，秋日的晴好。最好录一首宋代程颢的《秋日》送给大家，"闲来无事不从容，睡觉东窗日已红。万物静观皆自得，四时佳兴与人同。道通天地有形外，思入风云变态中。富贵不淫贫贱乐，男儿到此是豪雄。"秋思，就该如此达观通泰！

过了腊八就是年

"小孩小孩你别馋，过了腊八就是年……"，在当年缺吃少穿的年代，孩子们急切地盼望过大年，其实就是垂涎那些平时吃不到的美食，平时穿不上的新衣服。比如这首流传甚广的民谣，后边紧接着都是哄小孩的美食：煮猪头、磨豆腐、割年肉、杀公鸡、蒸馒头……好吃的一种东西随着过年临近潮水般地涌来，心里当然急不可耐地盼望着过年。

腊八粥有什么好吃的呢？仔细想一想是为了图个吉利，是为了享受一种温暖。在准备用红小豆和赤小豆熬粥时，母亲一边拣豆子一边给我们讲赤豆打鬼的故事，说专门让孩子们得病的恶鬼长得青面獠牙，每到冬天出来横行霸道，专门让孩子们生病。这些恶鬼就怕红豆，喝下用红小豆煮的腊八粥之后，恶鬼便不敢作祟让孩子们生病了。那个时候农村的好多人都会相信这样的传说，因为天花等孩子们易患的疾病还是很可怕，所以再穷的人家也会精心煮一锅香甜的腊八粥，只要能给孩子们祛病消灾保平安，大人们再苦再累也愿意付出这份辛苦。

腊八的早晨，村庄醒得格外早，许多人家都要赶在太阳露头之前熬好腊八粥。凌晨三四点的时候，好多人家的窗户里已透出了温暖的灯光，勤劳的主妇们已经开始生火烧水熬腊八粥。孩子们还在黑甜的梦乡里，母亲们一边拉着风箱熬粥，一边在炕沿边无限怜爱地摩挲着孩子们的头，让孩子们好好睡吧，天上的星星还眨着眼睛呢！腊八节时的冬夜是非常寒冷的，但炕边灶上的锅里热气腾腾，熬粥的热气在屋子里升腾着，用来取暖的火炉里也呼隆隆作响，窗外虽然漆黑一片，但屋里已是暖意融融，人间的温暖就在这温馨的灯火里，就在这温暖的炉灶中。

在土默川农村，腊八粥讲究太阳出来以前吃，大概是趁着黑夜才能祛病消灾。再嚣张的恶鬼也怕见太阳，所以在太阳出来之前，要用腊八粥里的红豆和红枣把它们驱走，人间才能只剩下温暖和平安。当孩子们还在睡梦中时，母亲们一遍又一遍地呼唤在睡梦中的孩子们。没有用的，快要天明的觉实在是太香了，睡眼惺忪的孩子们翻一个身又栽到了被窝里，家里热气腾腾像仙境一样，暖融融的正好睡觉。母亲们没办法，把盛在碗里的腊八粥用小勺喂到孩子们嘴边。当香甜温暖的腊八粥咽下肚子后，一股暖流传遍全身，滋润着孩子们的心田，一骨碌身起来喝着香甜而温暖的腊八粥，想着就快要到来的大年，心里像住进了太阳一样。

一锅腊八粥可要吃上一阵子。我记得是把吃不完的腊八粥放在盆里冻到凉房里，吃的时候用菜刀划一块蒸上，那个时候家家户户过年也就是存几斤肉或杀几只鸡，过了腊八就又开始吃荤腥很少的家常便饭，肉食白面等到快过年时才舍得吃。腊八粥要吃好长时间，所以说"腊八粥喝几天，哩哩啦啦二十三……"，每当想起母亲把凉房里的腊八粥给我们热了吃的时候，就想起了范仲淹划粥而食的故事。过了腊八节，我们就盼着腊月二十三小年快点到来，那样就可以吃上煮猪头肉了。

那个时候评价腊八粥好不好就是甜不甜，烩菜好不好是油大不大，味甜就是好粥，油大就是好菜。所以腊八粥里放红枣也是为了味道甜，好多人家煮腊八粥要放红糖或白糖，没有白糖甚至要放糖精。现在的人们不是血脂高就是血糖高，吃东西就害怕油大和味甜，生活在变化，幸福的标准也在变化。腊八粥原料也越来越讲究了，可以往粥里掺核桃仁、杏仁、瓜子、花生和葡萄干等，但真的觉不出了当年的香甜，即使吃腊八粥也不敢蘸那么多白糖。

童年的时候，所有对美好生活的向往都是围绕对美食的渴望展开的，越是吃不上越是馋，越馋越是盼过年。现在的孩子们想吃啥有啥，盼过年是为了玩儿，肯定不像我们当年盼过年是为了解馋。

当年我们为什么那么馋呢？大人们有时还骂我们馋，孩子馋点不好么？

打扫心情迎新年

每年腊月二十三小年到春节，是除尘去垢打扫庭除的时候。过年了，要把屋里屋外积攒一年的尘土彻底打扫清洁一番，干干净净迎新年，在窗明几净的环境里心情才能喜乐安然。如今屋里的尘垢少了，但人们心里的尘垢却多了，岁末应该给自己的心灵除尘去垢，清扫积存在心里的郁闷和不快等精神垃圾，以愉快的心情和饱满的精神来拥抱新的一年。

二十四个节气仿佛一个又一个美丽而庄严的站台，到了大寒节气是最后一个站台。这个站台是旧岁的终点站，也是新年的始发站，立春已经在前边向我们顾盼招手。回首即将成为过往的一岁光阴，倏然经历了明媚的春天、热烈的夏天、收获的秋天和诗意的冬天。二十四节气就好比古人在旅途上设置的长亭和短亭一样，每过一处长亭或短亭等于游历一种风景，在"长亭更短亭"的穿行中我们领略丰富多彩的四季变换，但心灵也蒙上了岁月的风尘和污垢，需要我们在年关将近时拂拭打扫，以崭新的姿态开始新的轮回，孕育新一年的生机和希望。

幸福和快乐是一种心情，当我们的心中蒙上了尘土，我们对尘世中快乐和幸福不敏感。我们的心灵也就像居住的院落和房屋，经历了一岁光阴的悲欢离合，那些让人不快和忧伤的人和事就会积攒为尘，蒙在我们的心灵上，当这些尘土落得太多，日子就会变得黯然无光，心情就会变得烦乱无章，我们就不会有"万物静观皆自得"的敏感和从容，捕捉不到四时佳兴和幸福快乐，就像蒙尘的镜子失去了让人整理仪容的功能。

"你的心情现在好吗？"马上就要走到新旧年交替的门槛了，不好的心情难道也要带着它跨过新年的门槛吗？如果背负沉重的悲伤和不快，我们就感受不出人生的美好。我的一位朋友自从母亲去世后，心情悲苦到了抑郁的地步。我劝他要打扫一下心情了，思念老人是孝道的一种表现，但"哀而不伤，悲而不戚"是正理，如果思亲到了伤身抑郁的地步，这是已故亲人也不愿看到的结果。

红红火火迎新春

从自己来讲对老人生前尽心奉养已是大孝，身后追思应是绵绵不绝，而不应使自己伤心到形销骨立的地步。古代原有服丧三年的丧礼，"以孝治天下"的汉文帝便意识到"其制不可久行"，在遗诏中改变了这一不合世道人情的制度。

每逢佳节一定要追思亲人，但追思亲人是为了汲取人生前行的力量，而不是获取负面的情绪。感谢先人们赐予我们生命和生活，时光就像一趟没有终点的列车，走着走着年迈的父母就下车了，童真的孩子就上来陪伴你，如此才能实现"人生代代无穷已"的生命循环往复，如此才能使"三分欣喜七分哀伤"的尘世让人眷恋，"万古人心生意在，又随桃李一番新"，在迎来虎年新春之际，在缅怀祖辈先人时我们是在汲取力量和温暖开启新年，而不是勾起痛苦沉湎于悲伤中。我劝我那位朋友说，就像你希望父母长命百岁一样，孩子也希望你平安健康，为了幸福永远绵延，放下痛苦迎新年！

当我们还在为旧的一年患得患失时，新的一年已载歌载舞即将来临，扫除我们心灵上蒙蔽的灰尘，腾出足够的空间和内存来接纳快乐和幸福。"人生愁恨何能免"，在这烟火人间里生活不易，哪里能够全是开心没有烦恼，哪里能够全是鲜花没有荆棘，把无谓的痛苦和不快抛弃和忘却，更多的快乐才能在心里安家落户，普希金的诗歌里写得好："假如生活欺骗了你，不要忧郁，也不要愤慨！不顺心的时候暂且容忍：相信吧，快乐的日子就会到来。"快乐的日子什么时候到来？也许就在新的一年里，不妨把昔日的忧苦和愁烦统统丢给逝去的岁月，给新年和快乐留出心灵空间。我想起了宋人徐积的《渔歌子》："一酌村醪一曲歌，回看尘世足风波。忧患大，是非多，纵得荣华有几何？"是啊，一壶浊酒喜相逢，惯看秋月春风，看开世事就是打扫心灵，放下心结就是清洁胸臆。

烦恼、忧愁、沮丧、苦闷……这些心灵上的灰尘都该在岁尾荡涤。也许比这些心灵灰尘更让人难以释怀的是苦难，这苦难可能是连续不断的疫情带来的，可能是突如其来的天灾带来的……但不管如何不能被苦难的人生折磨得变了形，笃定生活中前行的信念才能见识太阳的光辉，才能使生命的状态饱满充盈。罗曼·罗兰在《贝多芬传》里有一句名言说"心是一切伟大的起点"，贝多芬一生都在苦难中挣扎，但他在逆境中奋战，世界不给他欢乐，但他用苦难给世界铸造了欢乐。

新年是事业的新开端，心灵是成就的新起点。让我们打扫心情过新年，把诸多不快甚至是痛苦磨难都丢到旧年里，在新的一年踔厉奋发，笃行不怠，让成功和收获给我们带来快慰，让快乐和幸福永驻我们的心田。

活出一个虎生威

又一个虎年新春已经到了，免不了要说说虎。老虎既是凶狠到吃人的残暴动物，又是可爱如猫为人喜爱的萌萌宠物，今年的拜年短信里充满了各种

夕阳余晖

憨态可掬的老虎形象。我想到歌曲《不白活一回》的一句歌词："活就活他个虎生威"，人生短短几个秋，的确应该活出精神来，活出气势来。

土默川平原上没有老虎，但人们对老虎并不陌生。老虎在土默川人的炕围上，在花花绿绿的剪纸里，在喜庆吉祥的年画中，还在爷爷奶奶的故事里。在我从小看惯了的炕围画里，猛虎下山是惯有的题材，看过好多人家的炕围画，威风凛凛的老虎或者昂首向天盘踞在山上，或者从竹青松绿的山上俯冲而下，直而略弯的老虎的尾巴都充满了力量，那气势真是威武霸气。年画里那些盘踞在青山绿水间的猛虎，永远活得是那么精神，在过年这一当口看一眼那些活力四射的老虎，就会抖擞精神对新的一年充满希望，就会振奋心情对未来生活满怀信心。

龙腾虎跃、生龙活虎、龙争虎斗……谁不喜欢这样踔厉奋发的朝气，谁不喜欢这样昂扬向上的斗志。龙是传说中的神异动物，见首不见尾不可捉摸，但虎却实实在在生活在天地山川之间，人们特别喜爱萌萌哒又雄赳赳的老虎。在各种布艺和女工织品里，缝纫和刺绣中老虎的造型憨态可掬，我小的时候就穿过母亲给缝制的虎头鞋，还戴过用狗皮缝成的虎头帽。在我们土默川农村，一个男孩长得憨厚健壮，人们就夸孩子虎头虎脑，小名叫虎虎的男孩特别多，父母希望孩子们既憨厚又勇敢，才能在这人世间不怕艰难向前行进。

勇敢是英雄豪杰必备的品质，所以人们爱把勇敢者比作老虎。《三国演义》中蜀国有五虎上将，他们都是"万人敌"的勇将；吴国的孙坚父子被称为江东猛虎，帐下还有程普甘宁等一干虎臣；魏国有"虎痴"许褚乃当时名将，后来被曹操封为虎侯，马超点名要单挑虎侯，许褚裸衣战马超是我小时候最爱看的一本小人书。在《水浒传》里梁山一百单八将里，有好多好汉的绰号是以虎命名：插翅虎雷横、矮脚虎王英、锦毛虎燕顺、跳涧虎陈达、花项虎龚旺、中箭虎丁得孙、病大虫薛永……还有母大虫顾大嫂，这么多的虎真是可爱热闹。在古代皇帝调兵遣将用的兵符被称为"虎符"，皇帝的禁卫军或勇士被称为虎贲，勇猛的武将或士兵也被称为虎臣或虎士。

老虎是凶猛无比的，能打虎或射虎当然是勇敢无比且本领高强的人。小的时候我是看样板戏知道有打虎下山的杨子荣，看人家的炕围画里知道了武松打虎的故事，佩服他们是英雄。后来看小说又知道了李逵杀虎的故事，知道了孙权骑马射虎的故事，知道了孙悟空打死虎后给自己裁制虎皮裙的故事。再后来读诗词多了起来，知道了"亲射虎，看孙郎"的威风，东坡把自己想象成了射虎的孙权；知道了李广射石"平明寻白羽，没在石棱中"的力道，辛弃疾用"射虎山横一骑，裂石响惊弦"来形容这种非凡的气势。陆游不止一次在诗词里诉说自己南山射虎的故事，"少年射虎南山下，恶马强弓看似无"的豪迈常常涌上心头。

童话和卡通里把虎塑造的像猫一样萌萌招人喜欢，其实虎是残忍的。读

《水浒传》看到的李逵的老母亲被老虎吃掉，就觉得这凶恶的猛虎真是该杀；我还看过陆游的一首《捕虎行》，"山村牧童遭虎噬，血肉俱尽余双髻。家人行哭觅遗骨，道路闻之俱掩涕……"，这虎真是够残忍的，该捕该杀。猛虎杀人，所以人们把凶恶之人也喻作猛虎，把残酷压迫人民的政治称作苛政，认为"苛政猛于虎也"。但俗话说得好"虎毒不食子"，人人皆有爱子舐犊之情，鲁迅先生当年晚年得子，有人认为他对幼子太过溺爱，先生便写了一首《答客诮》："无情未必真豪杰，怜子如何不丈夫。知否兴风狂啸者，回眸时看小於菟。"兴风狂啸者指猛虎，小於菟指小老虎，兴风狂啸的猛虎不时回头温情脉脉地看着小老虎，这是很温情有爱的打动人心的画面。

"气吞万里如虎"，当年从高中课本学会辛词后就喜欢上了这一句。俗语说得好"人有三宝精气神"，人生于天地间就应该有龙腾虎跃的干劲，就应该有生龙活虎的气势，这样的干劲与气势会为你的理想插上翅膀，如虎添翼翔翔于四海，"胸涵龙虎象，语带烟霞气"，在奋斗中实现人生抱负和生活理想。

"虎啸谷而生风，龙藏溪而吐云"，活出他个龙摆尾，活出他个虎生威。又是一个虎年的春天来到，愿你踔厉奋发笃行不怠，以猛虎出山的气势干事业，以鹰扬虎视的精神执著理想，不要虎头蛇尾有始无终，而要咬定青山不放松，虎虎生威鼓足干劲。

万朵红灯闹早春

就在感叹年味索然无味的时候，今年呼和浩特市街头挂满了红灯，"万朵红灯闹早春"的景象使青城街头一下子有了过年的气氛。这朵朵红灯绽放在料峭的春寒里，绽放在洁白的冰雪里，妆扮出城市里温馨浓郁的年味，点燃了人们对美好生活的向往。

在土默川的农村里，过年挂红灯是一件非常庄严的大事情。不管有钱没钱，庄户人家过年都要挂一对红灯到大门外，挂红灯和贴春联一样重要，是人们忙年必不可少的重中之重的大事。当腊月二十八贴上春联，把大红灯笼高高挂在大门外，人们心里才会踏实，人们相信红灯会放缓流年匆匆的脚步，红灯会摇曳出浩荡的春风，红灯会招惹来当头的红运。就像酒店要挂幡旗一样，辞旧迎新之际人们都要争着挂起红灯，生怕新年和好运忘了光顾自家一样。即使在城里过年的人，也要在腊月里抽空回家，贴上春联挂起红灯。

"正月里来是新年，纸糊的灯笼挂在门前……"，这是二人台《挂红灯》里的唱词。最早的灯笼是用纸糊的，普通人家是挂不起的，早先在村里我见过光景好的人家挂的红灯是用红绸布作灯罩，里边是防风和防火的玻璃灯罩，然后是用煤油或蜡烛作燃料的灯。这样的灯笼制作起来很不容易，不是家家户户都能拥有的，所以早先能挂上红灯的人家很少。听父亲和我说，他小的时候给人家打短工，见过地主人家才能过年挂红灯。后来我听二人台《五哥放羊》："正月里来正月正，正月十五挂红灯……"，就琢磨能挂上红灯的三妹妹家，肯定是有钱人家，不是地主也是富农。

上世纪七八十年代，挂红灯在土默川农村逐步流行开来。记得我小的时候，过年时好多人家在打扫屋子的时候，要在屋檐底下拉出电线来，电线末端安装一个白炽灯泡。除夕和正月初一灯泡通宵亮着表示庆祝，那个时候电费很贵，光景好的人家一直亮灯到正月初六甚至十五，光景紧巴的人家也要在除夕让灯泡通宵亮着，不会吝惜昂贵的电费，因为过惯了苦日子的人们坚信，这院落里的光明会驱散黑暗，招来亮堂的好日子。那个时候挂红灯还不是家家能做到的事情，人们能做到的是割上一段较长的电线，把灯泡挂在院落的大门口，灯光照亮了村庄的大街小巷，仿佛沐浴在牛奶般的银色月光里，给熬年和跑逛的孩子们带来了光明，明亮而热闹的乡村除夕之夜是圣洁而神圣的，村庄外黑黢黢的夜空里繁星闪烁，仿佛真的有各路新旧神仙要光临似的。

也许是听了《挂红灯》的缘故，也许是看了《红灯记》的缘故，我就想难道不能做一对红灯挂在大门外？心灵手巧的父母亲满足了我这个愿望，那

花灯闹春

个时候用布票买来的红布是用来做枕头的，哪里舍得用来糊灯笼。用写春联的红纸是不能糊灯笼的，太厚又不透光，母亲决定用糊窗户的薄红纸来糊灯笼，我们那里管这种薄红纸叫红草帘。父亲用细铁丝扎好灯笼的轮廓后，母亲就往铁轮骨上糊红草帘，边角的地方要用上两层甚至更多层，即使是灯笼肚子也要均匀地糊上两层以上，塞北的冬天寒风就像刀子一样，一层薄纸是挡不住它的，刮一下就会破的。大正月不能让灯笼破了，破了是不吉利的事情，纸糊的灯笼也一定要结实！

那年的除夕，我家纸糊的灯笼傲然在春风里摇曳生姿，让我们对新年的生活充满了各种美好的念想。这灯笼是父亲做的龙骨，母亲给它糊的脸面，我给它添加了各种美好的祝愿和祈盼，我们用几天的时间做好了这个舞弄春风的红灯笼，灯笼一定会给我们带来新年甚至是一生一世的好运。红灯真的给我们个人和国家带来了好运，中国大地在改革开放的春风里渐渐苏醒，村里在大门口挂红灯的人家多了起来，因为好多人家都想用红灯笼纳福迎祥。再到后来，村里人们的日子越过越好，廉价的红绸布灯笼也开始进入市场，挂红灯的习俗在土默川逐渐流行开来，新春时节土默川的农家都要挂一对红灯到大门外，这是迎春祈福最好的信物，就像那能招引来隐隐春雷的威风锣鼓一样，就像那能招引来和煦春风的蹁跹舞姿一样。

生活越来越好，挂红灯成了一种必不可少的时尚，而且各种彩灯装饰越来越漂亮。如今农村里人们亮灯的时间一直从腊月二十八到二月二，在整个正月里一个又一个村庄成了红灯的海洋，真是"火树银花触目红"，有的人家还在檐前门口安装了彩灯和彩带，使正月里的乡村夜色特别温馨美丽。红灯笼，点燃了庄户人家对美好生活的憧憬，挂起了普通百姓对幸福光景的瞻望，在料峭的春寒中让人感到温暖无比。

今年，因为冬奥会召开的缘故，为了保持清洁的空气，呼和浩特市全域禁止堆燃旺火和燃放烟花爆竹。这也得到了村民们最大的理解和支持：过年的旺火不垒了，烟花爆竹不放了，要用实际行动来支持国家办盛会。从腊月二十八到正月里，呼和浩特市周围的村庄里静悄悄的，更没有人家垒燃旺火。但过年的气氛不能少呀，人们比往年更加精心地挂红灯和彩旗，买来火红的灯树和五彩灯带妆点院落。农家小院里白天彩旗飘飘，晚上灯影幢幢，一个正月里充满了喜庆热闹的气氛。

逢年过节要有仪式感和庄重感，这一点乡下的农民们做到了，日子过得有滋有味。挂一对红灯在大门外，流溢出人间的温暖，温暖着轻寒的春夜，打扮出了节日的精神。人要活出精气神，日子才有生气，生活才有盼头。人要活出精气神，才能从苦日子里嚼出幸福的味道，才能从平淡处找出美好的感觉，才能看得到生活的诗意和远方。这一点乡下人比城里人会过。我在城里过了将近十来个年，那时父亲还健在，过年时要让我在阳台置好灯带，在醒目的地方高高挂上红灯。年夜里我站在自家阳台张目四望，看到一幢幢住宅楼里只有那么零星的几家亮着红灯。当城里禁燃旺火和烟花爆竹之后，好多城里人抱怨过年索然无味，为什么不从自身找一找原因呢：生活即使再匆忙，也该挂一对红灯在阳台呀！连自家阳台的风景都懒于扮靓，你还想找到美好的年味吗？乡村人家那"十万人家火烛光，门门开处见红妆"的景象，是人人尽心装扮出来的。

"彩灯城市已春风"，今年的呼和浩特市是彩灯的海洋，这使市民们精神为之一振。从腊月里开始，街头张灯结彩，久违的年味又回来了。流光溢彩的灯光秀还打出了各种各样温暖的问候语，异彩纷呈的花灯造型吸引人们带领老人和孩子们出来观赏拍照。幸福是一种感觉，年味也是一种感觉，当我们在光彩夺目的城市里汲取到了温暖和力量，感受到了幸福和年味的时候，就会觉得挂红灯的钱花得值。当我们不再提倡污染严重的垒旺火和放爆竹等旧年俗时，我们还应提倡类似挂红灯等文明环保的新年俗，生活总是需要温暖的灯光来照亮，才能使幸福和美好直抵人心。

"灯树千光照，花焰七枝开。"让我们在正月流光溢彩的灯光中享受浓郁的年味，积攒奋斗的力量，通过新一年的努力，让生活更加幸福美好。

雪里灯月今宵好

在呼和浩特这样的塞外城市，你可千万别以为立春以后就是"春风送暖入屠苏"的景色了。"七九河开，八九燕来"的春景，那只是山东、河南等黄河中下游地区的景象，你看这都到了七九时节，呼和浩特市野外还是冰雪覆盖的严冬景象，元宵节前的一场大雪气温骤降，人们感受到了甚于三九天的"倒春寒"，花红柳绿的春天还早着呢。

春天虽没到了花枝上，却早已到了人心里，修改古人诗中一字为"春在心头已十分"。一过除夕是春节，今年大年初四又是立春节气，从腊月到正月人们忙着迎春接福，春天早驻在了人们心中。一个正月里人们互相拜年，说着春天般温暖的祝福语和问候语，心里头已经是暖融融的春天；看着人家院门上摇曳的红灯时，置身于流光溢彩的城市街头时，分明已经看到了美好的春光；当人家门前贴满了写满福喜的春联时，当春满人间的五彩幡旗在风中飘荡时，人间已分明洋溢着浓浓的春意。

生活在塞北的人们都相信：春天是冰雪里孵化出来的！就像不经过苦寒的梅花不会香彻天地一样，没有从冰雪里历练的春天是柔弱的，从沙尘里穿越而来，从冰雪里孕育而来，这样的春天才是北方刚强有力的春天。元宵节前一场大雪飘飘洒洒漫天遍野而来，让青城的市民激动不已，人们的微信里晒出了各种各样的图片：踏雪游园的，赏玩雪景的，上街观灯的……就像江南的市民们爱踏春赏花一样，一场冰雪触动了青城市民们埋藏心中的春意，以各种方式抒写着生活的诗意。

"屋角风号天欲雪，胸中浩浩正春生"，心中的春天会融化屋角的冬天。冬奥会的举办点燃了人们在冰雪上运动的激情，从寒假开始，呼和浩特市周围的冰雪场里人山人海，上小学的儿子和几个小外甥缠着大人报名滑雪，跟着教练学了十多次的孩子们勇敢地冲向了冰雪，滑得像模像样的。正月里孩子们又缠着大人到滑雪场和冰雪游乐园去玩，人们谈论着俄罗斯套娃莎皇的蟹步绝技，谈论着天才少女谷爱凌的韭菜盒子，谈论着苏翊鸣像飞人一样惊人夺冠，谁不想把孩子培养得像这些冰雪上的健儿那样出色。冰雪奥运会带给了人们一场视觉盛宴，冰雪奥运会点燃了人们的运动激情，越来越多的大人和小孩走进了冰雪妆扮的春天。

"正月十五雪打灯"的景色让人们感到了一年的好兆头，也让人们感到春天就在不远的前边。"七九河开河不开"，远处冰雪覆盖的黄河正安排着一场流凌的盛宴，那是每年惊蛰时分黄河在内蒙古段演奏的惊天动地的报春曲。时下风雪里的元宵佳节到来了，呼和浩特市城乡都张起了彩灯结起了彩带，流光溢彩的花灯刚刚被晶莹的白雪打过，正等待着元宵节的一轮明月，"花月正春风"，这春风来自土默川平原上那空旷的雪野，这春风来自大青山深处那皑皑的幽谷，一路跑来被人间的灯火熏染醉了，熏染上了柔美的气息。在这皑皑的冰雪里灯月交辉，真是"若似月轮终皎洁，不辞冰雪为卿热"。

塞上春生冰雪时，在这个"冰雪斗清新"的元宵夜，让我们尽享国泰民安的太平。在这个"火树银花合"的元宵夜里，让我们对着一轮明月"殷勤拜舞，乞寿乞富乞团圆。宜与人人愿足，更看家家欢洽，喜气满江山"，愿我们神州大地永远太平美满。

北方的雨水是雪花

北方的早春时节其实还是冬天，甚至比严冬时节还要寒冷，今年的倒春寒天气让人们领教了甚于三九天的酷寒。在我生活的呼和浩特市，接连几场大雪送来了雨水节气，终于让人们懂了：北方的雨水是雪花。

北方的雨水是飘着的雪花，比雨水的脚步更轻柔。千万别根据节气的描述和物候来北方按图索骥，二十四节气里的风雨霜雪和花鸟草木等物候变化，是顺应黄河下游一带的气候变化而出现的，寒冷的北方春天总是姗姗来迟。儿子天真地问我："为什么我们这里比北京冷？比南方更冷？"我把一些道理通俗地解说给他："因为呼和浩特的海拔比北京高一千多米，所以比北京冷，比呼和浩特海拔更高的珠穆朗玛峰终年都是积雪，这就是'高处不胜寒'的道理。"我还告诉他，我们所处的呼和浩特纬度比南方高，冬春时节太阳照射到这里比南方更"斜"，这里离太阳的距离更远点，因此冬春时节北方比南方更加寒冷而干燥。

今年大年初四是立春节气，这个时节在呼和浩特还是非常寒冷。严冬像一支尽管结局注定要失败的军队一样，但此时还没有瓦解溃败的迹象，甚至还占着上风，在它面前，春天像一个初生的还没有学会站立的小男孩，孱弱得还"立"不起来。到了雨水节气，严寒仍然把雨水束缚成雪花，在空中飘洒飞扬。但就像小男孩迟早会学会站立奔跑一样，北方的早春虽然孱弱无力，你却能感觉出这少阳之气在一天一天增强。从办公室里凝望着单位门前马路上的槐树，突然发现那些在寒风中桀骜不驯的枝条隐约泛着绿意，以为是久坐办公室看花了眼，以为是一冬萧瑟让人太渴望绿色了，认真地眨了几下眼睛，再定睛仔细凝望，树冠上的枝条真的泛起了微微的黄绿色，如果不细心是不会发现的，因为树上挂着的红灯笼还浮着一层白雪，人们只注意到了红灯白雪兆丰年，却忽略了这报春的一抹淡绿和盎然生意。

这隐隐约约的绿色透露出了春天的消息，也显示出了北方早春的顽强。此时的南方已是早莺争暖树、新燕啄新泥的景象，在早春的暖日和风里，"春林花多媚，春鸟意多哀"的鸟语花香让人陶醉。北方的早春寒冷仍然钳制着山川河流和花枝树梢，冰雪仍然像一床温暖的大被覆盖在田野山峦，但倔强的春天潜藏在树木的主干和枝条中，逐渐泛起一层氤氲的绿意——北方的春天藏在草木的皮肤里。这种潜藏微露的淡绿色泄露了春天的消息，是对冬日残留严寒的不屈和抗争，是对春阳送来温暖的答谢和表白，就像北方人的性格一样，这种表白非常内敛而含蓄。

南方的早春绽放在枝头的花朵里，北方的冬天藏在草木的枝干里，藏着的春天一天比一天壮大。放眼望去，大青山的峰峦还披挂着皑皑白雪，农田里的冰雪像镜子一样反射着热情的阳光，耀眼无比的阳光亮瞎了人们的眼睛。近处细细端详，杨柳梢头一天比一天泛绿，一天比一天浓抹的绿色仿佛是越来越近的春天的脚步。一早起来暖烘烘的阳光拱进屋里了，屋里很快就暖洋洋的，从窗户里看到太阳一天比一天升得高，不像腊月里太阳老是在正南方徘徊，怎么爬也爬不高。太阳的脚步也是春天的脚步，你会感觉到阳气正逐渐吞噬着阴气，春温正在感化和招安冬寒。终于有一天，冬寒彻底崩溃瓦解，春天突破束缚喷薄而出，在北方，这一天得到春分甚至是清明时节。

就说眼下的雨水节气吧，尽管北方的雨水是雪花，但细心的你也能感受到春天的气息。这个时候正是三阳开泰的时节，阴消阳长的时候天地之气祥和，雪花轻柔地落在身上脸上，已不再是冰冷刺骨的感觉。大地上已是微微暖气吹拂，春雪落下来很快就会融化。在乡间的田野上，你都能感受到一种回暖的阳气在地表升腾，隔着这种蒸腾的地气看远方的田野和村庄略显弯曲，仿佛是微漾的水上的倒影一样，有一种如梦似幻的感觉。开春的土地尽管表层还冻着，但地底下是润湿有潮气的，这潮气就是地底的阳气，这潮气分明是土地在呼吸，春天就在飞舞的雪花里，春天就在将要苏醒的泥土里。春天还在冰封的黄河里，我姥姥家在黄河边的把栅村，那里有个说法叫"七九河开河不开"，表面上黄河还封冻如铁，但冰层下早已是春水荡漾，地底下阳气升腾，冰层下流动的春水已暗暗融化冲刷冰层，底层的坚冰早已消融得越来越薄，岸边村庄里的人能听到冰层冻裂的嘎嘎声响，为春分时节开河之时酝酿着巨大的凌冰。

北方的雨水是雪花，雪花是诗意了的雨水。一滴雨水在北方的天空中旅行，旅途太过寒冷，便在空中凝结成了雪花。千朵万朵雪花带走了冬天的冰冷，送来了春天的诗意和梦幻，"白雪却嫌春色晚，故穿庭树作飞花"，雪花穿庭绕户飞扬着春天的舞姿，散发着春天的气息。雨水节气的江南早春已是鲜花盛开的时节，金黄色的油菜花正从南到北次第盛开，杏花和李花也是雨水节气应时而开的花。北方虽然没有应时而开的花，也不会出现水獭祭鱼、鸿雁飞来和草木萌动等三候，但幸而有雪花覆盖了田野里的萧瑟而凌乱，带来了飞雪迎春到的诗意。

元宵节前呼和浩特市还是一派"万朵红灯闹早春"的喜庆景象，节后风云突变，疫情的阴霾笼罩在了人们心头。雨水节气前后，为了配合防疫一遍又一遍地进行核酸检测，排队时望着天空中飞舞的雪花，心里默默祈祷：雨水节气后天气逐渐变暖，春天会加快脚步，疫情肯定会消散。

想着当春雨真正是雨水的姿质时，想着在呼和浩特市花丁香满城开遍时，青城的春天定会分外妖娆，那个时候去欣赏在风中摇摆的美丽春花，那个时候去旧城好好吃上一笼稍麦，那个时候去大青山上尽情放眼敕勒川。

第二卷

四季往来如穿梭

　　静观天地万物和四季风光都可以从中陶然自得。四季变幻是如此神奇，万物的盛衰是如此自然，尽管会有秋冬的肃杀与萧条，但东风终究会随着春天到来，吹得春天万紫千红万种风情，吹得夏天枝繁叶茂葳蕤婆娑……在如穿梭般的四季里绑定和镶嵌了多少悲欢离合。

光阴·光景·光华

春天是打出来的

今年是"春打五九尽"，立春是五九的最后一天。明天是六九的头一天，又恰好是小年。立春寓意吉祥，小年充满喜庆，在小年的前一天迎接立春节气，让人感到吉祥喜庆。在辞旧迎新之前，我们先把春天搬回家来，除了喜庆还充满了盎然生机。"树根雪尽催花发"，春风吹拂人间就像暖流涌过心间，让人感到暖融融的。

父亲当年在世的时候，家里挂的日历都由他来撕。在我们土默川农村管日历叫"月份牌"，父亲撕掉一张就撕去了一个日子，三百六十五张日历看似很厚，但很快就被父亲撕得薄了，这时他就会念叨这日子真不耐撕；当撕到剩十来张时，他就会念叨"冬至后十天，阳历过大年"，从这一天掐着指头开始数九；当恋恋不舍地取掉旧日历换上新日历时，日子又一天一天地过去，父亲又开始一张一张地撕日历，撕到快立春时，他会喃喃地念叨"春打五九尽"或"春打六九头"，就是说立春节气会在五九最后一天或六九的头一天到来。

谁说数九寒天很漫长，谁说阳春三月盼不来，日子真是不耐撕扯啊。见证了八十多个春去春又来的父亲走了，他不能再一张一张撕扯日历了，但日子还是扑面如潮水而来。今年已经是父亲走后的第五个春天了，没有了父亲的念叨，春天还是要静悄悄地来，真是"春去春来人易老"。立春节气不记得那个慈祥的老人的念叨了，但我还牢牢记着"打春"这个词语，记着父亲说这两个词的时候，脸上的笑容灿烂得比这塞外的春天还温暖。

打春，是立春节气的习俗之一。据说过去人们在立春前一天用泥土做成春牛，立春这一天用红色或绿色的鞭子抽打，这叫"打春牛"，或者有人扮演春官让人来打，叫"打春官"，都是为了祈福风调雨顺五谷丰登。打春牛这个习俗我的父亲可能都没有见过，但我想比我父亲还年纪大的先辈们肯定见过。几千年的农耕社会，土地是农民的命根子，耕牛也是农民的命根子，为什么要鞭打呢？为了鞭打去春牛闲散一冬的懒惰，多多地拉犁耕地，迎得一年的丰收。谚语也离不开这辛勤的耕牛：九九又一九，耕牛遍地走。

"打春"这个词儿不是父亲的发明，但父亲说这个"打"字时就会精神振作。我也反复琢磨这个"打"字用的真是太妙了，就像江山是打出来的，精神是打起来的，春天也是打出来的。就像孩子们盼过年一样农民都盼着春来，和父亲一样许多农民听到春天就会抖擞精神，准备冰雪消融土地松软后开始一年的忙碌。农民是坐不住的，已经憋了整整一个冬天，早想着到地里忙碌了，只有忙碌才会有好光景，才会有春光无限的好光景。这个"打"字啊，是抖擞的意思，是大干的意思，充满了力量，透着精气神。

父亲在农村是一个好受苦人，好受苦人的春天是闲不住的。当打了春以后，父亲就开始打理农具，把农家肥准备好，把地里的土坷垃打碎，待到春耕时一切都已准备的就绪。一个"打"字可以描述父亲辛劳一生的轮廓：八九岁的时候给有钱人家打短工，再大一些给大人打下手干活。在我们土默川农村，种地养家也叫在土地上打闹吃喝，勤劳的父亲把青春和汗水都献给了土地，但只能打闹一家人的吃喝，有时甚至还得沓饥荒，等到新的收成下来再打饥荒。只有春天到了，父亲才能看到生活的春天和希望，"打春"两个字能唤醒他体内蓄积的力量。

自然界的春天是"打"出来的，生活中的春天也是"打"出来的。三阳开泰的立春时节，阳气已经战胜了阴气，也就是说阳气打败了阴气，万物开始复苏，田野草木蔓发，动物开始繁衍，河里轻鲦出水，阳气逐渐壮大。生活中的春天要靠劳动创造，我的好几个小学同学除了伺弄好田里的庄稼，还要一年在外打工挣钱，茹义专挑最苦最累的活儿干，因为能多挣钱；利生一天到晚在工地上忙碌，做着木匠营生。为了让生活变样，他们真是"男儿能吃千般苦"。人勤春来早，生活也在他们的奋斗中"打了春"。

春天是打出来的。春天的姹紫嫣红是靠百花打点出来的，生活的幸福美满是靠劳动打造出来的。让我们打起十二分的精神，迎接美丽的春天。

喜闻新雷听春雨

今天是二月二，龙抬头的时节。在正月快到尽头的时候，我就听到了新雷看到了春雨，这是好兆头，今年的春天来得真是早啊！

一直以为"惊蛰始雷"是温暖的江南的物候，但在正月二十八日夜晚，隐隐春雷隔着窗户传来，伫立窗前透过纱窗听到了淅淅沥沥的春雨。滚滚的春雷声似地底蛰龙欲起的怒吼声，又似天边苍龙昂首的吟啸声，还似远古疆场铁骑突出的鼙鼓声。潇潇的春雨趁着一夜的春雷声应时而降，"好雨知时节"，洗涤了城市的尘埃、烦乱和喧嚣。

在呼和浩特市生活这么多年，这还是第一次。能够在正月就听到雷声和雨声，据说这第一声新雷刷新了七十年的纪录，是 1951 年以来呼和浩特地区响得最早的春雷。正月二十九日早上，也是正月的最后一天，有人就欣喜地在朋友圈里晒出了听到雷声雨声的欢快心情。是啊，这雷声是为满眼春光走来而鸣响的礼炮，万紫千红的春天马上就会铺天盖地尽情渲染；这雨水是为满园春色绽放而浇灌的甘露，姹紫嫣红的春花很快就会漫山遍野恣意怒放。在这新雷春雨中，"二月里来好春光"的赞美将不止是歌声，而是马上会在土默川的田野上变成大美的画卷铺展开来。

"昨夜新雷催好雨，蔬畦麦垄最先青"，在我老家托克托县的郊野和村边，麦垄虽然未青，但一簇又一簇的杨柳已堆起了朦胧的绿意，各种鸟儿欢快地穿梭起来，宛如一幅淡雅的水墨画卷；在解冻未久的黄河里，一块又一块冰凌打着旋儿在河里顺流而下，每一块冰凌都有一颗渴望春天的心，欢快地奔流着，逐渐化作了温暖的春水。天鹅等禽鸟在黄河两岸的水田泽野里翔集嬉戏，忽而在天边飞翔写字，忽而在水边疾速奔驰，水鸟们欢快地"云上飞兮水上宿"。一切都焕发出了欣欣向荣的新意，真是"鱼鸟一时生意气，江山千里有精神"。

面对"木欣欣以向荣，泉涓涓而始流"的景色，谁不觉得眼前生意满满？散淡如陶渊明这样的隐士也掩饰不住内心的欢喜："仲春遘时雨，始雷发东隅。众蛰各潜骇，草木纵横舒……"，真是这样的，当我听到第一声春雷时，感觉到潜藏一冬的力量被突然唤醒，春雨滋润化开了禁锢一冬有点慵懒了的心田，这么好的时光又来了，真的不想辜负这美丽的春天，让自己身心都充盈着生机。是啊，早在严冬禁锢的时刻就盼望着春雷惊蛰的时候，就像王维在腊月里就盼望在和朋友在仲春的美景里畅游，"当待春中，草木蔓发，春山可望，轻鲦出水，白鸥矫翼，露湿青皋，麦陇朝雊……"，在这样的等待中，在这样的相约里，生活充满了诗意与远方，充满了对春天和美好的渴望。

"昨夜春雷坼甲声……"，坼甲就是草木的种子外皮开裂开始萌芽，我看到了这样生机满眼的景象。在我老家院子里的菜园里，看到一畦畦冬葱儿顶出了深绿色的参差不齐的羊角儿；在尚在流凌的黄河边，我看到两岸的土地已经苏醒，辛勤的农民已经往地里运送农家肥，湿润向阳的地方已经看到破土的草芽儿。"龙吟四泽欲兴雨"，自从听到新雷声后接连几天都是多云欲雨天，"土膏欲动雨频催，万草千花一饷开"，马上就是处处生机盎然的春天了。

今天是二月二，看到了朋友们晒出的各种龙抬头的图片，真是"奋髯云乍起，矫首浪还冲。"想起了宋代施枢的《题龙首图》："变化成来体势高，坐令幽思起云涛。春雷一鼓惊头角，碧海风轻衮绛桃。"让我们也抖擞精神迎接一个又一个明天，让我们也昂首向上约会又一个美丽的春天！

春雪春雨迎春分

一场轻柔似梦的春雨飘飘洒洒而来，时而脚步轻盈为雪，时舞姿潇洒作雨，在春分节气之前降临北方大地，着实让人们感到喜出望外。在春雨淅沥中，在春雪飞舞中，已经能够感受景气和畅的春天气息，迎接春分这个昼夜平分寒暑平衡的节气。

春分时节的塞北还是见不到丝毫绿色，更没有悦目赏心的烂漫春花，洁白的雪花倒是弥补了北方春天的缺憾和寂寥。上小学的儿子津津有味地背诵着新学的韩愈《春雪》，诗里有"白雪却嫌春色晚，故穿庭树作飞花"的诗句，把白雪比拟为穿庭入户的飞花已是一个习见的比喻，但一代又一代的诗人们都能翻新写出新意来，宋黄庭坚《春近》有"更喜轻寒勒成雪，未春先放一城花"的诗句，轻寒天气使春雨成雪散作满城飞花，倒是颇有韩诗的味道。宋施枢说春雪"混成天地皆同色，点染园林尽着花"，而且春雪也冻不坏快要吐芽的柳头，"东风毕竟能融化，不放寒澌冰柳芽"。

其实春分时的雪花触地即化，玉树琼枝的景象保留不了多长时间。不像冬天的雪那样可以存留好长时间积存不化，上午看着漫天飞舞的雪花落在地上，落在了停放在道边的车辆上，毛绒绒的像厚厚的毯子一样。下午再留心望去，街道和车子好比清洗过一样崭新，即使是高楼的阴面也找不到了白雪的踪影，地上是一滩又一滩湿漉漉的水迹。当春雪春雨刚开始降临的时候，就是"但看到地都成雨，犹喜随风尚类花"的景象，只有春雪才会是这般模样，如同柳絮般在空中飞舞，当接触到春温和煦的大地时，就化作了甘霖般的春雨。

尽管没有江南"深巷明朝卖杏花"的浪漫，也没有京城"梅雪争春未肯降"的美景，但春雨春雪相伴迎春分，还是让塞外的人们感受到春天的温暖。疫情的阴霾还没有从呼和浩特市散去，讨厌的疫情让人感到冰冷阴毒，像鬼魅一样挥之不去。从元宵节之后一直在禁足之中等待春天的到来，尽日寻春不见春，北方的春天往往是给人寒冷和萧瑟的景象，就像如雪一般撩乱的疫情，真是"拂了一身还满"。春分节气前这场春雨春雪，应该是寒冷的最后的一站了吧，大地微微暖气吹，春雨著地融化成了流水和山泉，盘桓了这么久的疫情也该走了吧！

因为疫情无法回到农村老家，每年春分时节故乡田野的泥土就该返青了。想一想儿时那淅淅沥沥的春雨，那如杨花一样充满梦幻的春雪，想一想那草芽儿还没有露头的田野，我的心中就充满了力量和希望，脑海中闪出夸西莫多的诗句："不只一次，我的心头，感觉到泥土和青草的分量……"。在土默川农村的田野上，春分时节正是草芽破土的时节，努力向上的草芽儿顶裂了一块又一块泥土，这一小块泥土对于小草来说，好比一个力士用尽力气举起一块巨石一样，无数的草芽儿一齐用力向上，再坚硬的地层也难以阻隔生长的欲望，再严酷的寒冷也不会掩埋生命的成长，这就是春天的力量。"草色有无春最好"，青草破土的时候是最让人敬佩的，就像我们那些朴实无华的父辈，明明知道生活路上有许多艰难困苦，但还是用尽全力去耕耘和打理生活，每年春天一到就充满了生长的心思和收获的欲望。

春雪落，雨相和，这场宝贵的雨加雪是春天的加速器。春雨消融了禁锢在小草头顶的泥土，春雪酥润了束缚在树木枝条里的春色，花红柳绿草萋萋的美景很快会在天地间铺排，鱼游鸢跃燕飞飞的生机很快会在人世间演绎。这场春雪春雨也化作汩汩春水滋润着膏腴的农田，犁牛遍地走的春耕景象很快也会呈现。你还为身边疫情带来的诸多不便而沮丧吗？你还为国外战争引发的物价上涨而抱怨吗？我想告诉你：只要我们生活的土地上天空中飞翔的是和平鸽的身影，只要我们还能安然而诗意地等待春天的花开和雁来，其他一切的不顺和坎坷都是落在窗户玻璃上的微尘，把它擦掉好了。

我想起了纪伯伦的一句诗："就在昨天，我还以为自己不过是生命苍穹中无律无序、胡乱颤动的一片碎屑；今天我已明白，原来自己就是那苍穹，一切生命皆有律有序地在我心中跃动。"心中只要装满了春天，春雪春雨肯定会应时而来，春分时节肯定会花开燕来。

春天从来不爽约

一过正月十五元宵节，呼和浩特就被突如其来的疫情笼罩，儿子说"我的城市生病了。"每天核酸检测成了和一日三餐一样重要的事情，十四轮核酸检测下来，已经是二月二龙抬头了，人们这才想起来这个正月就这样悄没声地溜走了。今天是惊蛰，终于不用再下楼做核酸了。快熬到头了吧，这该死又烦人的疫情！

在抗击疫情中憋屈了半个多月，几乎忘记了正月里来是新春。但春天该来的时候一定会依时按候，惊蛰这一天阳光明媚，"噢，惊蛰到了，春天来了！"在人们的一片感叹声中春天如约而来，"春雷开众蛰，暖律发千华"，惊蛰打开了春天的大门，阳光像个淘气的半大小男孩一样缠着你，让你感受他的活力和热情，让你全身暖洋洋的。冬天残留的严寒是绑在春天身上的绳索，惊蛰解开了这道绳索为春天松绑，让春天自由地舒展腰身。看一看天气预报，接下来的一周大多是气温升高阳光明媚的好天气，春天真是既不会爽约更不会偷懒。

但疫情彻底被战胜的春天还没有到来。抗击疫情的好消息逐渐多起来了：连续好几天呼和浩特市新增确诊病例停留在了个位数；到惊蛰这一天社会面已经连续三天无新增病例……这让人们看到了抗疫的春天，但这个春天像大自然里的春天一样，还被残余的严寒束缚着，人们丝毫不敢麻痹大意，城市里还有不少封控着的小区，一些重点人群和封控小区继续进行核酸检测，一些路口和小区还有社区工作者和志愿者查验各种防疫的证明。"病来如山倒，病去如抽丝"，一点一点地小心翼翼地坚持下去才能彻底剔除疫毒，城市才能在干净而明媚的春光里复苏，抗疫胜利的春天才能如约到来。

心中有光明的人能寻找到太阳，心中有温暖的人能寻找到春天，青城的人们心中就充满了阳光和春天。那么多医务工作者和社区工作者任劳任怨付出，有无数志愿者也起早贪黑加入了抗疫检测的队伍，这使得检测和抗疫等

果树报春

工作有条不紊开展。市民们也积极配合检疫工作，学龄前的小朋友蹦蹦跳跳跟着大人测核酸，老人把检测标志贴在了拐杖上，实在到不了现场的老弱病人还有检测人员上门服务。疫情刚开始时，人们在风雪和寒流中坚持工作和检测，经历了半个多月终于熬走了寒冷，盼来了气候回暖的春天。坦荡乐观的呼和浩特市人在疫情面前也不怨天尤人，编出了许多说本地话的段子笑傲疫情，今天有几位朋友还笑着说："这突然不做核酸检测了，感觉好像少了一些什么似的，反而有点不适应了。"与两三年前疫情初来时相比，人们已经不再慌乱了，相信疫情消散的春天尽管来得晚，但不会爽约。

春花是绽放给人们观看的，春光是因人们的欣赏而灿烂的，没有了人烟的熏染再美的春景也徒然。就在元宵节前，青城街头还是"万朵红灯闹早春"的过年气氛，元宵节后风云突变，城市的街巷和马路上变得冷冷清清，人们诅咒这疫情偷走了热热闹闹的正月，疫云笼罩下人间烟火失去了应有的温度和温暖，疫情使马路边的店铺紧闭，封住了人们走亲访友和踏青游春的脚步。善良的人们都盼望这城市的街巷店铺重新饱满丰盈起来，让各行各业忙碌热闹起来，让打工的人能找到工作，让失业的人能够重获就业岗位。毕竟安居乐业了才能笑起来，无数平凡老百姓的笑容，才是这个城市最好的春色，才能汇出最生机盎然的春天。

就在我们居家抗疫的时候，国外爆发了战争。和战争的硝烟一样互联网里弥漫着各种真真假假的消息，我们无法从海量的信息判断真伪，但看到那些难民们流离失所的场面，看到那些被轰炸得坍塌破碎的大楼，心里只有一个想法：战争和瘟疫一样可怕，瘟疫夺走了许多人的健康和饭碗，战争更是夺走了许多人的生命和家园。战争使我想到了"城春草木深"的诗句，本来是春花绽放的土地却成了硝烟弥漫的战场。比起那些在战火中流离的人们，我们在家憋屈个把月算什么呀。我们还能等待到春花在春风中摇摆的美景，但是那些在战争中失去生命的人们，永远看不到这个春天了；那些在战争中失去亲人的人们，等待来的只是忧伤和寒冷。

生活在当下的华夏大地真好，可以约会一个姹紫嫣红的春天。中华大地成为幸福和平的乐土来之不易，我们经历过"落后就要挨打"的屈辱，曾经的富庶和繁荣招来了侵略者的噬咬，招致他们坚船利炮的欺凌。作为一个爱好和平的民族，我们必须强大才能拥有和平。

春天从来不爽约。每一个炎黄子孙都应该祝福我们的祖国繁荣昌盛，我们期待着迎接中华民族伟大复兴的春天，那是一个阳光明媚万紫千红的春天。

请为春天种棵树

春风桃李花开日，又是一年的种树节到了。尽管寒冷的北方入眼还是一片萧瑟的景象，但从前人们种下的树木枝条披拂，正努力为我们招引春风春雨；从前人们种下的树木冠盖如伞，正准备为我们遮挡烈日骄阳。真正是"前人栽树，后人乘凉"。

每年的种树节和春分节气前后相随，春分前后是种树的好时候。"二月惊蛰又春分，种树施肥耕地深"，农谚是一代又一代人对生活和劳动经验的总结，说明这个时候是种树容易成活的好时节。清初著名诗人宋琬的《春日田家》诗里有"夜半饭牛呼妇起，明朝种树是春分"的诗句，说第二天是春分节气，该到种树的时候了，老翁夜半给将要出力耕种的老牛填喂了饲草料，又唤醒老伴商量天明以后种树的事情，诗中描写的场景好熟悉好亲切啊！

在内蒙古西部地区种树的时节要往后推半个月左右，清明才是种树的好时节。每到春分和清明时节，种树已经成为深入北方人血脉中的习惯，春风刚刚吹醒土地以后必须种树耕田，树长起来才能为家园和庄稼遮挡风沙。到了该种树的季节，学校和机关单位都要组织大规模的种树活动，我上高中时就和老师同学们到托克托县南梁上种过树，上大学时在天津和北京不知名的郊外挥汗挖坑种树，工作后又到呼和浩特市北边大青山种了好多次树。近四十多年来，我生活的北方被越来越多的绿树环绕起来。

"一树新栽益四邻，野夫如到旧山春"，种树是使后人和乡邻受益的事情，也是功德无量的事情。宋人姜特立《种桃》诗云："种桃三百树，随处有开花。来年三二月，便是武陵家。"是啊，种下一片桃花就是种下了桃红柳绿的春天，就是种下了芳草鲜美的桃花源。北宋的元绛被范仲淹调到永新县当知县，三年之后离开永新县时，赋诗抒怀云："三年到此百无功，种得桃花满县红。此日不能收拾去，一时分付与东风。"自谦中满满的都是自负之情，满县娇艳的桃花开在春风里，这就是政绩啊！元绛在几个地方为官时作出了安置流民等不少政绩，后来官也作到了参知政事。

南方可以种桃妆点春天，北方就得种树抵御风沙。当年左宗棠率领湖湘子弟收复新疆后，遍植护道树以御风沙。其部下杨昌浚感叹"大将筹边尚未还，湖湘弟子满天山。新栽杨柳三千里，引得春风度玉关。"在寒冷干旱的北方，

我家门前有桃花

养活一棵树比养活一个人都费劲，但倔强的北方人偏偏要通过种树把春风引到黄河边，引过玉门关，引到沙漠边缘。我曾采访过毛乌素沙漠里治沙女杰殷玉珍，她说"宁愿种树累死，也不能叫黄沙欺负死"；我也曾采访过大漠戈壁深处与风沙搏斗的老牧民图布巴图，他和老伴用矿泉水瓶浇灌出了茂密的梭梭林，他种树是因为"不愿看到风沙侵蚀家园"，就是"要给后人留下一片林！"

在内蒙古几大沙漠的边缘，种树是好多普普通通农牧民的一生追求。我采访过的那些治沙的农牧民，他们在与风沙搏击中与树活成了命运共同体，树是人类治沙意志的延伸和化身，拥有了主人的意志的树在风沙面前变得勇敢而坚强；人是会行走播绿来抵挡风沙的树，就像图布巴图"宁愿做挡风沙的梭梭"。有了意志支撑的人和树是相依为命的，在卑微而辽阔的土地上人与树都显得高大而永恒，有的上了年纪的治沙老英雄已经去世了，但那些仍然活着的大大小小、高高矮矮的树会感谢和铭记着他们，那一道又一道绿色的屏障就像矗立在大地上的碑一样，记录着他们播绿的事迹。

"种德如种树"，为了后人生活得更幸福，前人应该种下尽可能多的能够乘凉的树木。修桥补路和栽花种树都是积德行善的好事。我们在前人种的树下憩息乘凉，也该为后人种树成阴，树木一茬一茬地成长，人类一代一代地传承，种树是一件应该延绵不绝的事业或功德。

"万卷藏书宜子弟，十年种木长风烟"，藏书可以滋润子孙的精神世界，种树可以改善后代的生存环境。"十年之计，莫如树木；终身之计，莫如树人。"请为春天种棵树，今天种下的树苗，迟早会长成冠盖亭亭的参天大树，迟早会撑出清风徐来的茂密树阴。

约会春天下半程

回顾人类历史，战争、瘟疫和灾荒一直如影随形一样追逐着我们。可怕的战争和灾荒就不说了，说一说这讨厌的疫情吧，今年正月新冠疫情突然笼罩呼和浩特市,到现在城市还没有恢复正常模式。又一轮"倒春寒"疫情让多地按下"暂停键",给人们的生产和生活带来了严重的影响。

想一想,抗疫已经进入第三个年头了,人生有多少个三年。回想前年在抗击与防范新冠肺炎病毒中度过了春节、元宵、二月二等佳节,又度过了立春、雨水、惊蛰、春分等节气,今年几乎又是这样一个轮回。呼和浩特市还没有从封冻中苏醒过来,马路边的商铺依然无法开门营业,小区的主要街道还有工作人员值守。而且,国内好多城市都程度不同地出现了疫情,前两天国内日新增病例突破了三千例,许多城市如临大敌严阵以待,即使是新增零报告的呼和浩特市,防控疫情还是不敢松懈。

憋了好长时间了,不少人都快疯了,想彻底放松了。但我想说,尽管我们很疲惫了,还是要咬住牙坚持下去,免得功败垂成。这两天我一边抗疫一边关注世界风云,看着那些硝烟下流离失所的人们,看着那些战火里残破的家园,庆幸我们生活在和平和幸福之中,我们还在为健康和生命而守护,为了阻断疫情呆在家中这点憋屈算什么呀!有人感叹"青春才几年,疫情占三年",其实青春也不能只是想着游玩和跑逛,青春的大好时光也应该像作学问一样,要有"板凳要坐十年冷"的耐心。

大疫面前有人为你担当构筑防疫屏障,有人为你的健康舍生忘死持久作战,真的是一件幸福无比的事情。在艰难抗疫中不少国家彻底躺平不再作为,不少国家对病毒投降实行集体免疫,但我们国家仍然全力与疫情作斗争。那些实行群体免疫的国家,背后是巨大的平民死亡数字,他们居然把以平民生命为代价的群体免疫当作一种成功。假设,作为一个人口超过 14 亿的国家也实行对疫情完全放任的政策,那将会带来多么昂贵的生命代价!如果疫情完全失控,医疗资源彻底崩溃该如何应付?后果真是不堪设想。在与疫情较量的三个年头里,我们国家始终秉持"人民至上、生命至上"的理念,有条不紊地在防控好疫情的同时统筹经济社会发展,这是多么坚定和艰辛的壮举。

风雨中有人为你撑伞,疫情中有人为你遮拦,暖心又踏实。这一段时间我留心翻阅了历史上的疫情对人类社会的影响，不必说 14 世纪中叶那场席卷欧洲的黑死病，不必说 110 多年前那场蔓延东三省的鼠疫，就说一说我生活的呼和浩特市吧，民国时期也发生过三次较大规模的鼠疫，但在那个风雨飘摇时局动荡的时代，政府根本无力组织起有效的防疫，染疫之地成了人间地狱。据《绥远通志稿》卷六十五记载，从民国三年（1914 年）到民国七年（1918 年）绥远周围疫病大流行，"往往全家疫死，仅余幼孩一人，宛转呼号，亲友不敢收容，听其冻饿而毙"，当时"死者尸体纵横，穷乡僻壤，有延至数月而未掩埋者，可谓惨矣！当疫盛时，城市街衢，寂无行人。城乡大道，人迹几绝。"

我惊诧这片土地上曾经还有过这样惨不忍睹的至暗时刻，可这样的景象成为历史并不十分遥远。父亲曾经告诉我，他出生的那个年代兵荒马乱，遇上兵匪和瘟疫只能是认命，上世纪四十年代他的姐姐我的姑姑就是被瘟疫夺去了生命。1942 年呼和浩特市西部那场鼠疫也死了好多人，好多人家染疫后没有幸存者，有的整村整乡染疫，一片"万户萧疏鬼唱歌"的景象。在当时的医疗卫生条件下鼠疫流行带来的死亡非常惨重，对人们心理造成了严重的影响。人们对鼠疫只能做到简单的防护，根本无法医治染疫之人。一些村子派人手持木椽在村口把守，不让外人随便进入，如果有不听话的强行要进来，把守的人就用椽子猛打，所以鼠疫在当地又被称为"椽头子病"。《绥远通志稿》卷六十五记载，鼠疫流行时呼和浩特附近"乡村出进路口，专人守望，见有入村者，则举木椽挥之，俾不敢进；强进，以椽撞之。故当时乡人遂号鼠疫传染为椽头子病云。"

对于我们这一代人来说，鼠疫等流行性疫病似乎已经成为一个很久远的传说。直到 2003 年非典爆发才明白，不是那些流行性的疾病绝迹了，而是我和父辈们所生活的时代不同了，有人在为你的健康和生命守护。19 年前非典来袭，开始人们都有一些慌乱，毕竟好多年没遇到这种公共卫生事件了，但很快预防和救治步入正规，人们在抗击非典疫情中体会到了万众一心的中国力量。2019 年 11 月，内蒙古发现鼠疫疫情，着实让人们吓了一跳，好久没听说鼠疫这个病了，由于隔离防护等措施得当，鼠疫疫情很快就在很小范围内被控制消灭。这两年也时有散发病例报告，但很快就得到控制，而且卫生和疾控部门一直没有松懈，岁月静好真是有人为你负重前行。

不知不觉中在抗击新冠疫情中迎来了第三个春天，在与疫情的较量中体会到了和衷共济的人间大爱和温暖。医护人员舍小家为大家拼搏奉献，社区工作人员冒着寒风守望把关，各个省区和城市之间互相驰援，普通市民配合又自律……就这样一次又一次阻击疫情，赢来了一次又一次宝贵的动态清零，一次又一次从山重水复中迎来柳暗花明。为防控疫情进行的封控隔离难免使人烦躁，但知晓了历史上疫情给人类带来的近乎灭顶的灾难，你就会觉得这种暂时行动不自由换来的是幸福和安宁。

我们在居家抗疫中已经度过了最寂寞最寒冷的半个春天，当疫情像寒流一样被春风驱走时，生机就会像春天一样从泥土里迸发，该到姹紫嫣红都开遍的时候了！

来个小满正好好

在街头上曾听过这样的问答，一位问："小满过后是什么节气？"另一位理所当然地回答："大满呗！"其实二十四节气里，小寒大寒、小雪大雪和小暑大暑如三对孪生兄弟结伴成对，唯独小满之后却无大满，大概设计二十四节气的人不喜欢"大满"这个词儿，听起来就让人感觉自大自满，有个小满正好好。

小的时候，我盼着快点过年过节。盼着过八月十五中秋节，但我觉得最快乐的时候是八月十三或十四这两天，这个时节月亮将圆未圆，节日将至未至，我们心中充满了欢喜和希望：有好吃的月饼和羊肉等着我，有好看的月亮和嫦娥的故事等着我……心中充满了期待，到了明月如水的中秋夜时，反而有些不舍，生怕这么美好的节日匆匆过去；盼过大年的时候也一样，最高兴的时候是腊月二十八九，这个时候年还未到，心里感觉快乐正在向我们走来，一旦到了过年的当天，反而有一种怅然若失的感觉。

生活中有好多道理也是这样，凡事凡物小得盈满便好，用我们托克托话说凡事弄个正好好就行了。我小的时候一个月里吃不上糖，就盼能吃到一块水果糖，跑着看人家娶媳妇聘姑娘，也是为了新媳妇新女婿能给上一块糖，那个时候用纸包的水果糖真甜。后来日子渐渐好了水果糖可以论斤买了，反而觉不出糖有多么甜了。小的时候我买不起小人书，多么渴望看遍所有的小人书，后来我能买起更多的小人书了，可买书那种渴望弱了，读书那种如饥似渴的感觉少了。

有缺憾才能感觉到得到的快乐。父亲曾经常和我念叨一句谚语是"饭给饥人吃"和"饿饭是香饭"，为做肠镜检查这两天我没有吃饭，我突然找回了小时候特别想吃饭的感觉，有了这样的经历，就理解了明代屠隆所言"饥乃加餐，菜食美于珍味；倦然后卧，草荐胜似重裀"，草荐就是草垫子，重裀就是今天的席梦思软床；父亲还和我说过一句谚语是"十分聪明用七分，留于三分给儿孙"，他说你看像诸葛亮和关羽那样的英雄豪杰，后代儿孙却默默无闻。后来我读书知道"势不可使尽，福不可享尽，便宜不可占尽，聪明不可用尽"的说法，都是告诫人们做人做事都要留有余地。

说一段《易经》里的话，《象传上·谦》云："天道亏盈而益谦，地道变盈而流谦，鬼神害盈而福谦，人道恶盈而好谦。"天地人神鬼都不喜欢盈满而喜欢谦冲。看看《谦卦》的卦体，上面三个阴爻为坤代表地，下面的卦形为艮代表山，本来高高在上的山却在地的下边，这就是谦卦之象，所以位高权重的能礼贤下士，人们就赞美他虚怀若谷。为人处世充满了恶盈好谦的道理，谁都不愿意和那些刚猛狠愎的人打交道，不愿意和那些自高自大的人打交道，不愿意和那些富贵骄人的人打交道。当然忌富贵盈满，但人也不能自甘贫贱，你看"只闻神鬼害盈满，不见古今争贱贫"，所以呀人生境界还是小满正好好。

二十四节气里没有大满，我们的人生也不能追求大满，来个小满正好好。愿你活得像一只小满的杯，才能装得下攘攘世界和芸芸众生，才能容得下更多悲欢离合和酸甜苦辣，才能给渴望和追求留下余地。

芒种时节说种田

今年入春以来大风不断，动不动就是降温天气，直到芒种节令才有了点夏天的样子。在内蒙古中西部农村，可把种田的人们熬煎坏了，还在村里种地的发小利利告诉我："天冷地湿好赖种不成，熬煎死了，好不容易到芒种才把这点地种完。"

往年这个时候地早种完了。种地是庄户人最要紧的事情，只有把五谷播种到土地里，农民才会把心掉到肚子里有一份踏实。在我的记忆中大集体生产队的时候和刚包产到户之初，芒种之前地里已经种得五花八门，有瓜、豆、小麦、莜麦等。我曾经陪着父亲出去种过地，种小麦、莜麦和胡麻等作物得请上后街的新乐哥等高手来扶耧，扶耧把式要保证播种的种子均匀有度，才能保证将来均匀捉苗，不能太过稠密和稀疏，影响收成。"三年学个买卖人，一辈子学不成一个好庄户人"，这句昔日流传的谚语大概说的就是庄稼地里耕种有好多学问。

点瓜种豆在北方农村要在立夏和小满之间。记得点瓜种豆的时候我们是全家出动，手里提一把小铁铲，拎一把铝壶来到地里。就像母亲细心地绣花一样，我们是给土地精心地绣花，趷蹴在田垄间用铲子点进种子，再用铝壶给种子坐一些水，半天点种下来，腰腿生疼，但看到整齐的田垄里播种成行充满希望，心里就别提有多高兴了。在小麦已出苗的垄头行间点种玉米，也是这样的种法，这种小米间种玉米的办法也叫套种，可以使北方地区增产，小麦收割之后田间的玉米开始苗壮成长。

到了芒种时间再种地，已经是很晚的播种期了，民间有谚云"芒种不种，再种无用"。这个时节大田作物基本上已经播种完毕,还没有种的地必须抢时播种。在我的家乡土默川光照积温好,"芒种忙忙种,夏至谷怀胎",这时种下谷子还会有收获,因为谷子是耐旱稳产作物,适合北方地区种植,还有零星播种玉米和高粱的,可它们对积温和光照的要求就比较高了,遇上好年景才能丰收,像今年由于气候原因播种晚,就得后期指望有一个风调雨顺的好年景了。我的家乡土默川在蒙古高原上,纬度和海拔都比较高,无霜期较短但光照充足,还是可以让玉米和高粱长一阵子的。阴山北边的后山地区就只能种一些耐寒耐旱的作物了,前两天我去集宁、武川等地看到农民才在地里翻耕。

我的家乡托克托县农村流行着一句谚语,叫"芒种糜子急种谷"。五谷里边的黍其实是分为两种:发黏的是黍子,不发黏的是糜子。糜子磨出来的米有别于小米,在牧区用来做炒米,蒙古语叫做"胡日阿巴达"。在土默川农村糜米主要用浆米罐子泡上吃酸焖饭、酸稀粥,中午吃酸焖饭,夏天是解暑的好饭食。糜子是一种生长期最短的禾本科植物,有的品种80天就可以成熟,再晚熟品种也不超过100天。遇到天旱无雨或大风降温,播种其他作物误过节气时,可以种糜子弥补来保证收成。芒种时节种谷子在正常年景也可以成熟,但谷子比糜子生长期长,供它生长的无霜期不多,如果再遇上冻害,就吃不到嘴里了。从芒种到处暑约有三个月的时间,如果到了处暑谷子还未出穗,就不会有收成了,只能长成割到喂牛的一把草,所以说"处暑不出头,割了喂老牛。""芒种糜子急种谷",说的是芒种时节种糜子还正当节令,种谷子就有点急播抢种的意思了。

从种田的道理里,我们知道光阴真是太短暂了。当年那些扶耧种地的叔叔大爷们都已经远去,我常常想到他们扶耧种地的身影,想起他们焦急待播的神情,想起他们播种成功的笑容。地还有他们的子孙后代在耕种,已经全部是机械化耕种了,但不管播种方式如何变换,都不能误过节令,都要及时耕种,才能种瓜得瓜种豆得豆有所收获。人的一生也有供我们成长的无霜期,不抓住时光在无霜期里播种成长，我们的人生就会黯然荒芜。

"方春不种兰，终岁无自佩"，当春时节不种兰，这一年也就无可佩带。在人生的无霜期里不勤苦生长，则终生碌碌无为。除过童年无知和老年昏聩的时光，人生的无霜期就是应该发奋的少壮之时。"少壮及时宜努力，老大无堪还可憎"，年轻时就该发奋努力，否则年老后一无所能，自己看着自己都讨厌。

谷雨时节春始来

乌素图的杏花才绽放出粉红的花朵，吸引青城的市民去郊野踏青；公路两边的树木才抽出嫩绿的枝条，就像刚出壳的鸡雏一样还是一副睡眼未开的样子……在呼和浩特市这样的塞北苦寒之地，从农历二月开始蒙古高原的罡风挟带着风沙一直刮着，刮得天地苍茫，刮得我心彷徨，只有到了谷雨时节塞北的春天才初露头角。

今年的沙尘暴刮得让人心烦，刮得让人感到一种天荒地老的忧伤。沙尘暴最肆虐的时候，我想到了唐代李益对于沙尘暴的描述"眼见风来沙旋移，经年不省草生时。莫言塞北无春到，总有春来何处知。"没有亲身经历不会写出这样有生活实感的诗句，因为工作关系我经常到沙漠或沙地采访，真的见过大风劲吹沙丘快速移动的景象，枯草在风中瑟瑟发抖贴附在地面上，就像快要被洪水冲走的人紧紧地抓着树枝；劲风簸扬下一股股流沙肆意冲锋，就像滔滔洪水任意漂荡流溢，就像桀骜不驯的烈马扬鬃奋蹄，狂风转眼就可以搬动一个沙丘，在沙漠中经年寸草不生是平常的风景。和"羌笛何须怨杨柳"一样，"总有春来何处知"是一种无奈，因为没有婀娜的春风杨柳万千条可以来报春。

除了风大沙多的原因，塞北的春天姗姗来迟还因为气候寒冷的原因。另一位唐代诗人张敬忠的《边词》写道"五原春色旧来迟，二月垂杨未挂丝。即

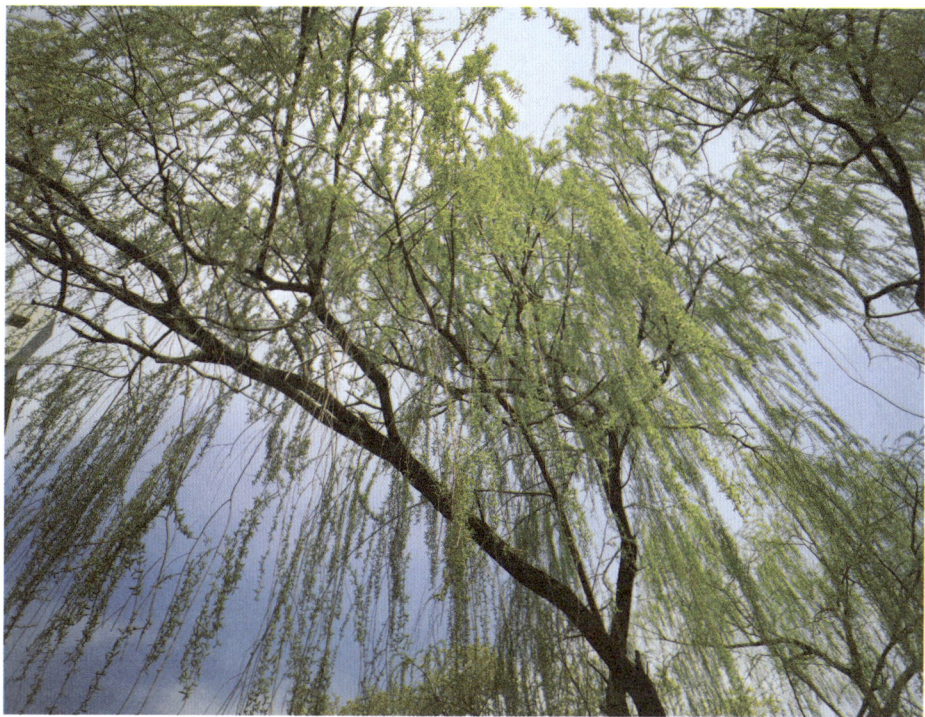

杨柳青青

今河畔冰开日，正是长安花落时。"说出了塞外春色姗姗来迟的原因，在温暖的江南，谷雨时节正是春耕最繁忙的季节，这时正是"谷雨催秧蚕再眠，采桑女伴罢秋千。前村亦少游人到，牛歇浓阴人饷田"的景象；在微信里好多中原地区的朋友们也晒出了谷雨时节花红柳绿的景象，草木已呈现出了深绿色，已经到了绿暗红稀草长莺飞的暮春时节。

　　而在苦寒的呼和浩特市，人们还没有好好看到春天模样。几场沙尘暴刮得天昏地暗，柔弱的春天和寒冷的冬天像搏克手摔跤一样交锋，冷空气总是能占上风，人们不得不把冬衣再换上，城市不得不把供暖期又延长三天。沙尘暴把乌素图的杏花也蹂躏了满地，果农们说今年秋天杏的收成又不好。谷雨时节春始来，桃花开了杏花开。直到谷雨节气的前两天，我生活的这座城市才停止供暖，沙尘暴才算止歇脚步，气温又逐渐回升，谷雨当天是一个难得的好天气。

"谷雨将迎稚绿来"，嫩绿的柳色像朦朦胧胧的淡妆。青城的人们终于相信风尘过后还会见到明媚的春天，被沙尘蒙蔽了眼睛的人们终于看到了"柳丝无赖舞春柔"的景象，终于看到了"轻寒争信杏花娇"的景象。塞外这春天来得不容易啊！珍惜这好不容易来到的春光，她终于穿越漫天的沙尘到来了，穿过了料峭的寒冷到来了！人们尽情地欣赏着这迟到的春天，享受着春天的色彩和芬芳。塞北的田野上"风吹润土如炊香，烹鸡为黍饷南冈"，庄稼人们吃上几顿好饭，才好攒足力气忙春耕。

塞北的春天虽然姗姗来迟，但离去得一点也不比南方慢。呼和浩特市的春天短得让人难以觉察，刚刚看到花朵在枝头绽放，炎夏转眼就会到来，人们匆匆忙忙换上半袖衫迎接夏天。噫，春天呢，怎么来也匆匆，去也匆匆，好像一位风雨兼程的远行客一样。

再晚到的春天也是春天！在谷雨节气这难得的好天气里，让我们抓住春天的尾巴，好好感受春天，享受生活！

这是立夏节气吗？

这是立夏节气吗？是的，立夏已经两三天了，日历上提示得明明白白。这哪里是立夏节气呀！这明明是冬春时节的天气，兴许日历印错了吧？呼和浩特市的市民们见面时这样互相开玩笑，从惊蛰到立夏这两个月来沙尘暴频繁光顾塞上这座城市，寒冷天气总是占据上风，人们把臃肿的冬装脱下又穿上，穿上又脱下，真没见过这样反复无常的天气。

一进入立夏节气，天气更是怪异。立夏节气当天沙尘暴便遮天盖地而来，刮得天昏地暗日月无光，沙粒儿打得人脸上生疼，我想起《西游记》里黄风怪吹出的风"冷冷飕飕天地变，无影无形黄沙旋"，沙尘暴带来气温骤降的天气模式来宣告立夏节气到了，感觉有点奇葩。浏览朋友圈里的图片，在内

小院格桑花

蒙古好多地方还下了不小的雪，大兴安岭林区里厚厚的冰雪仍然是大地的主角，春天和夏天压根就没有登场。昨天我在呼和浩特市街头看到一个等车的小伙子，穿着半袖衫在寒风中瑟瑟发抖，同行的人说这小伙子愣头青，可人家是在夏天穿半袖，不对吗？是天冷得不是时候啊！还有一个小伙子留着卷发头和络腮胡子，结果头发和胡子被吹得像沙蓬草一样，这得怨沙尘暴刮得不是时候。

"立夏不起尘，起尘活埋人"，这两天这句俗谚火了起来，我也曾听我父亲念叨过这句俗谚。我在想俗谚一代接一代流传，真是劳动人民智慧的结晶，这句农谚说的是塞北或西北一带关于风沙天气的判断，是说立夏草木泛绿气候转暖，一般很少有刮风起尘土的天气，在北方春天来得晚，春季的风是料峭寒风，立夏季节刮的才是吹面不寒的杨柳风。另外，到了立夏节气一般应该下过几场雨，地里的水也解冻潮湿，即使刮风也不会起沙尘暴，这是一个基本的判断。但也有例外，如果刮起沙尘来还真能把人活埋掉，今年的立夏就验证了这一农谚预测的科学性。

这么多年来绿化造林治理沙漠，难道在沙尘面前就不堪一击吗？面对从春到夏肆虐的沙尘暴，人们不禁发出了这样的疑问；这么多的沙尘是从哪里来？人们对沙尘暴的来源百思不得其解。我觉得几代人接力治沙播绿已经显现出了一定的阻挡风沙的生态效果，但只要气候足够异常，只要风力足够强劲，只要地面足够干燥，只要沙漠仍然存在，沙尘暴怎么会绝迹呢？人类和大自然是相互依存的，我们要有向沙漠进军的勇气，但治理沙漠得遵循自然规律，不要幻想把沙漠全部治理完毕。我们要努力的是把历史上被沙漠掠夺走的绿色再夺回来，把在人类不合理活动下的消失了的绿洲挽救回来，让干涸的河湖重新碧波荡漾，让一些病态的河湖重新成为大地上明亮的眸子。

沙尘暴是从国外刮来的，沙尘暴肆虐是因为气候异常、土地干旱……人们思考着沙尘暴的各种成因。好多说法我也赞成，但我思考更多的是：人们顺应自然规律了吗？为了提高作物的产量，人们无节制地抽取地下水发展水浇地，水浇地的面积增加了成千上万亩，农田的产量翻了一番又一番，但地下水位一降再降。对于每一位个体的农民来说，他们只能看到眼前的收成，很难意识到的家园未来的忧患。我的脑海里有这样一幅画面：一眼又一眼井，就像从血管里抽血的针管一样，插到了大地母亲身体的血管里……失去了地下水涵养的土壤，随风而起成为沙尘的一员，这宝贵的沙土有水便是孕育五谷的沃土，无水便会成为逞凶的沙尘。

即使是植树造绿，有时一些做法出发点是为了保护生态，却忽视生态平衡和水平衡，没有顺应自然规律，结果给生态带来了"保护性"的破坏。比如一些地方不考虑地下水资源的平衡，盲目抽取地下的水造地上的绿，一味追求高大上的"样板工程"，一些荒漠干旱地区片面追求不符合当地自然规律的"绿色政绩"：有的地方植树种草只追求茂密，不量水而行进行生态建设；有的地方种植一些耗水量大的乔木，而罔顾当地适宜种灌木和草的生态规律；有的地方甚至在不宜种树的草地或沙地上"造林"，结果赔了树苗又费水。

生态保护修复要立足当地气候条件遵循自然规律，根据当地水资源状况"量水定生态"。

"不要过分陶醉于对自然界的胜利，对于每一次这样的胜利，自然界都报复了我们。"我经常在思考恩格斯的这段话。站在这立夏时节漫漫的沙尘里，我想我们人类是否还有什么做得不到位甚至有悖于自然规律：牛羊养多了？地下水用多了？还是有哪里做得不妥了？

"黄沙碛里本无春"，今年不但没怎么见到春天，也遭遇了"黄沙万里昏"的夏天。想起了清代诗人黄景仁的一句诗："春从啼鸟来，啼是春归去"，改两个字是"春从沙尘来，沙是春归去"，夏天又接了春天的棒，掀起了这漫天的黄沙。

还是憧憬姹紫嫣红的春天，还是向往草木葳蕤的夏天。让我们共同努力，约会一个无沙的春天，邂逅一个无尘的夏天。

最美人间小暑天

这两天进入初伏天，太阳没遮拦地烤晒着大地，大街上的人们热得无处藏。一场夜雨把人们从炎热中解脱出来，带来"人在清凉国"的舒适，北方的这个季节真好！

对于内蒙古这样的北方地区来说，最美不过这初伏来临的小暑时节。这个时候尽管天气逐渐炎热起来，但一年气温最高的时候还没有到来，"上蒸下煮"是炎热南方的节候，在昼夜温差巨大的北方不仅适宜作物积淀糖分，也使人们能充分体会气候的炎凉，在感受天气炎热难耐之后，也能充分体会消暑乘凉的通体舒适。这个时候次第丰收的瓜果陆续上市，像呼和浩特周边口肯板申的香瓜和巴彦淖尔的西瓜，使人们大饱口福大快朵颐。

夏天太宝贵而短暂了，内蒙古好多地方的人们都会有这样的感慨。在茫茫的草原上和大兴安岭林区等地，冰雪是天地间的常客，著名的中国冷极呼伦贝尔根河市在立夏之后下雪很常见，根河市每年9月1日就进入了长达九个月的供暖期。今年内蒙古好多地方入春以来气候寒冷，寒潮挟带着漫天的风沙肆无忌惮地弥漫于天地之间，入夏时节好多地方还出现了降雪和降温天气，大片的雪花夹着黄尘满天飞，人们戏谑地称"今年立夏失败"。即使在温暖的土默川平原，尽管大青山把强劲的寒流和蔽日的沙尘挡在了北边，但立夏时节余寒犹厉。从春到夏想昏黄就昏黄的沙尘和想降温就降温的天气，让人感到绝望和窒息，莫非今年的夏天真不来了？！

风沙阻挡不了春天的脚步，寒冷封杀不了夏天的热情。到了芒种之后夏天才终于有了夏天的样子，再没有沙尘天气出现，农民们忙着往地里抢种玉米，几个在村里的小学同学告诉我，今年开春气候寒冷无法下种，土默川的农村芒种前后播种玉米比往年已经晚了近一个月，农民们盼着秋天晚些下霜，玉米才能有收成。在阴山北麓和气候更为寒冷的农牧交错带，我看到芒种之前乌兰察布的农民才开始撒开地里的粪堆。没有了阳光和夏日带来的无霜期，农作物和草木就不会有容光焕发的机会，使粮食籽粒饱满积淀的是夏日的阳光和雨露，只有夏日的阳光和雨露才能把农民丰收的梦想变成现实。

在内蒙古无论是草原上的牧民，还是平原上的农民，都希望这生命蓬勃的夏季长一些。"如果没有天上的雨水哟，海棠花儿不会自己开……"，只有到了夏季，草原才会焕发出铺天盖地的大美，才会呈现"风吹绿草遍地花，彩蝶纷飞百鸟儿唱……"的美景，才会承载珍珠般的牛羊和彩云一样游移的马群。每年从小暑节气开始内蒙古草原进入了最美的季节，蓝蓝的天上白云飘，只有躺在夏日的一望无际的草原上，看似穹庐一般的天空湛蓝如洗，看像棉絮一样的白云从天上悠悠飘过，才会真正感到"天高地迥，觉宇宙之无穷"。盛夏时节几场大雨过后，草原就由面黄肌瘦迅速变绿变深，到了小暑时节的草原绿得天地苍茫荡气回肠，美得日月丽天岁月悠长。

每年公历的第三个季度是草原旅游的黄金季节，人们都希望这赤日炎炎的夏天长一点。广袤的内蒙古有好多值得流连的美景，有"天鹅飞来不想归"

的呼伦贝尔大草原，有大海一样辽阔的锡林郭勒草原，有松青桦洁花如潮的阿尔山……这些大美无边的风景吸引远方的人们来这里玩赏，人们贪恋万古天然的风景，也贪恋祖国北疆凉爽宜人的气候。乘高铁从北京向西到乌兰察布只需要一个多小时，乌兰察布是避暑的胜地，即使在热浪滚滚的盛夏时节，入夜也要穿上外套才能抵挡微寒。可惜内蒙古夏日的黄金季节太短暂，草原如果也像南方那样四季见绿，这里的旅游和其他产业会更加红火。

"夏满芒夏暑相连"，记忆里的盛夏时节是由一连串被汗水浸透着的日子连贯而成，对于田地里的农民来说这是一个既忙碌又高兴的季节。这个时节村外到处是生机勃勃的庄稼地，绿油油的庄稼们从大地里吮吸着营养，在温暖的阳光下进行着光合作用；这个时节草木的颜色深起来，有别于草木初长成时的嫩绿色，就像被阳光晒黑的健康皮肤一样，深绿色是夏日阳光赐给植物的健康肤色，有了这深绿色后，庄稼的根茎叶果花就开始茁壮成长；这个时节是"一霎儿晴，一霎儿雨"的多雨时节，这在干旱少雨的北方是天大的喜事儿，刚刚还万里无云的天空突然彤云密布，一场瓢泼大雨接踵而至，很快云过天晴，被骤雨洗过的天空上泛起白云朵朵，仿佛童话世界一样美丽，这种像孩子的脸一样多变的天气让人感觉夏天是童真的，让人想起"白云苍狗"这个词语。

北方的夏天是一首颂扬劳动的诗，是一曲弘扬奉献的歌，是一幅赞美勤劳的画。这是一个思念离家乡最近的季节，每当到了这二暑相连的时节，我就想起了当年在家乡农村忙夏的节奏，想起了匍匐在田垄中劳作的父辈和更早的先辈们，在以耕牛为主的农耕时代，在日出而作日落而息的淳朴时光，夏天是那些先辈农民们农活最重的季节。夏天昼长夜短，许多农民早晨四五点钟就跑到了地里，中午歇起晌来又扑到地里，直到晚上太阳下山暮色已重时才舍得回家。我曾经在暑假里和父亲一起在夏日的田垄里劳作，在海海漫漫的土默川上高高矮矮的农作物遮挡着人的视线，绿油油的青纱帐铺展到了北边大青山的脚下，南北是浩荡而来奔涌而去的黄河，但在烈日下很难感受"青山隐隐水迢迢"的诗意，更多体会到的是"足蒸暑土气，背灼炎天光"的艰难劳作。

但我的父辈们喜欢这汗水流淌的盛夏时节，只有在这酣畅淋漓的劳动中他们才能体会到人生的价值和生命的尊严。在夏季高强度的劳动中，我的那些父辈们贪心到了顾不上吃饭的地步，刚刚收割完小麦，又要去锄玉米，才从打谷场下来，又要到地里采摘枸杞子……这样的劳动使他们充实幸福，使他们心安理得，使他们笑逐颜开。只有这一个夏天里忘我的劳动，才会有秋天满载而归的收成，才会有农家幸福美满的憧憬。在这个炎热的夏天里，让对生活的热情变成火热的劳动，才会拥抱红红火火的日子。

最美人间小暑天。在这火热的夏天里，我歌唱这火热的人间和生活，光阴留驻过的那一个又一个炎热夏日，化作了回忆中最有温度的往日时光；在这繁忙的夏天里，我回忆那逝去的亲人和先辈，他们苦熬过的那一个又一个酷暑季节，变成了过往中最具温情的甜蜜生活。我喜欢这北方的夏日，炎热中又散发着清凉，就像这悲欢离合交集的俗世一样，在大的天道节气不变的情况下，却有人间温情散发出的一缕清凉，让人们对生活充满了赞美和渴望。

静静地注视，夏日的阳光雨露给每一棵草木都带来了成长的快乐，北方的夏日又给每一颗滚烫的心带来了清凉，在绿得地老天荒的草原上，我的心也在沁人心脾的绿色中绽放芬芳，回忆那一个又一个热情奔放的夏日时光。

风云雷电伴暑来

到了大暑节气，进入了一年中最炎热的中伏天。这个时节太阳火辣辣地炙烧着大地，但雨水也非常充沛，刚刚还万里无云的天空突然间乌云翻滚，在雷声闪电中狂风暴雨接踵而来。在大暑时节的闷热烦躁中，领略雷鸣电闪的疾风暴雨后，可以尽享雨后暑气消散的凉爽，真是"流汗沾衣喘不供，孰知有此快哉风！"

"黑云翻墨未遮山，白雨跳珠乱入船。卷地风来忽吹散，望湖楼下水如天。"这场来去匆匆的疾风暴雨就是大暑时节西湖边上的景致，苏东坡用他的生花妙笔将这场骤雨惊艳了将近一千年。"笔落惊风雨"，苏东坡真是描摹状物的高手，你看他的另一首《望海楼晚景》："横风吹雨入楼斜，壮观应须好句夸。雨过潮平江海碧，电光时掣紫金蛇。"这也是一场雨过潮平电光不止的横风壮雨，大约也下在夏日将残的溽暑时节。天才的诗人还有一首即景写暴风雨的诗词是《有美堂暴雨》，在他的听力视觉里惊雷在脚底，顽云绕座间——"游人脚底一声雷，满座顽云拨不开"；远处的海雨天风是"天外黑风吹海立，浙东飞雨过江来"……壮阔磅礴的场面让人感受到了风云雷电交集出的气势和力量。

大暑时节的暴风雨能够调动人的视觉和听觉极限，是大自然中最能慑人心魄的壮景，是动人心弦的大美。"风云雷电任叱咤"，我是听着《西游记》主题曲成长的一代人，作为农村出生和长大的人，我亲眼看过亲耳听过暴风雨来临前那种力拔山兮气盖世的威势，目睹过"风如拔山怒，雨如决河倾"的威猛气概，见识过雨过天晴后湛蓝如洗的碧空，欣赏过"忽惊暮色翻成晓，仰见双虹雨外明"的美景。

在土默川农村流传着"风是雨头"的俗语，一场暴雨之前肯定会有一场狂风先作引子。本来是阳光明媚的炎暑天气，突然一阵狂风吹得天地变色，大风能把一些秸秆作物吹得倒伏在地，黑色的风头仿佛饱含水分一样，吹到人的脸上和胳膊上感觉潮乎乎的。狂风把一块块黑云从地平线上撕扯起来，就像絮棉被一样很快铺满了天空，黑云像锅里煮沸了的胡麻油一样，咕嘟咕嘟地翻滚沸腾着。天地间一下子暗下来，就像苏东坡描写的情状一样，乌云仿佛来到了你的身边，风中有朵雨做的云，湿漉漉地向你扑来。我记不清是哪一个暑假了，也记不清有几次了，在田野里放马割草时遭遇了这样的风云突变，只好和小伙伴把草捆堆在土渠边，抵挡风势并把一块塑料布裹在身上，等待一场骤雨的到来，这个时候如果周围有桥涵或瓜棚是最好的避雨之处，村里是来不及跑回去了。

　　风起云涌之后紧接着就是雷鸣电闪。开始雷声是断续从远处响起，像敲击一面或数面大鼓发出的沉闷响声，雷声响过之后就会有几道不规则的电光从远处天边的乌云丛中闪现，当闪电寂灭几秒后，肯定会有隐隐的雷声响起。雷声越来越近就像草原上的马群蹄声杂沓向你奔袭而来，突然一声震耳欲聋的惊雷当头炸响，几声响雷如同山崩地裂石破天惊一样，这样威猛的炸雷声让人直哆嗦，当空炫目的电光也划破了漆黑的苍穹。就像《西游记》第四十五回描写的那样："雷公奋怒，电母生嗔。雷公奋怒，倒骑火兽下天关，电母生嗔，乱掣金蛇离斗府。唿喇喇施霹雳，震碎了铁叉山；淅沥沥闪红绡，飞出了东洋海……"，这是一场以天为大幕以地为戏台的大戏，惊世骇俗的雷鸣电闪让人感受到的是大自然的神秘力量，自然界的威力是人力所难以抗拒的。

　　早在出地割草放马之前，大人们就安顿了我们遇到雷雨天气时的安全知识。大树之下是绝对不可以避雨的，也不可以到空旷的田野之中去避雨，躲雨时最好披上一块塑料布身体下蹲两脚并拢缩成一团，保持脚下土地的干燥。父亲还告诉我，在地里干活时遇上雷雨天气时，要把手里的镰刀、锄头、铁锹丢到一边去，人斜躺或合拢两脚蹲到另一处，好几次遇到雷雨我们躲到了向日葵地里，向日葵巨大的叶子遮挡了风雨，田垄里也比较干燥。在野地里看雷电交加的景象，真是陆游笔下"千群铁马云屯野，百尺金蛇电掣空"那样的壮观景象。大多数雷电天气我们还是在农村的家里，雷电天气来临时，母亲早早关好门窗，把电灯线拉灭，后来有了电视遇到雷电天气就把插头拔掉。千叮咛万嘱咐我们不要站在电灯泡底下，不要靠近房檐下的电线和院里晾衣服的铁丝，以防被雷电击伤。

　　早些时候的土默川农村，流传着雷专抓坏人的故事。传说一个人如果做了坏事或对父母不孝顺怎么也逃不过雷神的追逐，闪电是雷神的眼睛，把坏人认得清清楚楚的，坏人准跑不掉被闪电追着遭五雷轰顶而死，这就是人们常说的坏事做绝被雷"抓"了。其实古人都知道雷公是认不清好坏人的，唐代李晔就说雷"只解劈牛兼劈树，不能诛恶与诛凶"，在农村，的确经常有雷电击毁树木或击伤人畜的事情，那还是因为雷电天气没有很好地防范和注意安全，我就听说一团红火球一样的雷电追到人家屋子里把人伤了，后来知道的确有球状的闪电，可以随气流起伏在近地空中飘飞，可以通过敞开的门窗进入室内，也可以穿过烟囱进入屋内，遇到障碍物后爆炸。所以，雷电天气一定要关闭好门窗。关于雷神抓坏人的传说至今还在乡村流行，倒是可以教育人们多走正道多行善。

雷电交加是天与地对决的杀伐声，阴与阳对抗的鼙鼓声，是夏与秋争斗的兵器声，一场骤雨是猛烈交战的双方媾和的产物。雷鸣电闪之后，倾盆大雨到来，"浓云如泼墨，急雨如飞镞。激电光入牖，奔雷势掀屋……"，雨来得非常激烈，真是"势如银汉倾天堑，疾似云流过海门"，我曾在村里见识过这种就地起水成河的大雨，一些特别黑恶的云还会把冰雹带来，大暑时节每当雨中有雹子袭来时，母亲会把一把菜刀扔到院里，这是为了镇住雹灾。为什么要甩出去一把菜刀？我一直不大明白，大概在乡村里最顺手最厉害的武器就是菜刀了。

"飘风不终朝，骤雨不终日"。瓢泼大雨往往来势汹汹去势匆匆，甚至连一个小时也坚持不了。彤云渐渐散去残雷隐隐作声，仿佛一口怒气还没有平复下来。雨后的天空上有时可以见到美丽的彩虹，地上积水如镜一般映着天光云影和虹霓，远处的大青山像浴后的屏风矗立北边，正是"垂虹桥下水连天，一带青山落照边。"噫！刚刚还剑拔弩张的天空，突然出现"水染青红带一条，和云和雨系天腰"的彩虹，突然出现"雷车收辙云藏迹，依旧晴空万里平"的天空，突然出现"雷后怒云鱼尾赤，林梢剩水鸭头青"的美景。

想一想，人生也是如此。有过风，有过雨，有过笑，有过泪，雷鸣闪电疾风暴雨过后，还不依旧是虹销雨霁彩彻云衢。就像这大暑时节的风云雷电一样，让人明白"进退、盈缩、变化，圣人之常道也。"

七月新秋说稼穑

农历七月是一个让人想到丰收和希望的季节。《诗经·国风》里最长的诗歌《豳风·七月》就是从七月写起，描写了农桑稼穑之艰难，歌颂劳动之美的同时也描摹了举酒庆丰收之乐，所以人们把乡村风物和丰收景象称作《豳诗》或《豳雅》。世界上还有什么比劳动和收获更令人敬佩和激动的事情，正是有了先民们的辛勤劳动和不断收获，华夏民族的血脉才澎湃到如今。

"桑稼豳风七月诗"，新秋七月最能让人想起那充满希望的田野和丰收在望的庄稼。在我们土默川农村，人们把收割庄稼称作"收秋"，这应该是古语流传，"秋"就是指成熟的庄稼，《说文》云"秋，禾谷熟也"。"收秋"，洋溢着丰收的喜悦和劳动的自豪！所有的耕作和劳动还不是为了这个沉甸甸的"秋"字。自从有了《豳风·七月》这首诗，人们便用"豳公"来代指七月，"七月流火"，天气转凉，黄昏的时候我们观察天象，炎夏时在正南方的大火星这个时候已经从西方落下去了，激动人心的丰收季节不远了。

"道在六经宁有尽，躬耕百亩可无饥"，《豳风·七月》诗不厌其烦地说明躬耕收获可免饥荒。诗从七月写起大概是因为七月是劳动最紧张繁忙的时候，但也是快要接近收获的时候。七月是充满收获的季节，"瓜果齐歌丰产日"，瓜果飘香的七月又被称为"瓜月"；"蕙草春已碧，兰花秋更红"，新秋七月兰花吐芳，人们可以尽情欣赏"秋兰兮青青，绿叶兮紫茎"的美景，所以七月亦有"兰月"之称；"家家乞巧望秋月，穿尽红丝几万条"，劳动者的心灵手巧让人敬佩，古时女孩子们要向织女星"乞巧"教手艺，所以七月又叫"巧月"……这是一个瞻望丰收的时节，这是一个芬芳满目的季节，这是一个劳动最美的季节。

火星西坠的七月，天气转凉而农民的劳动热情非常高涨，无论大江南北都是农事活动最为繁忙的季节。回忆起三四十年前的土默川农村，这个时候

禾黍望秋

小麦已经收割碾打归仓，但胡麻、大豆等杂粮陆续开始成熟收割，玉米、高粱等大秋作物也要锄上几遍，农家往往是放下镰刀又拿起锄头，还得赶紧到打谷场里拿上杈耙扫帚忙个不停。在还没有四轮车的年代里，人们得找到碾场和扬场的把式，否则靠一户人家完不成像流水线一样的农活。后来有了脱粒机稍好一些，起初村里人多机器少，人们往往熬到后半夜排队等机器，因为排队或想插队引起口舌之争或大打出手都有是经常有的事情。

丰收的果实是令人喜悦的，但收获的过程是非常艰辛的。七月的记忆并不都是观景吟赏，作为田野上的一名收获者你会经历许多苦累，有时甚至是搏命一般地干活，撑下这个繁忙的七月来。头顶上依然是如烈火一般燃烧的炎炎赤日，脚下的田垄里是潮湿的土地，汗和脸上的尘土和成了泥水，农作物已干透的茎叶芒刺扎得人脸和胳膊生疼。当年每到七月正逢暑假，我就在田地里帮助父母亲去干农活。我曾经弯腰收割过庄稼，收割时我只能给父亲打半工，收割到小晌午时日头渐渐毒辣，而我的力气渐渐用尽，看着无边无际的待收割的庄稼，我有一种近乎绝望的感觉。我甚至盼望眼前出现不长庄稼的盐碱地，这样我可以直起身来展一展感觉快要断了的腰，我知道这种想法如果让任何一个勤劳的庄户人知道都会耻笑我的。对于他们来说地里的庄稼长得越多越好，我何尝不是呢，但那种尽乎极限的劳动使我有一种躺在田垄里舒展着腰身睡一会儿的感觉，哪怕只是短短的一小会儿。

其实，七月里没有哪一种农活是让人轻轻松松的，所以说"稼穑岂云倦，桑麻今正繁"，繁忙的时候喘息片刻都能感觉出幸福来。犹记得有那么几个假期的七月里，天还不亮就被父母亲叫醒到了地里，潮湿的地垄里一会儿就把鞋沾湿了，穿在脚上感觉很不舒服。除了收割就是锄地，锄谷子、糜子和黍子时我得像它们一样弯下腰，俯首匍匐在田垄里，一会儿就腰酸背疼，真想把手中的锄扔开。但父亲以及像他一样的精壮劳力不能扔，他们扔掉了锄镰就像扔掉了家，他们得用辛勤的劳动来养家糊口，望子成龙望女成凤全靠这手中的锄和镰。匍匐在田地间一辈子的父亲耐心地割着、锄着，我问他为什么不累？他说靠的是心上长出的骨头来，这骨头硬，什么苦都能扛得下。是呀，心里的骨头是真硬，我锻炼了几个假期心上也长出了硬骨头，之后再遇到什么苦和累我都没有怕过，还有比七月的农活更苦更累的吗？

苦和累不怕，关键是庄户人心里也熬煎，怕收获到跟前的五谷被雨淋霉变。七月里雷声闪电说下雨就下雨，收割季节就怕遇上连阴雨，收割好还没有脱粒的庄稼如果生了芽，庄户人会心疼坏的，所以在雨季收割小麦或莜麦等作物，土默川一带的农民说这是从"龙王嘴里夺食"了。我的家乡托克托县团结村当年是著名的"塞外枸杞村"，每到农历七月，村庄和田野被一眼望不到边的高高矮矮的枸杞树林簇拥着。七月摘枸杞也是一个熬煎人的营生，成熟的枸杞子就怕下雨开裂破肚，必须乘着晴天抓紧采摘，必须头顶烈日来采摘，有的贪心的女人们中午也不歇晌。七月的日头毒，结果中了暑。有的女人们看着枸杞红了摘不下来，坐在枸杞树下号啕大哭……枸杞挂果丰收的季节，也是煎熬人的季节。树上的枸杞红了，地里的杂粮该收割了，那才叫煎熬人呢！这个季节好多庄户人几乎是搏命而战，病了输液拔下针头又匆匆跑到了地里，身上的疼痛要靠索密痛片来"镇压"，有的庄户人乏累不堪一天要喝七八个索密痛。也有因劳累过度倒下的庄户人，我记得根栓他妈妈锄完地又掏猪菜，手里还攥着一把草就倒在了地垄里……庄户人的命就像草一样，但正是像草一样的庄户人收获着宝贵的粮食，每一粒粮食都是辛勤的农民靠汗水甚至是生命换来的。

七月的农事是辛劳的，但收获的喜悦是浓郁的，农民脸上收获的笑容和喜悦化作了最美丽的秋色。"欲羡农家子，秋新看刈禾"，丰收在小麦、糜黍、玉米、高粱等五谷的禾穗里，在农民朝阳般温暖而灿烂的笑脸里……我记得小时候每到七月之后人们从生产队里分米分面分土豆，分油分肉分糜黍，尽管分到的粮食有限也要小小庆祝一下：蒸一笼糕，杀一只鸡，买几两散装白酒庆祝一下。当年村里种植枸杞时的七月，正是枸杞出售的旺季，村里来了不少浙江、河北等地经销枸杞的客商，卖菜的、卖肉的、卖衣服的……做小买卖的都往这个村里扎堆。村庄里人声喧哗，空气中飘散着诱人的炸糕和炖肉的香味，这是弥漫在土默川上收获的味道。"农家自足丰年乐"，在土默川农村每到七月十五中元节，人们既要虔诚地祭祀已逝先人，也要用新鲜的土豆炖上新宰杀的羊肉，蒸上一笼白白胖胖的新麦面馍，要好的农民们围坐在炕上，饮酒聊天之际杂以农家院落里的鸡鸣犬吠之声，真是"桑枯影深，鸡豚香美，家家人醉"。

收获的七月，火红的七月，喜悦的七月。七月里父亲曾经给我上过一堂难忘的课：心里要长出硬骨头来，才能吃得了千般苦，才能享得了各种福。

处暑时节七月半

"好天一雨荐新秋"，一场又一场秋雨洗去了残暑的炎热，送来了新秋的初凉。我真是佩服发明二十四节气的先人们，他们把一年的寒暑计算得那么清楚，到了节令天气肯定会有冷热转换。处暑前一天是农历七月十五，一场夜雨过后使处暑这一天的天气突然转凉，凉得让人感觉到有点冷，火热的夏天过去了，秋天真的又来临了。

"高秋爽气相鲜新"，到了处暑才会让人感到秋天的气象。这个时节已经出伏，元吴澄《月令七十二候集解》云："处，止也，暑气至此而止矣。"处暑时节早晚该添衣了，但暑气依然会向寒气作几次反扑，偶尔出现的"秋老虎"天气还会让人感到暑热难当。处暑二候"天地始肃"在"绝顶新秋生夜凉"的处暑时节，秋高气爽的美景开始出现。在天苍苍野茫茫的敕勒川上空，有时是"蓝蓝的天上白云飘"的景象，有时却是"秋云不雨常阴"的天气，有时下雨之后又是"雨洗秋空明似水"的画图。"七月新秋风露早"，风清露冷的早秋让人的思绪如排空的秋云飘过远岫遥峰；"新秋草树轻凉外"，路两旁的草树在新凉中依旧葳蕤繁茂摇曳着秋光。

"山容便与新秋净，稻花已作丰年香"，处暑是一年丰收的前奏，到了这个季节五谷陆续丰收。处暑三候是"禾乃登"，"登"即成熟之意，黍稷稻粱等五谷相继成熟，农民开始收秋了，农谚云"处暑谷渐黄""处暑高粱遍地红"，过去这个时候就该修粮仓磨镰刀了。前两天我回托克托县看到农田里全是成片矮绿的高粱，问了一下懂行的农民说现在高粱品种个子矮成熟晚，可以到深秋时节再收，所以产量也高。在江南水乡，处暑过后还是渔业将要收获的季节，渔民们往往要举办期盼渔业丰收的活动。

处暑是秋天的第二个节气，往往与农历七月十五相随前后。这个时候丰收在望，许多祭祀或庆祝活动都与祈盼丰收有关，好多地方有迎秋和拜土地爷等习俗。民间把七月十五称作"鬼节"，实在是对先人的大不尊重，其实七月十五最早就是丰收后祭告祖先和神灵，然后才自己食用，这是中华民族赖以绵延至今的宝贵文化习俗。丰收后先祭祀天地祖宗，祈祷祖先保佑丰收延续下去。祭祖也要祭祀苍天和大地，是苍天赐予了风调雨顺，是土地承载了这五谷丰登，有的把祭品敬献到了土地庙，有的在谷穗上挂上了五色的小旗。慎终追远敬天畏人才使得民

月上枝头

德归厚，才使中华民族的文明源远流长，才使我们生活的土地成了礼仪之邦。后来一些道教和佛教的礼仪杂糅到了节俗里，但不管附会了多少节俗内容，都不应该忘记七月十五最重要最基本的内容是迎接丰收的来临，把丰收后的时鲜果蔬食品祭献给神明和祖宗。

东汉之后把七月十五称作"中元节"，据说是源于道教的说法，但它和中秋节一样类似，是一个狂欢的丰收祭祖仪式。在中元之夜人们也是赏明月品美酒的，宋陈宓中元夜写诗云："两逢佳节独登楼，一醉樽前拟并酬。昨日黄华今更好，此宵明月胜中秋"，说明这是一个举酒邀明月的良辰吉日；宋陈藻中元节在朋友家住宿诗云："朝朝风雨过中元，已熟之禾未易存。正是忙时人却暇，且偷佳节倒芳尊"，说明正是秋收的繁忙季节，中元佳

节难得偷闲举杯。宋代仇远《中元》诗里说"老衲诵冥文"，说明当时有祭祀的活动；又说"漫说中元节，儒书惜未闻"，说明中元这个名称后来才有。

在我们土默川农村，七月十五节俗的主色调是明快的。这两年每到七月十五回村里，清晨都能听到噼哩叭啦的鞭炮声，就像中秋节和过年放爆竹一般，充满了喜庆的气氛。在村里过七月十五是一个大节日，记得过去快到七月十五时，村里家家户户把墙壁用白泥粉刷一新，再把过年时糊贴的窗花和窗户纸撕掉，经历大半年的烟熏火燎该重新糊窗纸、贴窗花了。七月十五还要捏面人儿，用发酵好的面捏出憨态可掬的娃娃、各种形态逼真的小动物和飞禽，安上黑豆做眼睛，点上色彩为装饰。一件又一件惟妙惟肖的面人儿，就像精美的艺术品一样，即使是嘴馋的孩子也不忍下口。近二十年来，捏面人儿的技艺正在消失，现在不少主妇们除了会刷手机真不如那个年代的人巧了，当然更不会在七夕去乞巧。

在土默川农村，七月十五一般都要吃炖羊肉。在我小时候，即使光景过得再恓惶的庄户人，也要割上一两斤羊肉包一顿饺子吃。包产到户后年景渐好，人们要割羊肉分羊腿来吃，还要接上一副羊杂碎。那样不仅有饺子吃，而且还会有羊杂汤喝，有羊骨头啃。想一想那时物质虽然匮乏但人们的精神却是饱满的，农村的乡情和礼仪是炽烈的。和其他节日一样，七月十五这几天里左邻右舍和亲戚朋友之间会互赠面人人，互赠其他稀罕的吃喝、水果。和过年一样，也要祭祖上坟，但我们那一带农村不把七月十五称作中元节，更不会称作"鬼节"，七月十五就是七月十五，是一个喜庆团圆的日子，是八月十五中秋节的铺垫。

"关河又见新秋近，屈指流年一叹惊"。又是一年处暑来临了，又迎来七月半这新秋时节，祈愿国泰民安山河无恙，祈愿天下苍生俱饱暖。

天寒露凝菊花黄

秋天真正是从寒露开始的，寒露是凝结在菊花上的精灵。今年国庆长假前两三天还过得像夏天一样，寒露前两天气温一下子就降了下来，人们马上就翻箱倒柜，穿上秋衣秋裤出门，感觉衣物太薄，再折腾着换上厚的。在城市里，人们呆在冷冷清清的家里，盼着早一点供暖。就在这个时候，菊花凌寒开放了。

当大多数娇嫩的花儿枯败衰残的时候，菊花却傲霜斗寒绽放，显露出一种风骨。过了寒露节气，气温一天比一天低，地面和草木上的露水都快要凝结成霜了，寒露的第三候是"菊有黄华"，也就是说快到霜降节气菊花凌霜而开，往往是重阳登高的时节了。"待到秋来九月八，我花开后百花杀。冲天香阵透长安，满城尽带黄金甲。"唐末农民起义领袖黄巢这首诗把菊花描写得充满了杀气，让人们刻骨铭心地记住了菊花，香味能冲天，色彩似金甲，"蕊寒香冷蝶难来"，写得菊花有一种豪情天纵豪气干云的味道，真是"自古英雄皆解诗"。

"百卉尽摇落，独傲清霜里"，文人们描写菊花的风骨和气节，语气就平缓多了。你像唐代元稹《菊花》说"不是花中偏爱菊，此花开尽更无花"，他爱菊花是无可奈何之选，因为菊花在百花中最后凋谢，菊花凋谢后便无花可赏，爱菊之情显得还不够彻底。到了宋代的苏东坡毕竟才情卓越，他写的菊花风骨就凸显纸上了："荷尽已无擎雨盖，菊残犹有傲霜枝。一年好景君须记，最是橙黄橘绿时。"傲霜斗寒的菊花即使开残了，仍有硬铮铮的铁骨虬枝，有的诗人赞美"满园佳菊郁金黄，寿质清癯独傲霜"；有的诗人赞美"莫夸春光欺秋色，未信桃花胜菊花"；有的诗人赞美"颜色只从霜后好，不知人世有春风"。

橙黄橘绿是什么时节？就是这秋末冬初的时候。"山明水净夜来霜，数树深红出浅黄"，寒露霜降节令的晚秋天气，昼夜温差特别大，大自然仿佛是一个奢侈铺张的画师一样，不惜用赤橙黄绿青蓝紫等颜色在天地间挥毫泼墨，使得山水变色，层林尽染。但这些大红大紫的花花草草还是缺少了一种来自骨子里的清香，所以宋人戴复古就说"菊花到死犹堪惜，秋叶虽红不耐观"。这个时候被喻为花中四君子的菊花凌寒绽放，且散放出淡淡的幽香，南宋末年郑思肖《寒菊》诗云："花开不并百花丛，独立疏篱趣未穷。宁可枝头抱香死，何曾吹落北风中"，诗人借寒菊寄寓了自己宁死不忘故国的气节，就像菊花一样透着孤傲和清高。不过我佩服"傲霜菊蕊冷犹香"的同时，也喜欢这个时节"红黄霜树珊瑚海，黑白云花玳瑁天"的色彩，还喜欢"林间暖酒烧红叶，石上题诗扫绿苔"的意境。

文人们喜爱菊花，大多还是因为羡慕陶渊明的隐逸生活，羡慕"采菊东篱下，悠然见南山"那份悠然自得。但提起菊花我常常想到杜甫，孤傲的菊花像极了这位穷极潦倒心存大爱的诗圣。我从"丛菊两开他日泪，孤舟一系故园心"的诗句里读出了心系故园的思乡之情，从"竹叶于人既无分，菊花从此不须开"读出了诗人的倔强和无奈，从"南菊再逢人卧病，北书不至雁无情"读出了诗人悲凉卧病和思念亲人的心绪。杜甫留下的菊花诗不多，但我总想着菊花像极了诗人那一番孤傲，即使颠沛流离也不改"葵藿倾太阳"的忠贞和爱国之情，即使自己住得屋漏被冷，还想着"安得广厦千万间，大庇天下寒士俱欢颜，风雨不动安如山"，这是一种多么高洁阔大的胸襟。

我小时候生活的乡村没有菊花，我最早知道菊花是从书本和诗歌里。"更待菊黄家酿熟，共君一醉一陶然"，白居易这句诗由不住让人想起了酒，想起了可以"一杯一杯复一杯"的朋友；"待到重阳日，还来就菊花"，让人由不住想起了农村和田家，硬生生地认为"鸡黍"就是我们那一带的鸡肉汤汤蘸素糕。小时候在炕围画上见到松菊延年等画，也看过梅兰竹菊组图，后来看《太平御览》《太平广记》等书，有不少描写餐菊或饮菊花书长寿的故事，比如《太平御览》卷九百九十六引述了《抱朴子》《风俗通》等不少书，讲述饮菊花水或以菊汁炼丹，或者能延年益寿，或者能得道成仙，活个二三百岁平平常常，如果只活了八十来岁算是夭亡。读《聊斋志异》非常喜欢《黄英》的故事，说顺天人马子才酷爱养菊，在南京结识了菊花精陶氏姐弟，陶渊明爱菊是流传千古的佳话，蒲松龄给菊花精取姓陶，姐弟俩一名三郎一名黄英，而且还有菊花精饮酒过量醉死、用酒浇花花更艳名为"醉陶"的情节，显然是取乎陶渊明爱菊的故事，描摹出了菊花的风神和陶令的品格。

自古有许多爱菊痴狂的人，大家熟知或太久远的人和事我们就不讲了，看看《清稗类钞》里提到的那些人吧。明末秦淮八艳董小宛喜爱晚菊，特别喜欢一种叫"剪桃红"的菊花，特意将花放在床边，每晚高烧翠烛，三面用白色屏风围起，人坐在菊中，人与菊俱在烛影摇曳中。这种情景让人想到了苏东坡的"只恐夜深花睡去，故烧高烛照红妆"，也让人想到了司空图的"落花无言，人淡如菊。书之岁华，其曰可读"。《清稗类钞》提到，有一位叫杨致轩的爱菊之人，"日巡行篱落，寝食几为之废"，他写的菊花诗有"问渠何苦凌霜出，舍我谁能冒雨寻"的句子；雍正时有一位吴诚斋，见养的几盆菊花在风雪大作的十月绽放，花如傅粉，诗兴大发，写出了"最是雪晴春未到，独留香韵傲梅妻"等佳句；还有一位爱菊的计楠写了一部《菊说》，自号菊叟的陈韫川嗜菊至老不倦……爱菊的人各自有各自的雅号，但都很雅致讲究，看一看人家精致的爱好，再看一看自己粗放的生活，真是自惭形秽。

在呼和浩特见到菊花的时候少，但还是非常喜爱菊花。记得最酣畅淋漓地赏菊还是在北京，有一年在中山公园邂逅菊花展，各种菊花精品让人流连忘返。

九月晚秋天气凉，桂花零落菊花黄。在这个天寒露凝的时节，突然想看到满园的菊花，看到满园金灿灿的菊花，能否"陶然共醉菊花杯"呢？后天就该重阳登高了。

霜降时节说降霜

一股冷空气过后，霜降时节的呼和浩特市居然来了一个小阳春。阳光透过家里的窗户强烈地照射进来，暖融融的让人感觉有点慵懒困倦，浑不知屋外已是秋尽冬来时节了，普通的秋衣秋裤已经抵挡不了塞北的风寒，昨天晚上十一点从单位步行回家，人被冻得瑟瑟发抖。霜降过后再无秋，今天就说一说霜吧。

"白露三秋尽，清霜十月初"，霜降节令给秋天画了一个句号。当天气足够寒冷时，在晴朗无风的夜晚，空气里的水气遇到寒冷的植物枝叶或物体表面，就会凝结成的细小的冰晶。饱含水分的空气沉重地匍匐在低洼处，温度和湿度合适就结出了霜华。在晚秋清冷的早晨，红彤彤的太阳冉冉升起，阳光照耀下的霜华就像精灵一样熠熠发光，这是霜华最美丽耀眼的时刻。朝阳不断升高，霜就又化回了自己的原形，只留下湿漉漉的水迹。清霜的存在就像朝露一样是短暂的，霜是风干凝固了的水，霜是从空气中逃出来的水，逃出来凝结出霜华显摆一下自己的美，又被醒来的太阳捕捉回空气里，变成了无影无踪的水气潜伏下来。

从小生活在农村，对于霜我毫不陌生。当霜降季节来临了，田野的乡路上，庄稼的枝叶上，突然出现一层薄薄的霜，父亲他们那一辈农人会叹息"下霜了"，好一个"下"字，下雨下雪下雾都有踪迹可寻，只有下霜是水从空气中析出来，看不见"下"的过程。看到下霜后父亲他们的表情是凝重的，因为一年里庄稼生长的日子终结了，他们把那些没长成器的庄稼秸秆割掉，只能当饲料喂牲口了。庄稼生长主要有宝贵的无霜期，农民们把每年春季最后一次降霜称作晚霜，把到秋冬时节早一次降霜称作早霜，晚霜到早霜之间的天数就是无霜期，"霜降降霜始，来年谷雨止"，如果霜降时节落早霜，那么晚霜往往在春季谷雨季节终止，农民往往靠经验准确地判断无霜期，并有条不紊地安排好来年的农业生产。

水气遇冷可以凝成露，也可以结成冰，还可以化作霜，但人们喜雨露而不喜欢严霜。雨露是滋润万物生长的，冰霜是凋伤绿色植物的，宋代邵雍就有《霜露吟》："天地有润泽，其降也濃濃。暖则为湛露，寒则为繁霜。为露万物悦，为露万物伤。二物本一气，恩威何照彰。"我特意学习了一下关于露和霜的科普，同样是空气中的水分，如果温度降到露点以下就凝结为露，露点的温度要比冰点高。如果温度降到霜点以下就凝结为霜，霜点的温度要比冰点低。同样是一种物体，暖则为露，寒则为霜，做人应该学雨露润泽这个世界，让人感到温暖；而不应该像冰霜一样摧花折柳，让人感到冷酷。

"清霜一委地，万草色不绿"，霜把葳蕤繁茂的花草打击得面黄肌瘦，并把绿色的盛装夺走。到了霜降时节，"秋风起兮白云飞，草木黄落兮雁南归"，古人用"黄落"这个词真是锤炼过字眼，草木真正开始发黄变枯，并且开始落到地上零落成泥。鲁迅先生有名句云"曾惊秋肃临天下，敢遣春温上笔端"，在我看来"秋肃"主要是指肃杀的秋霜，霜是寒冷的使者，是杀伐的利剑，是鞭挞的皮鞭，使草木纷乱披离，使天地衰飒寂寥，"凄凉一霜早，黄落万山秋"。当然鲁迅先生的"秋肃"也借指某些恶势力，这种修辞手法很早就有人用过，比如"庭树日衰飒，风霜未云已"，唐代张九龄就以风霜来喻指谗间迫害他的小人。

但人们也把严霜的苦寒比作试玉的烈火，锻炼宝剑的砥砺，成熟英雄的困苦。严霜之下总有那些不屈的花草树木，有傲霜而开的霜菊，"不随蒲柳变，索性待梅花"，霜菊一直要绽放到比它更耐寒的梅花盛开时；还有凌寒怒放的梅花，"千林岁暮俱黄落，梅向其间独放花"，素雅高洁的梅花是不惧霜雪的；更有不畏风霜的青松，"荣枯勘破花开落，始识霜松自岁寒"，岁寒然后知松柏之后凋也……艰难困苦玉汝于成，所以有人说"不经一番寒彻骨，怎得梅花扑鼻香"，傲雪迎霜赋予了梅花的清香；有人说"看松好待严霜降，试玉宜将烈火烧"，就像疾风知劲草一样，从对待困苦的态度和毅力方能知道一个人的才干。"世间无此摧摇落，松竹何人肯便看"，没有严霜摧折那些平凡的草木，哪里有人会知道松竹的品行。

我对于霜的认识有的来自生活中，也有的来自书本中。在我小的时候我跟着父亲到地里收拾过田野里的秸秆，在早晨的太阳刚刚升起时我们就来到地里，地垄间和秸秆上都覆盖上一层夜霜，像薄薄的微雪，又像细碎的盐粒。我们干活时必须戴上羊皮手套，否则那些秸秆冰冷如铁。我不喜欢霜降这个时段的气候，也不喜欢这个时段北方的田野，尽管诗人们有明月如霜的比喻，但我觉得霜还是太过冰冷，有月光的姿色而没有月光的温馨。当走在覆满了晨霜的田野或乡路上时，我倒是常常能想起温庭筠"鸡声茅店月，人迹板桥霜"，倍觉凄神寒骨。后来我到北京上大学登上香山，才真正领略了"霜叶红于二月花"的鲜艳和明媚，才真正明白了"繁霜尽是心头血，洒向千峰秋叶丹"的坚贞和豪情。

在这个烟火人间里，我们要努力做一滴惠泽人世的甘露，而不做欺花凌草的秋霜。做人要有傲雪凌霜的斗志，即使身在逆境也要不甘屈服。最后想说一点做人的底线：切不可做伤害别人的事，不要给别人的世界里降霜！

立冬日携稚子游园

立冬节气的前一天，一场大雪飘然而来，这是呼和浩特市近年来最早的一场雪，去年好像一冬都没有下雪。立冬就该有冬天的样子，这场雪给田野大地披上了银色的冬装，骤降的气温也使人们换上了羽绒服。这两天早听说满都海公园的秋景好，但一直抽不出时间过去，心里惦记着在落叶辞条前去一趟满都海。

满都海是出生在土默川上的一位杰出的蒙古族女性，我曾在《土默川上起青城》一文中介绍过她的事迹，满都海公园就是为了纪念她而命名的，满都海的汉语意思是昌盛。满都海公园是呼和浩特市老城区的一个小公园，是闹市里的一处清幽静谧之地。公园东边是内蒙古人民医院，西边是内蒙古图书馆，南边一墙之隔是内蒙古大学，西北角是内蒙古饭店，这些单位的建筑好多好多都晚于公园而建。满都海公园是呼和浩特市中心七八十年代地标建筑之一，公园布局紧凑造景优美，既有骏马秋风塞北之英气，又有杏花春雨江南之隽美，四季都有不同的风景。

立冬前两三天呼和浩特的天气还挺暖和，街头的国槐树上的叶子在阳光下金灿灿光鲜耀眼，吸引着市民们拍照留念，朋友圈里到处都是满都海漂亮的秋景照。立冬前一天气温骤降，马路两边树上的叶子簌簌落下，我担心满都海公园的树叶也已落尽，今年大概无缘目睹美丽的秋景了。立冬这天是一个难得的天气晴好的星期天，晌午时分阳光明媚，刚上三年级的儿子自从"双减"以来也有了闲暇，我想带着儿子去满都海公园游玩一番，父子俩都放松一下。

我和儿子穿上厚厚的羽绒服，踏着落叶和积雪来到满都海。冬日正午的阳光暖融融地照耀着我们，让人感到即使是寒冷的风吹来的时候，日子也是温暖的。湖边的柳树还有许多没有落下的树叶，金黄色的柳条婀娜生姿，让人体味到了早春般的温暖，又让人想起了徐志摩那首名诗中的河畔金柳。这些金黄色的柳叶经受住了寒冷，仍然在湖边随风摇曳，好像等待我们来观赏一样。柳树上的叶子已经落去了不少，湖面上和湖堤边满满都是落叶。依然飘拂的柳条不像夏秋那么丰腴，显得清癯瘦削了许多，但在正午冬阳的照耀下，在寒冷的微风中还是那么漂亮。满都海公园的柳色是一大胜景，如果说夏秋时节枝繁叶茂的柳树就像盛妆的美人过于妖媚，那么这冬日里难得一见的柳色让人想到了松柏凌寒的姿质。

公园石径上的积雪和落叶已被环卫工人清扫过，清扫后的路径上又落下黄色或紫色的树叶。虽然是阳光灿烂，但有风的天气还是很冷，再加上正是中午吃饭的时辰，公园里的游人很少，就像一些树上孤零零的几片树叶一样，只有绕湖跑步的几个健身者偶尔从我们身旁掠过，这让我领略了满都海公园的清静之美。湖边假山和小丘上仍然有皑皑的白雪，白雪下是色彩斑驳的落叶，偶尔有喜鹊和三五成群的麻雀飞过，它们是看到积雪兴奋呢？还是下雪之后辛苦觅食呢？儿子在身边像蹦蹦跳跳的鸟儿一样，一会儿把斑驳的落叶弄出声响来，一会儿在洁净的白雪上写写画画。

满都海公园虽然不大，但山水亭台一应俱全。这个时节萧萧落叶之后树影疏朗，树影之后是澄澈的蓝天，放眼望去天空开朗而远大。蓝天之上太阳低低地斜照，暖融融的太阳包涵着公园的湖光山色，也包涵着我和儿子及几个跑步的人。静谧的湖面上落满了树叶，湖边已干枯的芦苇丛里也镶嵌进了厚厚的白雪，给萧瑟的湖面增添了几分童话的浪漫。亭台假山和湖畔道边积雪还很厚，入冬以后恐怕也一时难以化开，这样天地间多了一簇又一簇圣洁的白色。满都海公园与内蒙古大学用铁栅栏分开，铁栅栏上挂上了一块又一块诗牌，从西到东足足有一百多块吧。我和儿子玩了一个游戏：把带有"雪"字的诗句找出来，比如"独钓寒江雪""遥知不是雪"等诗句，他刚好学习或背诵过。儿子惦记着东南角用激光枪打气球的游戏摊位，到了东南角才发现，平日里人头攒动的各种游戏场所都关闭着，公园里格外安静，安静得连踏雪时吱吱的声音听来都特别清晰。

从我家到满都海公园步行只需要十多分钟，所以我得空就会来这里走一走，算作锻炼和休闲。这次立冬雪后正午游园，让我见识了满都海公园静谧之美和过滤了人潮后的空旷。我见过这里花团锦簇的晚春景色，桃花、丁香等各色花朵开得让人眼花缭乱，应接不暇；我也见过公园里夏夜人潮涌动的场景，几个跳广场舞的地方和东南角游乐园里热闹欢腾，门庭若市；还有日常游园的各种情景：甩皮鞭的、蘸着清水练书法的、打球的、下棋的、拿着画板写生的，亭台里唱歌和唱戏的……你尽可领略人间烟火的繁盛，在环湖路上行走时，甚至有一种被人簇拥着往前走的感觉。

这次游园好，一路慢慢地走慢慢地想，难得如此清静。每走过一方风景佳处，就想起了往日游园紧凑或闲淡的时光，这个石桥边每到夏天荷叶相连荷花绽放，景色特别美，姑娘和儿子小的时候我不止一次给他们拍过照片；在这个亭子的长廊里，我曾陪老父亲听过戏，唱戏的人是业余的市民，唱得有些跑调，但用尽了全身气力；在这一处湖心岛上，我们曾陪姑娘用彩笔涂抹一只石膏塑成的米老鼠，那个时候她才五六岁；在这一处空旷的地方，曾经摆放过各种应时的花盆，姑娘曾伸出双手摆好造型让我拍照；在游戏摊前，儿子缠着我一遍又一遍地坐旋转木马玩儿，如今那里却寂寞地关闭着……热闹的时候想着清静，清静了又想着热闹，人总是觉得彼岸和远方的风景更好，却从不流连眼前和当下。

有儿子陪伴不知不觉在公园里游玩了两个小时，已是下午两点钟。走出公园走过马路，就一头又扎进了喧嚣的城市中，扎进了车水马龙的街巷里，公园又被远远地甩到了我们的身后。

青城冬日令人暖

呼和浩特是蒙古语，汉语的意思是青色的城。这是一座四季分明的塞外古城，除了春季的风沙大一点，这里一年四季都让人感到心情亮堂。特别是冬天的阳光，最是让人感到温暖，暖得心都融化在了敞亮的阳光里。

青城，呼和浩特市人喜爱这个称呼，多么美好而富有诗意的一个称呼。"蓝蓝的天上白云飘"，青城人喜欢这纯洁如哈达般的青蓝色，喜欢这深邃如大海般的青蓝色，青蓝色代表青城人纯洁的心地，代表青城人宽广的胸怀。青青的天空就像穹庐毡帐一样笼罩着辽阔的土默川，给人一种温暖而踏实的感觉，这种天苍苍野茫茫的景象通过古老的《敕勒歌》传唱了千年，把天地山川都唱醉了。

青城的北边是绵延起伏的阴山山脉，呼和浩特市的市民们亲切地把这段山脉称作大青山。青城向北是青山，大青山像一座青色的屏风矗立在青城的背后，为这座城市遮挡着来自蒙古高原的风沙和寒流。大青山的莽莽群峰如同奔腾的万马或首尾相接，或并驾齐驱，把青城的北边遮得严严实实的，使得这里虽然处在高纬度地区，冬季的天气却要比同样纬度的地区暖和。大青山又像一位威严肃穆的父亲一样，用臂弯搂定呼和浩特市，宠着和惯着这座像孩子般的塞外名城，不仅给青城带来了温暖，也赋予了这座城市雄浑的阳刚之美。

青城北面有青山这还不算神奇，青城向南有青冢,这才是青城的独特之处。青冢就是昭君墓，"昭君自有千秋在，胡汉和亲识见高"，这位来自湖北省秭归县香溪边的奇女子，出塞和亲消弭战乱换来了半个多世纪的和平，昭君因此而青史留名。呼和浩特人喜爱这位带来和平的使者，市里有纪念她的昭君路，有以她的名字命名的酒店，羊绒衫、香烟、白酒等甚至饮料奶粉都喜欢用这个商标。不仅仅是本地人喜欢昭君，外地的游客也喜欢这位深明大义的奇女子，刻画着"昭君出塞"的皮画酒壶等旅游纪念品最为畅销。昭君给这一方水土带来了和气和安宁，也带来了奶茶的香甜和温暖，至今呼和浩特市人都喜欢用昭君故里湖北省的砖茶来熬制奶茶。

城北有青山环抱洋溢阳刚之气，城南有青冢拥黛妆点阴柔之美。让青城感到自豪的还不止于此，还有大大小小的河流相伴，使这一方水土有了灵动之气。昭君墓就在大黑河边，这是黄河上游最末端的一条大支流，在托克托县境内注入黄河，大黑河与黄河共同冲积出美丽肥沃的土默特平原。大黑河历史上被称作金河，"岁岁金河复玉关，朝朝马策与刀环。三春白雪归青冢，万里黄河绕黑山"，这首著名的唐诗描写的就是呼和浩特市南边及土默川上雄浑壮阔的风光。假设在万米高空鸟瞰一下，头枕阴山脚踏黄河，这座城市是何等的威势和气派；安放在土默川这个硕大的向阳坡上的青城，是何等的温暖和惬意。

除了地处向阳坡地，呼和浩特还是一个日照充足的地区，这使得城市的冬天也非常暖和。整个冬天呼和浩特都是以阳光灿烂的晴天为主，当早晨太阳升起来后，气温就会迅速升高。在没有风的日子里，太阳照射到的墙角或窗前等地方非常暖和，所以闲来无事的老人们总会在向阳的地方晒太阳，无论是在旧城的小区或者农村的街巷上，老人们扎堆聊天成了这里一道独特的风景线。比如像我们村里，过去的供销社门前是老人们固定闲聊的地点，老人们会说"得过且过，阳圪崂崂暖和"，阳圪崂崂是走西口人带过来的山西话，就是向阳的角落的意思。

过去旧城区和农村取暖都是靠煤，但人们又舍不得一整天烧煤。早上特别冷的时候，人们会把火炉点燃驱赶寒冷，然后再在连着炕的大灶里点着火，把炕烧得热乎乎的。从上午十点到下午四点，用当地老百姓的话说从半前晌到半后晌，太阳通过玻璃照射到屋里就暖洋洋的，根本不用再往火炉里加煤。如果遇上刮风或麻阴天气，人们就坐在炕头上闲聊，靠近锅灶的地方被称为锅头，是炕上最热的地方，一般是留给老人取暖的。如今，取暖不再用火炉烧煤，而是改成了暖气，人们也不会在白天里加煤烧锅炉，呼和浩特市冬日的太阳就像一个天然的大火炉，不偏不倚给每一家都送去了温暖和光明。

大雪过后冬至将来的这个时节，太阳已接近南回归线，这个时候的阳光像个顽皮的小男孩黏着你，你走到哪里他跟到哪里。一早上太阳就从东南方向斜照进来，催你起床开始新的一天。到了办公室太阳好像跟着你来了，没遮拦地爬上办公桌的电脑屏幕上，你只好用纱帘遮挡一下，但隔着纱帘的太阳好像就在正南方，那么低离人又那么近。这种冬日里的阳光最是让人感到温暖和舒服，平易近人的阳光不仅驱散了寒冷，也驱散人们内心的阴霾。有什么好想不开的，阳光逐渐升高转向正午时分，你的心里也好像在逐渐注满阳光，就像空荡荡的瓶子装满了纯洁的水一样充实，还有一种幸福和滋润的感觉。闭上眼睛想着阳光，我喜欢这种被阳光逐渐注满心田的感觉，这阳光是冬日里青城的阳光，不带任何心机的，像个孩子一样。

青城冬日里让人感觉到温暖的还有这些美食。青城人爱给自己嘴巴馋找各种借口，从立冬开始就会说"立冬不吃饺子，冻掉耳朵没人管"，到了冬至又说"冬至不吃肉，冻掉脚趾头"……想吃的话会找出各种理由来，天寒地冻也确实该吃点肉喝点酒暖暖身子。你看这热气腾腾的饺子端上来，圆鼓鼓的饺子像一个个银元宝一样从锅里捞到盘里，你才能琢磨出年年有余这句话的深意。青城人爱喝羊杂碎，泛着辣椒红色的一碗羊杂碎端上桌，撒上葱花儿和香菜末儿，再把青城特产焙子掰开来蘸上杂碎汤，那滋味真是美极了。焙子以白焙子最佳，是用发酵的白面兑食用碱揉匀，不掺油、糖、盐和鸡蛋等，直接先烙后烘烤而成。像和我一样的好多犯过痛风的人都好吃一碗羊杂碎泡焙子，实在抵不住诱惑时会痛下决心："管它呢！吃一顿就能犯了痛风？"结果吃完真还有犯痛风的，真是"宁让脚板流脓，不让嘴巴受穷"。

在青城的冬日里给人温暖让人思念的美食还有稍麦。稍麦也叫烧麦，呼和浩特的羊肉大葱稍麦绝对是独具特色的美食，每一小笼里可以蒸八只，刚蒸出来的稍麦形如洁白晶莹的石榴，顶端不封口的石榴嘴是用未发酵的面皮捏制而成，又像蓬松的花蕊一样，薄薄的面皮里包着清香可口的羊肉大葱馅儿。青城人吃稍麦一般是论两来买，一两是八只一小笼，一个精壮小伙子也管够吃了。外地人不知道往往一张口一个人要来半斤，饭馆里的老板或服务员只好耐心地解释："您要的太多了，您看旁边这位要的一笼是八个，够不够吃？""够了够了，为啥这么多才是一两？""稍麦是论面皮卖，这一笼稍麦差不多是用一两重的面皮来包的。""噢。"……吃稍麦喝砖茶才能去油腻，这砖茶也是来自昭君故里湖北省。过去旧城的一些老头老太太们要上半两稍麦泡上一壶砖茶，续上水能喝一个上午，把千年万代的事情都聊活了。

好多地方都有稍麦这种美食，但我敢说没有任何一个城市的市民能像青城市民这么热爱它。稍麦成了呼和浩特市的一个标志性食品，在呼和浩特市无论新城还是旧城，都能毫不费力地找到稍麦小馆，在旧城的五塔寺附近还有稍麦一条街，在这里既可以吃稍麦又可以逛旧城。当一笼摞一笼的热气腾腾的稍麦上桌后，你会觉得这日子都冒着热气……冬日里让人温暖的美食还有奶茶和手把肉，熬一锅奶茶泡上炒米，再大块大块地切着肉泡在奶茶里，你会觉得这日子呀就像马头琴拉出的长调一样，那么悠长而绵厚。

漫长的冬天哪能没有凌厉的风霜，但有了青城这些美食，再加上青城人的情深意长，再冷酷的风寒也被化掉了。青城人招待外地的朋友，恨不得把心掏出来让人看是不是红的，有时候领着朋友今天喝杂碎，明天吃稍麦，后天吃手把肉，几天吃下来朋友说："谢谢哥啦，我这两天吃得头昏脑闷的，是不是血脂太高了？"冬天来了呼和浩特没有太多可看的自然风光，在温暖的室内一起喝酒是青城人的待客之道，酒厚情更深，喝得有了酒意后室内温暖如春，主人和客人都想放歌赞美这美好的人情。

青城的冬天是温暖的。这样的温暖来自天地，来自日月，来自山川，来自美食……更来自人心，来自人心的温暖才会弥久不散。

第二卷

古风旧俗人情好

　　那些积淀了温良恭俭让的古风，远比各种新潮的东西都有生命力，润物无声，滋养着一代又一代村民的心灵。朴素的岁月被乡亲们妆扮得真情流荡、真气饱满、绚丽温暖，贫穷的岁月底色也不是苍白和灰色的，乡人睦邻，礼尚往来，多少时光流逝了，那种美好的情感仍然如家乡的美食，色、香、味诱人。

光阴·光景·光华

人情好处是故乡

"人情似故乡"，这是晏几道写于汴京的一句词，客居异乡的小晏受到款待后感到了故乡般的温暖和亲切。是啊，温暖亲切的故乡情牵动着每一个游子的心，淳朴的古风和厚重的乡情让游子感到月是故乡明。游子无论走到哪里漂泊到何处，心底都安放着一个山高水远情深义长的故乡，随时用人情的温暖来慰藉孤寂和疲累的心灵，汲取拼搏和前行的勇气和力量。

人情是指人的感情特别是人之常情，同时也指交际往来和人与人的情分，还是一种风土民俗。但在蒙学读物和诗词里人情常常被形容得非常不堪和浇薄，《增广贤文》里有一句说"人情似纸张张薄，世事如棋局局新"，意思是世俗人情如纸薄，世事如棋局一般每一局都不相同。这样的比喻至少从宋代就有了，宋人所作的词里便有"世路如棋，人情似纸，厚薄高低何日休""呵呵笑，笑人情似纸，世事如棋"等词句，宋僧志文的七律《西阁》里更有"世事如棋局局新"的诗句，南宋诗人叶茵有"人情自昔如翻纸"的诗句。人情厚薄常常为文人讽咏，有把人情比作云彩的，"人情薄似云，风景疾如箭"，再如"世事宛如春梦短，人情恰似秋云薄"；有把人情喻作薄酒的，"人情薄似平原酒，世路危于滟滪滩"，"平原酒"是秦昭王听说范雎的仇人魏齐在平原君家里，写信邀请平原君至秦为十日之饮，实际是胁迫平原君交出魏齐替范雎报仇；有将人情比拟杨花柳絮之轻薄，如"人情却似飞絮，悠扬便逐春风去"；更有甚者说人情不如纸厚，世道比于蜀道，如"人情不似吴笺厚，世路常如蜀道难"。

在文人墨客的笔下，除了喟叹"轻薄人情翻覆手"之多外，还有人情冷暖和人情险恶之感慨。"人情冷暖古今同"，比如宋代王禹偁咏杏花便说"明朝落尽无蜂蝶，冷暖人情我最知"，杏花开的时候蜂缠蝶恋，花落之后蜂蝶再不理会，以此喻人之趋炎附势。"堪嗟世事危如卵，无怪人情冷似冰"，因世道险恶如累卵，所以人情之冷甚于冰。"人情甚似吴江冷，世路真如蜀道难"，感叹人情凶险如吴江蜀道；"人情十里白头浪，世事几番黄叶风"，感慨世路人心如巨浪吞舟；再如"人情葵扇炎凉态，世路瞿塘上下舟"，言人情世路似如瞿塘峡之险。"叹世俗炎凉真可悲"，无论忠奸都对人情炎凉与变化兴叹不已，南宋忠臣文天祥有"世态炎凉甚，交情贵贱分"的感叹，明代风流才子唐寅《题秋风纨扇图》诗云："秋来纨扇合收藏，何事佳人重感情？请把世情详细看，大都谁不逐炎凉！"是啊，扪心自问谁不逐炎凉！就是那个大汉奸汪精卫填过一首散曲《朝天子·世情》："有花凭插，装一个少庄家。笑时人触须大，炎凉下面说闲话。有油水喜上眉头，无毛血皮都拉下，下石落井再回头耍。你哪里去怪他，你哪里去怨他，也只细数着当个虫儿骂。"他真还道出了市井人情，有时这世道啊还真是"贫居闹市无人问，富在深山有远亲"。

"等闲变却故人心 却道故人心易变"，人情之冷暖炎凉在于人心之善变。唐刘禹锡有一首著名的《竹枝词》："瞿塘嘈嘈十二滩，此中道路古来难。长恨人心不如水，等闲平地起波澜。"刘禹锡参加"永贞革新"失败后，屡遭小人诬陷和权贵打击，"人情易逐炎凉改，官路难防陷阱多"，吃了二十三年的苦头，深感世路艰难小人凶险，发出了世态人心比瞿塘峡水凶险的感慨之言。他还有另一首《竹枝词》说"城西门外滟滪堆，年年波浪不能摧。懊恼人心不如石，少时东去复西来"，人心既不如水又不如石，看来他被小人逼急了才发此愤世嫉俗之言。不过有人也理解这世态炎凉，宋人范成大就有诗云"天无寒暑无时令，人不炎凉不世情"，他还说"贫富交情乃见，炎凉岁序方成"，他看淡这世态炎凉如天地寒暑一般自然。"世情苦炎凉，一日几变态"，什么时候能感受到人心之变，当然是落难受穷，所以小说戏曲里有秦琼卖马，英雄穷厄受尽了势利小人王小二的奚落和逼迫。

"慷慨剧谈当世事，艰难方见故人情"，其实人间还是有可贵的真情的。

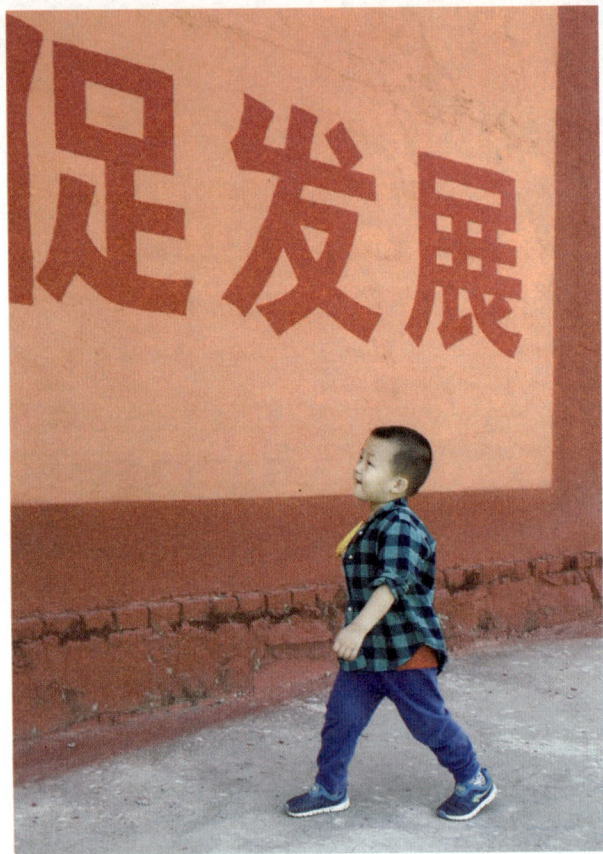

村中漫步

清初诗人吴兆骞因卷入顺治年间科场案被流放宁古塔，他的至交好友顾贞观发誓一定要营救他回来，虽然二十年未能如愿但他不忘诺言。顾贞观痛苦地写下了两首《金缕曲》以代书信寄给吴兆骞，第一首描摹了吴兆骞的患难处境，第二首写自己愧无能力营救好友发誓不辍营救。陈廷焯《词则·放歌集》评价这两首表露真挚友情的词时说"二词只如家常说话，而痛快淋漓，宛转反覆，两人心迹，一一如见。此千秋绝调也。"纳兰性德读了这两首真情流露的词后泣下数行，终于担保援救吴兆骞，经纳兰父子营救终于赎回吴兆骞。顾贞观不忘患难好友的珍贵友情成为文学史上的佳话，这样的佳话虽然不多却还是有的，所以不能让一些晦暗的俗谚和诗词带偏了节奏，还是要相信人间自有真情在。

除了患难见真情之外，人在贫穷时最能感受到人情的冷暖，所以说"厚薄人情穷易见，阴晴天气病先知"。父亲当年常和我忆苦思甜，说他3岁的时候，我的爷爷就去世了，7岁时就和守寡的奶奶搬到了团结村，给有钱人家放牛羊、打短工。奶奶和父亲迁到团结村后，第一个窝棚被水淹了，第二个简陋的房子实在太狭小了。上世纪六十年代初，村里的朋友们和青年队的年轻人帮他盖起了新土坯房。这是父亲最得意的家产："当时我们都是青年队的，年轻人有的是力气，白天干农活，晚上点着汽灯脱土坯，几个月就盖起了这个家，当时在村里那是好房啊。"那个年代的农村贫穷，再加上外来户根基浅，尽管父亲吃苦耐劳心灵手巧，但光景一直不好。打我记事起家里就一直过着穷光景，但村里的乡亲们都愿意和这个勤快实在的外来户打交道，缺钱短粮了，要好的朋友就会帮衬。直到我上大学时，只要父亲张口借学费，一些乡亲们就会把成百上千的钱送来。"渴时一滴如甘露"，在最需要帮助的时候有人慷慨相助，父亲当时心中肯定升腾着温暖。尽管日子过得紧巴巴的，但我们的心情从来都是敞亮明媚的，因为点点滴滴的真情汇成了人间暖流。父亲不止一次和我念叨这些乡亲们的好处。他说，你对人的好处不要记在心上，人对你的好要记在骨头里。

故乡的人情就都好吗？父亲生前不经意和我说过一件事，小时候他打短工时，一个有钱人家的管家知道快要解放了，就赶紧用旧的纸钞和他结算了工钱，结果没几天纸钞就废了，奶奶只好用这些纸币裱了筐箩。但父亲没有和我说这个人的名字和细节，在贫穷和受苦的日子里，父亲肯定也遭过不少白眼和讥讽，但他用大度把这些人情里的晦暗和不快都吞咽并消化得无影无踪，他用内心的良善铭记住了人情里最美好的情感，这些美好积攒下来就是人世间的真情和温暖。选择性地忘记不快铭记美好使父亲眼中的故乡是山美水美人情美，更使他的心中装满了温暖和美好，这也是他得享高寿的一个原因吧。父亲的这种阅世方法也感染了我，是啊，为什么老是用挑剔的目光来审视这个世界的人情不如意之处呢？用寻找阳光和鲜花的目光来搜寻这个世界，就经常会有明媚而灿烂的日子扑面而来。当你学会选择美好忘记不快时，你才会拥有一个愉悦的精神世界，你才真正会觉得人情好处是故乡。

人情好处是故乡，在文人墨客笔下也觉得"衣冠简朴古风存"的农村人情最好。孟浩然在"绿树村边合，青山郭外斜"的田家里具鸡黍畅饮，享受

"开轩面场圃，把酒话桑麻"的真情，故人还发出"待到重阳日，还来就菊花"的约定；陆游在游历农村时，感受到了"莫笑农家腊酒浑，丰年留客足鸡豚"的淳朴，感受到了"乞浆得酒人情好"的真诚，感受到了"人情简朴古风存，暮过三家水际村"的古风。当他在乡村病愈闲行时，感受到了乡邻们浓浓的情谊，他在《秋晚闲步邻曲以予近尝卧病皆欣然迎劳》一诗中说："放翁病起出门行，绩女窥篱牧竖迎。酒似粥醲知社到，饼如盘大喜秋成。归来早觉人情好，对此弥将世事轻。红树青山只如昨，长安拜免几公卿。"是啊，告别了浮沉的宦海，才知道红树青山的可爱，才知道竹篱柴门有古风。只有离别后再归来故乡，才知道山水以不变的姿态、乡人以不变的情怀迎接游子的归来。贺知章的另一首《回乡偶书》说得好："离别家乡岁月多，近来人事半消磨。惟有门前镜湖水，春风不改旧时波。"

人情好处是故乡。故乡的人情好处是使人心安，所以东坡居士说"此心安处是吾乡"；漂泊在外的游子们，让我们拥有一颗能发现人情美好的心，才会身心皆安乐，所以香山居士说"无论海角与天涯，大抵心安即是家"。

别人的好要记到骨头里

父亲生前的一句话让我刻骨铭心：别人对你的好要记到骨头里，你对别人好处不要搁记在心上，不要老觉得别人亏欠你。

父亲是苦蔓子上结出的瓜。他3岁的时候，我的爷爷就去世了，奶奶拉扯着年幼的父亲，怕父亲吃苦受气，一直没有改嫁。父亲7岁时跟着守寡的奶奶搬到了团结村，给有钱人家放牛羊、打短工。父亲说："什达岱（团结村的旧名）的村风好，不欺生不排外。"

在后街上人们的帮衬下搭起了一个窝棚，奶奶和父亲总算有了一个着落的地方。后来又盖了一个简陋的房子，比窝棚要强多了，但1959年大黑河那场洪水过后。房子被洪水冲了个一干二净。在村里朋友们的张罗下，青年队的年轻人脱土坯帮助父亲盖起新房，这个土坯房就是我出生并生活了近二十年的屋子。

"当时我们都是青年队的，年轻人有的是力气，白天干农活，晚上点着汽灯脱土坯，几个月就盖起了这个家，当时在村里那是好房啊。"每每聊起盖房子的经过，父亲就满脸笑容，眼睛也亮了，那脱土坯的汽灯在父亲的记忆里一直亮着，使黯淡的岁月有了光彩。父亲能把十几位帮他脱土坯盖房子朋友们的名字一一说出来，起房盖屋是大事，父亲当然不会忘记帮衬他的人。

团结村只有我们一户姓殷的人家，单膀孤人的父亲家底很浅，再加上那个年代农村好多人家都很贫穷，所以我们家的日子过得很紧。尽管父亲吃苦耐劳心灵手巧，但光景一直不好。打我记事起家里就一直过着穷光景，但村里的朋友们都愿意和父亲这个既勤快又实在的外来户打交道，缺钱短粮了，要好的朋友就会帮衬。直到我上大学时，只要父亲张口借学费，心乐哥和李恩等乡亲们就会全力相助。

"厚薄人情穷易见"，穷人的心能够最敏感地感受到人情的温暖。"渴时一滴如甘露"，在最需要帮助的时候有人慷慨相助，父亲当时心中肯定升腾着温暖。有一年我上高中等钱用，就在父亲愁得蹲在井边抽烟时，占良叔把他家卖枸杞的几百块钱拿来了。尽管日子过得紧巴巴的，但我们的心情从来都是敞亮明媚，因为点点滴滴普通人的真情汇成了人间暖流。父亲不止一次和我念叨这些乡亲们的好处，和我说："永远不要忘记，在咱们最困难的时候人家帮过咱！"

父亲遭遇过人情浇薄或人心险恶的事情吗？肯定遇到过。他生前不经意和我说过一件事，小时候他打短工时，一个有钱人家的管家知道快要解放了，就赶紧用旧的纸钞和他结算了半年放牛的工钱，结果没几天纸钞就废了，奶奶只好用这些纸币裱了筐篓。半年的工钱被哄了，父亲只是轻描淡写提过那么一次，没有和我提起过这个人的名字和细节。

父亲还和我当笑话提起过一件事。大集体生产队的时候，第二天要宰牛分肉，头一天晚上队里干部请上父亲一起喝酒，不知不觉喝多了。第二天宰牛时父亲拿不稳刀，呕吐绿水，有人就说："这后生这是饿的，吃不饱吐绿水了。"父亲笑着说："其实是喝多了，但咱们穷惯了，人家肯定以为你是吃不上饭饿的。人穷肯定会有人笑话你，那些伤人的言语别往心里去就是了。"

在贫穷和受苦的日子里，父亲肯定遭遇过不少白眼和讥讽，但他用内心的大度与从容把这些人情里的晦暗和不快都吞咽并消化得无影无踪，他用内心的良善铭记住了人情里最美好的情感，这些美好积攒下来就是人世间的真情和温暖。选择性地忘记不快铭记美好使父亲眼中的故乡是一个山美水美人情美的地方，在父亲眼里故乡没有一个不可亲可近之人。他的心中永远装满了温暖和美好，这也是他得享高寿的一个原因吧。

进城以后父亲老是惦记着故乡，惦记着故乡的人们。有一次一位村里的叔叔来看他，说要给儿子娶媳妇，想借点钱。父亲把我叫到跟前郑重地说："这位叔可没少出钱出力帮过咱们家，这钱你有也得借，没有你出去抓借也要借给他，你在城里比他好抓借。"我笑着按父亲的指示给这位叔借了钱。每次说要回老家父亲都激动得不行，回到村里后他就要看一看和他同年仿佛的老人，遇到光景不好的老人父亲就要给留点钱。

父亲见到人总是笑呵呵的，温暖的笑脸是父亲的经典表情。我最初以为是贫穷使父亲变得总是笑脸迎人，了解了父亲我才知道微笑是父亲内心阳光的折射，在他的心中永远怀着一颗对天地人情感恩的心，这颗善良的心使他变得心灵手巧，使他变得乐于助人，使他变得对人情不快处也不嗔不恼，内心阳光灿烂的人才能露出晴空朗月般的微笑。

父亲生前总是和我说："只要是力所能及，就要尽量帮助别人。"在我的记忆里，父亲是个爱帮忙的人，帮人家上梁盘炕、杀猪宰羊，"没钱的老汉力气大，我能帮人家的就是这些力气活儿。"乐于帮助别人的父亲找到了快乐，铭记着别人帮助的父亲心中升腾着幸福。

是啊，如果老是用挑剔的目光来看人情的不如意之处，心中肯定会充满阴霾；如果用寻找阳光和鲜花的目光来搜寻世界，就经常会有明媚而灿烂的日子扑面而来。当你学会选择美好忘记不快时，你才会拥有一个愉悦的精神世界。

心里总是回荡着父亲的叮嘱：别人对你的好要记到骨头里，把那些不高兴的事全忘了！

逢年过节说忌讳

小的时候我们要赶趁在腊月二十六七理发，因为正月是忌讳理发的。问大人为什么呀？大人也说不出所以然，只是说正月剃头会死舅舅。怎么也不能因为理发这么个小事儿给舅舅带来灾祸，所以年根前这次尽量理得短一些，一直到二月二才能"剃龙头"。

现在的人们逢年过节已经没有那么多忌讳，我们小的时候忌讳那才叫多呢！先从大年三十说开来，说话要拣好听的吉祥话说，忌说"破""坏""输"等所有不吉利的字眼。我觉得这个讲究挺好，过年嘛，就应该图个吉利！比如除夕夜里跑大年时不可大声喧哗，不可高声詈骂，再比如年三十晚上即使不守岁熬夜，也不要把屋里的灯关掉，寓意迎接光明的新年；但有些讲究就有些过分了，比如讲话时不要说"没""不""完"等词儿，这种讲究就太难为人了，也没有必要。再比如打碎器物意味着"破运"或"破财"，其实打碎器物是无心之过。

到了正月里又有好多的忌讳。大年初一忌打盘碗等器物，也是为了防止破财破运，实在不小心打碎了要收拾好留着，等到破五那天再丢弃。因为初一是不能碰扫帚的，从初一到初五是不能用扫帚扫院的，怕把财运打扫没了，过了破五才能清扫垃圾，到了初六才能"送穷"。这是过去物质短缺时代的禁忌，搁到今天四五天不收拾院落屋子，谁能受得了啊！再如大年初一忌洗头洗澡洗衣被，怕把一年的财运和好运洗掉冲走了；年三十和大年初一到初三忌吃药，怕一年不健康。这可是迷信啊，按时服药按医嘱服药才是对自己的身体健康负责啊！

逢年过节还有好多奇葩的忌讳，这些忌讳或者荒诞不经，或者虚妄离奇，或者肤浅迷信。比如大年初一不能喊着一个人的姓名催人起床，这样会使对方在这一年中做事都被人催促，你信吗？反正我不信；再如大年初一不能向别人借钱，这样新的一年里得老靠别人接济。也不能借给别人钱，这样一整年会使财产和财运外流。你信吗？反正我不信；再如大年初一忌睡午觉，否则会影响时运。大年初一要吃除夕留下的过年饭，寓意上一年的好东西吃不完，跨年到新的一年还有剩余。这纯粹是虚妄离奇甚至是封建迷信，到了这个年头早已经没有人理会了。

从年三十这天开始到大年初五，在我们土默川农村是讲究不喝稀粥等稀饭的。上个世纪六七十年代物质极度匮乏，肉食和白面是很难吃到的奢侈品，一户人家从生产队分到几斤面，留着过年包饺子用。人们评价年过得好不好，就是看过年期间吃了几顿饺子。如果从除夕到初六天天能吃上一顿饺子，这就是光景非常好的人家。最差的人家过年也要凑合吃一顿饺子，哪怕胡萝卜馅大一些。过年穷得揭不开锅才喝稀粥呢！人们忌讳过年喝稀饭会带来一整年的贫穷，所以再穷的人家也不会在过年喝稀饭。但现在村里的人们生活也好了，过年饭菜油腻太大，喝酒又伤胃，好多人家有时也偶尔喝小米粥来养胃，觉得这才是保健养生的做法。

给我印象最深的春节忌讳是正月里"忌针"，在"忌针"的日子里不能拿刀弄剪，女人们也不能做针线。小的时候我们淘气玩耍，不小心挂破了衣服或扯掉了衣扣，但遇上忌针的日子不能缝补衣服缝缀衣扣，只好等不忌针时再缝缀，结果衣服上撕开的口子更大了。过去，针线活是妇女们重要的女工，因此"忌针"的讲究由来已久。唐宋时就有春、秋社日"忌针"的习俗，《红楼梦》里就提到了正月忌针的习俗，第二十回里说"彼时正月内，学房中放年学，闺阁中忌针，却都是闲时。"正月里"忌针"的日子最多，不同的地区有不同的讲究，有的地方大年初三特别禁忌动刀剪，说"初三动了刀和剪，口舌是非全难免"；有的地方讲究"破五"即正月初五之后才可以动刀剪做针线活。

在我们土默川农村，正月里还有一个很大的忌讳是"杨公忌"。每到正月十三大人说这一天是"杨公忌"，好多事情都应忌讳一些，大人们尤其提醒这一天不要出门去走亲访友。小的时候我根本弄不明白"杨公忌"是什么，而且听成了"羊公鸡"，我一直在想"这羊公鸡是个什么模样呢？"后来才弄明白，这唐代风水宗师杨筠松所订定的百事禁忌日，是从农历正月十三算起，往后每月向前推两天为杨公忌日，共有十三个日子，不宜选为开张、动工、嫁娶等日子。有一种传说是用来纪念杨家将的，说是杨家将战无不胜，但如在这十三个日子兴兵必然吃败仗，就成了杨家将的集体忌日。这当然是迷信荒诞的，但在科学不昌明的年代，在偏僻落后的农村还是很有市场的。

春节忌讳是过年习俗的重要部分，我们应该取其精华去其糟粕来对待。对那些荒诞迷信和虚妄离奇的成份当然应该摒弃，像"闺女不能在娘家过年三十""大年初一不能洒水扫地"等陋俗都该丢弃；但对那些畏天敬人寓意美好的年俗忌讳，如"不要高声妄语""年夜不要互相詈骂"等还是应该有所继承保留。

心存敬畏之心，才能行有所止。规范我们行为向美向善的忌讳，是先辈们总结出来的行为规范，也是浓浓年味的组成部分。就像贴春联、挂红灯、包饺子等年俗一样，使我们在讲究中体味出了美好的寓意。在逢年过节时懂得敬天爱人，知道有所趋避有所忌，才能感受到天地间三阳开泰，才会体味到人世间和气回春。

愿你活得像一缕阳光

每逢佳节倍思亲，春节这些天我由不住又想起了父母亲，想起了他们那温暖如太阳般的笑脸。这样的笑脸时时鼓励我奋斗和前行，给予我力量和志气，提醒我要活得像一缕阳光，照亮周围的世界，温暖周围的人们。

每每回忆起父母亲，脑海里浮现最多的是他们的笑脸。他们的童年很苦，一生很清贫，但他们是笑着面对苦难和贫穷，活得像一缕阳光——这是他们留给后辈儿孙最可宝贵的财富。人生一世，草木一秋，尽管他们生前平凡如小草，但他们卑微却不自卑，活得留下了好名声。父亲是村里有名的乐于助人的老善人，受到了乡邻的尊重和赞许；母亲是一个有志气和刚骨的农村妇女，在她的坚持下举债供我们兄妹上学成才，一时引导了村里供孩子们上学的风气。

父母亲是一对苦蔓子上结出的瓜。父亲3岁的时候我的爷爷就去世了，从小失去父爱的父亲和守寡的奶奶相依为命，搬到团结村给有钱人家放牛羊、打短工。母亲的生父也好早就没了，改嫁后的姥姥拉扯着她，小的时候为躲土匪，姥姥带她躲到了狼窝里……那个年代的农村贫穷，再加上外来户根基浅，我们家就一直过着穷光景，特别地穷。我最初以为贫穷使人谦卑，是贫穷使父母亲变得对人笑脸相迎。真正了解父母亲后我才觉出，微笑是父母亲内心阳光的折射，在他们心中永远怀着对天地人世的感恩，这种来自内心的良善使他们变得心灵手巧，变得乐于助人。

回忆当年父母和我们相处的日子，多是阳光灿烂晴空朗月的明丽景象。童年时所住过的那间狭小的土坯屋在我心中胜过了无数华堂广厦，父母亲活得像阳光一样，照亮了小屋也温暖了乡邻。"有桥的河流显秀美，有客的人家显和美"，打我记事起就觉得好多乡邻愿意帮助我们这家外来户，愿意和父母亲打交道。好多姊姊大娘来向母亲请教剪纸绣花的手艺，一起探讨针线活里的难题；许多叔叔大爷来和父亲请教各种农活儿的诀窍，笑呵呵的父亲从不拒绝别人帮忙的请求，帮人家上梁盘炕、杀猪宰羊，在帮助别人的过程中父亲找到了快乐，也得到了别人的帮助。

生性要强爱好的母亲，决定着我们这个穷家的走向，在她的撑持下我们家的日子过得有滋有味。尽管光景不好，但母亲决不让我们在人前穿得破衣烂衫显得邋邋遢遢，母亲以高超的针线技巧用布头线脑裁缝出了漂亮的衣物，使我们姊妹三人的穿戴常被小伙伴们羡慕。只念过两年书的母亲一直鼓励我读书成人，一定要念成书！上小学以后，经常是我在炕桌上看书写作业，母亲在一旁做针线纳鞋底，一直到夜深人静。1992 年父亲得了脑血栓后，母亲不让通知在京上学的我，独力操持家务，没有

金秋孕日

喊一声累，没有抱怨和叹息，心里只想着把我们姊妹几个拉扯出来。母亲是我们家的一缕阳光，照亮了我们那个穷家，在她的操持下光景总是向上向好，日子总是有盼头的，升腾着活力和希望。

父亲是一个积极乐观的人，家里的事情母亲说了算，父亲一笑表示同意。俗语说"男人是个耙耙，女人是个匣匣"，勤劳的父亲是村里有名的好受苦人，心灵手巧的父亲又非常乐于助人。如果说母亲这缕阳光照亮了我们这个家，那么父亲这缕阳光则更多地照亮了周围的乡邻和朋友，为我们这个家在村里赢得了好名声。笑呵呵的父亲对人从来不嗔不恼，只有内心良善的人才能露出那样的微笑，只有心中有光的人才会保持那样的欢喜。在庄稼地里，

没有父亲不会的庄稼活，再重的农活都压不垮他那瘦弱的身躯；在村里生活，父亲学会了各种各样的手艺，因为会这些手艺父亲总是被请来叫去，比如每到年根儿父亲就被乡邻们请去杀猪宰羊，这一忙就是一个腊月。帮忙是不收分文的，但父亲高兴，别人能想到让他帮忙，他会竭尽所能，不惜所有，用爱心温暖别人。有一次抢救一个失血过多的村民，父亲毫不犹豫地捋起袖子，献出了一大输液瓶血。

生活中哪能没有艰难，但父亲都乐观面对，我看到的父亲从来不会悲伤，再苦再难也是一面阳光般的微笑。在他的微笑中，生活中的风雨都化作了彩虹，坚冰都化作了春水，坎坷都化作了坦途。一个人活得像一缕阳光时，别人也会报之以光明和温暖。水草肥美的地方鸟儿多，心地善良的人朋友多，乐于助人的父亲也常常受到别人的尊重与帮助，每当缺钱短粮时，朋友们都愿意帮衬父亲。在互相的帮助中我们体会到了人情的温暖和乡情的淳朴，所以光景虽然过得紧一些，快乐却从未缺席，心情从来都是敞亮的。

胸襟诚笃是长寿之本，心地善良是快乐之源。当一个人活得像一缕阳光时，才能永远有光明和温暖相随，才能把内心的良善化作汩汩不绝的快乐源泉，才能精神愉悦身心舒坦，才能内心安笃健康长寿。得享高寿的父亲，心中永远装满了温暖和美好，生前不只一次叮嘱我：如果力所能及时，要尽量帮助别人，才会享有快乐。

花香，蝴蝶愿意来落；人好，朋友愿意来往。愿你活得像一缕阳光，照亮世界也照亮了自己，温暖别人也温暖了自己。

乡村见面打招呼

"吃了没？"——这是我们土默川农村熟人见面打招呼最常用的一句话，直到现在人们还经常用到这句话。仔细琢磨一下，好像没有比这句话更温暖更走心的招呼语：能够让人感受到热气腾腾的生活气息，能够让人体味到炊烟袅袅的人间真情，能够让人想到熬粥煮饭的锅灶柴炭和盛菜舀汤的锅碗瓢盆。一句"吃了没"的问讯，人间烟火的味道扑面而来。

"民以食为天"，不必说那些年代久远的老事和旧闻了，就说我小时候的事情吧，那些缺吃少穿的日子距离现在还不到五十年。在我的记忆里，上世纪六七十年代充满了饥饿难耐的回忆，对于人们来说没有什么比能吃饱饭更重要的事情了。印象中村里的人们早晚吃的是酸稀粥和玉米窝头，光景差一点的人家要吃高粱面掺玉米面窝头，这种窝头太难下咽，人们就往里掺和一些炒过的黑豆面或榨过油的胡麻糁子。光景好的人家或许可以改善吃一顿白面蒸饼或炸糕，但也得是逢年过节，因为那个年代村里人们的光景都差不了多少。还可能有断顿的人家，一天只吃两顿饭，上午十点左右吃一顿，下午四点多再吃一顿。有时粮食实在接济不上，榆树皮、甜菜叶子等都成了食物。我记得七十年代中后期有一年特别困难，好多人家靠高粱面窝头和煮甜菜叶子撑持着难熬的日子。

当吃饱都困难的时候，一句"吃了没"的问候让人感到温暖和关心。和我同年仿佛或比我年纪稍长的人都有过忍饥挨饿的经历，吃不饱的那种感觉是掏心挖髓的，在饥饿的时候别人塞给你一个窝头，你顿时会觉得一股暖流一下子淌遍全身。直到现在，我都忘不了姥姥当年蹒跚着一双小脚，端着一个盆子在村里借米借面，在你家快要断顿的时候别人雪中送炭借米借面借粮食时，你能不感激涕零吗？我们小的时候，周围邻居家偶尔吃一顿好的，会端来一瓢或一盆，我们家偶尔吃一顿好的，也不忘给邻居们端去一些，乡村里最美好的人情和礼仪，就是那一盘香喷喷的猪肉烩菜油炸糕，就是那一瓢热气腾腾的粉条豆腐汤。

除了见面问候"吃了没"，另一句问候语是"吃甚来来"。在饥饿的岁月里，能吃上一顿好饭是非常骄傲而自豪的，刚过年正月里见面时，人们会问"吃了几顿饺子？"那个时候谁家能从年三十到初五每天吃上一顿饺子，就是光景非常好的人家了，在土默川农村人们管饺子叫扁食圪旦，有时人们吹牛饭

夏种秋收

菜好会说"想吃不想吃就是那扁食圪旦。"还有一个笑话流传甚广，说村里两个人见面打招呼，一个人问道："吃甚来来？"另一个人神气地回答："糕！""呀，厉害了哇，炸糕还是素糕？"对方口气顿时软下来了："拿糕……"拿糕是用玉米面、高粱面、莜面或荞面搅在一起做成的，在粮食短缺年代是穷人们的当家食品，使许多穷苦人家熬过了那饥饿的艰难岁月。

村里生产队有时会有大的集体活动，如脱土坯盖饲养院，或者收秋后庆祝，年轻人们会以饭量来打赌比赛。有一年二队几个年轻人打赌，有一个人一口气吃了二十几个大片油炸糕，要知道那油糕我吃两个就撑得不得了。还有一次我听说有吃一百个水饺的人，那水饺一个顶现在速冻水饺三四个那么大，想一想都惊愕得不行，在饥饿的年代里人们肆意地虐待自己的胃！但能吃的人往往也是干重活的好手，是村里人们眼中的好受苦人，村里人给自家姑娘找女婿，要求媒人找那种饭量大力气大能吃苦的后生。我小的时候听村里说书人讲白袍大将薛仁贵的故事，说他小时候饭量特别大父母养不起，一顿能吃一大盆油炸糕，但力大无穷能干活，这个演义成了本地风物的故事说明人们对能吃和能干的人是崇拜的。

那个时候大人管教孩子，也多是因为吃食东西。如果孩子狼吞虎咽吃相不佳，大人会骂"狼掏了你的肚子了！"或者说"慢点儿，没见过一口吃！"如果家里来了客人，客人没动筷子时主人家的人是不能动筷子的，有的孩子没忍住抢了先，大人是会管教你的。记得有一年我们家里请村里的董亮大爷给院里的枸杞树剪枝，母亲从别人家借了一斤白面，要做蒸饼招待人家，白面和玉米面蒸饼在一个笼里。饭快熟了，母亲安顿我："蒸饼是招待客人的，咱们吃窝头，千万记住啊！""嗯！"我答应得很好，但饭熟了端上来以后，早把母亲安顿的话忘到了脑后，蒸饼像磁铁吸引铁块一样吸引着我的筷子。多少年以后想起来，我还觉得不好意思："我当时怎么会那样呢？"

在那些吃不饱饭的日子里，去别人家遇上吃饭时，"吃了没"就真是一句客气话，千万别当真端碗动筷子。如果真的说"没吃了"坐下吃了人家的饭，这家人很可能有人会吃不上或吃不饱。厚道一点的人家宁肯自己吃不饱也会让客人吃饭，但浇薄的人家就不是这样了，在我的家乡托克托县流传着这么一个故事，说有这么小两口到一个远方亲戚家去拜年，主人是一位六十多岁的老汉，已经到了晌午快吃饭的时间了，老汉问新郎："吃了没？"，新郎说："没吃了。"老汉又问："到底吃了没？"新郎说："没吃了。"老汉有点嗔恼地说："这个娃娃不实在，到底吃了没？"新郎终于明白人家这是不想管饭的意思，就说"半前晌吃了。"老汉拍了拍新郎说："噢，好后生，这就对了嘛。"我听了这故事就想，真是"吃米不如吃面，走亲戚不如住店"。远亲不如近邻，小的时候我们几个左邻右舍谁家吃好吃的时候，都要端来送去的，满满的都是情意。但是话又说回来，那时候人们穷，把吃食东西看得比天大。

包产到户的头一年秋收后，村里的人们就不再为吃不饱而发愁了。人们的生活一年比一年好，见面打招呼由"吃了没"变成了"吃甚来来"，再到后来好朋友好邻居见面打招呼变成了"喝两盅"，如果是阴天就会说"走，去我家过阴天！"一些客套的打招呼语，变成了真心的邀请或叮嘱，这不光表现在吃食方面，还体现在出行等方面。比如过去土默川农村里的人们分别时会说"慢点儿"，这是非常普遍的一句客套话，相当于城里送客语"慢走"。但如今汽车普及了，人们临分别或送行时会说"长圆（方言，千万的意思）慢点"，客套话变成了真心的叮嘱语。在乡村生活和人打招呼是一项非常重要的生活技能，不同的招呼语配以不同的表情，使乡村生活显得活色生香。而招呼语在不同年代的变化，也体现了乡村生活的细节或整体的变化，有的变化可能是一种永远的改变或消失。

但一些人类善美的真情实感是永远不会改变的，一茬又一茬人在打招呼中让这些情感活下去。那些透着关心和温暖的招呼语，就像散发着沁人芳香的花瓣儿，又像拨弄出诱人音符的琴弦儿，把岁月打扮的花香鸟语，生活在人们嘘寒问暖的问候中变得美好起来。

乡村出行变迁记

上个世纪七十年代初，我们村里的人们很少出远门，主要是因为没有代步的工具。像托克托县城距我们团结村足有 20 多公里，如果靠 11 号——双腿步行的话，这是一段很漫长的距离。呼和浩特市就更不说了，村里没有能直通的班车。

那个时候男婚女嫁得靠管媒的，管媒的能挣得吃个点心。路程太远的村子管媒的也不愿意跑，又得探话又得交水礼，媒人也怕跑断腿。所以那个年代乡村的婚姻大事，一般也就局限在十里八乡的邻村上下。人们也习惯娶嫁在本地，尽管当地有谚语说"黄连树，鸡爪爪，娶不过本地引侉侉（指外地媳妇）"，这只不过是自找开心的话，没有交通工具怎么能走出去找到好媳妇呢。

自行车当年也是很稀罕的，在农村人眼里很昂贵，就像今天的人们买一辆汽车一样。我曾听到一个类似笑话的事情，大概发生在六十年代初，说村里一位老人看到一个骑自行车的人，回家赶紧让家里人准备后事，说自己看到鬼蹬轮，肯定活不长了。后来人们看到邮递员们骑着自行车走村串乡，才知道世界上真有这种两个轮子转得飞快的自行车。那时当一名骑着自行车的

白水绕村

　　邮递员是人们羡慕的好差事。再到后来，城里的下乡干部蹬着自行车下乡，村里才偶尔能见到自行车。但很少有人家能买得起自行车，或者说自行车还供应不到像团结村那样的偏僻农村。

　　至于汽车更少见了，上世纪七十年代中期，我们管北京212吉普车叫"扁蛤蟆"，县城里的大干部才可能坐这玩艺儿。我们偶尔能见到一辆解放牌汽车，在颠簸的公路上慢慢驶过来，一群小孩子争先恐后地往后槽上爬，司机发觉后赶紧停车下来，孩子们跳下来撒丫子就跑……对于童年时爬车后槽这个危险的动作，我到现在记忆犹新。小的时候我去姥姥家，躺在姥姥家炕上，看着姥姥为我做好吃的饭菜，心里感动地想：将来长大了，我一定挣上一汽车白面，开着卡车神气地进村，送给姥姥孝顺她。但那个时候我觉得，这个理想太宏大几乎不可能实现。

到了我七八岁的时候，村里的人们陆续开始有自行车了。那时的自行车是凭票到供销社里买，村里有头有脸的人先买，然后是一些急着结婚且家境不错的年轻人们买。当时的结婚四大件是自行车、缝纫机、手表和收音机，这"三转一响"在城里已经时髦了十多年了，到上世纪七十年代中期才流行到我们村里。当时的自行车颜色都是黑的，车型都是二八式的，就是自行车轮直径是 28 英寸。牌子只有三种：飞鸽、永久和凤凰，村里的人们都愿意买飞鸽车，说是在乡村路上骑行更结实一点。当一批新自行车来到村里后，供销社门前和后院围的全是人，推着新自行车回家的人从人群中穿过，像中了状元一样高兴。回家把车的大梁和弯梁等用绒布条缠包好，生怕磕碰掉油漆皮。

我们家开始一直没有自行车，到年根儿走亲戚时父亲就跟村里挨居的好的朋友们借，一年借车子的时候也就是三五回。记得父亲和心发哥、祥珍哥等借过自行车，还有好多热心的朋友也都借过，父亲人缘好，去谁家去借都不会被拒绝了。借来自行车后我坐在大梁上，母亲坐在后座上，父亲吃力地蹬着自行车，我们一起去走亲戚。自行车是借来的，父亲用起来非常爱惜，还的时候要用布条蘸上麻油擦亮刮泥板等，再给链条上好油。有一次在薄雪天气里去亲戚家，父亲骑着自行车带着我，骑行在土默特右旗双龙镇东的公路上，我坐在自行车的后边，看着自行车两个车轮印在薄雪上的辙印时而交织为笔直一线，时而扭绞成不规则的麻花状，幼小的我想：这车辙印要是能保留下多好啊！多少年过去了，当年年轻力壮的父亲已经骑行到了过往岁月的深处，而那一天美好的车辙印迹一直留在我的记忆里。

我们家买第一辆自行车时大约是 1978 年。记得那一年母亲喂了一头很肥壮的白猪，那时买车子政策就是把猪交到供销社再给公社，再凭票买车子。父亲把养了大半年的胖嘟嘟的猪赶到了供销社的后院，这头猪有二三百斤重，我是连个油花花也吃不上了。办完过秤折算等手续，父亲把一辆崭新的黑色飞鸽车推回了家，一家人忘了腊月吃不上猪肉的事儿，沉浸在了拥有新自行车的喜悦里：从此去姥姥家不用借车子了；从此父亲和母亲出地里干活有腿了；

从此我可以抽空学学骑车子了……晚上怕放在院子里或凉房里丢了，父亲就把车子推到了家里的地下，我们在炕上休息，自行车像一个宠物一样蹲在地下。

有了这辆自行车，我才开始学会骑自行车。二八式自行车的车座太高，坐上去就够不着脚蹬，和其他小朋友一样，我是把一只脚踩着脚蹬，另一只脚从大梁之下伸过去踩着另一只脚蹬"掏着骑"，这样只能转半圈。这种骑法也就是个玩儿，根本不能走长途，到1982年夏天，父亲卖枸杞收入了几百块钱，要带着我去35公里外的土默特左旗察素齐镇，这是我出生以来到过的最繁华的地方，当时我已经14岁。父亲自己借了一辆自行车骑着，让我骑这辆，就是这一次我学会了坐在车座上骑。第二年夏天，我就骑着这辆自行车在4公里外的五申镇上中学，天天往返加起来共跑16公里。上高中后我又骑着它往返于县城和村里三年多。等我上大学后，骑着这辆自行车跑学校的人就换成了我的两个妹妹。这辆自行车用了20多年，里外胎换过好多次，最后老得只剩下两个车轮和车座、车把，刹车也只能用鞋底代替。

到了上世纪八十年代中期，我们村里才陆续开通了通往县城和呼和浩特市的班车。我第一次从村里坐班车是1985年去呼和浩特配眼镜，当时还得早上四点多起来步行到北边的祝乐沁村坐车，挤在走风漏气的破旧班车里，70多公里的路程得颠簸五个多小时，坐一次车可真叫受罪。到了1987年上我大学时，我们村也通了班车，每次去呼和浩特转乘火车时，怕挤不上车，父亲一早就去和开班车的人家说好，听到班车鸣叫后，母亲赶紧送我到村西的公路上坐车。每到腊月放寒假我坐班车回村，车上挤得像沙丁鱼罐头，进城的乡亲们大包小包往家里买年货，有一年有一个人居然把几箱烟花爆竹拉到了车上，一路提心掉胆的。那时候感觉谁家要是有一个班车，那就像有了一台印钞机。

班车也就风光了十多年吧，大概是进入新世纪的头几年，村里开始出现了私家车。先是几位在外边闯荡的老板，再到后来普通人家也逐渐有了私人轿车，到了去年底除了一些老人外我们村几乎家家都有小轿车，钱换哥开上了儿子利剑替换下来的奇瑞ＱＱ，高兴地说："出门再不用受冷冻了。"有了汽车后，他们的腿变长了，经常穿梭于城市和乡村之间，去县城也就是十几分钟的事情。

短短四五十年间，乡村出行真是换了人间。父亲在世时和我回忆说，当年他们到武川县打工去拔麦子，天没亮从村里出发，天黑以后才到了呼和浩特市，两只脚走得全起泡变成鸭掌了。如今从我们村出发一个小时多一点就来到了呼和浩特市，坐在汽车里的后辈们想象不到先辈们走路之艰难和苦，长眠于厚土之中的先辈们也想象不到后辈们出行之便捷和快。

我常常在思考一件事情：我们在享受了现代交通工具带来的便捷的同时，还能吃得消咽得下先辈们所吃过的苦吗？今天享的福都是先辈们吃的苦孕育出来的，无论我们走多远走多快，都不应该忘记为我们吃了许多难以想象的苦的先辈们！

只有这样，我们才会在前行的道路上越走越快，越走越远，越走越好。

吵架也是一种幸福

牛年春节的时候，茹义的媳妇唐丽春为了多挣一些钱，留在东胜的饭馆里打工没回家。大年三十夜晚，当旺火燃烧成灰烬时，当炒豆子般的爆竹声像潮水一样退去后，寂寞也像潮水一样向他涌来，偏偏睡不着的黑夜也特别漫长……茹义一边怜爱地看着旁边睡熟的儿子，一边望着天花板喃喃自语："不用说聊天了，哪怕吵几句也好啊！"

正月里来是新年，到处都是喝酒的摊场。东家请来西家叫，酒足饭饱回到家里，感觉屋里还是冷冷清清的，要是媳妇在家早把屋子烧得暖窑热钵（方言，家里很暖和）了，看着大门上的一对红灯笼在风中摇曳，茹义盘床（方言：失眠）睡不着。二月里刮春风，到了浇地的时节，拿上一张铁锹不分白天黑夜等着水到地头，浇地回家后要是有一顿热乎饭就好了，看着冷锅冷灶的，好像受了特别大的委屈，茹义拨通了媳妇的手机："快回来哇，不要就顾挣钱了。"清明节前媳妇回来了，茹义高兴地对我们说："我算深有体会，家里有个人能和你吵架的人，也是一种幸福。"

茹义是我的小学同学，是我们村里有名的好受苦人。茹义的媳妇唐丽春老家是甘肃的，在地里干农活等不输给茹义。这些年两口子到城里或周边打工，专拣能多挣钱的苦活和累活干。但茹义也突然顿悟：钱哪有个挣够的时候，一家人在一起的时候才是最幸福的时候，尤其是逢年过节。

是啊，能吵架也是一种幸福。我小的时候在中滩学校上学，见过姥姥和姥爷吵架，两位老人指着天说"对着蓝茵茵的天发誓"，真是吵翻了天。可吵完了生活还得过呀，姥姥又蹒跚着小脚端着纸糊的筐箩出去借米借面；我也见过我们后街上新发嫂骂新发哥，从村西的桥上一直数划新发哥，说他"不懂得三多五少"，那时刚刚上学的我反复琢磨这"三多五少"是不对的，后来才明白两口子吵架是不讲理的，说三多就是五少；我也见过父母亲吵架，为一些鸡毛蒜皮的事情争吵，那种争吵就像柴米油盐酱醋茶一样融进了日子里，在争吵中日子慢悠悠地往前走，他们逐渐变老，我们逐渐长大。

能吵架也是一种幸福，但尺度要把握好"吵而不破"的分寸。有句话叫"清官难断家务事"，是因为家里不是一个讲理的地方，有一些架吵得莫名其妙，有时一方觉得有理说不清，家里本身就不是一个说理的地方。我见过好多吵架的夫妻，男方往往是忍气吞声望风披靡，冷战上三两天又言归于好了。如果双方都针锋相对，这日子就不安宁了，吵架可不能记仇。再说，一个大男人整天在外边应酬没完，喝得醉饱而归，在家里哪好意思再和人家一丈二尺地吵，一是失了君子风度，二也体现不出"半边天"的地位，回家最好少嘟瑟，安分守己少言语是正经的。

我听过相敬如宾的故事，也听过举案齐眉的故事，故事里的事是当不得真的。如果真是那样也过得太累了，我们土默川农村有句谚语：勺子哪有不磕碰锅的，过日子哪有不吵架的。所以呀，该吵架还要吵，但不能吵过了，吵破了，吵散了，要掌握好火候和分寸，消了气就该熄火了。

好光景从苦中来——乡村发小众生相（上）

我常常带着儿子曈曈回老家团结村，让他和我儿时的同学和朋友多多相处。曈曈非常喜欢这些叔叔大爷们，玩得十分开心，一会儿缠住茹义下象棋，一会儿要认丁补元为师傅学木工……我郑重地告诉儿子，这些叔叔大爷们各自靠自己的辛勤劳动过上了幸福美好的生活，该向他们学习的品行和精神多着呢！

羊群在前利军在后

"咩咩咩……"，听到羊羔的叫声，利军就兴奋地睡不着觉了。凌晨两点多起床到太阳露头，利军已经接了六七个小羊羔了，几乎一夜没睡跢蹴在暖棚里，一盒烟差不多抽完了，脚底下全是烟蒂。利军的媳妇儿也没有闲着，在奶瓶里冲好热乎乎的牛奶喂养这些小羊羔，两口子在忙碌中迎来了熹微的晨光，又迎来了红彤彤的太阳。

云利军是我的小学同学，每年回村里我都能看到他在变着法子致富。七八年前利军耕种有几十亩地，还养着十几头牛。觉得浑身还有没使完的劲儿，他就开始做豆腐。每天凌晨三点多起来磨豆子做豆腐，豆腐渣正好用来喂牛，一早上就走村串巷卖豆腐。积攒了一些钱以后开始养羊，如今羊群已有近五百只，实在忙不过来了，只好把牛处理掉，豆腐房也关掉，专门伺弄这些羊。

元旦那几天我回到村里，正是数二九的时节。带着曈曈去村北的冰滩上玩，虽然正午时分，我们呆了还不到半个小时就冻得不行了，曈曈的小脸蛋冻得像红红的冻柿子一样。本来他想跟着利军看放羊，但日头开始偏西，气温逐渐下降，我和曈曈说："太冷了，你不能相跟着放羊去了，夏天再说吧。你看利军大爷多辛苦啊，这么冷的天得赶这么多羊去放，要不然这些羊会饿死的。"小家伙直点头。放羊冬天要受风寒的气，夏天要受太阳的气，利军说：

老少棋迷

"放羊一天走四五万步算少的，一年磨烂好几双鞋，但日子一天比一天好了。"

"羊群在前人在后，只瞭见黄尘瞭不见人……"耳边突然回荡起二人台《五哥放羊》里的这句歌词。

补元和农业机械化

每次回到村里，瞳瞳都要缠着补元学木工。其实补元现在算不上好木匠了，他更喜欢鼓捣农业机械，他现在更多靠农机服务来赚钱。

补元年轻时学了一身木匠手艺，当了几年木匠的补元早早就盖起了"里软外硬"的房子，就是里边是土坯外边是砖的房子，当时村里盖得起实心砖瓦房的人毕竟少数，能盖起了"里软外硬"的房子就算有本事了。靠木工手艺起家的补元偏偏喜欢鼓捣各种农业机械，手上总是沾满了油污。他家的院里凌乱地摆放着各种农业机械，地下全是铁疙瘩。除耕种的机器一应俱全外，还有大型玉米收割机和脱粒机。

秋收时节补元往往忙得没有白天和黑夜，因为人们排着队等着大型收割机到地里，人得跟着机器走。深秋时节他驾驶着收割机行走在玉米地里，仿佛行走在大海之上，玉米像浪花一样向两边分开。尽管觉睡得很少，但补元坐在宽大的收割机驾驶室里一点都不困，他像给土地剃光头一样精心收割一片又一片成熟的玉米，收割一亩玉米东家要付80元工钱，想起这些补元就来精神头了，恨不得拿缰绳把阳婆拴住，不让它下山，这样就可以不停歇地收割了。

秋冬时节，每家每户都堆满了小山似的金黄色的玉米棒子，补元这个时候又成了收玉米的。收割完玉米后补元就又成了脱粒机司机，谈好价钱后补元就和他的收购团队到了户主的院里，把脱粒机安装好后，他用铲车把玉米堆上的棒子铲到脱料机上脱粒装车。这一个冬天补元一直没有闲着，收入当然不菲。回家后补元媳妇凤凤早就给他炒好了鸡蛋，酒壶里也烫热了酒，就酒的是红皮小粒花生米，匀匀的有半个小指头肚大，每顿饭凤凤给补元炒大约50粒花生米。喝酒时补元坐在炕上望着窗户外的各种机械，心里有说不出的舒坦。补元如果要吃面条，凤凤会给他一根一根下面条，怕放多了粘在一起。

我多次劝补元把房子拆了，重新盖成真正的砖瓦房。我说："你家的机器住得都比人好了，东房西房南房都是砖瓦的，只有人住的正房是土坯的。钱挣在世上花在世上，不要亏待自己，重盖哇！"

补元犹豫再三，望着开了裂的后墙出神，一仰脖子干了一杯酒。

专拣重活干的三三

茹义是我读小学时班里的班长，我们习惯叫他的小名三三。他在村里是出了名的好受苦人，专拣最重最挣钱的苦活儿去干，这种一天能挣四五百块钱的活儿既苦又累，村里好多壮劳力都受不下去那份苦。

比如说跟着搅拌机铸衬砌渠道用的各种水泥预制件。一袋又一袋不停地搬运或扛抬水泥袋和石子，头上出的汗就像瓢浇一样，干得两头不见太阳，一般人根本扛不下来。我有一次回到村里，晚上十一点钟给他打电话没有打通，后来回过电话说在土左旗大岱镇的工地上连夜干活了，搅拌机旁边震天响，根本听不见手机。他还干过掏渠等重活儿，那些在工地上搬砖运瓦的小工的活儿，他根本看不上。只要能挣钱什么样的重活儿他都敢接下来。

三三是个闲不住的人，除了种庄稼和收秋之外，很少能在村里呆住。我好几次回村里都没有遇到他，不是在呼和浩特市周围的村子干活，就是跑到黄河南边的鄂尔多斯寻找工地，说是那边挣钱多。因为他爱干重活出了名，一些小包工头遇上急活苦活都愿意找他组团。他风风火火地骑着那辆旧电动车，出没在各种工地上，有一次被汽车撞了，庆幸的是只把氟斑牙碰掉了。后来，三三到县城里花一万块钱镶了上下满满一嘴白生生的假牙，一下子增加了好几分人才，笑起来整齐的白牙格外醒目。

当年三三家里比较穷，就到甘肃武威去找媳妇，领回了媳妇小唐。从甘肃来的小唐不像那些本地媳妇有嘴没苦，干起活儿来和三三不相上下。在夫妻二人的辛勤劳动下，生活一天比一天好，盖起了一处崭新的砖瓦房。为了给儿子攒钱，两口子经常见不上，各找各的打工的地方，一年到头也是不见面的时候多。干苦活也能落下毛病，三三有时觉得自己腰腿疼，喝上一两个去痛片就过去了。我和三三说："不要挣上命挣钱，命比钱值钱。"三三摇摇头："儿子将来肯定得在城市里安家，我得趁我能受苦的时候多积攒点。"

就在这个秋冬季节，干完那些挣钱多的活儿后，他也不放过村里的零活儿。一边自己收秋，一边用四轮车给人家拉玉米棒子，又到一溜弯帮人去栽葡萄，就没有闲在家的时候。常常是凌晨三四点，三三就醒来睡不着觉了，在我们土默川农村失眠叫盘床，不知他在床上盘点什么呢，过去未来共斟酌？还是又盘算如何揽工挣钱，下一个工地在哪里？

元旦的时候，三三正在家里伺候刚做完手术的媳妇。"等过两天她能行动了，我再去找营生。"三三笑得露出了一嘴白牙，灿烂得像刚装修完的新房子。

我那些勤快的发小们

我那些村里的发小们，勤快的不止他们仨。

钱换哥是儿子的大爹，他是种地的一把好手。这些年钱换哥包了一百多亩地，每年精心地耕种着，把一些包来的不长庄稼的地改造成了好地，我每次回到村里看到他不是耕种，就是耘锄，再不就是收割，光景在他的勤快下变了样。

除了勤劳，钱换哥还心灵手巧，会做好多营生，比如说杀猪宰羊。他是村里有名的屠家，前两天忙着杀猪，天天吃杀猪菜和杂碎，头昏脑闷觉得不对，一量高压快到 180 了，赶紧调整吃降压药。但他还是闲不下，杀一个猪 200 多块工钱了，他和几个帮手挨家串户，一个冬天宰杀了 30 多头猪。他还在农闲和三三相跟上去栽葡萄或拉玉米棒子，不放过任何能挣活钱的机会。

我的小学同学里有三个学木匠的，引福的家境富裕早不干了，补元改行干起了农机服务，只有利生坚持下来了。我回到村里经常见不到他，说是在外边工地上当木工了，前两天寒冬腊月同学们小聚，他还在东胜的工地上回不来。同学们说张利生人长得像只猴，可机灵了，常常能嗅到工地在哪里。

我琢磨着利生的木工手艺长进不会太大。几次回村我听说他出去支盒子去了，所谓支盒子就是混凝土浇灌前，钢筋工扎好梁柱的钢筋笼子后，木工用木板钉装出所需要的模型框子浇混凝土，一定要支撑得牢固些。这活儿比较累，赶工期时会连明彻夜钉装，技术性不是太强。好在利生不怕累，一年四季像猴子一样在脚手架上攀缘。

俗话说经济基础决定家庭地位。技术不高但能吃苦的利生这两年为家里挣了不少钱，脾气开始长了。钱换哥告诉我前些年利生让媳妇彩彩收拾得一愣一愣的，这两年能挣钱了喝多了也敢对彩彩歪头支棱了。

利利是我从小的结拜，这两年进城给一个单位看大门。利利当年为了供儿女上大学也是挣上命受苦了，贪心地种了十几亩枸杞子，两口子累得够呛。儿女工作后他和媳妇胡燕进城打工，耕种和收割的时候利利就回到村里去。像这样候鸟式往来于城乡的同学朋友不少，史二柱这几年就在薛家湾的一个煤矿上班，一年回家的时候没有几天，有时春节都回不来，可把他媳妇春莲想坏了。

村里这些同学朋友的孩子们大部分已经工作或打工了，按理他们该享清闲了，但他们都闲不住去刨闹挣钱，要过好日子。好日子是什么？我的脑海有几个很有画面感的解释：好日子就像刚升起的太阳，看着它还往高升；好日子就像刚开花的向日葵，看着它还往大长；好日子就像受苦人的笑脸，看着它就有力量。

张引福是村里扬水站的站长，挣着一份固定的工资。我说就你命好不受苦，引福不服："那才儿个钱，我不受苦能了？我受苦时你能看见了？谁想过好日子不受苦！"

谁想过好不受苦，谁想学好不吃苦！我把这励志的话和儿子说了好几遍，他有点不情愿："我好不容易回村，就玩一会儿嘛！"我笑说："咋看你咋像你引福大爷，一副不爱吃苦的样子！"

脚踩黄土心饱满——乡村发小众生相（下）

我那些在村里的发小和朋友们是地地道道道的农民，他们管自己叫"修理地球的"，城里的人们叫他们农民工。他们自己说是进城"刁工"，也就是捎带挣钱的意思。他们虽然是最普通不过的农民，但他们对生活的达观态度让我敬佩：就像庄稼拼命成长一样，饱满的籽粒是对阳光雨露的努力回报；就像野花散出幽香一样，芬芳的味道是对天地岁月的认真答谢。

人生就像在雪地上行走一样，踩出的不同脚印和图案构成了不同的人生和命运，这里可能有许多偶然和幸运的成分。比如说我父亲吧，他是个非常

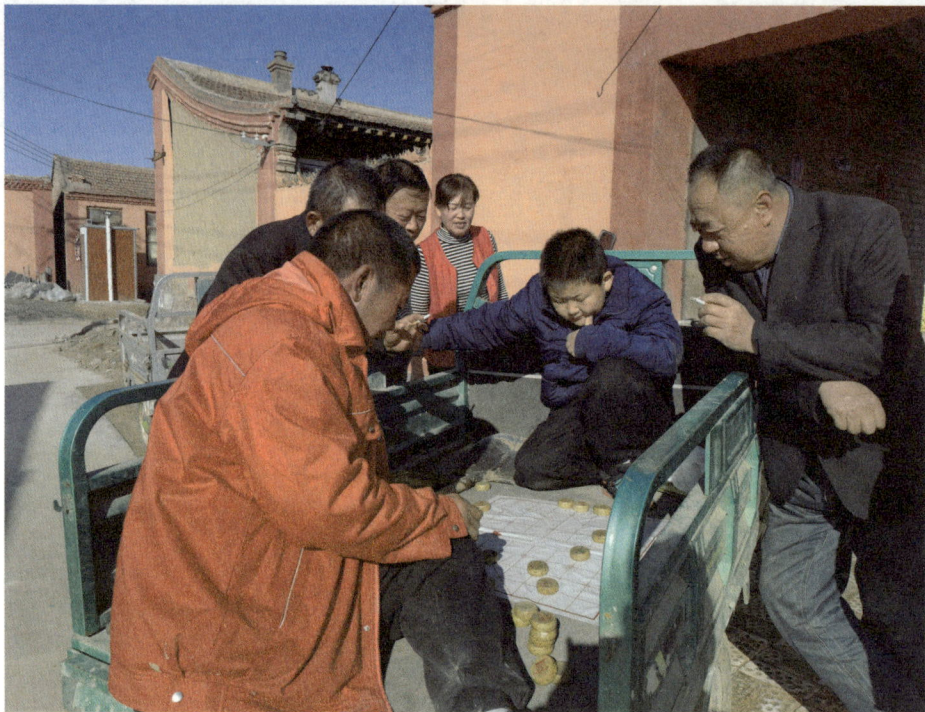

乡村假日

聪明的人，不仅会摇耧耕种等庄稼地里的活儿，还会盖房盘炕或做粉条磨豆腐等手艺活儿。聪明的父亲可惜不幸运，或者说生不逢时，由于家穷从小没念过一天书，我常常想假如他能够读书成功，会不会有更加精彩的人生呢？但我又想假如他念书进了城，就不会遇到因家贫而没有念书的母亲，他们遇不到一起能有我们兄妹吗？想一想真后怕。再比如我二舅当年成绩不错，但参加高考头一年落榜了，如果家里再供他补习一年或两年，他肯定能考上，但家里就是没钱了，他只能到生产队里当壮劳力挣工分。

现在该说说村里那些发小朋友们了。先说小学时的班长茹义，我们一直叫他的小名三三，小学的课堂上他常常是给我们领读课文的，因为学习好才当上班长的。就像我二舅当年一样，参加高考第一年落榜，因为家里太穷没让他再补考。扎根农村出入工地的三三一直喜欢看书，仍然保持着阅读的习惯，这让我想起了《平凡的世界》里的孙少平，有一次回村里他让我买一套《白鹿原》回来，"陈忠实的这部小说写得就是好！"自从手机有微信功能之后，他后半夜睡不着觉的时候写过那么几篇文章，同学们都说写得真好，三三当年如果考出村就更好了。

但三三从来没有抱怨过什么命途多舛，就像我父亲和二舅从来没有埋怨命运不公平。我的父亲享寿八十多岁，回忆起年轻时受过的苦时有点自豪：当年居然能吃那样的苦，晚年居然能享这样的福。每当他和我云淡风清地聊起当年的往事时，内心的平和化作了满脸的慈祥和笑容，这使我想起了苏东坡的"回首向来萧瑟处，归去，也无风雨也无晴"这句词，在父亲看来过往人生中战胜坎坷和苦难的经历也成了曼妙的风景。我二舅也从未怨家穷没有把他供出村里，未怨家穷差点没有娶过媳妇，三三也一样对过往的事情很少提叙。我的父亲度过幸福的晚年后已安然远去，我二舅还养着那匹老骡子耕田种地，三三还在骑着他那辆黑色电动车拼命打工挣钱。土地有肥沃和贫瘠之分，种子落到哪里由不得自己选择，但只要尽心尽力地生长，就会有茁壮的枝干和饱满的籽实，就会成为散发幽香的小花。

种子热爱让自己发芽的土壤，农民热爱让自己生活的故乡。当城市里的同学为三三没有进城可惜时，三三却为自己在村里的生活感到惬意，前两天三三来城里陪媳妇看病，我们一起吃饭，酒酣之际他说："这城里呀，除了大人看病和娃娃上学好，别的有啥好呢？我实在不喜欢这拥挤的城市。"这是三三的心里话，城市只是他来打工挣钱或寻医问药的地方，他喜欢生活在天宽地大的乡村里，就像庄稼紧紧抓住泥土一样，可以纵情地沐浴阳光，可以恣意地吮吸雨露。三三说他习惯了在土地上去耕作收获，习惯了到城里打工挣钱后在热炕上烫平身上的疼痛，习惯在炕上睡不着盘床（失眠）到天明，乡村里夜深人静时狗吠鸡叫的声音都那么真切而清晰。三三每次酒酣耳热时会和我说，城里的生活太吵闹，人活得不像给自己活着，很难头脑清静下来。其实，我也羡慕这种自由自在无拘无束而又简单质朴的乡村生活。

和三三一样，我那些发小们都是城市的候鸟，他们的心在村里，他们的根在土里。就像在薛家湾煤矿上打工的二柱一样，心中无时无刻不思念着村里，想着村里的媳妇和老人。六七年下来，二柱想得都有点快抑郁了，但为了给在外地安家的孩子攒凑房钱，他还得辛苦地去薛家湾上班。我的结拜利利和媳妇在城里照看单位大院已经五六年了，但他想的还是村里那个锁着的家，"等孩子们都利索了，我就赶紧回村里呀，这地方快憋屈死人了！"利利不止一次和我说这话，我说："我退休了和你一起回去做伴去。"像补元更是丢不下媳妇凤凤，宁愿把木匠手艺丢了也守家在地，就在本村周围找活儿干。只有利生愿意去很远的地方干木工支盒子，因为他年轻时就爱逛跶红火，但过年了还是跑回村把钱给媳妇彩彩悉数上交。

　　我的同学张引福在呼和浩特市有自己的楼房，家能安在呼市但他的心安不在城里。在县扬水站上班的引福经常背抄着个手，按模样架式像个城里人了，但他一直惦记着村里的房子，那是四十多年前他大（父亲）给他盖的里软外硬的房子，就是里面用土坯垒砌，外边用一层砖裹起来。当时是村里最好的房子，那一处崭新的砖瓦圪洞（院落）村里人谁见了不眼馋，凭着这处院落还有他大的好名声，引福早早就成家了，娶走了我们团结学校的校花霞霞，后来我笑着问他："结婚时你好像不够十八岁，还是个未成年人吧？"引福一拳头捣在我的后背上。引福是个孝子，他大（父亲）去世那年他指着老屋红着眼和我说："你看这后墙也快倒呀，锅台也快塌呀，要是早翻盖几年老汉还能住两天。"打这以后住在呼市的引福心里老想着他村里的旧房，说说道道要翻盖村里的房子，呼市这套楼房只能叫暂时住处，村里那个快塌了的房子才是他的家。

　　脚下沾满了泥土的人，心中是闪闪发光的。钱换是我的堂哥，小时候有画画的天分，照着年画画那些带盔甲雁翎的武将，像模像样的，他想跟上画匠去学画，我大爹没让他走。他唱歌唱得不赖，可惜年轻的时候没有快手和抖音，音乐才华没有显示出来。我听他唱那几句山曲儿，有腔有调有板有眼，就像野山坡上绽放的桃花一样红格艳艳的，我就想他就不能唱得成了名？

二十多年前钱换哥的小日子那是真难，但他从没有抱怨过生活的艰难，这两年聘了姑娘又娶过了儿媳妇，走过了紧困的时候迎来了好日子。偏偏嫂子前些年患上了精神方面的疾患，但他还是该地里忙时地里忙，该领着嫂子来呼市看病就看病。睡不着的时候就在抖音等平台上唱歌，有一次他喝到半酣时和我说："唱一唱就把心里的烦闷清出去了，活着就是为了高兴。你嫂子病了我哪敢喊骂人家了，好儿好女给咱生下了，哄着还来不及呢！"我仔细品味了一下，好一个"清"字，人就得学会打扫心里的垃圾！

也许是因为村里的生活简单，所以我那些发小们的快乐来得好像特别容易。有一次吃饭时利军聊起了放羊的感觉，早上起来赶着羊群出去，看着长长的树影变得越来越短；傍晚看着阳婆下山的那一刻，西边的天空就像炉膛里的火一样通红通红的，这个时候抖动羊鞭赶拢羊群，喊着猎犬的名字去围赶走偏了的羊，圈赶羊群后边那些落后或不听话的羊，快速跑动的羊群就像飘移的白云。利军说这个时候心中有一种说不出的快乐，"你看你吃一点饭就又是血压高，又是血糖高，我比你两个人还能吃，但我一天走的路顶你十天走的路，所以我没这些毛病。"一起喝酒的三三自豪地接茬："你看你痛风脚疼了，我在工地上一天得流几斤汗，你一年流的汗还不如我一天流的多呢，我哪有什么脂肪和嘌呤了，我和利军是有名的胶皮肚，能吃！但没有三高的毛病。"面对这两位能吃没毛病的"大侠"，真的有点汗颜：我也该找一种能出汗的运动和劳动了，健康了才更快乐！

对于我们这些五十多的人，回望曾经走过的路，觉得只要是为生活插上奋斗的翅膀，每一种人生都是飞翔向上的姿态。有时我在想，我这些脚踩着黄土的发小们，没有被城市里物欲横流的各种潮流污染，在简单而质朴的生活里，心情更加踏实自在，精神分外饱满充实，生活得有滋有味、有声有色、有情有义。

从吃不饱到怕吃饱

民以食为天，吃饭是人生的大事。呼和浩特市疫情发生以来，居家的时间多起来，变着法子地吃，但生怕吃得太饱不锻炼，吃进去的东西变成脂肪贴成了膘。这两天我一边吃一边回想，这五十来年，从小的时候吃不饱到现在怕吃饱，我们的生活真是大变了模样。

我是1968年生人，十岁之前没少尝饿肚子的滋味。那个时候好多人家都吃不饱，更不用说吃好了，经常有吃玉米窝头都断顿的人家。在我的印象里，村里大多数人家靠吃玉米面或碴子度日，穷开心的人们把玉米做出二十多种吃法：窝头、蒸饼、锅贴、碴子粥、钢丝面、饸饹、煎饼……生活从来不缺乏诗意。还有的人家人口多，吃得就会更差一些。我们家的西邻居耿召小大爷家，共有八个孩子，吃饭的时候炕上和地下都是人，檐台上也蹲着人。人多嘴也多，日子过得就紧巴一些，经常见到他们喝酸稀粥和吃高粱面馍，高粱面里有时掺一些榨过油的胡麻糁子，这样会好下咽一些。

那时的生活就是为了填饱肚子，好多人家还是做不到。当玉米和高粱不够吃时，人们就得寻找各种可吃的东西，记得最困难的一年里好多人家吃甜菜叶子度日，有的人家挖野菜或吃榆树皮磨成的面，有的人家把甜菜晒成干儿吃。秋天之后，人们到收割过的地里捡糜黍的穗子，生产队里起过马铃薯后，人们便拿着铁抓子到地里刨捡没有起干净的土豆……千方百计能找到一些吃的东西储藏起来，有的人家居然打起了耗子洞的主意，秋冬时老鼠在洞里储藏了不少糜黍穗或高粱，人们就拿着铁棍和铁锹去挖耗子洞找粮食，并管这个叫"扎耗仓"。唉，人要是饿急了，连耗子那点可怜的存粮也不放过，耗仓被扎了以后，老鼠会气死的。

当吃饱肚子成为一种奢望时，人们便把吃饭视为头等大事。如果能吃上一顿好的，当然要炫耀一番，在当时村里人的心目中，黍子面制作的糕和莜面是让人垂涎的美食，我们村至今还流传着一个笑话：两个人见面打招呼，一个人问："吃甚来？"另一个人神气地回答："糕！""呀，五黄六月能吃上糕，厉害了哇。炸糕还是素糕（素糕是没有油炸过的糕）？"对方口气顿时萎靡下来："拿糕……"拿糕是用玉米面、高粱面、莜面或荞面做成的，高粱面拿糕使好多穷苦人家熬过了饥饿的艰难岁月。还有一个故事说，文化大革命的时候，传来有的大人物被打倒或批斗的消息，村里一个老汉说："唉，人家肯定不缺拿糕和莜面吃。"还有一次听村里马二娃大爷说白袍薛仁贵的评书，他说薛仁贵饭量大，一顿能吃二斗黄米的糕，后来我知道这是说书人根据自己的生活经历演绎出来的故事，有着我们本地人饥饿的烙印。

在饥饿感特别强烈的岁月里，能吃上能吃饱的确是件大事。村里人见面的第一句打招呼语是"吃了没"，直到如今这种打招呼的习惯还保留着，在吃不饱的年头里这是最走心最温暖的问候。给我留下很深印象的是，过年的时候会比谁家吃的饺子多，从年三十到初六都能吃饺子的人家那是上等人家，这几天能吃三顿饺子也是好人家了，光景不好的人家只能吃上一两顿饺子。还有一个印象深的事情是年轻后生之间比饭量，在生产队盖房子或挖渠的时候，吃饭时某人能吃二十五个炸糕，某人能吃近一百个饺子……这样饭量的年轻后生在小孩子们心目中无异于梁山好汉。

吃饭是神圣的，大人们给我们订了不少规矩，至今记忆犹新并一直遵守着这些规矩。比如吃饭之前不能用筷子和勺子敲碗盆；饭上来之前在炕上一定要先盘好腿，不能像簸箕一样双脚伸着；吃饭时不能随便说话，如果说话那是"骂饭"；吃饭的时候不能嫌好道歹，那是对粮食的不尊重，会折损自己的禄粮；喝稀粥时别故意弄出哧溜的响声，吃饭的时候不要故意咂吧嘴……这么多规矩我们都记下了，好好地遵守着，生在农村的孩子们对粮食有一种天生的敬畏。不用念"锄禾日当午"，我们就知道父母为种庄稼流了无数比豆粒还大的汗，粮食是不能随便浪费的。

"人生在世，吃穿二字""人亲人就是个吃吃喝喝"……我从小听惯了这样的谚语。的确，小的时候遇有贵客和亲戚上门，家里才会宰一只鸡吃上一顿糕，我们去走亲戚也是一样。人世间宝贵的亲情和友情当然不止一顿好饭，但美好的情谊少不了一顿好饭，因此小的时候我特别盼望家里来亲戚，或者盼着跟上父母去走亲戚。我也最盼望着腊月杀猪宰羊的时节，父亲忙着今天给东家杀猪，明天给西家宰羊，来请父亲的乡亲顺便把我抱上，去等着吃杀猪菜，小孩子解了馋大人们的情谊就更加深厚了。人世间那些美好温馨的情感往往浓缩在一饭之间，给我印象最深的是，人们尽管都很穷，但人与人之间非常重情义，特别是有了好吃的都要分享想到别人，七月十五互相送面人儿，八月十月互送月饼，腊月里年货备好了，也互送一些炸糕、油圈等。

那个时候我们就盼周围邻居家吃好的，我们不光能闻到香味，也能好好吃上一顿。我的父母和周围邻居们的关系处得特别好，东家吃汤糕了，不忘给我们端来一瓢；西家吃猪肉烩菜了，不忘给送来一小盆。至今还记得召小大娘隔墙招呼母亲用瓢盆接过好吃的饭菜来。当然我们家吃好的时候，也给邻居们端上一些。走亲戚时吃上一顿好饭也会让人感念好久，父亲曾经去一位穷亲戚家，这位亲戚给他做臊子面，臊子不是肉臊子而是用土豆切成的小方块，父亲不止一次和我说："那时能吃上土豆臊子面已相当好了。"

的确，那个时候白面是很难吃到的奢侈品。一户人家从生产队分上几斤小麦面，要等到逢年过节包饺子用。记得有一年家里请来村东的董亮大爷来给院里的枸杞树剪枝，母亲借了一斤白面做蒸饼招待人家，白面蒸饼和玉米窝头在一个笼里，饭快熟了，母亲事先安顿我："蒸饼是招待客人的，咱们吃窝头啊，记住！""嗯！"饭熟了以后我早把这话忘到了脑后，蒸饼像磁铁吸引铁块一样吸引着我的筷子，吃得大人们都笑了。大约十来岁的时候，我的两个妹妹也特别小，母亲不知从哪里弄来点白面，用鸡蛋和好以后切成拇指粗细的馍棒，用油炸出来放在红躺柜里，给她们吃的时候看我可怜兮兮的样子，就会给我一根，咬上那么一小口咀嚼着，那真是人间美味啊！

记得我们兄妹几个吃了好几年玉米面窝头。上顿是窝头，下顿还是窝头；想吃是窝头，不想吃还是窝头……母亲流泪了：孩子们何时能吃上白面呀。

出生在上个世纪六七十年代的农村，包产到户之前我没有见过更没有吃过大米，我们吃的米饭是指糜米饭。包产到户之后我才见识了大米，母亲在糜米稀粥里掺了一些大米，我管这些白胖胖的大米稀粥叫"虫虫饭"，包产到户之后逐步废除了粮票，大米才成了我们那一带农村的家常便饭。

我上高中的时候改革开放还没有多久，在学校里还是充满了饥饿的记忆。当时伙食费每个月是12元，几乎顿顿都是土豆煮牛心菜和黑面馒头，食堂里支着几口直径足有两米的大锅，烩菜的时候厨师穿着雨靴站在灶台上，用大铁锹翻动着烩菜，牛心菜里蚜虫或其他菜虫根本不会洗干净，倒是能翻出一层油花儿。半饭盒土豆烩牛心菜和两个黑馒头很快就被我们消灭了，根本顾不上菜里有过那些小动物。到了吃饭的时候，每十个人一桌，厨师把铁锅里的烩菜盛在小铁桶里，值日生把小铁桶领到桌上分到每个人的饭盒里。还有一笸箩黑面馒头，每人两个一抢而光。

上高中正是长身体的时候，大多数农村来的同学都饱尝了饥饿的感觉。家境好的同学可以买九分钱一个的"炕板子"或者油旋饼，在同学羡慕的眼神中吃下去。周末有的同学回家带来一小瓶肉酱，开饭后就会被同宿舍的同学一抢而光，有的同学用蛇皮袋从家里带来烤馍片，也是同学们互相接济着吃。有的同学周末回家吃好的吃多了，来学校后就坏了肚子，半夜提着裤子往厕所跑。

我和我的高中同学最朴实的励志理想，就是一定要好好学习考上大学，参加工作当一个城里人，能痛痛快快地吃上肥猪肉片子。因为高中时在学校里几乎吃不上肉，学校每周改善伙食时可以吃上猪肉烩菜和油饼，可是上千学生一口猪，肉太少往往分不上，身强力壮的同学常常因为肉没有分匀而大打出手，礼堂里勺头乱飞，我们瘦弱的同学们只能端着饭盒里的菜汤直往后退，当时我就在内心发誓，为了将来能够痛痛快快吃上肉，一定要拼尽全力学习。

改革开放以后好长一段时间，能吃上肉还是农村生活好的标志，而且肉越肥越好，膘越厚越好。直到上世纪九十年代前后，农村人的生活虽然已经好起来了，但人们还是逢年过节割肉吃，而且人们喜欢割三四指膘的肥猪肉，可以炼出油来储存起来，烩菜时掬上一勺子。记得有那么几年，村里不少人家买了猪香油，炼出油来炒菜或烩菜，以至于猪香油卖得比肉贵。上大学之后看小说《平凡的世界》，看到孙小平一口气能吃一盆烩菜和许多馒头，看到孙玉亭吃饱了肥猪肉片口渴找茶水喝的情景，仿佛就是我们身边的事情。

参加工作后手头宽裕了不少，实现了自己痛痛快快吃上肉的目标。馋了我可以去买上一大块猪头肉，或者去熟肉店买上一只热气腾腾的猪蹄子。早上我喜欢到杂碎铺里喝杂碎吃焙子，那个时候我还不知道血脂、嘌呤、尿酸等指标的意义和危害，年轻的时候吃铁都能消化了，我以为吃上肉就算是吃好了。吃着吃着我发觉不大对头：我在逐渐发福！上大学时我体重才是一百多斤，行动十分灵巧，可以随意翻跟头倒立。但工作后我的体重逐渐上涨，到前五六年已经有一百五十斤了，比刚参加工作时足足多了五十斤，好比背上了半扇子猪肉，哪里还能空翻倒立呢。

随着体重的不断增加，我突然发现我身边胖子也越来越多。回忆小时候村里找一个胖子还真难，记忆里我那些玩伴都是豆芽和筷子一样的身材，好多伙伴们都是营养跟不上长个子的需要，身体像被拉长的面条，又像麻秆子似的有长没粗。我参加工作这三十年，也是人们生活越来越好的三十年，无论城乡人们吃得越来越好，周围有粗没长身材的人也越来越多了。

随之而来吃出来的毛病也越来越多。像我十多年前血压开始增高，只好吃上了降压药。有一次头一天吃了海鲜，第二天吃了两碗杂碎，一下子犯了痛风，脚疼得要命……原来随时能吃上肉也并不是好事，不节制就会吃出毛病来。自从吃出来的毛病越来越多，我开始变得怕吃了，看到色香俱佳的红烧肉上来，咽着口水还是忍不住吃上一块，有一种"拼死吃河豚"的壮烈感。海鲜上来了，忍不住就吃一个，自己给自己壮胆："吃一个能咋地，就正好会犯痛风？"

当开始怕吃饱或不敢吃之后，我就想吃饭也像人生一样，终究不会让你太如意。当面对一桌美食不敢动筷子时，我就想人这一辈子能不能把苦日子和好日子均匀一下呢，当年我们吃窝头的时候要是能有几碗红烧肉多好；当觉得吃野菜比吃肉健康时，我就想当初吃野菜时的理想可是吃上香喷喷的红烧肉，当初为了吃上肉而奋斗难道错了？人生永远没有心满意足的时候，此岸和彼岸在追求不同的人心中，都可以成为理想和目标。

不管怎么说，从吃不饱到怕吃饱是时代的进步，是生活水平在不断提高。今天无论城乡，人们对吃的要求都是既要吃得好，更要吃出健康来。为了健康就要学会节制，要吃得恰到好处，不要"好的吃个死，赖的死不吃"，要懂得"物无美恶，过则成灾"的道理。

苦蔓上结出甜蜜的瓜

我从小就喜欢民歌。喜欢那一种清澈，就像空谷幽涧中流出的甘泉；喜欢那一种炽烈，就像碧空苍穹上照射的阳光；喜欢那一种饱满，就像元宵节中秋节朗照的月亮。

在烈日下放羊的俊俏后生，日晒风吹给了他黝黑健康的脸庞，整天与羊为伍的五哥偏偏是三妹妹的最爱；正月里是拜年祝福的好时节，多情的妹妹到心爱的连成哥家里左拉右揽拜年，为的是和连成哥哥相恋；甚至夫妻俩给人家表演金钱莲花落，赚几个钱养家糊口，也能从苦难中榨出甜蜜来，舞台上看到的是喜气洋洋的歌舞……民歌是受苦人对命运的呐喊和倾诉，唱出来的生活和场景原汁原味，有着哀而不伤怨而不怒的通达，让听者入心动容的是，山野里的枝杈上能绽放出幸福的花儿，泥土的苦蔓上能结出甜蜜的瓜儿。

生活中总是有许多不如意处，民歌总是有着神奇的治愈功能，赋予你战胜困难的力量和勇气。当年姥姥盘腿坐在炕上剪出了漂亮的喜鹊登梅的窗花，她是哼着《受苦人盼望好光景》的旋律，把窗花小心翼翼地贴在了窗棂上；当年妈妈在灶台边捏好了胖乎乎的面塑，她是哼着《兰花花》的韵律把面塑小心地放在了蒸笼里……我的那些亲人们把民歌当作了生活的药和酒，可以忘记伤痛的药和可以让人高兴的酒。飞扬激越的旋律从土窑土房土坷垃上飘起，使得这穷乡僻壤变得有声有色，干瘪的生活因有了水分的滋润和养分的呵护而变得饱满。悠扬婉转的歌声从黄河两岸的人家烟囱和窗棂里响起时，撩得黄河也时而温驯乖巧如处子，时而桀骜不羁如奔马。

总是给人以希望，总是给人以力量，民歌常常给人阳光灿烂的温暖，常常给人花好月圆的明媚。我姥姥的家在黄河岸边，那里有好多人都喜爱二人台，许多人张口就能唱上几句二人台或山曲。从小耳濡目染，我听惯了《挂红灯》里那一种响遏行云的嘹亮，听惯了《走西口》里那一份缠绵悱恻的悠扬。当时在我幼小的心灵里，走西口的太春和打金钱的马立渣，虽然贫困但不潦倒，他们的形象是坚韧而高大的，他们没有被生活的困苦折磨在地，他们会走出西口寻找生存下去的希望，他们会快意地倾诉生活的不如意，你听：

提起老天亲来老天它不亲

提起老天爷爷最恼人

轻风细雨它不下

每天起来刮怪风

……

提起那个大地亲来大地它不亲

提起大地来最恼人

五谷那个杂粮它不长

遍地长的是绵沙蓬

……

这样的指天骂地并不是控诉，而是对各种艰难困苦的蔑视，表面上的愤激源自骨子里对生活的热爱。就像网络语里说的"生活虐我千百遍，我待生活如初恋"，民歌里的生活总是那么青春而活泼，民歌里的生活就像那离离原上草一样充满了旺盛的生命力，民歌用歌声与旋律挽着我们的身心一路向前向上。汪洋恣肆的生活波澜卷起了浪花朵朵，是生活中的浪花汇成了民歌不竭的源泉，"山歌好比春江水"，就像电影《刘三姐》里的这句唱词一样，一江春水永远温暖着人心，流向迷人而辽阔的远方，永远没有流尽的时候；"山曲儿本是没梁子斗，多会儿想唱多会儿有"，这是信天游和爬山调里的一句唱词，放羊的时候看着蓝天白云去悠悠的时候想吼几声，你就唱"羊群在前人在后……"，看到阳春三月春光明媚的景象，你可以唱"春风吹动麦苗苗摆，青山绿水桃杏花开"。民歌山曲本来就是心田里流淌出来溪流，自然率真纯朴是它的本性，民歌里有着酸甜苦辣五味杂陈的味道，山曲里有着悲欢离合百感交集的情愫。

就像《诗经》里的《国风》一样，民歌是穷困百姓的艺术，充满了对那些为富不仁的财主或地主的讽刺，充满了不平则鸣的味道。"辣子辣嘴蒜辣心，财主长的一颗害人的心""一刃斧子两刃刀，剔刮穷人数他高"——这是爬山调里控诉财主的毒辣和刻薄；"莫夸财主家豪富，财主心肠比蛇毒。塘边洗手鱼也死，路过青山树也枯"——这是电影《刘三姐》里讽刺财主心肠毒的山歌。在重庆万州区流传着这样一首民歌："青竹蛇儿口，黄蜂尾上针，两样不算毒，最毒财主心！"看来天下的财主没什么好东西，就像爬山调里唱的那样："房高院大又圈音，哪一家财主不害人！黑老哇（方言：乌鸦）落在猪身上，天下的地主都一样！"

无论财主多么毒辣狡猾，在山曲或民间歌剧里总免不了被聪明的穷人或长工提弄，这样的结局当然让人感到解气和快意。小的时候看电影《刘三姐》时，看到刘三姐与几个酸腐秀才对歌，唱得财主掉下了河，不禁和电影里的劳苦大众们一起欢呼雀跃起来，南方的山歌在我这个北方人听来是那样的亲切，没有丝毫隔阻的感觉。后来看本地的二人台剧目《王成卖碗》也直呼过瘾，这一剧目的剧情是财主薛称心担心仆人王成外出卖碗偷懒，尾随途中发现王成在路边歇脚打盹，便悄悄挑走碗担准备陷害王成。薛称心沿街叫卖，与王成相好的村女香兰听到卖碗的吆喝声，以为是王成便出来买碗。薛称心见香兰貌美便起色心，想娶香兰为妻，恳求随后赶来的王成帮忙，聪明的王成巧施计谋与香兰一起痛打了薛称心。再比如二人台剧目《借冠子》，刘四姐把为富不仁的王婆调侃得淋漓尽致。现实中命运的各种不公平和遗憾，在戏剧和民歌里得到了补偿和填平。现实是什么，就像那一首彝族民歌的唱词："牧场上响起了悲歌——唯有歌声才是自己的。"

民歌里少不了你情我愿男欢女爱，那些让人感到滚烫而炽烈的情歌构成了民歌的主体和精华，这些情歌回荡在一代又一代人的心间，泛起了甜蜜的涟漪。你看情人眼里出西施——"马里头挑马不一般高，人里头就数上哥哟好"；你看那一种刻骨的相思——"想你想得不行行，爬在地上画人人，穿衣找不到扣门门，睡觉找不到灯绳绳"；你看那一份爱的执著——"鸡蛋壳壳点灯半炕炕明，烧酒盅盅挖米不嫌哥哥你穷"……这让人想起黄梅戏里唱的"寒窑虽破能避风雨，夫妻恩爱苦也甜"。执著的相思寄托于山水之间，你看山曲里有"山在水在石头在，人家都在你不在"，陕北信天游里后两句唱词是"刮起个东风水流西，看见人家想起你"，在河曲县的山曲里前两句是"人家春出秋能回，看见人家想起了你"，而内蒙古的爬山调又变成了"山尖水清石头高，人家都在你走了……人家都在你不在，满村村风水你都带"，听着这样直白的歌词和道情，我却想到了"当时明月在，曾照彩云归"，想起了"人如风后入江云，情似雨余黏地絮"这些美得让人迷惘的宋词。

在晋陕蒙交界的地方，山曲也称作"酸曲"，这酸的味道唱出了情爱的快乐。"大炖羊肉短不了葱，山曲不酸不好听"，这"酸"略微带一点"色"，在有人看来是"淫奔之声"，对，就像孔子说的郑声一样，是一种原始生命张力的放纵，而不是一味地淫邪放荡。你看陕北的酸曲《拉手手》唱道："你要拉我的手，我要亲你的口。拉手手呀么亲口口，咱二人圪崂里（方言：角落里）走……"，这让人想到了李后主的词："花明月暗笼轻雾，今宵好向郎边去。划袜步香阶，手提金缕鞋。画堂南畔见，一向偎人颤。奴为出来难，教君恣意怜。"李煜的这首词写得极俚俗极天真极传神，像这样的幽会场面在民歌里不止一时一地响彻行云，人们从中能感受到的是一种自然美，但那些唱得过分流于情色的民歌就逐渐失去了艺术的美，很难广泛地流传下去。

古朴而纯粹的民歌曾像阳光一样照亮过我的童年，不经意间民歌那动人的旋律就回荡在我的耳际。当民歌滋润过我的心田时，当那些贫穷和受苦的人们唱出了欢快紧凑的歌声时，人们会感到他们的精神世界是饱满而有张力的，不像一些活跃于名利场里的人精神空虚而苍白，臃肿的身材里包裹着一颗对生活之美失去了嗅觉的心。

回忆上世纪七八十年代那一段光阴，会感到那时贫穷的生活和人们都是纯洁而温暖的，就像歌声那样嘹亮而富有弹性，那给人勇气和活力的歌声使我们相信：苦蔓上结出甜蜜的瓜，崖畔上开出鲜艳的花！

念旧未必不丈夫

我是一个非常念旧的人，尽管我非常满意现在并憧憬未来。日子一刻也不停地往前走着，我的思绪却不时地掉队，想念着往日的人和事，怀念着过去的旧时光。有时一些无关紧要甚至与自己毫无瓜葛的人和事，也会像鱼跃鸟飞一样不经意浮现脑海。随着年岁的增长，可念的旧人旧事越来越多，往日时光盘桓于心间，就像杨花柳絮朦胧于天地之间一样美。

有人说，念旧的人婆婆妈妈不像一个大丈夫，我可不这么认为。"无情未必真豪杰"，念旧的人是最懂香醇的酿酒师，在他心中珍藏着许多美好的情感，他会把这些情感酿造成令人陶醉的美酒；念旧的人是最懂滋味的烹调师，在他心中珍藏着许多美好的往事，他会把这些往事烹调成回味无穷的美味；念旧的人是最知冷暖的供暖师，在他心中珍藏着许多人性的良善，他会把这些良善加热成令人感动的温暖。

念旧首先是怀念亲人朋友，和他们在一起的往日时光大量存储在记忆里，这些难以忘怀的记忆给我带来的是幸福的感觉。尽管父母和年长的亲朋已经去世多年，但我思念他们的时候和他们当年健在的岁月没有两样，姥姥迈开一双裹着的小脚在村里的土路上蹒跚走过，穿着厚厚羊皮袄的父亲挑着打沙鸡网笑逐颜开地回到院里，母亲忙着在热气腾腾的锅台边蒸糕烩菜，老岳父在土贵乌拉平房的火炉上给我们熬煮着奶茶……就像蜜蜂飞过眼前的花丛一样，这些细碎的往日时光非常自然就会出现在我的脑海中。这些已然在天国里的长辈闪现着慈祥的笑容和慈爱的眼神，我相信他们正护佑着红尘俗世里忙碌的后辈，有了这一份痴念和依靠，我会感到心灵的踏实和安然。

在似水的流年里，那些非亲非故的外人和平淡琐碎的日子也会回归到我的记忆中。三十多年前参加高考的时候，因为没有睡好加之天气炎热，我在考场上显得疲惫不堪，监考的年轻女老师把一杯温开水端到了我的桌子上，我精神为之一振，顺利完成了考试。多少年过去了，我还记得那杯提神的水还冒着热气，尽管我腼腆得没敢喝一口，尽管我已经不记得那老师的面容了，但我想她的容颜和心灵一样美。我念大学时每逢开学际，总有那么几位平时打交道并不是很多的乡亲，找到父亲掏出一两张百元大钞，"够吗？不够咱们再周借。"我忘不了这些令人心暖眼热的时刻，回味这些充满良善的温馨片断，才让人感到尘世是有情有义的；注入了友爱的往日时光，会像不朽的花朵一样芳香如故。这也提醒我在生活中要尽量帮助别人，你像黑夜里的灯一样照亮过别人，别人的心中才会永远留下一束明亮的灯光。

家乡的老房子是永远不能忘怀的，我经常会想念着老房子，老房子也肯定想念着我。在那里我能想起和父母在一起的时光，想起童年和小伙伴们玩耍的情景，想起当年邻里们来往的真情……二十年前把父母亲从村里接到城里后，被冷落的老房子破败不堪，老院子的围墙逐渐坍塌。父亲回村看过之后好几天闷闷不乐，我知道他不愿意看到老院落像村里其他没人住的土坯房一样，一副柱折梁摧壁残墙断的景象，我家的土坯房曾经装满了欢声笑语的生活和桃红柳绿的春天。我答应给父亲重新翻盖砖瓦房，十一年前砖瓦房盖好后，父亲除了逢年过节必回之外，平时也老想着回村里，我知道回到老宅上的新房里他有念不完的旧，他有回味不完的往日时光。

五年前父亲走后我依然要回老家过年，他在老宅上砖瓦房里生活的点点滴滴又成了我念旧的内容。再完美的结局也会留有遗憾，再精彩的人生也会感到不足，念旧可以从和父母亲一起生活的往事中反刍出快乐和幸福：想一想当初这件事为什么不这么去做，这样岂不更圆满。仔细再想一想，不对，当时那样去做是最好的圆满。回味与念旧，就像看满园果树上的果子，哪个最大，哪个最甜。我也相信冥冥之中父母亲温暖而慈爱的目光也正注视着这个曾经生活的地方，他们应该是繁星闪烁的夜空中两颗闪亮的星星，他们应该是皓月当空的月色里一缕悠然的云彩，在遥远的星空祝福并保佑着这些晚辈们，想到这里我便有此心安然的宁静。在这里，我们一年又一年迎春又接福；在这里，我们一年又一年举头望明月。

家里流传下来的一些老物件自然舍不得丢弃，老物件积淀了岁月的精华，提醒我即使再干枯的枝条上也曾开过艳丽夺目的花朵。比如挂在南房墙上的沙鸡网，好多人根本没有见过，父亲当年用它来捕沙鸡。每年小雪到大雪之间，成群的沙鸡从大青山后边飞来，天不亮时父亲便穿着大皮袄到野地里张网等待，用捕来的沙鸡换钱换粮。上世纪九十年代这沙鸡网就彻底闲置，我把它钉在老家的墙壁上睹物思人，回味那一段艰难的岁月。再比如母亲用过的顶针和鞋样，母亲就戴着这枚顶针，用她灵巧的双手给我们做出了舒适暖和的鞋子，抵挡了大青山北边吹过来的风寒。还有啊，这个曾给我们带来多少温暖的当地土法打制小火炉，这面小时候穿上新衣服时照过无数次的中堂中间的大镜子，这个曾经放过我们衣衫和令我们垂涎的饼干和白糖的红躺柜……哪里舍得丢弃，我把它们基本照原样摆在了老家。

老照片自然是念旧最好的旧物了，定格岁月长河中某个瞬间的老照片随着岁月积淀愈加珍贵。我喜欢在一个双休日悠闲的时候坐在老家的炕上，窗外是绵绵的细雨或明媚的阳光，我静静地欣赏着一张张老照片，就像品尝一坛又一坛珍藏多年的老酒一样，时光赋予了它醇厚而绵长的味道。你看这一张是我姥姥抱着还没有过一岁生日的我三舅，拍摄这张照片的时候我还没有来到这个世界上；这一张是我妈妈年轻时的，吃了那么苦的她也曾有过芳华岁月啊；这一张里刚刚四十出头的父亲一表人才，如果他是有钱人家的孩子能念上书，肯定有不一样的人生前程……一张张老照片好像打开记忆闸门的钥匙，抖落岁月的风尘，发现时光深处还有那么多光鲜明媚的日子。老照片使过往岁月变得清晰起来。

让我能够念旧的老物件真是五花八门。有让我痴迷于评书的海燕牌收音机，从这里我听到了《隋唐演义》《岳飞传》等一部又一部评书，每到评书快要开播的时候，这台收音机寄托了多少焦急的等待；有我父亲当年的农业税完税证明书，透过这薄薄的几张纸可以看出当年生活的不易和艰辛，但粗茶淡饭的生活同样充满了出自内心的快乐，让你懂得快乐其实很简单；有我还保存的一大堆准考证、毕业证，这些证件让我想起了奋斗的青春岁月，回忆起来没有因为虚度年华而悔恨，也没有因为碌碌无为而羞愧……价值不菲的古董，我没有丝毫兴趣去收藏，因为在它们身上我找不到岁月的厚度，还不如老宅里的一撮土亲切。

现今收藏的几万册书对于我来说更像老朋友一样，四十年来不断有新朋友加入，老朋友越来越多。你看《新选唐诗三百首》《李白杜甫诗选译》这几本书，是1982年我和父亲一起骑自行车到察素齐镇买的；你再看这四块二毛钱的一套《西游记》和三块五毛钱的一套《水浒传》，是初三那年在五申镇供销社买的，那时候这是两笔大钱，为了我读书，我妈妈真是舍得啊！这是版本较早的钱锺书先生的《谈艺录》和缪钺、叶嘉莹先生合著的《灵溪词说》，是我在天津上学时，从古文化街里逛古籍书店买的……这一本又一本书是我用时间和眼光积累起来的，如今包括老家在内的三个家里足足装满了十几个书架，一看这些书就知道我的阅读爱好和挑书范围，这些书虽然入架有早晚，我想它们也相处甚得，毕竟志趣相同嘛。

念旧未必不丈夫。生活每一天都是新的，日历每一页都是变的，在接纳精彩新生活的同时，我也不忘偶尔回首念旧，在咀嚼往日时光的幸福时，我会更加珍惜当下的拥有，更加憧憬明天的美好。

第四卷

乡村旧事倍关情

乡村里那些有声有色鲜活饱满的旧事，就像散发着沁人芳香的花瓣儿，又像拨弄出动人音符的琴弦儿，把岁月打扮得花香鸟语活色生香，生活在回味中显得美好起来。一代又一代旧人的人生故事被时光尘封了，但一代又一代新人会让村庄升起新的炊烟，演绎出新的故事。

光阴·光景·光华

时光偷换了村庄的主人

时光躲在人们看不到的地方，偷换了村庄的主人。当大人发现老人被偷走时，自己开始慢慢变老；当小孩发现大人变老时，自己已变成了大人成为一家之主，在柴米油盐的忙碌中，在杯盘碗碟的磕碰中，自己的小孩也在不知不觉长大，迟早会成为主人。

要是从我上高中离开团结村算起，再差两年就四十年了。接近四十年的时光，村里生生死死进进出出，许多人家早已换了主人，当年和我父母亲同年仿佛的那一批老年人几乎已经走光了，当年和我同年仿佛的同学有的已当上了爷爷，他们的儿子已经成了这个村庄的青壮劳力，是这个村庄最当时令的主人了。

就在最近这五六年里，我认识的好多叔叔大爷相继走了。就像树叶到了秋天就要变黄，变黄的树叶就意味着离去，一阵风吹来就会把枝头摇曳的黄叶吹落大地；就像庄稼到了秋天就要成熟，成熟的庄稼也意味着离去，离开厮守了多半年的土地，颗粒归仓后才算修成正果。老人们入土为安后，满足而安然地躺在洒满了汗水和泪水的土地里，才算一生善终，酸甜苦辣由他们的儿孙在村庄里继续。

一代人有一代人的悲欢离合和爱恨情仇，都在村庄这个舞台上演，但他们的故事迟早会被时光偷走并冲淡。站在冬天干枯了的花枝前，你如果没有亲眼见过，很难想象春夏时这枝头是绿叶葳蕤花团锦簇的样子。父亲在世时提到过村里一些年长者的名字，我茫然无知。因为和他年岁相近的人我还能略知一二，更早些的名字都没听说过，更不用说他们的过往事迹。但在父亲的脑海里，每一个名字都是鲜活的面孔，每一张面孔都有自己的芳华，有自己或者精彩或者平淡的人生。村庄是舞台，一代又一代村民是过客，他们的

在村里闲聊的父亲

过往父亲那辈人还零星地记着，但父亲那辈人去世后，早先那代人的事迹就彻底湮没在时光里。所幸，我们这一代人还记着父辈的故事，虽然他们已经永远淡出了村庄这个舞台。

我们村曾经是一个常住人口超过两千人的大村。有一次父亲午睡醒来和我念叨："我活了八十多年，感觉是一眨眼的工夫。想一想，村里光后街上就走了多少人。"八十年的时光堆积，父亲感觉只是一瞬间，高度浓缩的回忆使好多熟悉的面容积攒在一起，使父亲的回忆里有些拥挤。八十年是一个不短的光阴，不少年纪大的人已经安卧于泥土中，村庄这个舞台见证过每一个过客的人生轨迹，但舞台不会说话，舞台只是默默地看新人笑或旧人哭。和我说话聊天的父亲离开我也已五六年了，这几年里村里又添了好多逝者，逝者的过往或许还被高寿的长者铭记，但年轻的一代人肯定已经很模糊了。一辈子人不管两辈子的事，老年人们不理会年轻人的事；而年轻的这辈人也不理会上两辈子的事，儿孙们已很少知道爷爷辈上村庄里的事了。

　　村里的老供销社门前是老人们聊天的地方，在这里聚集了许多饱经沧桑的面孔。每次我回到村里看到，老人们蹲坐在供销社或小卖部的土圪旦上，夏天东阴凉倒到西阴凉，冬天晒着太阳聊着天，把日头从村东聊到了村西，把日子从白天聊到了黑夜，把一年从春天聊到了冬天。父亲当年回了村里也爱搬一个马扎到老人堆里聊天。聊着聊着，一些老人就掉队缺席了，包括我的父亲也走了，时光把聊天的老人偷偷换了。前些年我看到聊天的老人里有我认识的不少老人家，前些天我回去看到聊天的老人里有我印象中的不少青壮后生，但实际上他们确实老了，庄户地里的太阳把他们晒得满脸黢黑，风把他们吹得满脸皱纹。土圪旦上聊天人的面孔变了，但聊天的人数没有太大的变化。俗话说铁打的营盘流水的兵，这村庄就像营盘，这村民就像兵，不知不觉中这营盘里的兵就换防了。

　　这些年村庄送走了不少老人，也迎娶回不少年轻的面孔。娶亲的鞭炮声要远比送走老人的唢呐声响亮，孩子的啼哭声是村庄最美妙动听的声音。我们这一代人当年的第一声啼哭给了村庄，而现在村庄里孩子们的第一声啼哭给了城里的医院，这是时代的进步。像我父亲那一代人或年龄更长者，过得是最艰难清苦的岁月，他们牢牢地被拴在土地上，为填饱肚子挣命流汗，为改变穷困的生活熬煎愁苦，他们吃的是"锄禾日当午，汗滴禾下土"的苦，受的是"足蒸暑土气，背灼炎天光"的罪。他们也牢牢地被拴在村庄里，有的老人可能一生也没有走出村庄。要说不公平是时代造成的不公平，老一辈人受了那么多的罪。

　　如今我的小学同学这代人依然是村庄里生产和生活的主人。不同于先辈的是，他们拼命攒钱给孩子们在市里或县城买房买车。比先辈们幸运的是，他们住的房子不再是土坯的，走的路变成了水泥路，手里拿的是手机，互相招呼喝酒是用微信。如今有了各种农业机械，锄耧耙种、收割脱粒等先辈们累死累活的农活对他们来说是轻松平常的事。这使他们有了更多的时间进城务工，可以自由地两栖于乡村与城市，忙时务农、闲时打工成为他们的生活常态，像二柱、利利、茹义、利生等好几位同学都是以务工为主，城市是家，家反而像旅店。当然为了美好的新生活，不论种地打工，农民都可以吃别人吃不下的苦，咽别人咽不下的气。比如钱换哥种完自家的地又租种一百多亩地，他说自己只会种地挣钱；补元喜欢倒腾各种农业机械，农忙时两头不见明起早贪黑帮人收割，农闲时东家请西家等装修房子脱玉米刨闹；茹义则在外专拣苦重钱多的活揽，为的是给儿子攒钱上学、城市置业。

如今，村庄新一代主人又在长成。像我的侄儿利剑，在城里的大饭店已经干了十多年，新婚不久把房子买到了县城里，和他一样的好多孩子都把巢筑在了城里，他们已成了村庄名义上的主人。这也得感谢时代，使他们能够在城里实现梦想并筑巢。村庄的新一代主人们心思已不在村庄里，不在土地上。城市对他们更有吸引力，互联网和手机里展示的外面的世界更精彩，城市的巨大的吸引力吸走了乡村的年轻人，吸走了乡村的生气。

路遥的《人生》中德顺爷爷有句话："就是这山，这水，这土地，一代一代养活了我们。没有这土地，世界上就什么也不会有！"穿梭于乡村与城市的村庄主人们，和他们的先辈们一样，像这位德顺爷爷一样，仍然挚爱他们的这村庄和土地，演绎着农村生活的悲喜剧，耕耘着先辈们洒过汗水的土地。城市，只不过是他们挣钱的一个舞台。时光偷换了村庄的主人，换了主人的村庄离世界更近了，诱惑着年轻人们离开村庄。

无论何时，村庄的主人们永远热恋着村庄，就像兵永远会守卫营盘。即使像利剑这批把巢筑在城里的新主人们，他们的心也是和村庄贴在一起的。时光偷换了村庄的主人，但偷换不了热爱乡村的一颗心，这使得村庄能生生不息代代繁衍。

一代又一代旧人的人生故事被时光尘封了，但一代又一代新人会让村庄升起新的炊烟，创造着紧跟时代的故事。

人是光阴的过客

又一个清明节已经过去，在缅怀先人的同时不禁感叹"时光人事随年改"。李白的《春夜宴从弟桃李园序》中说："天地者万物之逆旅也，光阴者百代之过客也。"在我看来，人是光阴的过客，一代又一代人的光阴接续出了百代，接续出了波澜壮阔的历史。无数个明天不断越过今天这个门槛变成了昨天，无数个昨天不断堆积越来越厚重变成了历史。

每个人都活在匆匆如水的时光里，每个人都拥有自己的时光，这样个性化了的时光是个人的简史。每个人的时光里都有自己春夏秋冬的四季更替，有花开正酣的鲜妍，也有叶落潇潇的声音；每个人的时光里都有自己阴晴圆缺的变化，有阳光明媚的灿烂，也有风雨如晦的艰难……一个叱咤风云的人物的个人历史往往成了一个时代或一段光阴的历史，这些人在过去时光里的作为有时会决定着历史的转折和走向。但这些流传甚广的历史有的难免被美容和增饰，比如唐太宗的历史；有的难免被丑化和归恶，比如秦始皇的历史。因此，阅读历史时要多个心眼——"金无足赤，人无完人"，任何人和事都不会是尽善尽美的。

对于一个普通人来说，一生悲欢离合的过往时光能够被人记着不容易，一些事迹流传下来更不容易。想一想百代的光阴会有多少人和事交织在一起，一代又一代人在时光里匆匆来又去，一代人的时光仿佛是一段河流，河流里有无数游动着的鱼，鱼儿有轻鲦出水的矫健表演，但行色匆匆的河流是记不住这么多鱼儿的出色表现的，甚至鱼儿何时进入或离开这段河流，都不会被记起。"鸟去鸟来山色里，人歌人哭水声中"，凡人如河流中的一条鱼或一滴水，它的消失对于如河流般的时光来说无足轻重，时光仍平静得像水一样无悲无嗔流过。

一条鱼游得漂亮与否，只有身边的鱼或水知道；一个人活得精彩与否，也只有身边的人知道。一个平凡人的人生轨迹和事迹除了能够被自己回忆起之外，还会被亲戚和朋友惦记或说道，至于后辈儿孙能记起多少就不好说了。清明时节缅怀先贤是通过对历史的追忆，对光阴长河里杰出先贤们事迹的重温，来昭示我们短暂的生命如此活才会流芳千古；缅怀先人则是我们对生命源头的一次回望和溯源，无论你活得多么精彩都不应该忘记：是先人和父母给了你生命，给了你人世间这段宝贵的时光，在这段时光里你像花儿一样精彩绽放，像鱼儿一样自在游翔。

对已逝父母和亲人的缅怀，是对往日时光片断的回忆，就像启封一坛醇酒。"万古人心生意在"，在春和景明生气旺盛的清明节追念先人，除了慎终追远礼敬祖先外，更是为了汲取创造美好生活的力量，让那些温暖的旧时光沉醉心田。人生虽然苦短，但生活中有无数甜蜜值得回味。在亲人和朋友感觉中，再平凡的人都有不平凡的高光时刻，在这个万物复苏的清明时节，对那些生龙活虎朝气蓬勃的日子充满了苍茫的思念。

感谢生命过往中所有的遇见，使得时光中有好多时刻变成永远不会枯萎的插花。感谢生我劬劳的父母，他们搀扶我站起长大，我搀扶他们渐渐变老，那一些生活的光阴令人难忘；也感谢我最好的一位朋友，他和我既是同村老乡也是一个单位的同事，他故去已经快十年了，但我经常会想起他的善良和淳厚。他们虽然已经走到了往日的时光里，但亲情、友情不会随时光凋谢，亲人和朋友们永远记着他们夏花般灿烂的笑容，这就是活在心中不朽的含义。

人是活在时光里的，更应该感谢未来时光中的邂逅和遇见。活在时光里的人们是幸福的，我们是时光中生命链条的编织者。一代又一代地编织下去，生生不息代代相续，生命的藤蔓越来越蓬勃；一代又一代像传递接力棒一样，传递着一段又一段时光，完成一个人或几个人无法完成的接力赛，这种接力是生命的延续，也是爱的传承。生命之树葳蕤常青，是因为枯萎的树干上总能抽出嫩绿的枝条。

人是光阴的过客，就应该珍惜稍纵即逝的当下。活在当下就应该学会过滤生活，把生活中的不快和痛苦忽略删除，把日子里的幸福和快乐细细咀嚼。假如你能跳到云端俯瞰光阴长河，你就会说：好好生活！

村庄好像一棵树

村里的一个微信群里上传了一张照片，是村里七位老人的合影，好几位老人已经谢世了。这张珍贵的照片大概摄于上世纪五十年代，照片里的老人们风华正茂，都是二十多岁快三十岁的样子，只有云长有老爷子是中年模样。我突然想到，村庄就像一棵参天大树，枯落的树枝上会抽出嫩绿的叶子迎接新的春天，每一个春天又都有她姹紫嫣红开遍的时候。

老人们的合影照片刚一传到微信圈就引起了围观。村里的年轻人感叹"这些老前辈们一个都不认识"；年纪稍长的几位村民经过讨论和辨认，确定并说出了七位老人的名字，并唏嘘"已经有六位老人不在了……"这些老人和我父亲同年仿佛或年龄稍长一些，都是叔叔大爷辈的，小的时候我都见过或打过招呼。尤其是茹月忠大爷，他在弟兄里排行第二，人们叫他二月忠，二月忠大爷去世已经十几年了，我们两家关系很好，我经常到他们家玩儿。还有张元恒大爷曾当过我们村的支书，在村里威信很高，1998年我回村举办婚礼，还是元恒大爷和新发哥给当的代东和先生。

这张照片也引起了我的感叹，村庄这棵参天大树绿了一年又一年，村里的人换了一茬又一茬。地里的庄稼熟了就被人们收割了，村里的人们老了就被时光收割了，时光把村子的主人们不知不觉就换了。年长的人一个又一个被送到了时光的另一头，时光又把年轻的主人一个又一个送到了村庄里头。后代们把村庄里的土路修成了水泥路，把土房盖成了砖房，把大树掏了种上小树……村庄或许还能依稀辨认出一些旧轮廓，地里可以割了玉米种枸杞，也可以掏了枸杞种玉米，但村里的前几代人的事迹已经模糊甚至泯灭了，就像石子可以在水面上打出一串又一串水漂，开始水面上还有漂亮的水花和涟

曼妙村林

漪，慢慢地涟漪和石子都没有了，一切好像都没有发生过一样。

　　凝视着眼前这张照片，明白了一代人有一代人的芳华，明白了那些谢了的花儿也有过鲜妍明媚绽放的时刻。我记事开始这几位老人就是中年或老年的样子，没想到他们年轻的时候也如此生龙活虎。小的时候听人讲，像元恒大爷当支书的时候已是能"一声喊到底"的人，能够在村里树立起权威是件很不容易的事情。再比如村东北的赵亮小，按村里的叫法我好像叫他亮小哥，看了照片我才知道他年轻时嘴就中风歪了，村里人叫他歪嘴亮小，这样的称呼是昵称而不含贬义。亮小哥喝酒时拳划得好，在酒场上划开拳就会意气风发。上世纪九十年代中期我刚参加工作时，春节回村在我最好的朋友茹永恒家吃饭，永恒和我既是同村又同在一个单位工作，我们轮番和亮小哥划拳喝酒，两个人被赢得稀里哗啦，喝得吐天圪哇（方言：呕吐得一塌糊涂）……我至今还记得亮小哥每赢一拳后那威风凛凛的得意表情。如今，亮小哥和永恒都已经远去多时，永恒的父亲新乐哥也走了，记着那场醉的只有我和永恒的哥哥永胜了，想来有点怅然。

村庄好像一棵树，哪里能数得清曾经落过多少树叶，又生长出了多少崭新的树叶。"芳林新叶催陈叶，流水前波让后波"，在新陈代谢中村庄生生不息烟火绵绵。我们团结村最繁华热闹的时候还不是现在，而是在上世纪六七十年代，当时常住人口超过了两千人，照片里那几位老人健在的时候，也是团结村最年轻力壮的时候。在城镇化的进程中时光使村民变少了，村庄变老了，现在只剩七百多人了。村里也少了四世同堂的家族居住，更少了孩子们玩闹的欢声笑语。多少代人过去了，像落叶被扫过一遍又一遍，老人们走了一批又一批。如今我父亲也走了五年多了，七八年前我父亲还曾和我念叨："我活了八十多年，感觉就是一眨眼的工夫。想一想，村里光后街上就走了多少人。"父亲和我说这话的时候，脑海里肯定闪现着一个又一个鲜活的面容。父亲知道的只是他身边的那些树叶，还有更多没有被他看见的大树远处的树叶，留在了那些树叶近处树叶的记忆里，还有的树叶悄悄落下，化作尘土湮没无闻。

树叶飘落了，人们还会记住它的颜色；花朵凋谢了，人们还会嗅到它的芬芳。一个人走了还被人们能够回忆起靠什么？靠名声，靠善良和美好的行为及名声，村里有不少逝去的长者，后辈们至今还念着他们的好。一朵花冷落成泥碾作尘，只有芳香还能让后人陶醉。落过了凤凰的树就成了梧桐树，积善多如繁花绽放的树就成了菩提树，愿生活在村庄这棵大树里的每一个人都积善成德，使大树变得更美。在村庄里没有卑微和崇高之分，我记得村里几个因生活困窘而乞讨者，但他们的口碑在村里并不坏，他们曾经点缀过树上风景；我也听说几个曾经贩毒或吸毒的人，他们留下了败坏村风的骂名。

我能记着普通人的善良和美好，但我和父亲一样只能看到眼前树叶的美好，闻到邻近花朵的芬芳。一个村庄的善良和美好不能只靠口口相传，不能只靠人们茶余饭后去播扬，而应该有一部记录善良和传播美好的村史，才能使美好的德行化为乡规村训，才能长久地留住叶的美丽和花的芬芳，使大树越来越葳蕤繁茂。

想当年攒忙的事儿

现在即使是农村孩子也不知道"攒（cuán）忙"是干什么事情，攒忙就是互相帮工干活，人多力量大。我小的时候，村里的大人们之间互相攒忙是常事，攒忙使人们在互相帮助中结下了深厚的友谊，熏陶出有情有义的淳厚的村风民俗。回忆农村攒忙的那些事儿，眼前又浮现起了那个人欢马叫鸡飞狗跳的村庄，又闪现出了烟囱上的炊烟和窗棂上红花，我曾经用童稚的目光遇见乡村内在的美好和温馨。

不像现在是物质极丰富的年代，只要有一个想法网上就可以购买到称心如意的产品。那个年代各种物资都极度匮乏，连一颗铁钉都宝贵得不得了，所有日常用的棉布、铁钉等前边都加一个"洋"字，连火柴都叫"洋火"，玻璃酒瓶叫"洋瓶"……在偏僻的农村里，人们过着一种极度贫困的"低碳"生活，除了吃穿用度，很少有别的奢求，哪怕一个用完的火柴盒都要积攒下来制作一个烟笸箩，水果糖纸吃剩了，孩子们都要积攒下来赏玩不止。回望四五十年前的农村，那是一个人们欲望极低的年代。

话说回来了，那个年代也没有多余的银钱来支撑人们分外的想望。那个时候的本分就是吃饱穿暖，记忆中青黄不接的时候好多人家还得靠野菜度一段饥荒，哪里有闲钱来买一些与衣食无关的东西。那时的乡村几乎是与城市隔绝的，一个二三间房大的供销社足以保证两三千人村庄的正常运转，供销社里经销的是村里无法自给自足的东西，诸如布匹、煤油、暖瓶胆等日常用品。那个年代甚至有一些老年人，一辈子没有走出也不需要走出村庄。

在这种传统乡村极简的低消费模式下，自己动手丰衣足食很重要，乡亲们相互帮助攒忙是维持自足的田园生活的重要行为方式。大家相互合作攒忙中可以完成个人独力难以完成的活儿，或者可以提高办事情的效率。在乡村里可以攒忙的事情很多，大到盖房起屋，小到裁衣做饭，生产生活好多事情都有忙可攒。攒忙的人来了，主人家就踏实了，大家说说笑笑热热闹闹就把活儿干完了。一起劳动的人们讲古论今山南海北地闲聊，这一村人家的家长里短自然是聚焦的话题，在闲聊中进行着各种评判：谁家的子女最孝顺，谁家的子女挺成器……这种评判在乡村是很有威力的，维系着乡村的道德规范，影响着村民的行为。

起房盖屋是一户人家最大的事情，需要三朋四友和左邻右舍来攒忙。主人家请人择好太岁出游日就开始动土，一番烧香祷告神灵后破土动工，在宅基地上开始用石墩子夯实地基。在我们托克托县农村夯实地基叫"打鹅"，也就是打夯，"鹅"是绑着木棍的石墩，小型的"鹅"由四个人往起舁，大一点的"鹅"两边各有十来个人。打鹅时人们喊着号子一起舁高，猛地砸下去把地基砸出大坑。领号子的人在我们那里称作"吼鹅的"，吼鹅人喊一声"倒！"，人们再舁起来往前倒着砸下去。这一班人累了吼鹅人就喊："停！"换另一班人上来继续打鹅。这时吼鹅人会唱起"打鹅歌"，即兴唱出生活中的事情："起房盖屋，哎，大喜事；人生一世，哎，没几次；哎呼嗨哟，高高地来哟……"这时大家一起高声相和，在欢快的吼鹅歌声中，沉重的石墩真的像鹅一样上下活蹦乱跳，生活在"鹅"的起落中充满了希望。

打鹅的精壮后生里，有的是主人请来攒忙的，有的是看热闹时即兴加入的。不管怎么来的攒忙主人都非常高兴，盖房起屋人生没几回，帮忙的人越多地基才能越夯得牢靠。再穷的人家也会买上一些纸烟给大家散着抽，中午和晚上主人还准备有豆腐粉条汤和油炸糕，光景好的人家还备了烧酒给大家喝。地基打好以后，主人家又请人攒忙脱好土坯或者买回房砖，盖房子的过程中攒忙的人各有分工，和泥的人脚踩雨鞋把碾过场的小麦秸秆和泥和到一起，运泥的两人手提泥来回搬运，垒墙的老师傅蹲在墙上，递砖块或土坯的人在

田间秋色

一边伺候。当墙垒到一人多高时，一个人在下边抛砖坯，另一个人在上边接着，两个人抛接的速度越来越快，砖块或土坯抛出了优美的曲线。房子再垒高后开始垒屋顶两端的山墙了，这时需要一个人站在一人多高的搭板上，一个人在下边用铁锹往上扔泥团，搭板上的人用铁锹接住后再扔给砌山墙的人，三个人配合默契，像玩杂耍似的，把艰苦的劳动当作一种杂耍，生活才会有诗意和远方。

包括山墙在内所有的墙都垒好了，木匠师傅把椽檩也安装得差不多了，终于盼来了上梁压栈这一天。对于盖房的主人来说，这是非常庄严神圣的一天，房子的木柱和檩条上贴好了对联和横批，院子里充满了喜气。一大早东家就穿上过年才穿的新衣服出现在新房前，迎候前来祝贺和攒忙的人们，主人还指定代东的人来攒忙，负责请人和备办酒席等事情。攒忙的人很快就到来了，有的负责和木匠师傅上梁，有的负责和泥压栈。其实到这一天立架、铺椽檩等事情早已完成得差不多了，上梁是指安装屋顶最高的一根中梁的过程，这是一个庄重的仪式。主人早已择好了时辰，到了时辰鞭炮齐鸣，早些时候上梁前还要宰一只大红公鸡用鸡血祭梁。开始上梁时，人们小心翼翼地用粗绳索往上吊中梁，梁头上贴着"太公在此，诸神退位"的红纸。这时院子里会有道喜的人念念有词："手拿主家一匹绫，一丈三尺还有零，左拴三下增富贵，右拴三下点翰林……"在快板声里道喜的人满嘴荣华富贵的吉庆词语，主人乐得合不拢嘴。

压栈就是把房顶抹平的过程。木匠师傅和攒忙的手艺人铺设并钉好木栈板后，攒忙的人们把芦苇帘子或胡麻秸秆均匀地铺在房顶上，几位抹泥的老师傅用心往平抹，房子下边的精壮后生用铁锹往上抛和好的麦秸泥……这一批攒忙的人在房子周围忙得不可开交，另一批攒忙的人在厨房里忙乱着，有蒸糕煮豆芽的，有做盘碗席面的……上梁压栈后，东家要大摆宴席庆贺一番，直喝得太阳落了山，喝得月亮和星星上来接了班，地下的人们接着喝，总有几个喝醉的攒忙的被人搀着回家去，一路豪歌向天发。一户人家能盖几次房，尽情地欢乐畅饮吧！

"人活脸，树活皮，墙头活得一把圪渣泥。"圪渣泥就是用麦秸和红泥和的泥，那个年代农村大多是土坯房，风吹雨淋太阳晒，隔两三年就得抹上一层麦秸泥，这活儿和压栈一样需要大量人手，得请人来攒忙涂抹房顶。到了上世纪九十年代之后，村里人们的生活逐渐好起来了，好多人家开始拆了土坯房盖砖瓦房，这个时候也需要大量攒忙的人。再往以后，盖房子用混凝土现浇屋顶，盖房子也出现了专业的工人，比如小工、抹灰工、瓦工、木工、油工等，村里的人们也是花钱雇人来盖房子。到了最近这些年，请人攒忙盖房子已成为一种几乎消失的乡村生活方式，钱可以买来服务，但买不来情义，大家都怀念过去在一起攒忙盖房子的时光。现在，也有盖房子时有人主动来攒忙的，当有人主动问东家有什么需要攒忙的，主人会感到眼润鼻酸心里热，攒忙攒的是一种暖暖的情意。

乡村人家再大一些的事情就是婚丧嫁娶，这是红火热闹的大事宴，这得请好多人来攒忙。办事宴代东的和记账的人东家已提前请好，攒忙的人有在厨房忙席面的，有端盘洗碗的，有专门挑水和倒泔水的。农村的事宴上有自己的规矩和叫法，比如抹布叫"代手"，让道叫"看油"。有了攒忙的人忙忙碌碌，才有了这事宴上的红红火火。现在农村的大小事宴也都包给了专门服务的人，有人专门挣这种红白喜事的钱，用餐车、做席面、租盘碗等是一条龙服龙，主人只要花钱就行，事宴的仪式简单到搭上礼钱吃喝。一些事宴给人的感觉只是收个礼钱吃一顿饭，没有了攒忙人来回穿梭忙碌，没有娶媳妇"拜人"等礼节，乡村的事宴寡淡得像没有加咸盐和辣椒的粉条豆腐汤。

但只要烟囱上冒烟，只要在这烟火人间里生活，就离不开人与人之间的互相帮助，离不开互相攒忙。就说白喜事吧，谁家老人去世了，总得有一帮朋友弟兄来帮忙，老人去世入土为安，有一大堆事情要做：有打墓洞的，有帮着入殓的，异棺材安葬要好多精壮后生帮忙，这种事情平时没个好人缘是没有人攒忙的。我们邻村有个老汉平时人缘特别差，做事特别绝，村里没有人和他来往。有一个收牲畜的人到了村里，看到围坐的一伙人，问这村有没有卖牲畜的，有人指引收牲畜的到这家去收，说他家有一只没有尾巴毛驴，收牲畜的去了老汉家就问："你家有一只没尾巴毛驴要卖了？"告诉老汉是村里人指过来的，这老汉破口大骂，原来没尾巴毛驴是村里人编排他的。听说这个老汉去世后，是孙女女婿从邻村找同学朋友料理的后事。

在乡村里还有各种各样需要攒忙的事情，这些细碎的活儿涉及生产生活的方方面面。比如当年靠犁耕地靠碌碡碾场的那个年代，我记得才元大爷、新乐哥等和我父亲都是互相攒忙干活。耕种耙锄、碾簸扬场……除了干农活外，盘炕掏烟囱、杀猪宰羊、嫁接果树、做粉条豆腐……这些活儿都有互相攒忙的时候。我的父亲是一位心灵手巧的能工巧匠，也是一个热心肠，经常给别人家攒忙，每到冬季杀猪宰羊的时节，父亲要忙上一个腊月。如今杀猪宰羊的事专门有屠宰的人挣这份钱，不像我父亲那辈人攒忙是攒个情分，不会也不能要钱的。

村里的妇女们穿针引线等家里的活儿,也会互相攒忙切磋。在我的记忆里,我的母亲做的好针线活儿,又会剪纸、剪窗花等好多手艺,左邻右舍的婶婶大娘们经常向妈妈请教剪裁衣服的技术,一起攒忙给孩子们缝衣缝被。她们把爱心絮到棉被和棉衣棉裤里,把春天的百花绣到了鞋垫和枕巾上,把对美好生活的憧憬剪成窗花贴到了窗棂上,把白面蒸成了胖乎乎的面人人、振翅欲飞的寒燕儿、圆圆的月饼和白白的馍……害得我们一年四季都馋得不行。婶婶大娘们在一起探讨如何在衣服上盘桃疙瘩扣子,做馍时碱大碱小怎么控制,做月饼时糖多好还是糖少好。在一起攒忙干活她们把柴米油盐调制得有滋有味,把衣衫鞋袜缝制得合身合脚,乡村生活因此而淳朴完美得让人怀恋未已。

曾经这些熟悉而亲切的攒忙的事儿已经成了陈年往事,但那些有情有义的细节不会因时光的流逝而风干。那高亢有力的吼"鹅"号子,喊出乡村最古老的真诚和人心齐泰山移的力道;那些攒忙时忙碌而快乐的身影,让人感慨人世间除了有世态炎凉还有那么多热忱和真情。花开花落,在我的记忆中,好多攒忙人的身影已经像花儿一样谢了,但花香依然飘在我的心底,醉得让人回味无穷。

当年寻医问药的事儿(上)

如今在农村看医生是非常方便的事情,再加上医疗保障水平提高,农村人看病也简单多了。想起我小的时候农村可是缺医少药,就那么几位赤脚医生,农村的各方面条件落后,包括出行都不便,即使是小病也很麻烦,甚至会夺走人的性命,在这里我们先说一说当年寻医的事儿。

上世纪六七十年代的农村,保持着非常封闭的状态,很少有人进城生育娃娃。我们村是一个居住着两千多人的大村,八十年代以前村里的孩子们都是在村里接生的,接生的婶婶大娘是没有多少文化或医学知识的,靠的是一颗热心和多年的经验，我姥姥那时就经常有人请她到把栅村或附近的小村里接生。我是被接生到炕上哭出第一声的，想一想能顺利来到这个世界上真是命大，接生我的是八十一的妈妈枝荣阿姨，和我年纪相近或小十多岁的村里人，都是这位慈祥的阿姨用双手抱到这个世界上的，十多年前枝荣阿姨去世后，我还专门去殡仪馆参加了她老人家的葬礼。

那个时候土默川农村有句谚语说"男人拔麦子，女人坐月子"，坐月子不仅吃苦受累，如果难产母子都是有生命危险的。好多村里都有生娃娃生死的孕妇，至于婴儿死亡的就更多了。想一想母亲真是伟大，一个新生命来到世界上就得有人拼死，这个拼命的人就是平凡的母亲们。直到上世纪八十年代之后，村里好多人才习惯进城里的大医院生孩子，接生婆才逐渐成为一种历史的回忆。人们开始是到县城医院住院分娩，为保证母子平安，后来好多人就选择到医疗条件更好的城市大医院。

四五十年前无论大病小病，农村人都是不出村的。我们的村子里当时只有两位赤脚医生，村西北是李金海叔，村中间是董喜中叔。记忆中他们肩挎一个棕色的红十字出诊木箱，在村里走街穿巷给别人瞧病，谁家的孩子有个头疼脑热了，谁家的老人好几天不舒服了，都得找他们。我那时不明白：他们不是赤着脚呀，为啥叫赤脚医生呢？村里的医生们医术不一定有多高，但乡里乡亲的态度非常好，三更半夜有人叫也去出诊，哪怕是寒冷或雨雪天气。后来我知道特鲁多医生墓志铭上的名言说"有时去治愈，常常去帮助，总是去安慰。"是啊，病人被安慰几句也能除灾去病的！我的同学陈广清在市区里的一家医院当内科主任，找他看病的中老年妇女很多，他很会通过聊天舒解病人的情绪和病痛，我对他说："你的话聊水平真高！"

在村子里，谁家把医生请到家里，肯定会好吃好喝好招待。好几次我去别人家玩耍，看到金海叔给人看完病后盘腿坐在炕上喝着烫好的烧酒，就着黄灿灿的炒鸡蛋，看着锅里用蒸笼蒸煮输液器和针头，这算是给输液器消毒。那个时候全村就用这么一个输液器，用发黄的笼布包着。现在想一想挺可怕的，

枸杞写真

弄不好会传染的，但好在那个时候全村人都可能是"绿色无污染"的，不用担心一些通过血液传染的疾病。话又说回来了，那个年头村里输液的人很少，谁家有输液的人了，人们都以为是家里有了重病人，找医生一般也就是个打针吃药。

农村的孩子最怕打针注射了，好多孩子一听说打针就哭闹得不停。我小的时候看金海叔给小孩打针，小孩在母亲的怀里哭得撕心裂肺眼泪汪汪，金海叔在一旁用沙轮在装注射剂的安瓿瓶上划一圈，用手掰掉瓶子的顶端，用针管把药液抽到注射器里。这个时候小孩子偷眼一看明白"在劫难逃"，哭得声音更高了，哭也没用，金海叔一针就扎进了孩子的屁股蛋里，注射完抽出针头后孩子开始抽泣，慢慢归于平静。一般也就是头疼脑热的时候打针，上初中的时候我重感冒打了几针，好像柴胡什么的，觉得两三针打下来立刻轻松了，那时注射还真还管用。

村里的人们非常相信中医，好的中医大夫往往在十里八乡都很有名。我们村的董喜中叔的中医水平就不错，还有村里的赵枝大夫是北京某个医学院六十年代毕业的大学生，中医水平远近闻名，周围的人们都找他看病。他号脉往往能很准确地找到病根子。我父亲生前特别相信赵枝叔，十几年前还带着我爱人去找过赵枝叔看病，那时他已经八十多了，居然五服药把我爱人多年的鼻炎治好了，而且至今未犯，非常神奇。除了中医之外，还有顶大仙看病的，还有到大树或者什么地方求药的，甚至还有找算卦的人看病的，什么招数都有，村里人讲话叫"得病乱求医"。

在那个时候的农村里，好多疾病其实是没有诊断清楚的，不少老人糊里糊涂地就走了。过去没听过癌症一说，有的人去世是因为起疙害圪蛋，然后归结到了因果善恶报应，说是因为没做好事才这样，其实好多老人到最后也不知自己得的是啥病。在我小时候除了听说过肺结核、糖尿病，没听说过现在这么多疾病的名称，村子南头有一户人家有个后生，听说得了糖尿病。那个年代村里人连饭都吃不饱，很少有糖尿病例，大人们说这是不治之症，我们觉得很新奇，为什么糖稀罕得吃都吃不上，还舍得往出尿呢？那个后生脸色苍白，年轻轻的就去世了，那时我也就十来岁的样子，觉得糖尿病真凶险，当年的医疗水平，也确实拿它没办法。

上小学的时候有两个同学先后离开了人世，说是得了白血病。一位同学叫史珍乐，性格温和，长着漂亮的大眼睛；另一位叫云天元，活泼可爱，胖乎乎的。大概到了四五年级，教室里先后空出了两个座位，像齐刷刷的牙床上掉了两颗牙。我这个人是不爱打听闲事的，后来听老师和同学们悄悄地嘀咕，才知道他们得的是白血病，我第一次感到死亡离我们这么近，死神连两个十二三岁的孩子都不放过，想起这些眼泪扑簌簌地落了下来。世界上这病怎么千奇百怪的，尿是糖的，血是白的，肺上结出核桃来了……后来，看了日本电视连续剧《血疑》，才弄清楚白血病是怎么一回事情，生命诚可贵，但愿世上没有那么多灾灾病病。

那个年代农村人穷，村里人皮实耐糙，又没有医疗保障，好多人得了病舍不得去看，结果是小病扛成了大病。我家的邻居五小娃哥的老岳父，知道自己得了不好的病后，趁儿女们不注意半夜自尽。村东头有一位大爷得知自己得了绝症后问另一位大爷："筐箩里还有两颗鸡蛋了，用不用炒得吃了。""吃不吃哇，唉，这还……"结果得病这位大爷晚上就上吊了，他不愿儿女们花钱，把鸡蛋也留给了儿孙们。以这种决绝的方式摆脱病痛离开尘世，有点悲壮和无奈。即使儿女们愿意给他们找医院找大夫，他们也害怕钱花了病看不好把穷根给儿孙们扎下。那个时候国家和个人都很穷，自从农村医疗保障开始实施以来，情况才逐步好起来。

想起当年给父母看病的事情，我至今心里还有很多的遗憾。1992年我还在大学里读书，父亲得了脑血栓，当时就送到了五申镇里的医院。我在大学里一点不知情，刚强的妈妈没有让人把消息写信告诉我，直到寒假回家才知道父亲生病了，大病后的父亲面容清癯步履蹒跚，俨然就是半身不遂的病人。仔细询问才知道，父亲被送到镇里的医院时，不省人事了好几天，我二舅和占良叔还有我大妹妹陪床好几天后他才醒过来，慢慢学着下地走路。当时我和二妹上学已经让家里背上了饥荒，父亲只能在乡镇医院草草看一下，其实一直没弄明白到底是脑出血还是脑栓塞，好在父亲病后恢复得很好，逐渐能走路了，这么一场大病后还活了二十四年。但有一点遗憾，刚得病不久在村里时，他的一只眼睛逐渐看不见了，后来到城里定居后，才懂得领他去大医院检查，医生却说错过手术时机了。每每想起这事我都有些难受，后来父亲有风吹草动，我就让他住到呼和浩特条件最好的医院里治疗，心里想着多少能弥补一些缺憾。

至于给母亲找医院看病，我更是充满了遗憾。母亲是一个既刚强又吃苦的人，父亲得了脑血栓后，要强的母亲独力操持家务。我一直怀疑男劳力都吃不消的农活给她落下了肺部的疾病，在村里农活繁重，偶尔感到不舒服，她就到村里的医生那里输几天青霉素，感觉精神了就又心急火燎地跑到地里摘枸杞、锄地。我把她接到呼和浩特市后，多次在市内的几个医院辗转看病，但也没有诊断清楚她肺部是什么病，后来她病重不能动，我带着她的 CT 片去北京找专家看，也没看出个眉目来。母亲去世后，我非常遗憾没早带她去北京的好医院、大医院去瞧瞧病，也许还有治好的可能。我一直自责，我刚参加工作就该从村里把她接上来，不该让她累死累活累出了病！

如今城乡看病都有了医保，人们的健康观念有了很大改变，而且医疗技术也在飞速进步，救了好多农村人的命。今年春节回老家过年，后街上的新发嫂串门聊天说，这几年她到市里做了五次大手术，新发哥也放了两回心脏支架，但她很乐观："不是有农村医保再加上孩子们孝顺，不是现在医院里的技术好，我们早埋到土里了。我告诉你新发哥说，咱们这两条命是捡回来的，高高兴兴活它哇！"五次大手术都没有打垮她，这才是应有的与疾病抗争的精神；活一天都要高高兴兴快快乐乐，这才是应有的人生态度。

这几年我经常回到老家农村，看到村里的乡亲们都很注重保健。子女在城里的还经常把老人接到城里去体检，家境好的农民会带着父母去呼和浩特市甚至北京寻医就诊，一位发小和我说："从古到今谁还给农民看病掏过钱，盼国家有钱哇，国家越有钱庄户人的命越值钱。"是啊，在理！再说，医学每天都在突飞猛进，想一想五十年前的医学水平和现在相比，那真是天地之差。未来，生物、材料和人工智能等技术都会深刻地影响医疗技术和人们的生活。

我的父母和比他们更早的那么多代农村人，他们吃了多少苦？他们又享受了多少甜？他们扛过了多少苦难和病痛？每想到这些，我就想说，珍惜当下，好好惜福吧！

当年寻医问药的事儿（下）

在这里再说一说农村里买药的事情，四五十年前农村能知道的药也就那么几种，掰着手指头就能数出来。作为上世纪六七十年代出生的人，大概都有过这样的记忆：你舔过四环素和土霉素那甜甜的糖衣吗？你知不知道安乃近有一种微酸的味道？你没有把驱蛔虫的宝塔糖当成水果糖吃吧？你干没干过把避孕套当气球吹着玩的糗事？你不知道去痛片在农村是万能神药吗？这些毒副作用很强的药片子，当年却为我们镇过痛或退过烧。

还是先说一说注射用的针剂吧。记忆中那个时候注射的针剂也没有多少，给我印象最深的是青霉素和链霉素，后来还有庆大霉素。链霉素是一种抗生素，毒副作用是容易造成耳聋，我有一个朋友耳朵不太好，怀疑是小时候打链霉素留下的后遗症。但农村人哪里知道这药的副作用如此厉害呢，小的时候村里有好几个小伙伴得了肺结核，这在当时是一种很可怕的病，好在最早有链霉素能对症治疗。

大人安顿我们要远离肺结核病人，因为当时那病几乎是不治之症。上初中以后有位老师告诉我，《红楼梦》里的林妹妹就是被这病夺去了性命，我就觉得这真是太可恨了！后来有了雷米芬和利福平联合用药，肺结核才没有那么可怕了，现在治疗的手段和药物可能更多了。印象中那个年代得肺结核的病人就像人们衣衫上的虱子一样多，如今农村肺结核发病率已很低了。

要说药物的副作用最可怕要数青霉素了，青霉素过敏是会夺人生命的。我妈妈有一位亲戚是土默特右旗木头湖村的，和她非常要好，三十多岁时输青霉素而休克，因为没有及时找到解药离开了人世。这件事对妈妈的刺激太大了，她牢记注射或输青霉素液体时，手中必须要有解药，万一过敏要及时注射解药。没想到这一念救了我的二妹，她有一次生病注射青霉素，注射前妈妈问金海叔有没有解药，金海叔说有。注射完青霉素后二妹出现了过敏反应，父亲赶紧跑着找到金海叔带着解药来到家里，二妹的脸上和脖子上已经全是过敏的疹子和水泡，解药打下去一会儿才转好。后来每次提起这件往事，母亲都说"好后怕"。我查了一下这解药应该是盐酸肾上腺素。

当时村里的人们迷信青霉素是包治百病的好药。三十年前我才元大爷检查出肝上有个小瘤子，结果走后门买了几箱子青霉素，输了四个来月液，真还治好了病，才元大爷得享八十六岁高寿。二三十年前村里种植枸杞，摘枸杞这农活特别累人，每到夏天摘枸杞之前我回到村里，看到供销社东边穆四河的小诊所里全是输青霉素的乡亲们。一问才知道他们认为这一夏天太苦重，输上十来天青霉素才能扛下来，这是个什么道理呢？每到夏季摘枸杞开始前我妈妈也这样输青霉素，直到我接她到城里后，她感觉不舒服还要在楼下诊所输青霉素。后来我抱怨自己，为什么不问一下专业大夫阻止她这种习惯，这样输液肯定是有害处的。

其实我们这些上世纪六七十年代出生的人，在缺医少药的农村长大，对医药知识知之甚少。小的时候有一种驱蛔虫的宝塔糖，像黄色的小宝塔一样，咬上去又脆又甜，我们把它当水果糖来吃。还有一种打食帮助消化的果导片，是一种粉红色的药片，我们也当糖吃过，结果吃多了的小朋友拉稀不止。好像一二年级的时候，村里开始推广计划生育，进来一大批避孕套分给各个生产队让再分给社员们使用，社员们哪里习惯用这新鲜玩艺儿，扔到了生产队的一角。不知是谁家的淘气孩子找到了这东西，拿来以后当气球吹着玩儿，吹到比篮球都大以后用绳子扎住，在打谷场里比谁颠得高，有的甚至把这玩艺儿带到学校里，在操场上吹着玩儿。

说起村里常用的药，也就那么几种。先说西药片吧，我现在都记不清当时我们为什么要吃四环素、土霉素，后来还有金霉素什么的。那时候村里的人老吃，后来因为副作用太大成了儿童的禁药，但我们多多少少还是吃过了。再比如安乃近片，记的是解热镇痛的药，大人们在农活繁重的时候会喝安乃近镇痛解乏。那个时候的农村人谁能想到安乃近有严重的副作用，会造成贫血和肝肾损害，即使出现乏力和全身不适等症状，人们也不会想到是药物的作用，而是身体的原因。后来村里人还烧红了火箸，嘴上叼个纸卷儿，吸烫安乃近冒出的烟雾，遇到农活重或村里办事宴时解乏。之后还有的村民少量吸食氨茶碱和安钠咖，这两种药据说和毒品接近，但村民们最初只是为了解乏。

直到如今村里人对药物的危害性认识也是不足的，就从万能的去痛片说起吧。在内蒙古西部农村，许多农民都有口服去痛片的习惯，《平凡的世界》一书写道，孙少平上高中时用润叶姐给他的钱给奶奶买了一瓶止痛片，奶奶十年多舍不得吃一片，每天要拿出来数一数，数得止痛片像羊粪蛋一样又脏又黑了……这说明好多地方农村都有口服止痛片、去痛片的习惯。我记得土默川农村人们最早是口服正痛片，这个药对胃刺激太大，后来人们改而服用去痛片，去痛片也叫索密痛，主要用于治疗慢性疼痛。那个时候农活太重，干上一天浑身疼痛，人们就服用去痛片镇痛解乏，我记得农活最重的时候，父亲一天要吃五六个去痛片，母亲摘枸杞时也要吃上三四个去痛片，在村里几乎家家都备有索密痛，好多人都随身装着去痛片，干活时一个人喊"给我喝一片药！"另一个人就明白他是要去痛片。或者说"来上一个机灵片！"机灵片就是指去痛片，吃上以后可以使人机灵精神一点。

渐渐地去痛片成了农村包治百病的神药，村里男女老少大人小孩都要喝。记得我们小时候有个头疼脑热的，母亲会说："喝上一个索密痛！"我们感冒发烧了，母亲会说："喝上一个索密痛！"……渐渐地我们也养成了口服去痛片的习惯，感觉略微有些头疼就掰开半个去痛片嚼着服下。去痛片吃多了也会上瘾，直到工作之后好多年，我才戒掉了喝去痛片的习惯。那个时候好多人家买去痛片就买那种 1000 片装的棕色大瓶子，有时候村民们走亲串友买上一瓶去痛片送礼，主人可高兴了。当好多城里人大谈去痛片的副作用时，我想说的是它使当年缺医少药的农村有了药物保障，是它麻醉了繁重劳动后潜伏在身体各处的疼痛，是它使无数勤奋的庄户人打起精神用忘我的劳动来兑换丰收的喜悦。直到今天，好多农村人还有吃去痛片的习惯，因为高强度劳动带来的疼痛还得靠它来暂时麻痹。

针剂和药片等都说得差不多了，现在该说中药了，这在农村是当家的药品。我们小的时候都帮助大人熬过中药，村里的赵枝叔就是好中医，我吃过他开的汤药。村里再年轻一些像宝贵哥、张良都学过中医，村里人也没少找他们诊脉看病。张良从内蒙古医学院毕业后到托克托县医院坐诊了几年，医术提高很快，可惜他后来从事了行政工作，否则肯定能成为中医名家。我的小学同学张引福的父亲张兵小是张良的大舅，二十八年前张良当中医大夫时，给兵小叔看病觉得不对劲，到医院一查是食道癌早期，做完手术以后老人家又活了二十七八年。我最喜欢煮汤药的那种感觉了，生活除了柴米油盐酱醋茶之外，除了酸甜苦辣咸之外，还应该有中药的味道，才是味道全了的生活。我的父母亲都是非常信服中医的，我们家没少弥漫中药的味道，有好几次父亲得了肺炎通过西医治疗出院后，脸色苍白气喘吁吁，然后再找中医诊断调理，吃上一个月中药后，真还调理得红光满面饭量大增。

至于中成药更是村里人们离不开的。我小的时候有一次积食消化不良，姥姥在我家和妈妈一起搓莜面，妈妈说起我消化不好的事情，姥姥马上说："吃点槟榔四消丸。""吃多少？""四丸？"我们都惊奇姥姥字都不识，怎么懂这么多，别说，我吃了四颗槟榔四消丸后真还通畅了，也不打嗝生食气。我的姥姥不但会接生，还会给小孩子割盘舌，治好好多小儿的病，她还懂得不少中医知识，我咳嗽了她或者让吃几粒橘红丸，或者让喝点止咳糖浆之类的，每次用药都不同。从姥姥那里，我知道或者说喝过麻仁滋脾丸、黄连上清丸、知柏地黄丸等中成药。父亲四十多岁得了肾脏炎，到乃只盖乡医院去看病，化验尿蛋白有 4 个＋号，医院院长吕培德是托县有名的中医，给我父亲开了几盒壮腰健肾丸和别的药。我们全家也配合父亲养病，吃饭放很少的盐，没想到父亲吃了十多盒壮腰健肾丸病情好转，直到八十四岁他去世再没有犯过肾炎。我粗浅地知道一些中成药的知识，到天津上大学后从学校诊所开过养阴清肺丸、牛黄解毒丸等，同宿舍的同学们叫我"解毒丸"，没想到这个绰号在班里传开了。

说到中成药，我们这些在农村长大的五六十岁的人没有不知道仁丹的。仁丹是清暑开窍的好药，用于中暑引起的恶心和胸中烦乱，一次要服十粒到二十粒。我们还是小孩的时候，哪里舍得一次吃十粒，一粒一粒嚼着品味，满嘴清凉。还有的淘气小孩把仁丹研成粉末，包在纸烟卷里，一抽满嘴清凉，取名清凉烟。和仁丹一样受孩子们欢迎的就是清凉油了，清凉油就是万金油，伤风头痛时把清凉油涂在印堂和太阳穴处，有清凉缓解的效果，我们上小学时用清凉油还有一个用途就是小朋友之间搞恶作剧，趁小朋友不注意把清凉油涂在他眼皮上，弄得人家眼泪汪汪的。小的时候我们还把薄荷片当糖来吃，清凉爽口的感觉真好。夏天劳动时风油精也很管用，既能清凉提神，又能防止蚊虫叮咬，尤其摘枸杞的时候，人们都要往胳膊上涂些清凉油。

生活离不开柴米油盐，也离不开必要的药品。回想当年买药的经历，尘封的岁月又扑面而来。人生在世难免要吃药，其实最有效的药在你的心里，"我见青山多妩媚，料青山见我应如是"，学会感恩，学会快乐，学会与人为善，学会助人为乐，你就会看到"绿水青山带笑颜"，你就会感到"是非不较人情好"。

白露时节的乡村牲灵

白露时节最能感受出季节的变化，从这个季节开始，冷空气已完全占据了上风。大自然的冷暖变化牲灵鸟类最先感知，"鸿雁展翅向南方"，雁群们开始纷纷离开草已泛黄的草原，农家檐下的燕子也软语商量南飞避寒，穿梭翻飞了整个夏天的留守鸟儿们开始忙着贮存干果粟粒，储备萧瑟冬天里的吃食。

"一候鸿雁来，二候玄鸟归，三候群鸟养羞"，白露描绘的就是上面三种景象。就像"春江水暖鸭先知"一样，天上的鸟儿，地上的狗儿，水里的鱼儿，这些大自然里的牲灵最能洞察气候的变化。小时候母亲就告诉我，天上的大雁会写字，在秋天的天空上一群大雁能写出整整齐齐的"人"字来。春天孵出的小燕子已长成了穿梭贴水而飞的健壮的燕子，白露季节过后燕子会成群南飞，小燕子会背着年老力衰的老燕子南飞，怕老燕子在寒冷的北方过不了冬……我想象着这一幕感天动地的场景，这一幕在白露的秋天里。我也看见过麻雀和喜鹊等留下来过冬的鸟儿口衔柴禾搭窝，比起燕子来，它们搭窝的水平和技巧实在是太糟糕了。

不像鸿雁和燕子等迁徙的候鸟那样选择白露之后离开，麻雀和喜鹊等留鸟就像一个村庄的常驻人口一样，寒冷的秋冬来了它们也选择了坚守。人们那么深情地赞美那些春来秋去的候鸟，却很少在意这些情深意长的留鸟，就像一些地方喊着引进人才，对本地的人才却不屑一顾。喜鹊还好，在民间是吉祥的象征，人们喜欢画一个喜鹊登梅之类的吉祥画，鹊儿们也喜欢把巢筑在民宅旁的大树丛上，人们喜欢听它们鸣叫来报喜，从不去侵害它。秋冬来了，聪明的喜鹊们飞上飞下寻觅食物，它们根据季节和环境的变化既能吃荤也能吃素，它们可以拣食田野里的禾穗和五谷颗粒，也吃垃圾堆上的餐余饭粒，残羹冷炙都不会嫌弃。村里人说这些年出现了许多麻雀和乌鸦杂交的后代，但我没有看出来，我倒是觉得喜鹊随处可见，乌鸦反而少了，可能是乌鸦太过挑食，不像喜鹊那样随遇而安，能随喜随缘地生活在不同的场所和冷暖不

村中佳偶

同的四季里。

麻雀就没有那么幸运了，这种平常到我们几乎把它忽略的鸟类，不离不弃地和我们生活在同一个村庄甚至是同一个屋檐下。因为麻雀的肉烤出来香味扑鼻，农村出生的小孩没有谁没吃过烤麻雀的。它曾经因为祸害庄稼被列为四害之一，人们敲着脸盆喊着围歼这可怜的小牲灵，受到惊吓的麻雀在空中飞到累死为止。如今麻雀也被保护起来，是一件值得庆幸的事情，就在前两天，我的家乡托克托县四个人因射杀 119 只麻雀，被判罚三万五千多元。白露节气一到，麻雀就嗅到了凉风的味道，开始储藏一些禾穗之类的东西，到了冬天实在寻觅不到吃的，才舍得吃储存起的食物。每当我看到麻雀时，就想起了包拯那句诗——"仓储鼠雀喜，草尽狐兔愁"，我见过墙洞里的麻雀窝被淘气的孩子掏出小雀崽，老麻雀几乎要拼掉性命去保护小雀崽子，无奈这可怜的小牲灵斗不过人类；我见到过冬季白雪覆盖，淘气的孩子们把雪扫开支上筛子和网，撒上糜黍等粮食来诱捕麻雀，可怜的麻雀实在无处觅食，投到了人类精心设下的罗网里。每每看到麻雀时，我就想到了乡村里那些普通的百姓，他们一样平凡但都是大地的主人，没有他们的点缀大地就失去了生机。

在乡村里才能体会季节变化的美，才能看到鸟兽鱼虫这些天地精灵们和人一样，平等地感受着这春夏秋冬的冷暖。白露的前两天，我回到老家的村里，早晚已经清冷无比，必须穿上外套。早晨起来，看到窗台底下的椅子上结了一层薄薄的露珠，屋外的纱窗上爬满了讨厌的苍蝇，只要人们一开家门，它们就会争先恐后地往屋子里挤，手里拿着苍蝇拍足够人忙活的。我知道它们是追逐着热量从四面扑向人家的屋子，白露过后它们也该销声匿迹了。苍蝇是最惹人讨厌的昆虫，尽管它只有一夏或一月的寿命，但它还是拼命地活着。

和苍蝇一样讨厌的是蚊子，人们把它们和苍蝇一起列入四大害，但蚊子不知道自己是四害，活得比人顽强多了。在我们土默川农村有一个传说，说蚊子是妲己转世的，大概因为它是太能纠缠人的害人精吧。我曾经在秋天的田野里干过农活割过猪草，扑面的蚊子像谷糠一样向人袭来，肆无忌惮地把人叮得满胳膊都是包；我曾经在夏秋之季放过马和牛，我看见可怜的马儿边吃草边用马尾巴驱赶着蚊蝇，但马尾巴够不着的腹部前腿上爬满了吸血的蚊蝇，我用麻袋片子抽打着这些叮在马腹上的"吸血鬼"，同时用手拍打着叮在马的腿腹上的蚊子，拍得手上染满了鲜血。我明白这些寿命极短的昆虫为什么惹人憎恨列为四害了，世界上那些不劳而获损人利己的人也被称为吸血鬼。铺天盖地的蚊子是扑杀不完的，只有白露节气到来了，蚊子才不会张狂太久，俗谚云"喝了白露水，蚊子闭了嘴"。

秋蛉儿是秋天的使者，从立秋节气开始就鸣叫报秋，那声音让人感到丝丝冷气，让人感受到了"天凉好个秋"。秋蛉儿是这种虫子的俗名，它也叫蛐蛐或蟋蟀，文言叫螽斯。立秋开始，雄性蟋蟀会卖力地鸣叫并振翅发出动听的声音以吸引异性求偶，蟋蟀这种昆虫繁殖力极强，所以在《诗经·周南·螽斯》里，先民们歌咏蟋蟀来祝福新人多子多孙。白露时节天气转冷，蟋蟀的叫声已经没有长夏那么欢快了，差不多到了寒露时节秋蛉儿就停止了鸣叫，《诗经·豳风·七月》就写道"七月在野，八月在宇，九月在户，十月蟋蟀入我床下"，"九月在户"也就是《诗经·唐风》里"蟋蟀在堂"的寒露时间，寒凉天气逼得蟋蟀由野外迁入屋内，一年很快就过去了。蟋蟀成虫后只有几个月的寿命，人生也是短短几个秋，所以《唐风·蟋蟀》既叹惋"岁聿其莫"，同时也劝人行乐适度而要勤勉于事。

在乡村里还有好多牲灵和我们和睦地生活着，给我们传递着季节变换的信息。白露前一天的晚上，我躺在父亲曾经睡过的炕上，我听着鸡儿在五明头努力地叫着，我听着狗儿大概因为夜里变凉吠声多起来，一只狗叫，其它狗也怕落后，都跟着叫……有了这些牲灵，故乡才是一个生龙活虎让人想念的地方，不但有鼎沸嘈杂的人声，还有准备过冬的鸟儿，吠声如豹的狗儿，有了这些牲灵的点缀，故乡才是一个人欢马叫鸣犬相闻的乐土。

"好乐无荒，良士休休"。时光匆匆如流水，人生要有一些会友饮酒的小乐趣，但千万不可荒芜了正事。我的一位好领导是一位书法家，他写了一个横幅叫"赶快生活"，仔细咀嚼觉得"赶快"二字太妥帖了。"人生一世，草木一秋"，只要我们勤勉地过好每一天，哪怕人生苦短。

土匪出没殃百姓
——为何萨托二县出土匪？（上篇）

"萨托二县出土匪"，这句话流传很久远，流传的地域也很广。我在内蒙古东部的呼伦贝尔市等地采访，或到晋北和陕北等地采访，自报家门是托克托县人氏，人家都会心一笑："噢，萨托二县的……"，我干脆挑明白了："是呀，动乱年代出土匪，和平年代出人才！"对方一竖大拇指："是！是！是！"

但我心里一直想弄明白：为什么萨托二县出土匪？当我参阅了大量的史料才觉得这句话实在是冤枉至极：只能说萨托二县曾经是土匪"出没"祸害之地，而并非"出产"土匪的地方，尤其是我们托克托县真是没出产几个土匪。在那个兵连祸结的年代，绥远（今呼和浩特市）东西广袤的地区出现了大量的土匪，给当地百姓带来了深重的灾难，当时的萨拉齐县和托克托县，是土匪出没和祸害最频繁的地方，使当地民不聊生。我反复搜集阅读各种资料，发现一些有名的大土匪如卢占魁、杨猴小、王英等，都不是萨托二县的人，他们活动的范围几乎波及大青山和黄河南北甚至横跨数省，内蒙古西部地区都被他们祸害得生灵涂炭。在这篇里我概述一下萨托二县乃至内蒙古西部遭受匪祸的历史。

从史料中看呼和浩特市附近直到清代宣统年间才出现匪患，也就是1910年左右的样子。《绥远通志稿》卷七十三引于效仁《绥远二十年来土匪记》云"前清中业，绥远承平日久，人民未受匪患。"直至宣统年间出现土匪，当时呼和浩特市西部地区活动的土匪有丰镇人高二、天津的黑侉子、萨拉齐人五明罗等，这些土匪还不敢太猖獗，一般没有枪支，即使有枪也是铜帽火枪，对外吹牛是洋枪。匪徒们往往是"昼伏夜出"，主要在偏僻的村道上劫夺，

风清云淡

高二的匪伙主要瞄准有钱的大户，到萨县高泉营村刘银红、高太恒家拖去元宝四十枚，村里人还讥笑这是无良商人横遭报应，殊不知此后三四十年间匪患越来越泛滥，善良百姓也深受其害。高二、黑侉子、五明罗等大约是清末最早祸害土默川的匪伙，这伙匪徒后来被镇守绥远的孔庚派兵捕杀。

与高二等匪徒几乎同时期为害的匪徒有刘三林和刘四林，这兄弟俩是为害窜扰萨、托二县和鄂尔多斯地区最早的土匪，他们结伙行动，为害甚剧。刘三林和刘四林是河西（黄河以南准格尔旗）人。那个时期土匪盘踞有几个著名的地方：萨县的双龙镇、五原县的隆兴昌和达拉特旗的白泥井。刘三林和刘四林人们又称他们为"三林子""四林子"，1912 年（民国元年）这两个匪徒结伙行劫，窜扰土默特地区，抢夺民警枪支，绑架百姓勒索钱财，谓之"请财神"，这是土默特地区土匪绑票之始。据《绥远通志稿》记载萨县五区民警长王裕、护兵于海海都被这两个匪徒掳去勒赎。还有萨县当时的一位教育科长叫刘会文，在下乡办公也被掳为人质。

1914年秋天，刘三林和刘四林这两个作恶多端的土匪被准格尔旗蒙古兵悉数围歼。当时，刘三林和刘四林等匪众受雇去准格尔旗杨家湾杀害准格尔旗新任协理那森达赖，结果反被那森达赖的蒙古巡防马队追至双龙镇北的大青山境内。"准格尔蒙古兵内有龙二秃，精射击，率蒙兵将三、四林子匪众十九人，围困于萨县九峰山，悉行击毙枭首。"顺便说一下，这龙二秃也叫聋二秃，是达拉特旗吉克斯太境内梁家圪堵人，枪法准下手狠，青年时即落草为寇，在黄河两岸非常有名，他的叔伯兄弟和子侄也先后当了土匪，在吉格斯太和白泥井一带活动，所以民间说"吉格斯太白泥井，灰人攒（cuán）下一炉馨（灶火圪劳）。"但聋二秃后来被蒙古巡防马队收编，又从不在达拉特旗作恶，所以当地人并不恨他。

要说为害呼和浩特市最厉害的土匪是卢占魁，这一巨匪是丰镇隆盛庄天宝屯村人。从1915年开始，这个大土匪开始从大青山后跑到山前为害日剧，匪众达到数千人甚至万人左右。1916年领着匪众攻陷萨拉齐、托克托、东胜等三城，捣毁县衙，杀死吏民，抢劫商号，呼和浩特市西部除了几座孤城都被卢占魁占领。卢占魁匪众北掠南劫，四处骚扰，到处烧杀抢掠，6年间蹂躏10多县、杀人2000多、抢劫财物上千万元，萨托二县及其他地区百姓迭遭奇祸。后来卢匪又流窜四川、湖北、河北、云南等地继续为匪，势穷后投奔奉系军阀张作霖。得罪张作霖后，张作霖密令凶残嗜杀的阚铡刀阚朝玺杀死卢匪，1923年（民国十二年），卢占魁等110多名匪徒被阚朝玺诱杀于辽宁黑山，用机枪扫射后尸首用煤油焚化。卢占魁这个民国初年绥远地区最大的土匪头子，结束了恶贯满盈的一生。

卢占魁之后扰害土默川一带最厉害的土匪，要数苏雨生、陈得胜等几股土匪了，这几股土匪总共约两千多人扰害土默川。绰号苏老二的苏雨生是丰镇人，陈得胜是老樊营人，这个村子如今东与土默特左旗、托克托县毗邻，南隔黄河与准格尔旗、达拉特旗相望，属今包头市土右旗明沙淖乡。他们和卢占魁为害萨托二县的时间差不多，大约在1915年左右。我的家乡是托克托县团结村（旧名什达岱），1919年托克托县保卫团的常占标在什达岱剿苏雨生带领的匪众时，不幸阵亡。几年来先后有段得胜、陈得胜、张耀、郭长胜等土匪头子入伙，黄河结冰后，这帮土匪到河南的准格尔、达拉特为害，也在土默川一带为害。1923年（民国十二年）夏天，苏雨生的匪众进入托克托县县城，执拿托克托县长徐焘，打开监狱放出囚徒。官兵追击这伙土匪，这伙土匪把徐焘打伤逃入和林格尔，徐焘因伤势过重不久死亡。这几伙匪徒出没无常，为害甚大。陈得胜等土匪窜入托克托县常家营村，村民马板头等用火枪抵抗失败，被匪众杀死马家八人，抢走财产后把房屋全部烧毁。这些土匪害惨了萨托二县各乡，被称为"老一团"的绥远骑兵第一团团长玉禄率部追剿苏雨生等匪徒至今鄂尔多斯境内，玉禄肩部受伤力尽被俘，大骂匪徒，终被残害。1926年苏雨生被捕杀于北平，陈得胜后来被杀于集宁。

　　和苏老二同时期为害的还有赵半吊子，这个土匪是最穷凶极恶的一个家伙。赵半吊子本名赵青山，是萨县人，1923年（民国十二年）开始为非作歹，1928年（民国十七年）晋奉军伐混战，赵半吊子、郭秃子等土匪头子被晋军收抚为旅长，成了有名的官土匪，在归绥、萨拉齐、托克托、和林格尔等地肆意为恶，导致商停市、农辍耕，搜刮得民穷财尽。第二年土匪头子陈得胜、云三点和赵半吊子约率2000多名匪众从托克托县进入和林格尔县，奸淫烧杀，死者千余人。匪徒们所到之处"家家破产，人皆失业，鸡犬断种，牛马绝迹，掘地三尺，洗劫一空。"（《和林格尔志》）这个赵半吊子非常凶残，拷掠百姓非常惨毒，《绥远通志稿》载赵匪"用烧红之铁条贯入人耳，名'打电话'；又以铁锹烧红，令人裸体坐之，名'坐火车'；众匪围赌，辄令妇女裸体仰卧，以为'宝毡'，赌之胜者，妇即归其奸宿。或有贞烈抗拒者，即以沸油灌入各窍立毙。诸如此类，不可胜计焉。……历年匪股，为害之烈，卢占魁而后，当以赵匪为最。"赵半吊子后来被追剿到五原县境内击毙，老百姓将这个家伙碎尸数十段以解其恨，首级传至归绥悬示三日，观者如潮。

活跃于上世纪二三十年代的杨猴小，是祸害土默川和鄂尔多斯地区臭名昭著的大土匪。原名杨耀峰的杨猴小祖籍是河北，其父母乞讨至东胜，杨猴小出生于东胜的羊场壕，长大后北上萨拉齐加入匪帮，在包头、土默川和河套、集宁、武川、固阳一带抢劫和残害百姓。二十三岁时，从康存良处拉出十多人，自立山头，开始在萨拉齐、包头、达拉特（后套）、固阳一带抢劫绑票，残害无辜，所过奸淫掳掠，无恶不作。杨猴小曾投靠了著名匪首王英，还曾被孙殿英收编，但匪性不改凶残无比，1934 年秋（民国二十三年）杨猴小率领四五百名匪众窜入陕西横山等地抢劫，被驻守榆林的国民党军的师长井岳秀追剿，在靖边县的九里滩一带被张云衢所率的一个营包围，杨猴小腹部中弹流血不止，终因失血过多命丧杨桥畔龙眼村，这个恶贯满盈的家伙死后，当地老百姓编歌庆贺："正月初三天炮响，杨猴小死在龙眼上……"。

自从杨猴小等匪众被击毙消灭后，大股土匪在土默川滋扰暂告平息。《绥远通志稿》云"计自民初（民国初年）以还，二十年来，扰害绥远各匪首，就其最著者言，始之以卢占魁，中为苏雨生、赵半吊子、陈得胜诸凶，而以杨猴小终焉。而穷凶极恶惨毒行为，似以赵半吊子为尤甚。"于效仁的《绥远二十年来之土匪记》附录了著名匪首一览表，我数了一下共有 246 个有名有姓的土匪头子，这些家伙大部分都扰害过萨托二县。有人统计，从 1924 年到 1932 年间，仅托克托县境内大股土匪抢掠就有 8 次，其他三五成群的土匪抢掠就不计其数了。

日军侵占绥远后，大青山一带仍有不少土匪出没。这些土匪昼伏夜出，使不少人家妻离子散家破人亡。八路军大青山游击队在各游击区开展剿匪，消灭了三拐子、红蚂蚁、干豌豆、红公鸡等数股匪徒。1945 年抗战胜利后，国民党杂牌军收编了不少土匪，如鄂友三的骑兵十二旅、高理亭的骑兵十二旅和郭长青的绥远保安旅等，这些家伙使兵匪成为一家，老百姓骂他们是"官土匪"，痛骂鄂友三为"恶毛驴"。这个时期一些惯匪毛贼也伺机出来为害百姓，或者带枪棒，或者以红绸布裹苫幂以锅底黑涂面，夜入民宅抢劫，吊打烧烤百姓，榨取民财，手段残忍，萨托二县的人民仍然生活于水火中。直到新中国成立后1951年镇压反革命，内蒙古西部的土匪才彻底绝迹。

经历了四十年左右的匪患，使呼和浩特市周围的人民遭受了水深火热的苦难。特别是萨托二县的老百姓被难尤深，使原本富庶的水陆要冲之地变得疮痍满目，还背上了"出土匪"的名声，实在是冤哉枉也。于效仁的著名匪首一览表提到的246个土匪头子中，托县籍的土匪是14名，只有祝乐沁村出的土匪周昌旺还稍有点名气，曾联合土匪头子马侉子，率领四五百人攻打过邻近的三间房村，成为九十年前托克托县历史上一件大事。

在描述萨托二县遭匪害的情形概貌时，我为这片土地上曾经遭受匪害的先辈们感到痛惜悲悯，也为我们能生活在今天的太平时代感到无比幸福。真的，"宁为太平犬，莫作离乱人"，珍惜我们当下美好的生活吧，感谢这个时代吧！

土匪为何爱在萨托二县出没？
——为何萨托二县出土匪？（中篇）

在上一篇文章里，我给大家简述了萨托二县土匪横行四十年的历史概况，这四十年来，土匪把这一方水土祸害得生灵涂炭民不聊生。大家还是关心这样一个问题：为何萨托二县成了土匪出没的重灾区呢？一些出生在萨托二县的人为何也变成了土匪？在这篇文章里，我给大家详细分析一下方方面面的原因。

我们平常议论史事时经常会挂在嘴边的谚语是"时势造英雄"，或者说"乱世出英雄"，我要说的是绥远（今呼和浩特市）一带只所以遭受惨烈的匪灾，从天时来说是因为那个年代是乱世。清末萨托二县境内只是出现零星的游匪，被称为"不浪队"的游匪只敢零星抢劫，不敢公开妄为。到了1911年辛亥革命之后，绥远周围的匪患日渐泛滥，就像地震和泥石流之后，石砾瓦块泛滥一样，此后四十年匪祸迭起，直到 1951 年新中国镇压反革命后，匪祸才彻底绝迹。以托克托县为例，《托克托史略》记载 1951 年 3 月至 11 月"全县共镇压匪首 50 人，镇压罪大恶极的匪徒 49 人，其中年龄最小的仅 22 岁，年龄最长的 58 岁。"

回过头看匪祸横行这四十年，时局真是动荡不安兵连祸结。军阀们在呼和浩特地区是"你方唱罢我登场"，起初归北洋军阀统治，后来归国民党管辖，再后来曾被张作霖的奉系军阀占领过，还被阎锡山的"晋军"占领过两次，1926 年（民国十五年）9 月，当晋军第一次到来时还打着五色旗，到了 1928 年（民国十七年）5 月，晋军与国民党联合赶走奉军，第二次驻防归化城时，又换上了青天白日旗，真是"城头变幻大王旗"。1930 年 5 月，蒋介石、冯玉祥和阎锡山中原大战爆发，年底傅作义率部移防绥远。1937 年之后，侵华日军占领绥远，八个年头里归绥城头又飘起了日本的膏药旗……直到 1949 年绥远和平解放，呼和浩特周围地区才结束了离乱的局面。

离乱之世的所谓"政府"是根本保护不了老百姓的。1916 年 1 月初，巨匪卢占魁率三千匪众进攻萨县，县知事邓西峰弃城逃跑。之后卢匪又进攻托克托县，《绥远通志稿》记载"至托克托县城及河口镇，铺户民居半为匪居，知事赵震勋携眷逃匿，城镇妇女悉逃窜各区"。1923 年（民国十二年）匪首苏雨生带领匪众在萨托二县及和林等地为害，掳走托县县长徐焘，在托县的黑城镇打断徐焘的腿进入和林……土匪袭来官员鼠窜，甚至地方的保安武装也被裹挟入匪众，老百姓哪里还有活头。1926 年（民国十五年）到 1928 年（民国十七年）之间军阀混战，归化城基本没有正式军队驻防，要不是土默特"老一团"等地方武装防守，归化城也几乎被苏雨生、陈得胜和王英等土匪占领，至于萨县、托县及和林一带，更成了土匪横行跋扈之地，人民四处逃难避祸，粮食和财物匪过洗劫一空。

时局动荡使土默特地区战事频仍，使老百姓遭受了不亚于匪灾的"兵灾"。民国以来土默川地区驻军繁杂，晋军、奉军、宁海军（马福祥的部队）、国民军，日伪占领呼和浩特期间，还有日军、伪蒙古军、伪绥西联军等。驻军加重了老百姓的负担，据《土默特志》记载，自民国初年至1927年，"仅土默特旗须解交饷洋7千余元"，名曰"协饷"，这些钱只能靠收刮民脂民膏来凑足。土默特一带老百姓的负担越来越重，这些饷银有的甚至是老百姓卖儿卖女的钱呀！驻军频繁更换，老百姓分不清楚，只能叫他们"南军""西军"等，1928年在清水河、和林两县驻扎的奉军任意掠夺民财，致十室九空。在我的家乡托克托县，人们把部队经过称作"过大兵"，各种杂牌部队"过大兵"也加重了老百姓的负担，以托克托县为例，1911年阎锡山的革命军攻克包头和萨县后又进攻归绥两城，受挫后放弃攻占归绥两城计划撤到托克托城和河口镇，强借土默特两翼生息银及各商号的白银，搜刮足军饷后撤回山西。萨托二县像这样"过大兵"在那个年月太多了，每过一次地方都被清洗一次。据托克托县五申镇的老一辈人回忆，过了那么多兵只有1948年解放军的部队是秋毫无犯的正义之师，此前那些经过的杂牌部队的兵和土匪差不多。

的确，民国以来到解放前的土默川地区，兵害有甚于匪害，有的时候兵即是匪匪即是兵。我查阅资料看到，为害萨托二县和呼和浩特周围的罪大恶极、臭名昭著的土匪，都曾被不同的军阀收抚或招安过，比如卢占魁曾被晋军和奉军收编过，杨猴小曾被绥远都督商震和孙殿英收编过，苏雨生、赵有禄、段得胜等巨匪也曾被任绥西镇守使的满泰收抚过……这些家伙今天还是土匪，明天就成了穿上军服的团长、旅长、司令，抢劫更加肆无忌惮，老百姓只能吐口唾沫骂一句"官土匪"解气。1927年（民国十六年）绥远都统商震让满泰等收抚郭秃子等土匪头子近20人，收编匪众4000余名，第二年奉军东去晋军复来，这些收编的土匪又勾结新土匪在呼和浩特周围的各县抢掠。1945年抗战胜利后，国民党杂牌军收编了不少土匪，这些家伙时而为兵，时而为匪，为非作歹，扰害百姓。比如在萨县一些驻扎的杂牌部队，一些兵痞流氓夜间离营进行奸淫抢掠。

"过大兵"出现的兵痞和溃勇是土匪的重要的来源，由于军阀混战，造成大量枪支马匹弹药流落民间，给土匪拉杆子提供了武器。1926 年（民国十五年）国民军撤出绥远时，由于军纪败坏，近万支枪支或被遗弃和变卖，或被土匪抢夺，民间甚至出现武器贸易，自此土默川匪患更加蔓延炽烈，《土默特志》云："枪弹遍地抛弃，土匪游民蜂涌而起，大小新旧股匪，难以尽数。"据托克托县五申镇 80 多岁的退休老教师王培义调查走访，1947 年秋天，国民党杂牌军收编的苏美龙骑兵部队流窜驻扎在五申，"大年前夕，好多士兵逃跑了。正月 13 日苏军撤走，逃兵留下的枪一捆捆装满了一辆辆的车，还有许多战马，村里用花轱辘车把这些枪弹送到了归化城……"。在兵荒马乱的时代，一支枪就可以武装起一小股土匪，大兵过后的兵痞或逃兵成为土匪者非常普遍。1950 年时任萨县县长的董毅民在回忆录里谈到"有个叫贾二寇的土匪头子，原是国民党驻固阳县部队的一个团长，部队东调时，他带着枪跑到萨县当了土匪。他白天躲在美岱召村的后山里，夜间出来抢人，残害百姓。"这样的情况解放前在萨托二县太普遍了。

除了溃兵游勇及地痞流氓之外，还有一些不法教徒和道众在土默川平原上干着土匪的勾当。清末之后萨托二县出现许多洋教堂，一些不法教徒也为害不浅。民国年间绥远周围的萨托二县等地还出现许多与土匪勾结的秘密会社，如"哥老会"在这一带势力极大，教徒们把不入教的群众称作"白头牛"，或暗算或横加迫害，好多良善群众被胁迫入教，有人统计到 1923 年萨托二县及五原、武川等地大约 70% 左右的县民加入"哥老会"。绰号"小五杨"的陕西人杨万贞以"哥老会"名义在萨托二县一带煽动发展教众，《土默特志》云："各县警备团多受其煽动，哗变为害。徒众千余人，往返骚扰，兵匪难分。"1926 年国民军退却时，扔下成千上万的枪支装备了绥东的"独立队"和绥西的"哥老会"，致使绥远全境除城镇之外完全成为土匪世界。此外，还有反动的"一贯道"在萨托二县也为害不浅，以萨县为例，解放初萨县县长董毅民回忆，解放初的萨县宗教很普遍，萨县"有天主教徒近两万人，教堂二十几处……全绥远二十四个外国神甫，萨县就有十一个。有耶稣教堂十几处，教徒千人左右……

反动的"一贯道"也很猖狂,坛主以上的道首有六百多名,道徒约有两万人。"

"饥寒起盗心",除了乱世兵匪横行之外,特殊的自然灾害也使土默川地区增加了赤贫的流民,这些流民在炽烈的匪患中也裹挟成匪。读《绥远通志稿·灾异》我常常掩卷叹息:为什么那一代人生活在那么一个灾异频仍的年代呢?自清末到解放之初,土默川一带水灾旱灾不断,还有被当地人称为"橡头子"病的鼠疫流行,特别是自1926年(民国十五年)以来连续大旱,到了1928年冬,灾民已增至80余万,从冬天到秋天售卖妇女,仅途经雁门关的即有17000余人,《土默特志》载"萨托二县农民挖食田鼠致疫,死者总计不下万人,西逃甘肃者3万余人,逃外蒙古者亦不下万人。"到了1929年(民国十八年)灾情更重,托克托县平地起水一片汪洋,整户、整村的灾民涌入归绥城内。《绥远通志稿》载老百姓"剥树皮,剜草根,以延一线之命,盖村村如是也。固阳、萨县一带,竟有食死尸者,投环仰药自杀者,报不绝书,久成习见习闻之事。尤惨痛者,平绥路上东行客车,牵衣顿足,日有哭声,皆妇女鬻一身而求活数口者也。"这一年埃德加·斯诺在《拯救二十五万生灵》中描述了在萨拉齐饿殍遍地的情景:"我们走过三个除了缠腰布以外全身一丝不挂的尸体,他们俯卧在大街上,嘴巴洞开。这时苍蝇已经忙于在……一个不到六岁的男孩,坐在一个可能已经死亡或者正值弥留之际的老人身旁……他推着老人的一侧身体(这个枯萎的人体无疑是他的父亲),使尽他那瘦小而又扭曲了的身体内部的全部力气,拼命向他父亲叫喊,要他坐起来说话……",实在是太惨痛了!

"乘时盗贼起风尘",沦为赤贫之流民后,良善之辈成为乞丐讨吃要饭以求活,而那些懒惰成性、奸顽刁诈之徒就会成为匪徒。我曾写过《说说归化城当年的讨吃子》,他们衣衫褴褛、啼饥号寒、鬻妻卖子,宁愿乞讨也没有去当土匪,是乡民中之良善之辈也。《绥远通志稿》记载民国十五年"天久未雨,各县大旱,民心惶惶,各处无赖辈,三五成群,持棍行劫,名曰'不浪队',明火路劫,遍地皆是。"此后几年内,土匪游民蜂涌而起,群盗如毛打家劫舍,他们采取抢劫甚至"请财神"(即绑票)的办法勒索钱财。在匪势猖獗的情况下，一些奸滑之徒加入匪类。还有的不堪兵匪蹂躏愤而为匪者，《绥远通志稿》记载了萨县中学生张炳愤而加入卢占魁匪伙的事情，然而评论道"血性青年，目击家破人亡，愤而投身匪中者，张炳之外，尚有何全孝、冀天富、史华甫诸人。噫！当其家产荡尽，骨肉流离，绝处求生，铤而走险，曾受教育者尚有不免，又何论蚩蚩之民。推原其故，盖皆历年匪祸兵灾所促成也！"

以上我从时局及天灾人祸角度讲了萨托二县出土匪的原因。一个地区四十年来土匪几乎是密集出没，整天处于惊恐和防范状态，又处在多民族共同生存的边地，对民风肯定是有影响的，民风彪悍且勇武好斗。有的强悍之辈一入匪徒本性难改，我听托克托县的老一辈人讲，当年进军绥远的解放军在官士窑村曾遭几十乡兵抢夺给养，当时他们叫"截洋面"，洋面就是白面。还有两名战士在伞盖遭土匪曹四娃抢枪，这个胆大妄为的土匪在解放初被枪决。我看了一些大土匪头子的简历，他们大多是贫苦人出身，但一入匪途就变得人性丧尽，他们也知道干得是脑袋别在裤腰带上的营生，所以土匪们是"好活一天算一天，管球它明天和后天"的放纵心态，结果人性中最丑陋和恶毒的一面在其内心深处越来越放大，最终泯灭了人性。

土匪为何爱在萨托二县出没？我还得从地理的角度来给大家分析一下。首先是土默川一带过去非常富庶，地方有油水就容易招贼。清末和民国初年的绥远和萨托二县是非常富庶的，1913 年（民国二年）托克托县人口已达到近 10 万人，萨托二县有河口、毛岱等繁华的水旱码头，商号林立，地方殷实，有钱的商人很多。1911 年阎锡山的部队路过托克托县和河口镇，向商号和富户临时"借银"八万两，仅托县县城的四家当铺就出银一万两千两，阎军征调当地银匠把大块银截为小块给士兵发饷。卢占魁、杨猴小等巨匪都曾洗劫过码头上的商号和富人。另外，土默川的农业很发达，村落林立又距离得很近，很容易招匪徒荼毒。土默川从明代嘉靖年间就出现了开地万顷"连村数百"的繁荣景象，到了清末有许多殷实的地主富户。托克托县有个传说，说朱老大、成成等土匪把托县高家西滩富户成豹的儿子绑走"请财神"，成豹赎儿子的现洋接起来有几里长。虽然有些夸张，但说明土匪们在萨托二县"请财神"能榨出油水来。

过去鄂尔多斯是比较贫穷的，土匪们宁愿在富庶的土默川一带出没抢劫。有一个山曲《打鱼划划》唱得好："打鱼划划渡口船，搬上妹妹过河南，河南不如土默川好，搬上妹妹往回跑……"，河南就是黄河南边的鄂尔多斯地区，除了吉克斯太到乌兰一带沿河的米粮川之外，其他地区确实是地瘠民贫，一些城镇商号也有限，大土匪赵有禄和段德胜曾冲入东胜城内，抢了城里少得可怜的几家商号。土匪们一般不愿过河去，除非被剿匪部队躐（音 duàn，追赶）得没办法。比如苏雨生、赵有禄、刘喇嘛等土匪，曾被土默特地方武装"老一团"团长玉禄追得窜过黄河逃往东胜一带，土匪们设下圈套将玉禄杀害。杨猴小在萨拉齐被剿匪部队打败后，也逃到了黄河南岸的东胜境内。

其次土匪们愿意在萨托二县祸害而不大愿意去鄂尔多斯和河套地区抢掠，一个重要原因是那边有各种各样的武装或头面人物。比如准格尔旗有那森达赖的王府卫队，曾把刘三林、刘四林等围歼在萨县境内。巨匪卢占魁在托克托县祸害后，准备从准格尔入陕休整，那森达赖带着厚礼来托县县城请其绕道，结果土匪们分两路绕开准格尔，把和林、清水河、偏关、府谷等地洗劫了一遍。在河套地区早期由河套王王同春治理，后来他败落后手下有不少人当了土匪，但很少在河套作乱。巨匪赵半吊子不管那一套，曾带人把前山后套洗劫了一遍，曾带兵围攻"三没底据"王英（王同春之子）。但总体来说河套地区比萨托二县匪祸轻多了。

最后要说一个地理原因，就是萨托二县北面是大青山，中间是一望无际的土默川平原，南边又是黄河，这样的地形易于土匪行动和逃窜。看一看杨猴小等好多巨匪都有出没萨托二县藏匿大青山的行迹，鄂友三的匪部一直盘踞在固阳、武川，有机会就到大青山前萨托二县为恶。曾任萨县县长的董毅民在回忆录中说，解放初的萨县"土匪大小共有十九股，小股三五人，大股有六七十人，而且都有枪支弹药，有的还有马匹……这些土匪利用萨县北边山多、南边临黄河、县中心有大芦苇塘的自然条件，白天藏在山里或苇塘里，夜间出来抢人，有的也在光天化日之下出来活动。这些土匪有的固定在一定的范围内活动，有的则到处游窜，四处抢劫。"我注意到萨县距离大青山更近，九峰山、水涧沟门等都是土匪盘踞的理想之地，黄河边上的明沙淖乡易于窜河而逃，土匪也选为据点，所以萨县的土匪明显地要多。1939 年元月，八路军大青山游击队歼灭了 12 股土匪，处决了红蚂蚁、三拐子等匪患。另外，大青山的南支蛮汉山也是土匪藏匿的地点，如巨匪肖顺义曾以此为据点，不时西进扰害和林及萨托二县，后来被大青山游击队活捉。

"乱世盗贼如牛毛，千戈万槊更相鏖"，我和一位朋友探讨土匪的有关问题，他认为土匪和被抢夺的百姓都是可怜人，只怨生在了那个乱世。是啊，"吾怜盗贼本吾民"，本来都是穷苦的老百姓，结果良民成了被戕害抢夺的目标，土匪成了被追剿杀戮的对象，萨托二县本来是富庶的乐土，结果匪患四十年蒙受了深重的灾难。"不患盗贼不扑灭，要使盗贼耕桑难"，解放后除了对那些罪大恶极的土匪镇压外，对那些被胁迫入匪为害不大的匪众，真还有不少改造成了自食其力的农民。

说说当年那些匪事
——为何萨托二县出土匪？（下篇）

通过此前的两篇文章，大家了解了萨托二县土匪横行四十年的概况，也明白了"萨托二县出土匪"是指富庶的土默川成了土匪出没横行的重灾区。贾平凹创作过一本《匪事》的小说，还有一篇文章描写了匪徒攻破定西裴家堡后杀人的惨烈场面。我也想聊一聊萨托二县的匪事和剿匪的事情，把我看过和听过的这些匪事儿说一说。

我的家乡是托克托县团结村，就从我熟悉的那一个又一个村庄开始聊起吧。我们托克托县团结村以前一直叫什达岱，1967 年才改成现在的名字，史书记载 1919 年（民国八年）托克托县保卫团的常占标在什达岱剿苏雨生带领的匪众时，不幸阵亡。曾经问过村里的老辈人，都说年代太久远了，不知道详情。他们说，那个时候只记得成天担心土匪，也不知是哪里的土匪，都是跟着大人跑。我姥姥是 1920 年生人，她曾经带着我母亲躲土匪躲到了狼窝里，那个时候都快解放了吧，因为我母亲是 1940 年生人。真是让土匪跐（音 duàn）得没有躲的地方，土匪比狼还灰（坏）。听我父亲和常铎老师等人讲，一听到土匪来了人们连村都不敢回，听说有的村的村民因惧怕土匪躲进井中被淹死，或者躲进山药窖被土匪发现后活埋了。也常听说有人家被请了财神，"请财神"就是土匪绑了人质向人质索要黑的和白的，黑的是洋烟，白的是现洋。有的有钱人舍不得交出钱财来，土匪就把人吊起来用皮鞭抽或把麻绳蘸水打，或者灌辣椒水、煤油等，或者把猫放进裤裆里乱抓……受不了折磨的人只好交出钱财来。

团结村北边就是祝乐沁和三间房等村子，这些村子都是居住三四千人的大村。祝乐沁村的韩国良割掉报信土匪耳朵的故事在托县流传很广，就从这个故事说开来。那是 1936 年（民国二十五年），自称韩旅长的三罗汉是个土匪头子，纠集有两千多名匪众，他为了壮大团伙从萨拉齐、察素齐一路抢劫到了托克托县境内，到了祝乐沁东边的三间房村，要村里交出仅有的九支枪。村里的人们在围子里进行抵抗了一阵子，后来投降交出枪支，土匪们把村里的骡马也全部拉走了。三间房这样的大村都交枪了，三罗汉等土匪非常得意，乘势把周围的铁帽、乃只盖、善岱、大岱等村子洗劫了一个遍。派人给祝乐沁村送去一封信，要韩国良在三日内把民团的枪支全部交出，并送去现大洋伍千元，不然将祝乐沁杀个鸡犬不留。韩国良是祝乐沁村的民望，曾带领村民对抗国民党政府，抗粮、抗丁、抗税，在土默川也很有威望。韩国良审讯送信人确系匪徒化装而来，便正颜厉色地告诉送信人："我本不愿意伤害你，但为了让三罗汉知道我韩某的厉害，总不能让你白来，得给你留点印记。"说罢手起刀落把这个土匪的耳朵割掉一个："你回去转告三罗汉，祝乐沁有的是枪支、钱财，就是看他小子有没有胆量，敢不敢来取，我韩国良等着嘞！"

把这个一只耳朵的土匪放回去，韩国良让村里的人畜全部集中在村子围堡中，囤积粮草加固炮台，给年轻后生们分发武器弹药，等着土匪上门。三罗汉派人打听到祝乐沁村防备严密，愣是没敢攻打这个将近五千来人的大村。三罗汉的匪众绕过祝乐沁村，来进攻西边不远的独立坝村，独立坝村现在属于土默特左旗的善岱镇，离我们团结村也就五六公里的样子，但人口也就是个几百人。土匪们进攻撤进围子里的民团，双方互相打枪并没有占到多少便宜。后来围子里的村民看到晒粮场的方向着火，认为土匪烧粮食，结果大家慌了神，派代表和土匪谈判，土匪要求村里把所有枪支都交出来，就不再进攻也不伤害村民和抢劫。等到把长短 12 支枪派人送给土匪后，村民们才后悔：土匪哪里有信用可讲！他们进了围子对抵抗他们的民团痛下杀手，把几个民团捆绑起来"凌迟"，村里的粮食、衣物和财产都被土匪抢光了，还有好多村民被土匪打死打残，给独立坝村老一辈人留下了惨痛的记忆。

我上边提到的三间房村，其实有着英勇的抗击土匪的历史。据《绥远通志稿》记载，早在 1931 年（民国二十年）农历二月初，从五原县一路抢劫而来的土匪头子马侉子率领二百多名匪众攻破萨拉齐的高全营子，抢走民团的六支枪及马匹财物，掳去男女二十余人，以这些人质向村民逼索赎款，被掳村民好多都被匪徒折磨成残废，有的村民送钱稍晚人质就横遭杀害。土匪沿村送信索要钱财，多则万元少则五六百元，信里写着"如不早送，杀人放火，鸡犬不留。"土匪们向大岱村索要烟土一千斤，因索要太多一时难以筹齐，竟枪毙了姓于和姓李的两个居民。气焰嚣张的马侉子认为能把整个土默川踏平扯烂，在祝乐沁出来的土匪周昌旺的带领下，又联合杨三秃、高有光等匪首，纠集了约四五百名匪众，气势汹汹地来围攻托克托县的三间房村。

就像祝乐沁村有个韩国良，三间房村也有不惧土匪的好汉。民团长郭占元就是这样的汉子，他率领团丁们用仅有的八条枪拼死抵抗，匪徒们居然没有得逞，不能破围转而在村里遍地放火，烧了二十多户民宅，打死几个居民，泄愤后出村向东走。这时托克托县保卫团队长张甲三率领四五十名团丁来援，与匪徒在三间房村东相遇激战，"弹射如雨，喊声震地"，土匪被打死 8 人，伤 20 余人，败退向东逃去。《绥远通志稿》云："此次托县团丁以四五十人而胜悍匪五六百之众，可谓克尽捍卫乡村之责，难能可贵也。"这场抗匪之战在托克托县的剿匪史上也很有名，保卫团的团丁也牺牲了二人，负伤 18 人，但把五六百名土匪打退了，说明土匪是一帮色厉内荏以利纠结的乌合之众。

马侉子的匪众逃出三间房村后，向东逃窜，大肆抢掠所经过的浑津桥、毛扣营村、赵庄等村庄。二月初六直扑和林县巧尔什营村，这是一个非常殷实的村子，到了民国时期村里形成了"四大户""八小户"的地主，最有名的大户是拥有"聚龙太"字号的人家，他家在呼和浩特、四子王旗有分号和房产。这个村子筑有防土匪的围堡，匪众围攻半日，民团不支而堡破，土匪们进去开枪乱射，共打死男女老幼七十余人，伤者倍之，火烧了十余户。土匪们在村里盘踞一夜，搜刮劫掠后满载向西逃窜。这个富庶的村子遭此匪祸顿成残破之区。事后全村举哀殡葬死者，白衣成群，灵榇相望，相望于道，是绥远地区土匪酿成的第十大惨案。

上面好几次提到大岱村，这个距我们团结村西北十公里左右的村子过去也是经常被土匪祸害的地方。再往前了说，早在 1923 年（民国十二年），陈德胜、张耀一股匪徒约一百多人窜入大岱村，打死村民三人，抢走马匹财物又掳去男女二十多人，又围攻大岱西边一公里多的于家庄子村。于家庄子村备有大枪数十枝，用来防备土匪自卫，击退了陈德胜匪众两次进攻，气急败坏的匪首陈德胜又勾结王元挠、王虎威等头目纠集三百匪众，腊月十二日晨包围于庄，枪弹四射，住宅周围的柴草全部起火，于家被枪打死的有十余人，妇女孩子藏在暗处让火烧死的有三人，骡马等牲畜都被掠走。这帮土匪后来又窜入托克托县常家营村，村民马板头气愤不过，和其他村民用火枪抵抗，失败后被匪众杀死马家八人，抢走财产后把房屋全部烧毁。土匪们酿成的惨案多了，哈素海旁边有个朝号村，二十年前家家户户制作烟花爆竹。1926 年（民国十五年），驻萨拉齐的警备队冯六套等哗变，与苏八音、吴大个儿等匪徒汇合成一股二百多人的土匪，围攻现属土左旗的朝号村，当时土匪们对这个富庶的村庄垂涎已久，朝号村当时有 400 余户 1700 余口人，全村居民出动用火枪土炮抵御土匪，围堡被攻破后，杀红了眼的土匪见人就射，男女老幼共被打死 57 口人，有 20 多户人家被烧成灰烬，村里尸体狼藉火光冲天。

以上就我所熟悉的村庄说了一些匪事，这只是当时萨托二县人民遭受匪患的小小的缩影。在土匪横行的年代，大一点的村庄都筑有围堡防范土匪，粮食和牲畜囤积于堡中，小股土匪来了是不敢去攻围堡的。1931 年（民国二十年）傅作义代理绥远省主席时，要求住户够一百家的大村必须要筑一堡四围，小村没力量筑的或者依附大村，或者联合起来筑堡自卫，1934 年（民国二十三年）用白话写成布告说："此次杨猴小窜回绥远，凡是预先修有围堡的乡村，通（都）未被害。所以省政府决定多修围堡，赶在今年秋天要全省的人都有围堡住，不准再推（推托）……"，村民们也知道这是性命攸关的大事，据《绥远通志稿》卷六十二所附《各县围堡一览表》，仅当时的萨托二县就有 174 个村子建有围堡、围壕和碉楼，围堡和碉楼有年轻力壮和训练有素的团丁把守，备有步枪、土枪和手榴弹等，有的村里的民团战斗力是很强的，像上文提到的以郭占元为民团长的三间房村。

为了剿匪县里一般也成立有保卫团，在官方支持下由各县乡绅自筹经费。像当时的萨拉齐县 1916 年成立保卫团，城乡三区共有团丁 660 名，托克托县于 1921 年（民国十年）成立保卫团，共有团丁 60 名，两年后增至 110 名。这些保卫团对防匪和剿匪起到了重要作用，1926 年（民国十五年）托县地方空虚，仅有保卫团 130 名，因无给养分防各村，腊月初八下午突然有察哈尔溃兵刘福同勾结土匪在托县东部活动，转眼窜入东阁抢走警察署九匹马，保卫团大队长张东亭、分队长王璧元、张连升等闻警集合团兵数十名，在东梁炮台极力猛攻土匪，相持到夜里十一点，土匪们怕县城里援兵赶到就退却了。县保卫团击毙了刘福同，因为保卫团的誓死捍卫，土匪们没有攻入县城。再从我熟悉的乃只盖村说起，这是距我老家 4 公里的一个村子，在 1929 年（民国十八年）有一股土匪窜到了这里，当时村里仅驻有县保卫团团丁 8 人，什长李如珍指挥死力抗匪，弹尽援绝后土匪攻入村内，团丁们全部殉职。我查阅了《绥远通志稿》卷六十二所附《各县保卫团阵亡官兵表》，共有 207 名在剿匪中牺牲的团丁，他们是保境安民的先辈，值得后辈铭记。

除了各县保卫团和村里的民团之外，还有驻地方的正规部队和地方武装。对土匪剿办最力者还数"老一团"，"老一团"是土默特地区的地方武装，由当地一支骑兵部队演变而来，玉禄一直是这支部队的首领。玉禄是毕克齐镇人，家境贫寒是放牛出身，他"为人忠诚朴厚，治军宽而有方"，训练出的骑兵能够人自为战也能整体配合，在剿匪中屡有战功，深受各地老百姓欢迎。1925 年（民国十四年），玉禄率部穷追苏雨生等匪徒，至今鄂尔多斯境内，玉禄肩部受伤力尽被俘，"瞋目发指，骂贼不绝口"，终被残害，匪徒竟割去玉禄的首级和双手。副团长满泰和一团的战士们见团长遇害，杀红了眼穷追，残忍的土匪势穷归还玉禄的首级和双手。1926 年苏雨生被捕杀于北平，陈得胜后来被杀于集宁，土默川的人们应该记住剿匪牺牲的玉禄的英名。

除了"老一团"剿匪有力外，驻绥远城等的外围部队偶尔也有剿匪有力者。《绥远通志稿》云："绥远客军号称有剿匪能力者，前为淮军萧汉杰，后为二师骑兵营马德润，可谓后先媲美。"这是怎么回事呢？ 1916 年（民国五年）驻多伦的淮军镇守使萧汉杰奉命到武川剿匪，萧汉杰字良臣，率领八百骑兵由卓资山兼程西进直抵武川县厂汉嶲鸹匪窝，击毙土匪一百余名，救出被掳的男女百姓七八十名，生擒刘长毛等二十一名土匪，均用铡刀铡首送包头悬竿示众，卢占魁的余匪胆寒鼠窜向西进入阿拉善。1918 年（民国七年）陆军第二师一营的马德润率众剿匪，穷追一股武占元、钟占标为匪首的匪伙，这伙土匪扰害萨托二县绑票勒索半月之久，在马德润一营的追击下，丢弃掳掠男女和财物甚众。穷追土匪到今天土右旗的明沙淖村，这个村在今天的黄河岸边，匪徒负水顽抗，被击毙三十余人，想跳黄河逃跑的匪徒又淹死十几人。

这次追击"一昼夜间匪狂奔三百余里，马营始终不懈，勇气倍增"，虽然有点夸大，但确实把土匪从大青山边追到了黄河边，追得土匪跳了黄河，这马德润营长真够卖力。

我还记着我们托克托县的剿匪名人霍俊儒，他为保卫家乡作出了很大的贡献。1915 年（民国四年）腊月十日晨，巨匪卢占魁三千进入托克托县，裹挟县警百余人扛着大清的旗帜，县城和河口镇都落入匪手，知事赵震勋携家眷逃跑，县城里的霍俊儒机警多智，一看势头不对，赶紧跑到绥远搬救兵，搬来了北洋军阀二十师八十团的李名山，率混成旅骑兵来托克托县救难。土匪听说骑兵来了向西南逃窜，李名山率兵追到西北的二道河村，这个村子现在属于土右旗，与托克托县把栅村相邻。炮轰匪众获匪首三人，抓回县城枭首示众。后来成为托县保卫团团总的霍俊儒，一直在保境安民杀土匪。1925 年（民国十四年）霍俊儒和其他剿匪部队一起和土匪大战于柳二营子，击毙土匪十多人，救出被掳群众四五十人。1926 年（民国十五年）霍俊儒将愣三、四罗圈等三十余匪众诱至乃莫板申村，一律成擒，就地枪决八人，其余十几人押回县里正法，萨托一带匪渐敛迹，"人民得以相安，地方暂告平靖"，这里有霍俊儒的功劳。

我记着那些为了乡里和平喋血的前辈，我记着那些为剿匪付出生命的前辈。无论是修筑围堡，还是派兵穷追剿匪，都不能剿灭土匪，这说明乱世是灭不尽土匪的。直到新中国成立之后，土匪还很猖獗，说一个全国的数字：1950 年新解放区就有 4 万名干部和群众被匪徒和反革命分子杀害。直到 1951 年 10 月，镇压反革命基本结束，土默特地区的匪祸才宣告结束。

乱世出土匪，清时见太平。但愿就像我小时候听的《边疆的泉水清又纯》，唱出了"锦绣河山万年春"的心声，我希望我们世世代代都听到神州昌盛的歌，关于土匪的故事永远成为过去，至少在神州大地上是这样的。

让乡下的厕所体面起来

我是乡下人，对于好多农村人来说，一直以来最重要的事情是起房盖屋，攒下一点钱一定要把房屋院落修葺得漂漂亮亮。盖房娶媳妇在我们土默川农村是大事，很少有人家把盖厕所当成大事列入家庭的计划里，重房屋轻厕所在农村习以为常。其实人生进口和出口的事是一样重要的，乡间落后的观念把盖厕所当成了一件可有可无的事情，甚至是羞于启齿的事情。

我小的时候村里的人们穷，房子都是用土坯盖的，哪里还能顾得上修盖厕所呢。在土默川的农村里管厕所叫"茅子"或"茅坑"，讲究一点的人家在院落的西南角垒个茅厕，挖一个坑放置一个破水瓮，再在四周垒上一圈半人高的土坯墙。而好多人家不讲究，就在房前屋后的圐圙里解决内急。还有的人呢，到村边的水渠边或者田埂旁去大小便，广阔的田野成了便溺的方便之所。

农村的茅厕最大的问题是卫生问题。茅厕附近如果打扫不勤，污秽得令人难以下脚。夏天气味难闻，蚊蝇成群，还有肮脏的蛆虫翻动；冬天屎尿结冰，既脏且滑，实在让人感到如厕是人间至难之事，想起来都要紧皱眉头。那个年代无论冬夏家家夜里都使用尿盆子，因为夜间上厕所实在太不方便了，特别是冬天半夜小便只能在尿盆子上解决。因此有人给尿盆子制作了一个谜面——"奤拉拉鞋（音 hai）、奤拉拉鞋（音 hai），白天走了黑夜来"。上年纪的老汉们憋不住尿，还必须备有小便用的夜壶。

在圐圙里解手有一个问题是让人非常难为情。四面都没有遮拦，如果圐圙外的街巷有行人走过，感觉到有失尊严。我小的时候去亲戚家，如果亲戚家没有厕所，我会走到村外的田野里寻找隐蔽的地方解决出口问题。上学后学校和县城里见到很多砖砌的公共厕所，但这种旱厕的卫生状况也好不到哪里去，直到现在这样的旱厕在农村还是非常普遍，这种旱厕还有安全隐患，十五年前包头市一所小学就发生过两位女生掉入旱厕溺死的悲剧。我在上大学之前，没有见识过水冲厕所，我们村里一些去过北京或天津的村民回村里聊着水冲厕所的新鲜事情，但大家其实都不明就里，只是嘲笑娇气的城里人真不讲究，把个厕所安在房里头，上个厕所还又是坐着又用水冲的。

我是参加工作后才见识到了冲水马桶，用惯了抽水马桶才知道乡村不重视厕所实在是一大陋习。第一次用抽水马桶后当然琢磨了半天，才懂得使用的方法，当用惯了抽水马桶后逢年过节回老家农村，就更觉得乡下上厕所太不方便。但我发现，村里人即使有了钱也没有把盖厕所当回事，许多村里的人家院落非常漂亮入时，但厕所仍然是落后的旱厕，即使有自来水冲刷的条件，也不愿意把厕所修改到家里来。这是多少年来延续下来落后观念所导致。在好多村里人的心目中，厕所就是上不了台面的事情，千百年流传下来的生活方式从没想到过改变，这种落后的观念使生活的质量和幸福指数大打折扣。吃喝拉撒睡都是人生大事，仔细想一想人得天天不止一次面对厕所，厕所的干净卫生是舒适宜居和美好生活的重要组成部分。

其实，乡村里的人们也是喜欢使用既洁净又方便的厕所和洁具的。二十多年前我把父母亲从村里接到城里，父母亲习惯了卫生间的抽水马桶，回村里反倒不习惯了，随着年岁的增长上厕所成了很难的事情。一些家在农村的同学和朋友也告诉我，年迈的父母亲到城里住后，习惯了舒适干净的抽水马桶卫生间。十二年前我们兄妹把老屋的土坯房拆掉，给父亲翻盖了崭新的砖瓦房，我特意找人打了渗水井，安装了水箱和室内抽水马桶，父亲回老家住着很方便，不用为上厕所发愁。这两年我把家里的马桶盖都换成了时兴的智能马桶盖，我想父亲如果能活到今天就好了，如果用两天智能马桶他会觉得更加舒适方便，不用上个厕所气喘吁吁了。

这些年村里的人们观念也在变化，家里改装抽水马桶卫生间的人家越来越多。村里有几位老人告诉我，他们在村里生活了几十年，习惯了上臭气熏天的厕所，但城里回来的媳妇们不习惯，城里长大的孩子们更不习惯，时间长了媳妇娃娃们都不愿意回来过年过节，说白了就是因为怕回村上厕所，又臭又脏不卫生，尤其是过年的时候天气寒冷，无论白天和晚上想起上厕所都犯愁，总不能再回到使用尿盆子的年代吧！三年前我去呼和浩特赛罕区榆林镇河南村的赵继娥家采访，老人告诉我们，往年都不愿回农村的城市里长大的儿媳妇和孙子也乐意回来了，"自从家里安装了冲水厕所和热水器，条件跟城里楼房没啥区别了。"赵继娥说，以前的旱厕夏天臭味熏天，冬天寒风刺骨，孩子们不习惯，逢年过节回来都不愿意过夜，自从家里改造了卫生间安装了冲水马桶后，在城市里长大的儿媳妇和孙子们每逢双休日都想回农村休闲玩耍，再不用为上厕所犯愁了。

这两年越来越多的乡村人家也意识到，体面人家得有个像样的好厕所。我回到村里发现，家里有子女在城里工作的人家，不少都改造了水冲厕所。近年来各级政府大力推进"厕所革命"，我觉得抓到了农村的病根子上，这不仅仅是关乎文明的问题，更关乎到城里人愿不愿去农村的问题，也就是关乎农村人气旺盛和百业兴旺的问题。我也发现一些地方厕所革命走了形式，这不怨基层干部动员不力，关键是部分农民积极性不高，仔细想一想：改造厕所说到底是自家受益的事情，又不是苦口婆心劝你改厕的乡村干部的事情。有人说水冲厕所增加了农民的生活成本，但生活中哪一件事情没有成本，你得算过账来。

如果买了汽车都不想去改厕所，说明你不会生活，不会去享受生活。换个角度想一想，坐着方便肯定比蹲着方便舒服，用水冲厕所肯定比使用茅厕干净卫生。因为厕所不舒服不干净，你可能会失去很多机会。

如果话说得再超前一点，我都劝好多人换智能马桶盖。如今农村应该有了水冲的基本条件，一个智能马桶盖也还算能承受得起，关键是你能不能正确认识出口问题，幸福的花儿得自己去浇灌，让我们换种生活方式。

第 五 卷

此地风物伴流年

在匆匆行走的流年里，有许多此地风物令人难忘，让人感受着家园和亲朋的温暖和亲切。比如生活中的一些老物件具有浓厚的地域特色，它们近距离参与并见证过我和亲人们的生活，能够使我恍惚的记忆一下清晰起来，消逝的场景顿时鲜活起来，干瘪的往事重新饱满起来。

光阴·光景·光华

河开凌流冰雪消

今年的春天来得早，还没有到农历正月底，温暖的南方已是"灼灼桃悦色，飞飞燕弄声"的景象了，在婉啭啁啾的黄鹂鸣叫声中，桃花、棣棠、蔷薇等花儿次第绽放，告诉人们惊蛰节令到了。但在寒冷的塞北，惊蛰时分的黄河内蒙古段，河畔才是冰开雪消的时候，河开凌流冰雪消——这是内蒙古境内黄河两岸的惊蛰三候。

与江南鸟语花香的柔美景色不同，惊蛰时节的黄河开河季会让人感受到雷霆万钧的阳刚之美。流凌是黄河内蒙古段非常独特的奇观，流凌就是河水中流动的冰块。每年河流封冻前和开春解冻都会有流凌，入冬之前的冰凌像一个淘气的孩子，进入严冬，冬天则像一位严厉的父亲，将这些在河水里撒欢儿的冰块管束起来，奔腾喧闹的河流一下子安静下来，冰封的黄河就像银灿灿的镜子一样镶嵌在大地上。几场落雪过后，千里黄河河床如同一条洁白飘逸的哈达，披在了鄂尔多斯高原的脖颈上，披在了河套平原和土默川平原的边缘上，披在了一个硕大的黄河几字弯上。在没有公路和铁路大桥的时代，封冻的黄河上人来车往，这坚实的冰面是两岸人家走亲串友和姻亲往来的跳板。

黄河是从来不会停止流动的，在坚实的冰层之下是热情奔放的黄河水，是那些化作了河水的淘气的冰凌。我曾请教过有经验的艄公，他说冰层底下黄河流得很快，成群鱼儿仍在水里懒懒地休眠慢游。冰层之下的黄河蕴藏着巨大的热情，能最早感受到春天的来到和阳气的回升。"春生冬至时"，当冬至节气过后，阳气开始生发，在内蒙古的部分黄河段上能看到"水煮黄河"的景象，辰时左右河面上雾气弥漫翻腾，冉冉升起的雾气像是要把河岸浮起，黄河河床像是一口巨大的锅，河水像煮饺子前沸腾了的开水，梦幻般的水面

黄河流凌

上烟雾缥缈缭绕宛若仙境。这是河底阳回河水蒸发遇冷成雾岚的景象，这是黄河水演奏出的最早的报春曲。

再寒冷的冬天也挡不住春天的步伐，再阳刚的严父也会被母亲的温柔所感化。雨水节气过后，春天就是这样一位温柔的母亲，她刚和严如父的冬天商量过：不要再管束这一河春水了，放开这些顽皮的孩子们，让他们尽情地向东流吧！但冬天还有着严父般的矜持与执着，接连几天风和日丽，河面上消融出一泓又一泓春水，寒流到来后又被管束成坚冰；中午在温暖的阳光下河面融化了，一个寒冷的夜晚过后又凝固成了熠熠发光的冰面。春天这位温柔的母亲，坚持不懈用春风和阳光劝慰着冬天这位严父，终于有一天冬天不再坚持严加管束那些淘气的冰凌，结实的河冰在如惊蛰新雷般响亮的咔嚓声中迅速开裂，瓦解成巨大的冰山般的冰块。春季开河像冬天与春天的最后一场大闹，大闹之后冬便悄然离去，黄河渴求的春天终于大获全胜。不，与其说春天战胜了冬天，倒不如说温柔融化了阳刚。

春季开河流凌的奇特景象，是黄河内蒙古段所拥有的雄浑壮阔的美景。挣脱了冬天禁锢的冰花和冰凌迫不及待地随激流浩荡而下，像一伙失去管束的淘气孩子一路狂奔，来一场追逐春天的赛跑；又像一伙脱缰的野马狂嘶疾走，来一场争先恐后的比赛。大大小小的冰块和激流以排山倒海之势拥挤而下，碰撞冲裂着下游的冰面，不断有新的成员加入这场赛跑，如果是上下游河段气温相差不大，不会形成大的凌汛洪水，就会是较平稳顺利的"文开河"。但当下游还处封冻时，上游迫不及待地河开冰融，就会形成冰山冰坝，就会因壅高水位造成凌汛灾害，成为"武开河"。在没有修筑海勃湾水利枢纽工程之前，每年开河时节遇到凌汛险情时，都得请来空军炸冰为黄河"开道"，炸弹把巨大的冰山冰坝炸开，黄河才带着春天的欢笑尽情向东流去。

经历过一场摄魂夺魄的开河仪式后，黄河的河床里飘动着碎小的冰凌，如朵朵圣洁的莲花在河面上荡漾浮动。飘满了冰凌的黄河又恢复了温柔的一面，春天这回真的来了，河面上飘荡起了悠扬的山曲儿——"黄河里流凌冰连冰，我和哥哥心连心；三九天长起了小白菜，你才是妹妹的心里头的爱……""大河流凌小河里转，你把哥哥心扰乱。三十三颗荞麦九十九道棱，妹子再好是人家的人……"如怨如慕如泣如诉的歌声在黄河两岸的旷野飘荡，黄河两岸的沟峁山峦里不时会飞出这样的信天游、漫瀚调和爬山调。歌声飘荡在春天里，春耕就要拉开序幕，"到了惊蛰节，耕地不能歇"；春风就要染绿黄河两岸，两岸的杨柳已有了朦胧的绿意。

当冰凌化作一河春水时，开河的鱼儿也欢快地游了过来。在晋陕蒙好多沿黄地区都有吃"开河鱼"的习惯，肉肥脂多的开河鱼味道鲜美，馋坏了一代又一代食客。在我的家乡托克托县，有"开河鱼赛人参"的说法，要说哪里的鱼儿最好吃，谁都说是自己家乡的鱼好吃，家乡的水煮家乡的鱼，煎熬出的是浓浓的乡愁和妈妈的味道。我吃过最鲜美的鱼是在我十来岁的时候，父亲和我一起去七星湖村用小麦换来的几斤鲫鱼，母亲用托克托县的辣椒和茴香烹饪而成，后来我每当吃鲫鱼的时候都想着那顿鱼。

这几年黄河两岸的旗县陆续办起了"黄河开河鱼节"，托克托县已办到第三届了。办节红火免不了敲锣打鼓喜庆一番，"惊蛰始雷"是南方的物候，当锣鼓声声响起时，恰如隐隐春雷滚过，这春雷般的鼓声是春耕的号角，又一个春天被惊醒了；这河床里荡漾着的莲花般的流凌，是静好岁月中最美的花瓣儿。

刮起春风起黄尘

本来在正月廿十八那天就喜闻新雷听春雨，以为今年的春天会早早光顾。没想到二月二龙抬头的当晚，沙尘暴如铁骑突出般乘夜袭来，接下来几天雾霾遮天蔽日，把好多人翘首等待春天的心吹得凉凉的。直到昨天，一夜春雨湿润了大地，朝雨浥轻尘去霾影，春分时节今天到了，好多人的心情开始晴朗起来。

其实我对于沙尘的感觉远没有好多网友那么"惊慌失色"，在农村从小习惯了与沙尘共生，我是沙绵土土里长大的那一代人。二月里来刮春风，刮春风哪里有不起沙尘的。"九曲黄河万里沙，浪淘风簸自天涯"，孕育了炎黄子孙的黄河就是一条不断有沙尘汇入的河流，挟带着大量泥沙的黄河之水如从天上而来，历史上的黄河冲波逆折经常改道，在几字弯冲积出一个巨大的河套平原，包括了银川平原、后套平原和土默川平原。那些桀骜不驯的泥沙变身为万顷良田，孕育出塞外江南的富庶，我的家乡就在塞上米粮川土默川平原上。从根子上说，那些曾在黄河上空飞扬的沙尘变成土默川上肥沃的厚土，养育了我的祖先也养育了我。换句话说，这沙尘于我是有养育之恩的。

黄河两岸的人们无论是在高原或平原上，都不诅咒甚至要礼赞和歌唱黄沙。你看"风沙茫茫满山谷，不见我的童年……"，那位女歌手的《信天游》

从黄土高原飘过，记忆里这里生活的人们的童年是在沙尘里度过的；你看"走不尽的沙滩过不完的河，什么人留下一个拉骆驼……"，这凄美的爬山调从黄河岸边响起，因为有浩瀚的沙漠或沙地阻隔，拉骆驼曾成为一种长途运输谋生的职业；你再听"就盼有一层层绿，就盼有一汪汪泉；看不到满眼的风沙，听不到这震天的呼喊……"，对，这是十四集电视连续剧《平凡的世界》的主题歌，盼绿盼水不恨风沙，盼望沙漠变成良田。

　　在北方大地上生活的人们从不会敌视沙，而是把这漫天黄沙视作生活中伴侣。风沙茫茫满天飞是我们的童年记忆，小的时候割草时被镰刀划破手指，随手用一撮沙土撒到创口来止血。土默川农村过去的接生婆也是用沙土给婴儿消毒止血的，当孩子平安离开母腹后，接生婆会打烂一只粗瓷碗，用锋利的碎块割断脐带，用窗棂上扫下来的沙土止血，庄稼人的孩子来到这个世界上，最先亲近的就是黄土。在黄河两岸的农村，"一年一场风，从春刮到冬"，人们习惯了黄沙满天飞的天气，在漫天黄尘中人们在土地上劳作，沙粒借风势会把人的脸庞打得生疼，那些还没有长全了枝叶的杨树和柳树在干冷干冷的西北风中瑟瑟发抖。在耕地的田垄上，庄稼人艰难地扶稳犁跟在牛马后面，他们的注意力在犁耧和牛马的身上，任由风沙刮在身上、脸上和眼里，只要有好收成，沙尘爱咋刮去呢！记得每年春天父亲从地里劳动回来洗脸洗胳膊，得洗出两三脸盆泥浆水来。

　　就像草原上的烈马会被驯服成主人的忠实伴侣，沙尘也会淤澄为良田养育人类。每当我行走在河套平原和土默川大地时，我就想这麦浪滚滚的良田历史上就是"有日云长惨，无风沙自惊"的古战场，一个又一个中原王朝和来自北方的少数民族在这里拉锯而战，这里是马蹄铮铮驰骋的铁血疆场，这里也是"雨雪纷纷连大漠"的苦寒边地。"大漠风尘日色昏"是这里惯常的景色，"眼见风来沙旋移，经年不省草生时。莫言塞北无春到，总有春来何处知"，这是唐代边塞诗人李益用诗歌语言记录他所亲历的沙尘暴景象。如今，当年沙尘滚滚的边寒之地变成了阡陌交通的村庄和良田，无数沙尘化作了为粮食生长效力的耕地。从古到今，沙尘从来不会停止飞扬，在二人台《走西口》中，孙玉莲为太春送行，太春叮嘱妻子回家："春风大，吹了你那嫩脸呀。黄沙土，迷了你那毛眼眼呀。"这其实是那一代走西口人们真实生活的写照。

面对漫天黄沙扑来的时候，人们并不是束手无策。在有水的地方和有条件的地方，人们与风沙搏斗种树植绿，可以阻挡住风沙的脚步，可以防止风沙对农田和家园的侵袭。在我所走过的巴丹吉林、毛乌素、库布其、浑善达克、科尔沁等沙漠和沙地，流传着一个又一个可歌可泣的治沙英雄的故事，他们书写着一个又一个治理沙漠的传奇。从我在北方生活的感受来说，这么多年来植树播绿的生态建设接力赛，使风沙肆虐的脚步明显慢了下来，人类顺应自然规律而有所作为之后，无沙的春天明显多了起来。但我们应该清楚，只要春风足够强劲，只要地面特别干燥，只要沙漠仍然存在，沙子还会起舞的，偶尔一场沙尘暴袭来时，大可不必惊慌失色。人类和大自然是相互依存的，不要幻想把沙漠全部治理完毕，我们要努力的是把历史上被人类自己破坏的绿色再夺回来。

又到了春分时节，这是一个适宜种树播种春天的时节。"万卷藏书宜子弟，十年种木长风烟"，无论藏书还是种树，都会给子孙留下宝贵的财富，"种木在闾里，种德在子孙"，种树植绿绝对是一件德行贻厥子孙的好事情。"二月里来刮春风，五哥放羊在山顶……"，这个时节我们还是多种树少放羊，让树木阻挡住沙尘，让绿色牵引来春天，让子孙铭记着先人。

一条大河波浪宽

尽管我的家乡托克托县是黄河上中游的分界点，但我见到黄河还是有点晚，特别亲近地与黄河结缘更晚。读书工作以后才逐渐看到了黄河，熟悉了黄河，读懂了黄河，爱上了黄河。

在我很小的时候，我是从电影《上甘岭》插曲《我的祖国》里知道有这么一条河的。"一条大河波浪宽,风吹稻花香两岸。我家就在岸上住,听惯了艄公的号子,看惯了船上的白帆……",在我出生之前这首令人热血沸腾的歌曲已传唱十二年了。母亲做针线纳鞋底的时候经常哼唱这首歌,我听过无数遍,但不知道稻花、艄公和白帆是什么样子。后来我才知道这是乔羽根据自己对长江风物的印象所谱写的歌词,但我却认为这条波澜壮阔的大河就是黄河,就是离我不远处的黄河。

其实,那个时候我也没见过黄河,但母亲不止一次和我说起过黄河。我出生的团结村离黄河大约还有20公里,母亲出生的把栅村距离黄河只有两三公里,周围的村子多以滩名,如中滩、柳林滩、五马滩、沙拉胡滩……这些村名都是因历史上是滩区而名,黄河岸边的这些村庄都是肥沃的胶泥地,再加上有黄河水浇灌,是有名的产粮区。母亲告诉我她年轻时和伙伴们经常去这些村子看戏或看电影,她们还去黄河岸边观看艄公们在河里划船打鱼。每年都能看到黄河边有淹死人的事情发生,母亲告诉我:"淹死的都是会水的。"

我是母亲的宝贝,也许是因为怕我到黄河边学游泳会有意外,因此我童年的时候一直见不到黄河。尽管我经常去姥姥所在的把栅村住上好一阵子,也到周围村子看过电影,但母亲不让我离开村庄,我一直无缘见到黄河。"不见黄河心不死",我只能从歌谣里领略黄河的美,河边这些村庄的村民们都喜欢听二人台,也都能唱上几句,"你知道天下黄河几十几道弯?几十几道弯弯上有几十几只船?几十几条船上有几十几根竿?几十几个艄工把船搬?"——这昂扬的歌声唱出了黄河的壮美雄奇,一条大河不仅波浪宽,而且弯弯曲曲一路向东奔流。后来我知道这首歌在二人台里叫《天下黄河九十九道弯》,在河对岸的准格尔旗是用漫瀚调来唱这首歌的,而且名字是蒙古语《达庆老爷》;在黄河岸边的黄土高原,这首歌谣又是以陕北民歌的方式唱响的,歌声滋润着黄河两岸人们的生活,哪怕是再穷再苦的生活也有了诗意。

多年以后我欣赏到好几位民间表演艺术家的演唱,发现一个共同点是黄河成就了他们的艺术。我欣赏过陕西府谷籍艺术家王向荣和山西河曲籍艺术家辛礼生的演唱，也有幸聆听内蒙古准格尔旗漫瀚调歌王奇附林的演唱，民歌、山曲、漫瀚调……无论是用哪一种形式演唱，他们都有一个共同的艺术绰号——黄河歌王，他们那高亢嘹亮的歌喉真是天生异禀，是名副其实的"高音D之王"；他们的歌声是黄河上响起来的天籁，质朴的歌声使黄河两岸的穷乡僻壤变得饱满而丰润。奇附林说："只有看到黄河水，我才能找准音调，有一年民歌大赛我唱'黄河畔上栽柳树，栽不起那柳树不好住'，总是唱不出气势。"后来独自走到黄河边，看着淘淘黄河水冲涮着岸边的土地，一下子找到灵感。"我把歌词'黄河'改成'大河'，音调和气势一下子就上去了。"

为什么"黄河畔上栽柳树，栽不起那柳树不好住"？因为黄河岸边如果不好好栽树，满眼的黄沙会把人们的家园和土地吞噬。在蒙古语里，"腾格里沙漠"是天沙，"乌兰布和"是红色的公牛，"库布齐"是弓弦……这些沙漠如狼似虎般向黄河岸边的村庄和田野扑来，是黄河和黄河滋润出的绿色阻挡着沙漠肆虐逞凶，因此歌手们引吭高歌是对母亲河的礼赞，是对母亲河发自心底的感谢。歌手们是用尽洪荒之力来赞美哺育生命的河流的，那也是他们生命中积蓄的能量的爆发。当然黄河上空荡漾的不止是激越昂扬的曲调，也有委婉抒情轻快明亮的歌声，比如"过了一趟黄河我没喝一口水呀没喝一口水，交了一回朋友我没亲过妹妹的嘴……"，这样热情奔放的山曲也有很多。当和这里的百姓一样淳朴的歌声在黄河两岸响起时，飞扬的歌声冲淡了既往岁月里的痛苦和沉重，激越昂扬的民歌是麻醉和忘却苦难的醇酒，悠扬撩人的曲调是庆祝和歌唱幸福的佳酿。

直到上初中时，我都没见过黄河，这个时候对于黄河的了解是从诗词里来。通过那些脍炙人口的诗句，我想象着黄河的各种景象："君不见黄河之水天上来，奔流到海不复回"，李白真是了不起，一眼望穿了黄河的来处，也看到了黄河的尽头；"白日依山尽，黄河入海流"，王之涣描摹的这种意境直到现在都像电影片断一样，一遍又一遍在我的脑海里放映；"黄河远上白云间，一片孤城万仞山",气势磅礴的黄河从浮动于天际的白云之间奔涌而来,水流云飞从万山丛中穿越至孤城;"九曲黄河万里沙,浪淘风簸自天涯",曲曲折折的黄河裹挟泥沙而下,仿佛被狂风骤浪冲淘颠簸着自天涯而来,这样的画面让人感受到了气吞山河的冲击力……初中二年级我在托克托县中滩学校读书,在阅读和欣赏古诗词中,我被诗词中黄河的气象和魅力倾倒了,黄河就在我读书的中滩学校西南两三公里的地方流过,但我还是无缘见到黄河,但就像那首歌里唱的"虽不曾听见黄河壮,澎湃汹涌在梦里……",黄河就在我的脑海里。

高中快毕业的时候,我终于见到了黄河。暑假期间我和同学来到托克托县东南的碱池村,当我看到村西的黄河时就想:眼前的这条河流并不起眼,只是比我见过的一些河流略为宽阔一些,这不是我梦中那条辽阔壮美的黄河呀!后来我才悟到:越是崇高和伟大的人或物,越是寓于平凡和普通之中,当一条河流崇高到是中华民族的摇篮时,伟大到是哺育炎黄子孙成长的母亲河的时候,她其实就像天底下无数个平凡又普通的母亲一样,她流淌出的是对一个民族的爱,她孕育了一个生生不息的伟大民族。辽阔壮美和波澜壮阔只是她展示给世人的外表,流淌不尽的母爱孕育无限生机和无数生命才是黄河的内涵,一条河流的颜色潜入并化作了一个民族的肤色,黑眼睛黑头发黄皮肤的中华民族孕育在一条黄色的大河两岸,这是一条河流把自己的颜色渗透到了一个古老民族的血脉中。

参加工作之后,我才真正贴近了黄河,越来越读懂了这条哺育我们成长的大河。我曾在青海省境内采访,去寻找黄河的源头在哪里,真的是在牧马汉子的酒壶里,一泓又一泓或粗或细的泉水,一条又一条有名无名的溪流,汇聚成了孕育出中华民族和文明的源头;我也曾在山东省东营市境内采访,看到了每天都在长大的黄河三角洲,黄河挟带的大量泥沙在这里淤澄出了长满了芦苇荡的土地,许多变成新大陆的泥沙的故乡大概在黄土高原或我的家乡内蒙古。我的行踪几乎遍及黄河流域的城市和乡村,见识了各种灿烂的文明和独特的习俗，这些文明和习俗汇成了另一条人文的河流，这是一条折射着华夏文明的河流。这条河流更加波涛汹涌蔚为壮观，上游点燃了人类文明曙光，拥有光彩照亮人类文明史的四大发明，下游续写着中华民族伟大复兴的辉煌。西安、洛阳、开封等饱经沧桑的古都曾经见证过，中华文明曾是世界上最伟大的文明，但历史曲折如九曲蜿蜒的黄河，黄河岸边的文明乃至中华文明曾有过衰落的时候，甚至有过任人欺凌和宰割的至暗时光。但只要黄河不会停下奔流到海的脚步，只要黄河有汇入大海拥抱世界的向往，只要我们这个民族还拥有最伟大的梦想，我们肯定会实现中华民族伟大复兴的中国梦。

　　近三十年来在大河上下采访，我见识了黄河性格的多面性和丰富性。她能创造富庶也会带来贫穷，她能孕育文明也能制造灾难，这使得黄河流域更替千古的悲喜剧汇成了另一条历史长河。在宁夏和内蒙古自治区采访，我见识了"唯富一套"的黄河给这里带来的富庶，因为得黄河之利河套平原拥有了塞上江南和塞上米粮川的美称；在内蒙古沿黄地区采访时我见识过黄河两次决口，给沿岸的老百姓带来了毁灭家园的灾难；我也目睹了黄河支流造成的水土流失形成了千沟万壑，失去了土地的农民难以为生。黄河从黄土高原挟带大量泥沙奔泻而下，给上游百姓造成了贫穷的同时，在下游形成了世界上著名的"悬河"。黄河上的水患曾给人类带来了无数次大的灾难，历史上1500多次决口泛滥和26次大改道，给两岸百姓带来了流离失所甚至是漂尸遍野的灾难，所以有了"黄河百害"之名。

　　一条大河波浪宽。行进在神州大地上5000多公里的黄河，本身就是一首流动着诗情画意的风雅颂，就是一首交织着五彩乐章的交响乐。她一会儿在草原上尽情流淌，一会儿又在沙漠边不断冲淘，忽尔在平原上畅游，忽尔又在峡谷里穿行……奔流的大河在神州大地上演奏着不同凡响的大合唱，我们应努力让黄河大合唱多演奏幸福美满的乐章，让黄河在华夏大地刻写国泰民安的诗行。

　　其实，黄河造福肇祸全在于人类是否顺应规律，是否善待自然。这些年在人们的努力下，两岸生态环境正在逐步改观，黄河水患正在明显减少，安澜河清这个梦想正逐步变为现实，黄河正逐步成为一条造福人民的幸福河。

记忆中的六畜兴旺

　　上世纪五六十年代在农村出生长大的人，对六畜有着深厚的感情，在某种程度上可以说，我们好比感谢天地一样感谢五谷和六畜的养育之恩。小的时候在村里逢年过节写春联大字和横批，在仓库上不忘写一个"五谷丰登"，在牛羊棚圈上要贴上"六畜兴旺"。有的人家不识字，把"六畜兴旺"的横批贴到了门窗上，主人家也只是一笑而已，并不觉得是多大一个事情，甚至觉得人和六畜是不分的。

　　如果说对于五谷的解释还有分歧，对六畜的解释却是一致的。杜预注《左传》时说："为六畜：马、牛、羊、鸡、犬、豕。"孩子们背的《三字经》里也是"马牛羊，鸡犬豕。此六畜，人所饲。"《现代汉语词典》解释是"指猪、牛、羊、马、鸡、狗。"是啊，没有牛马就无法耕种获得粮食，没有猪羊就无法改善伙食，没有鸡打鸣报晓和狗看门照院，村庄就会没精打采的，田园就会失去盎然生气。有了牛耕马驮、猪羊满圈和鸡鸣犬吠，再加上村庄里鼎沸的人声：老婆骂汉子的声音，妈妈喊娃娃的声音，农妇呼鸡叫狗的声音……才有了活色生鲜的乡村味道和生气。

　　我们这一代人的记忆里六畜是兴旺的，脑袋里装满了活蹦乱跳的六畜。先从牛马等大牲畜说开去，以牛耕犁铧为代表的农耕文化在我国延续几千年，勤劳温驯的牛成为人们最为喜爱的动物之一，"三十亩地一头牛，老婆孩子热炕头"，是中国农民几千年来憧憬的美好生活，像我这样在农村出生的人，对牛有一种天生的亲近感和亲切感。

　　上世纪七十年代大集体的时候，我家所在的团结村第二生产队饲养着

夕阳牧归

三四十头耕畜，其中大约有七八头牛，我们一帮小孩儿没事就往喂养院跑，看马刨蹶子或牛顶架。父亲那一辈人对耕牛的感情非常深，他们不会轻易鞭打和拼命使唤耕牛，而是精心喂养和悉心呵护耕牛。父亲曾告诉我，牛和骡子的性子都挺犟的，喂养或使唤它时要顺着它的性子来，所以使唤牲畜时有"打马卜挲（即摩挲的意思，用手抚摸）牛，见了骡子就磕头"的说法，对牛要"虚打实吆喝"。

性子慢而又温顺的耕牛不仅役使起来吃苦耐劳，在人们心中还是忠诚无比的伙伴。小的时候我们没少听牛郎织女的神话故事，心里对老牛充满了敬佩。神话传说里忠诚善良的老牛，是底层劳动群众塑造出的关于耕牛的美好形象，它源自真实生活中人们对牛亲密无间的印象，驯化了的耕牛不仅是人们改造自然的重要帮手，还成为乐于帮助受苦难主人的守护神。我的家乡团结村在古老的敕勒川上，这里从事农耕的农民大多数是从晋陕冀等地走西口而来，人们在口外的草地上拓荒，靠的就是耕牛，民间称走西口为"跑青牛犋"。

一般能拉动一辆车、一张犁、一张耙等的一头或两头牛称为一副牛犋。牛犋是走西口人的命根子，一代又一代的走西口人繁衍生息，耕牛拉着犁铧掀开了肥沃的土地，在敕勒川上开出了良田千万顷，形成了阡陌交通"村连数百"的农耕景象，有好多以"牛犋"为名的村庄。拓荒种田离不开牛犋，走西口的先人们把自己立身的村落命名为这最朴素无华的名字，人与牛在拓荒的路上播撒下了希望的种子，在耕种收获中子孙后代繁衍生生不息。

在土默川的农村里，马和牛一样是人们劳动和生活的伙伴。马是耕田或拉车的力畜，刚包产到户时我们家和另一户人家分到一匹枣红马，这匹马的屁股蛋子上有一个烙印，我问父亲这是怎么回事，父亲说这是草地上的一匹马，烙印是在草地上打的，生产队里买回来以后驯化好可以拉车耕地，我家用这匹马来拉小车或单铧犁。父亲非常爱护这匹马，它和父亲感情也特别好，见到父亲靠近要喂它草料时，它会高兴地喷鼻子。到了暑假假期我就要去放马，放马时只要照应好马不让它跑到庄稼地里祸害，我可以自由地放飞身心。

暑假里放马使我一遍又一遍游走于村外的草滩或水渠畔，寸草滩、牛头地、北河槽……我熟悉并能亲切地叫出村边不少耕地和草滩的名字来；暑假放马使我真正亲近并认识了五谷庄稼和野菜野草，我见识了玉米从抽穗到生长的全过程，我躺在田垄里的庄稼的阴凉下听过高粱拔节的声音，闲闲地看着马儿在一边悠闲地吃草，用马尾巴甩打着趴在身上的蚊蝇。我仰望着青天上悠悠而过的白云遐想：日子就应该像我放马这样不急不燥慢条斯理地过，着急火燎了就一点味道都没有了。

我们家的这匹马生过一只小马驹，把它喂养大以后卖掉又买回一匹骡子，这匹骡子力气大脾气好，我放了它好几年。大概是我高二那年，把这匹骡子卖了九百元，买了一台黑白电视，有一段时间我一看电视就想起了那匹骡子，被卖的前一天骡子的眼睛里含着泪。后来家里还饲养过一只驴，这只驴也是用来耕田种地拉车的。庄户人家是不会轻易宰杀耕畜的，但耕畜老到实在无法再出力时，不得已只能将它宰杀，实在不忍心时主人家会卖给别人家或牛马贩子去宰杀。

人们把不能耕种的老牛用酒糟喂养上膘叫做"糟牛"，有一次我们几家人家凑钱买了一头待宰的老牛从中滩村往回拉，老牛一路慢腾腾地走，一面顺着眼角流眼泪，我真想央求大人们不要杀它了。还有一次买了一只小毛驴就是为了中秋节时杀了吃肉，到了月亮将圆的夜晚小毛驴的眼睛里有泪水往下淌……"老牛力尽刀尖死"是我父亲常念叨的一句话，他告诉我牛马驴骡这些大牲畜是有灵性的，被宰杀前会流泪不止，所以他到后来怎么也不忍心宰杀大牲畜了。

与牛马等大牲畜不同，我们土默川农村有"猪羊一把菜"的说法，饲养猪羊就是为了丰富餐桌的。不过，在我们小的时候猪喂大了一般都上缴到了供销社，自家很少能吃上。大约是上世纪七十年代末，那个时候自行车还是凭票供应，那时买车子政策就是把猪交到供销社再给公社，再凭票买车子。有一年母亲喂了一头很肥壮的白猪，父亲把这头有二三百斤重的胖嘟嘟的猪赶到了供销社的后院，办完过秤折算等手续，把一辆崭新的黑色飞鸽车推回了家，一家人沉浸在了拥有新自行车的喜悦里，忘了吃不上猪肉的事儿。

印象中母亲每年都要养一两头猪，卖猪娃子的人用自行车驮着篓子到了院子里，在吱哇乱叫声中父亲挑选出满意的猪娃子，提着后腿扔到院子里，院子里好不热闹。到了年底，养好的猪就赶到了供销社，直到包产到户之后，自家养的猪才上了自家的餐桌。

暮春时节劁猪的时候，村里也是非常热闹。那个时候村里多数人家都要养一两头猪，过年的时候杀了卖一部分肉，留下头蹄下水，好年景再留一些猪肉过年。春天买回猪娃子后，就等劁猪匠来把小猪劁掉。每到劁猪的季节，劁猪匠扯直了嗓子扯长了调，在大街小巷喊"劁猪喽"，腰里别着刀子和钩子之类的劁猪工具，听着他的声音像个外路人。每到一户人家的院子里劁猪，

芦花鸡队

左邻右舍的男人们一起帮忙把喂养成半大的猪摁倒在地，在猪凄惨的嚎叫声中，劁猪匠麻利地割去猪的睾丸，缝合伤口后从锅底上找一些草木灰抹在猪的创口上。这时把猪放开，猪已经没有挣扎和活蹦乱跳的劲儿，一个劲儿地哼哼，之后好几天才能缓过来。

被劁后的猪肯吃喜睡，膘情很快就能吃起来，到过年的时候好多猪能吃到四五指厚的膘，那个时候的人们喜欢猪的膘肥一些，猪的脂肪多一些，烩菜的时候切几块肥肉能够有油水好吃。在内蒙古西部的土默川平原和河套平原农村，猪肉烩菜是秋冬时节的当家菜，五原县的一位农民曾半开玩笑地告诉我："我们一个冬天要杀四头猪，一头都不卖，全都吃到自己肚子里了！放屁得脱了裤子，怕不小心把裤子油污了。"

"骏马好似彩云朵，牛羊好似珍珠撒"，这是内蒙古草原上的情景。土默川平原是典型的农区，农村饲养一些本地绵羊和养猪的目的差不多，为了贴补家用或者多一些经济来源。在我的记忆里，大集体的时候团结村二队的羊群很大，大概有二三百只之多，羊群里有一只公绵羊特别魁梧有力，长着胳膊粗细的弯弯的大角。我们那里管公绵羊叫圪丁，有好几个娃娃被这只圪丁撞倒顶哭过，有一次在团结村二队饲养院的羊圈边，我被这个家伙逼到角落差点撞倒了。包产到户之后，村里的好多人家都顺带喂养个两三只羊，交给羊倌统一来放养，到了黄昏后羊群咩咩叫着从村外回来，羊倌把每家的羊都送回去。

人们养羊主要是为了逢年过节改善一下伙食，在土默川平原上的农家，不像草原上的牧户以吃手把羊肉为主，羊肉主要以炖为主，如土豆炖羊肉或者西葫芦炖羊肉等，还有一句谚语说"羊肉炖茄子，撑死老爷子"，说明羊肉炖茄子也非常好吃。改革开放之后地区之间的交往越来越频繁，越来越多的山羊也从牧区涌入农区，村里一吃这手把羊肉也蛮好吃的，这好一些的山羊肉还真没有膻味，逐渐地农村人也学会涮羊肉、手把肉、烤羊肉串等吃法，生活真是一天一天在变好。

"暖暖远人村，依依墟里烟。狗吠深巷中，鸡鸣桑树颠"，鸡和狗是村民田家必不可少的动物，是使美丽的田园活泼起来的精灵。先说报晓的大红公鸡吧，上世纪六七十年代钟表和手表等还是稀罕物件，村里人们计算时间真还离不开公鸡报晓。直到现在我偶尔回村里住一晚上，入夜才知道万籁俱寂这个词语太贴切了，尤其是没有蛙声虫鸣的冬夜里，黎明时雄鸡一声鸣叫是多么嘹亮，就像曙光划破了漆黑的夜幕一样。在日出而作日落而息的农村，鸡鸣是唤醒一个村庄的晨曲，是天亮以后劳动的号角。

在农村里大红公鸡还是驱病去邪的神物，比如刚刚过去的端午节，母亲会剪两只大雄鸡贴在屋内的两扇门上，在我们托克托县农村有家门插艾草、门上贴雄鸡、小孩缠彩丝等习俗，门上贴雄鸡这一习俗好像别处不多见，后来我知道五月毒月，是蝎、蛇、蜈蚣、壁虎、蟾蜍等五毒出没之时，民间会贴"雄鸡啄蚰蜒""公鸡吃蝎子"等剪纸来镇这些毒物。再读《西游记》看到唐僧师徒在毒敌山琵琶洞被蝎子精困住，昴日星官下界降妖，现出大雄鸡的本相一声长叫，蝎子精浑身酥软而死，从此我对院子里养的大公鸡也刮目相看，知道这是降妖捉怪的神物。

"故人具鸡黍，邀我至田家"，鸡黍是农家待客充满了深情厚意的饭菜。南方人说鸡黍是指鸡肉和黄米饭，在我这个托克托县人看来，鸡黍就是我们从小吃的"鸡肉汤汤蘸素糕"，那是我们小时候吃过的最好的饭食。这种素糕是用黍子籽面做的，糕上抹一层胡麻油，金黄油亮真馋人。逢时过节或贵客临门时，宰一只本地的大红公鸡，配上素糕味道好极了。

记忆中经常是母亲在锅前熬制鸡汤，我守在锅头等待，看着我流口水的样子，母亲会从锅里夹一块鸡肉让我尝一尝熟了没有。我也曾和父亲一起去走亲戚，看到人家逮一只大公鸡现杀掉给你准备饭菜，那个年代谁家的生活都不宽裕，人情却这么好，心里别提多温暖了。饲养公鸡就是用来待客的，母鸡是舍不得杀的，家家户户养上十多只母鸡，下了鸡蛋卖到供销社，这一年的油盐酱醋钱就差不多了，甚至还有了娃娃的书本钱和学费，或者男主人的打酒钱。

土默川农村几乎每户人家都会养那么一两只看家的狗。村里人家饲养的大多是那种土狗，小狗见了生人进院就会叫个不停，给主人示警，如果看到主人和来客很亲切，就摇摇尾巴跑远了。如果是雄壮一点的狗，主人就要用铁链子拴好了，以免伤着人尤其是孩子。村里人家养一只看门狗太必要了，家里人出地劳动，狗会出色地看门护院。晚上的时候，稍微有一点动静，一户人家的狗叫起来，会引得好多人家的狗猛烈地吠叫，想一想王维写的"深巷寒犬，吠声如豹"，真是有切身的生活体验。"儿不嫌母丑，狗不嫌家贫"，再穷的人家养了狗，狗都会对主人不离不弃，因此人们对忠诚的狗也是非常喜爱的，所以说"再穷不卖看家狗，再富不宰耕地牛。"在我们土默川农村，人们没有吃狗肉的习惯，狗老了人们会把它埋葬，让它入土为安。有一年有几个狗贩子到村里偷狗想贩到呼和浩特市里卖，让村里几个养狗的人家逮住，可没少挨耳光。

马、牛、羊、猪、狗、鸡，这六畜在十二生肖里都能找到。人们对这六个属相都不讨厌，人们说属牛的人务实稳重，属马的人浪漫奔放，属猪的人福气多多……其实这都是六畜在人们生活中的表现，在农村里，六畜像春天的鸟叫和夏日的蛙鸣一样自然，每当我想起六畜时就想起了那淳朴的乡村，想起了那些已成过往的农人。人世有代谢，六畜有轮回：农人换了一代又一代，庄稼收了一茬又一茬，六畜也养了一批又一批……人养育了六畜，六畜也养育了人，在彼此的养育中时光变得让人和畜都有了牵挂和温情。

难忘生命中那些人欢马叫的时光，难忘岁月里那些烹牛宰羊的欢宴，难忘腊月里那些杀猪炖肉的热闹，难忘乡村里那些狗吠鸡鸣的夜晚……当你回望田园时，才发现六畜和田家一样是乡村不可或缺的风景。

红红火火赶交流

每年进入农历七八月份，我就想起了当年农村赶交流的场景。在内蒙古西部好多农村，人们把赶集称作赶交流，说得冠冕堂皇一点，交流就是物资文化交流大会。在像集市一样的交流会上，人们可以见到好久不见的熟人，可以买到便宜又实惠的日用百货，还可以看上几场晋剧或者二人台……这样红红火火热闹的时刻往往选在七八月份，乡村里喜庆丰收的时节。

一个"赶"字，赶出了精神，赶出了热闹，赶出了活色生香的乡风村韵。首先要赶的是剧团，剧团有从山西请来的晋剧团，也有从土默特右旗请来的二人台，大村子的人凑分子多一点，能请得起晋剧团，小村子凑起来的钱少，也要请一班小戏热闹一番。七八月份十里八村都要请戏班子来唱戏，戏班子要挨着村子赶场子，每到一个村子搭戏台子，把演员们分配到村民们的家里派饭，如今剧团都自带锅灶，条件好多了。一般情况下每个村子都要唱个五六天戏，一个剧团在十里八村赶着唱戏，就把整个秋天赶过去了。

演员赶着唱戏，村民赶着看戏。剧团唱到哪一个村，戏迷就跟到哪一个村。用今天的话说，这些戏迷就是剧团的铁杆粉丝，戏迷有上年纪的也有年轻的。

果杏满枝

三十多年前我们村里请来了山西太谷县青年晋剧团，这个剧团编了好多新戏，把《薛刚反唐》《薛丁山征西》等戏排练出好多场，像电视连续剧一样，有好几个戏在我们村里没有看到结尾，村里好多戏迷愣是跟着把戏看完。还有一次村里请来的晋剧团演出著名的连本戏《狸猫换太子》，为了把完整的故事看完，戏迷们也跟着剧团跑到了邻村，还有好多优秀的连本戏让看戏的人着迷，如《回龙传》《三救薛仁贵》等。

戏迷赶场去看戏有的是为了追名角，有的是为了追剧，还有的甚至是为了追人。像我上面说的可以说是为了追剧，还有的是为了追名角，就像今天的追星。农村人爱议论谁的戏唱得好，晋剧表演艺术家丁果仙自不必说，《空城记》《打金枝》等经典唱腔让人百听不厌，至今当晋北或内蒙古西部许多村庄上，丁果仙那圆润清亮而又刚劲豪放的唱腔像炊烟一样自然飘起时，你就会知道这村里肯定有人歌人哭的红白事宴，生活从来都是这样。我从村里人听来的故事，说村里两个人争论王爱爱和宋转转究竟谁唱得好，争到让人拉扯劝架的地步，还听说有两位为孙红丽和谢涛表演艺术的优劣而争得面红耳赤。前两年托克托县城赶交流时，请到了晋剧表演艺术家谢涛，好几个我认识的戏迷都赶到县城去看演出。戏迷看戏还有的是为了追人，话说当年村里有个后生，看了《走西口》里玉莲的表演后，喜欢上了这柔情似水的花旦，赶着好几个村子看戏，好长时间这个茶饭不思的后生才走出了戏。

　　赶交流除了剧团和观众来赶场，最重要的是小商贩和生意人要赶着剧团走。戏唱到哪里，生意人就赶到哪里，交流会上热闹的是唱戏，红火的是生意。在戏场周围拥挤着各种生意摊场，在小商贩此起彼伏的叫卖声中，这交流会才有了勃勃的生气。记得三十多年前我去赶交流，在五申和乃只盖等一些乡镇的交流会场看到，除了各地赶来的小商贩，县里的百货商场、土产日杂店都来支起了绿色的帐篷摊位，甚至连邻近的土默特左旗的百货商场、生资公司、化肥厂等都把摊位摆到了交流会场里。那个时候刚刚改革开放没几年，农村物资还是非常匮乏的，乡镇里举办物资交流会是一件大事，好多农民都要通过赶交流购买齐备生活生产的必需品。

　　在交流会上，有的人是来认真看戏的，有的人是来闲逛凑热闹的，还有的人主要是来购买东西的。主妇们在衣帽鞋袜摊上认真地寻寻觅觅，和小贩们返来复去地讨价还价。那个时候人们还是买来布匹做衣被和鞋，村里的主妇们三五结伴挑选着各色花花绿绿的衣被，大到布匹被褥小到针头线脑应有尽有，甚至缝纫机上的零件和绣花的针都能买到。就像农民在土地上能种出五谷来，主妇们能在这些摊位上刨出惊喜来，交流会一般是下午和晚上唱戏，村里这些主妇们就在摊位上流连，看能不能买到既便宜又实惠的商品。在村里，女人是一个家的风水，一个家有一个精明勤劳的女人打理，才能使家变得像精致的盆景一样，孩子们高生旺长，家里和和睦睦，日子越过越有滋味。你看那些光棍人家或者那些媳妇不精明的人家，往往过得灰塌二乎死烟烂气（方言，指没有精气神）。

话又说回来了，便宜没好货，交流会上的货物大多是便宜货还夹杂着假冒伪劣商品。不是吗？在交流会上买的三接头皮鞋，穿上脚没两三天就掉了跟，一看是人造革包着硬纸片做的；牛仔裤穿在身上没两天就掉完色了，内裤也染成蓝色的了；一毛钱一袋的牙膏根本不能刷，五分钱一盒的野牛烟呛得根本没法儿抽……但交流会上，也不完全是假货充斥，一些本地产或农民自产的货物质量还是很不错的。在交流会上，男人们会到卖农具的摊位上挑上铁匠铺上打的镰刀或锄头片子，或者挑一副拴牲口用的铁链子。上世纪八十年初的交流会上，还有买卖驴骡牛马的牲畜交易，这些都是出力的牲畜，主要是用来买卖拉车的。我记得村里有那么几位大爷看牲畜很内行，看牲畜的牙齿和蹄胯就能辨别出牲畜的好赖和气力大小。出售电器的摊场上则是年轻的伴侣爱去挑选，录音机开得震天响，有的摊位上还摆着各式各样的磁带。我还在交流会的书摊上买过书，那个时候新华书店的售货棚里也很火爆，挤了好多爱看书的年轻学生和娃娃们。

卖吃喝调料和米面油盐的摊位是交流会上最红火的地方，也是人间烟火气最浓的地方。调料摊位上会看到各色的调料，空中弥漫着葱、姜、蒜、大料、花椒和醋的味道，充满了生活的气息，火红的辣椒是托克托县的特产，是调料摊上的主角。这些便宜的调味品质量也不一定好，有人说"酱油不咸醋不酸，糕点就像半头砖"。生肉的摊位上或者用吊钩挂着整只羊，或者在案板上摆放着半扇子猪肉，或者堆着散碎的肉骨头……在肉摊子前，我总能想起《鲁提辖拳打镇关西》这篇课文，设想郑屠剁臊子肉的情景。当年去赶交流，卖杂碎和熟肉的摊子飘散着诱人的香味，勾引着我们这些小孩一大口一大口地咽口水。在本村看戏时，父母亲会给我们兄妹们买一些煮熟了肉食吃。有一年我带着两个妹妹去邻村祝乐沁看戏，母亲给了我五毛线，我们在杂碎摊上花四毛五分钱买了三碗杂碎，兄妹三人每人一碗。后来我们到五申、乃只盖去赶交流，往往多数时候不是在戏场看戏，而是在杂碎和熟肉摊子上踅摸，我们不是吃货，但那个时候因为平时吃不上，使我们对吃食东西最是渴望。

当年赶交流给贫穷乏味的日子增添了许多亮色，使人在后来的日子里反复回味。每次赶交流，在杂碎摊和熟肉摊上，我都会看到本村几个爱喝酒人的身影，他们坐在帐篷的桌前红头胀脸地就着猪头肉下酒，真是爱吃的人吃一辈子，爱喝的人喝一辈子，而我那父母亲勤俭了一辈子。我和父亲曾去四公里外的五申村看戏，戏好像是康翠玲为主角的晋剧，那个时候我也就四五岁吧。一路上是骑在父亲脖子里到了戏场的，在戏场里父亲又把我扛在肩膀上看戏。本村的武召锁老汉在戏场里卖瓜子，看到我咽口水的样子，父亲给我买了一小杯。后来在父母亲的聊天中，我想象着自己骑坐在父亲肩膀上看戏的情形，就像儿子小时候骑在我脖颈上的样子。但父亲给我买瓜子的画面，却清晰地在我的脑海中一遍又一遍回放，我至今还记得那个掂瓜子的小杯是用纸筋糊出来的。

赶交流赶得是一个人气，这里应该提一下赶来看戏的亲朋好友。早在唱戏的日子定好以后，村里的每户人家都要通知七大姑八大姨带着娃娃来看戏，那个时候没有电话，必须骑自行车甚至是步行去通知，可见邀请之情非常真诚，童谣里唱的"拉大锯，扯大锯，姥姥家唱大戏；搬姑娘，叫女婿，小外孙也要去……"是当年赶交流生活的真实写照。唱戏的几天里，也是亲朋们难得团聚的日子，亲友们聚在一起喝一喝酒，或一起谈论一下秋后的收成。这么多的人赶到一个村里，人气当然是爆棚哩；那么多的娃娃出现在大街小巷，赶交流当然比过年还热闹。

如今，村里赶交流远远没有当年的盛况了。一是生意人少了，好多东西网上就能买到，哪里用等到交流会上买；二是看戏的人大不如前，那种人山人海的景象不可能出现了；三是亲友们也不走串了，平时用手机和微信就交流了，不用等到交流会上拉家常。过去人们看完《打金枝》《金水桥》《铡美案》剧目后，聚在一起或骂陈世美忘恩负义，或赞包公刚正不阿，或谈郭子仪大义灭亲，或说唐代宗深明大义……在看戏中人们树立起了正确的美丑观，惩恶扬善的理念深入人心，善有善报恶有恶报的剧情让人心生敬畏。如今一些低俗的东西通过短视频在村民们之间传播，颠覆了人们的三观，甚至把美好淳朴的乡风村俗带到了沟里。

当乡下人不再虔诚地赶交流时，无论是乡村的街巷和乡人的心里都寂寞无比。如今的好多村里人都习惯了手机看视频和网上购物，当你习惯了现代科技带来的便捷和便利时，你就得承受它同时带来的空虚和无聊，这种空虚甚至会使你窒息和抑郁。无论活到什么时候，人得和人活，没有了人与人之间面对面活生生的交流，就没有了红红火火的生活。渴望活色生香的生活，你就得生龙活虎地去"赶"。

吹猪尿泡 看打沙鸡……

那些年，一过大雪节气，父亲就忙开了，村里好多人家都请他去杀猪宰羊。除了这些村里的活儿，心灵手巧的父亲还是很出名的捕猎能手，捕沙鸡、打野兔……没有他不会的本事。跟着父亲看杀猪宰羊，看他张网捕沙鸡，使我在漫长的冬季里找到了无穷的乐趣。

大雪时节开始杀猪宰羊，开启了乡村忙年的节奏。杀猪的嚎叫声打破了冬日乡村的寂静，从不远处的院落响起，在那个缺吃少穿的年代，杀猪是件非常大的事情，不亚于起房盖屋，所以杀猪当天要请上要好的朋友帮忙，并吃杀猪糕隆重庆贺一番。主妇们辛辛苦苦喂了近一年的猪，最关心的是猪能杀多少斤。但对于冬日无聊的孩子们，吃杀猪糕固然重要，最关心的却是有了好玩具，——把猪尿泡当成气球吹着玩儿，或者当成篮球抛来抛去……

杀猪之后大人们忙着烧开水，忙着褪猪毛并把猪用肉钩吊起来分解。清理猪肠肚等内脏时，父亲把猪尿泡清洗干净递给眼巴巴盯在跟前的我，就忙着干各种活去了，我会兴奋地找一个来摁猪的年轻叔叔帮我把猪尿泡吹起来。这可是一个需要肺活量的活儿，年轻力壮的叔叔先把猪尿泡揉好了，再鼓着腮帮用力吹，吹到篮球那么大后用纳鞋底的细麻绳扎住口子，一个气球或篮球就做成了。

儿时的快乐很简单，吹起一个略带臊味的猪尿泡就能给我们带来无穷的欢乐。在场院里，我和小伙伴们迎着寒风拍打追逐着猪尿泡，互相嬉闹着，浑然不觉天气寒冷。回到家里上了炕，我们把猪尿泡气球吹到了仰尘（屋顶）上，猪尿泡干燥后可以玩很久。父亲这一冬天尽给人家杀猪，有时会带回几个猪尿泡，我会送给要好的小朋友。记得有一年，我们还把猪尿泡扣在一个烂了的小洗脸盆上，干燥以后当鼓敲着玩儿。至于羊尿泡能不能吹，我还真是忘记了。但我知道父亲能很快给妹妹们攒够一副羊拐骨，这种羊拐骨有的地方叫嘎拉哈，是羊后腿的膝盖骨，小女孩爱玩这种游戏。攒好一副四个羊拐骨，剔干净上面的肉和筋，用红颜色涂出来，然后用布头缝好一个沙包装上糜米，玩的时候抛起沙包，在抓住落下的沙包前迅速翻动羊拐骨的四面来比赛。

对于女孩子们这种游戏我不感兴趣，我会从猪羊身上另找宝贝。心灵手巧的父亲会用羊的小腿骨制作水烟袋，我看他在火炉上烧红火箸给水烟袋烫开孔，安装烟嘴和烟锅，有好多叔叔大爷让他帮着制作水烟袋。我还缠着父亲用羊肩胛骨制作拨浪鼓，把羊肩胛骨用烧红的粗铁丝烫孔穿上小铃铛来摇着玩儿。冬天上学我们容易被冻伤，这时父亲会把猪牙叉骨捣烂，取出里边的油脂来，这种天然的动物油脂是上好的抹手油。

父亲是村里有名的捕沙鸡能手，到野外去看父亲用网捕沙鸡是一大乐趣。沙鸡现在应该是二类保护动物，但在四五十年土默川农村有"打沙鸡、割芨芨"的说法，这是曾经有过的生活场景。沙鸡一般栖息在沙漠和荒原，比如大青山北部的草原地带，它的大小和鸽子相仿，雌沙鸡的羽毛呈沙黄色杂以黑色的斑点，雄沙鸡的颈部和头部的羽毛呈褐红色，像是用毛笔抹了一下。沙鸡尾部有两根又细又长的毛羽，我们称其为沙鸡翎，沙鸡小腿上的羽毛又长又密，因此人们也叫它毛腿腿沙鸡。一场大雪过后，大青山后的草原上白茫茫一片，各种鸟儿都无法觅食，只好成群结队飞到山前温暖的土默川平原去觅食。

　　土默川的耕地也被白雪覆盖着，成群的沙鸡从大青山后飞来，少则有几十只，多则有成千上万只。成群的沙鸡在开阔的平原低空疾速飞行，寻找着飞翔觅食的机会。那个年代几乎每个村里都有会捕沙鸡的人，我们村里就有四五个会打沙鸡的人。在地里先扫开一片空地铺好网，网有十几米长，两边各有一根约一丈多长小胳膊粗细的木棍，捕沙鸡时拉动粗铁丝把木棍翻起来把网张开，就会竖起一丈多长二十多米宽的网，疾速飞行的沙鸡就会撞入网内。铺好网后铁丝拉簧引出近百米左右，人就在百米外挖一个像战壕似的半圆地窝子蹲守等候沙鸡飞来。在沙鸡网旁边还要用铁钉钉一个十字铁架，用布套把四只沙鸡固定在铁架上，然后也把粗铁丝引到百米之外的地窝子边，这四只沙鸡是引诱沙鸡靠近沙鸡网来飞行的，所以叫做"诱子"。

　　当成群的沙鸡出现在天边时，最紧张的时刻到了。捕沙鸡的人拉动拴着"诱子"的粗铁丝，四只拴着的沙鸡扑腾着翅膀，有时还鸣叫不停，天上飞翔的沙鸡发现同类后，以为这几个沙鸡扑腾的地方有食物，就放慢飞行速度趄成一团向着"诱子"扑腾的地方飞来，当沙鸡低飞经过设网的地方时，捕沙鸡的人不失时机地拉动铁丝，木杆立起网张了开来，沙鸡撞入了网内，木杆向另一边倒下来，沙鸡被扣入网内，捕沙鸡的人飞速跑向沙鸡网。撞入沙鸡网的沙鸡有几十只或上百只不等，那个场面令人难忘。听父亲那一辈人说，上世纪五六十年代几乎每年下雪后，都有成群的沙鸡飞过来，但到上世纪八十年代之后越来越少，大概是农药等污染越来越重的缘故，或者是山后草原生态被破坏的原因。我记得父亲的沙鸡网到了上世纪八十年代末就再没有用过。如今，沙鸡已成了二类保护动物，当年那些会捕沙鸡的老人也大多去世了，我把父亲用过的沙鸡网保存在了老宅院里，算是对遥远民俗一种回忆。

　　那个时候为何天上沙鸡在飞，地下野兔在跑……因为那个时候的田野上没有农药和杀草剂，没有塑料薄膜和鸟兽吃了有毒的东西。一场大雪过后，鸟兽的蹄印在了雪地上，大大小小杂乱的蹄印让人感到这雪野深处藏着无数生命……在遥想当年中，我回到了记忆中白雪覆盖的原野上，回到了清一色土坯房的村庄。我想起了吹着猪尿泡的欢乐融化了冰天雪地的寒冷，我想起了看捕沙鸡和追野兔时的那种诱惑。

如今的孩子们有了网络游戏，有了各种更具诱惑性的玩具和游戏。吹着猪尿泡虽然有些臊气但没有毒，而今天的好多游戏对孩子们是有毒的，孩子们需要一片晴朗清净的空间，包括精神空间。

十二连城冬日访古

我姥姥的家在托克托县中滩乡把栅村，小的时候我经常去这个村里玩儿。把栅这个小村庄距离黄河特别近，对面就是准格尔旗的十二连城乡，听姥姥和妈妈不止一次给我讲故事，说河对岸那是杨家十二寡妇征西时修的十二座城池，她们也给我讲述英雄的杨家将故事，讲这些故事时我也就是十多岁的样子，我不懂征西就是征西夏。

看了京剧《杨门女将》电影后，我就想象英姿飒爽的杨门女将镇守十二连城的场景。但想来还是有些凄凉和悲壮，佘太君等十二寡妇不是丧夫就是丧子，让人感到非常惨痛和伤心，满门忠烈却保着一个昏庸之君。到了七年级的时候我到姥姥家住了一年，在两公里外的中滩学校上学，中滩学校南边的武马滩和柳林滩等村庄就在黄河岸边，我的好多同学的家就在黄河岸边的这些村庄里。这一年收音机里正播出评书《杨家将》，隔着波澜壮阔的黄河，远眺烟水苍茫的对岸风光，我常常构想十二连城的征战场面，以及杨家将的英姿和武功。

后来才知道戏剧就是戏剧，评书就是评书，掺了太多爱憎情感的传说和演义是当不得真的。十二连城根本就不在北宋的疆域内，它是隋唐胜州城的遗址，隋初突厥崛起于阴山南北，为防止突厥渡黄河南下中原，隋文帝开皇二十年（600年）在黄河天险设置胜州，这里是黄河"几"字湾的东北角，黄河自西向东至此折向南流，胜州城就筑于南流拐弯处。隋文帝在汉代云中

冬日君子津

郡沙南县城遗址上重筑了胜州榆林城，云中郡的治所在托克托县古城镇，沙南县是云中郡唯一在黄河西岸的县，《水经注·河水三》载黄河"又东过沙南县北，从县东屈南……"，记载了河水拐弯向南流的情状。隋炀帝大业年间改胜州为榆林郡。唐初胜州城为梁师都占领。唐太宗贞观三年（629年）平定梁师都次年后复置胜州，唐末胜州城为西夏占领。

在黄河西岸繁华了三百多年的胜州城，最终毁于辽太祖耶律阿保机所纵的一把火。辽太祖神册元年（916年），耶律阿保机率兵西征突厥、吐谷浑、党项、沙陀突厥诸部，大胜而东归来到今和林格尔的土城子时，土城子是唐代著名的方镇振武，由晋王李克用养子李嗣本镇守，城中兵少李嗣本力屈被俘，攻下振武是值得夸耀的大功劳，《辽史·太祖纪上》载耶律阿保机"勒石纪功于青冢南"，青冢即今呼和浩特西南的昭君墓，又乘胜攻取了今呼和浩特市的大部分地区，于是"自代北至河曲逾阴山，尽有其地"，这里的河曲即指托克托河口镇附近的黄河拐弯处，对岸就是准格尔旗的十二连城。

耶律阿保机此次西征不仅开疆拓土无数，也俘获了大量的人众，于是在十二连城对岸的呼和浩特市境内设了三座城来镇守辽的西部疆域。攻取党项诸部占领的胜州（今准格尔旗十二连城）后，因为辽太祖要东返，处于黄河西岸的胜州不便于管理，便将胜州的居民迁移到黄河东岸的托克托县境内，在唐代东受降城故址另筑州城，因在原胜州东黄河对岸，故称为东胜州，遗址即今托克托县大皇城。在东胜州的东北约四十里处，契丹人另筑一座州城名叫云内州（今托克托县西白塔古城）。辽太祖神册五年（920 年）党项诸部叛，天德军城（今乌拉特前旗乌梁素海附近）被党项诸部占领。耶律阿保机和皇太子耶律倍率兵征讨，因为天德军城地处乌拉山前，契丹人觉得这里太过靠西边不便管理，便将天德军城和唐代丰州城（今乌拉特前旗东土城古城）的人口强行东迁至大青山南麓，在今呼和浩特市赛罕区巴彦镇白塔村附近另筑新城安置，此城便为丰州天德军。东胜州、云内州、丰州，大青山南麓这三座鼎立的州城构成了辽王朝西南屏障。

居民被强迁到黄河东岸的托克托县后，胜州城成了一座空城，辽人一把火烧掉了三百年的古城，十二连城的断壁残垣见证了当年的兵燹战火。东胜州城遗址在今托克托县酒厂院内，我好几次回家乡曾登临城垣，远眺黄河对岸的十二连城，回望这段历史，你就知道今天的准格尔旗人和托克托县人是亲亲的一家人，你也会明白十二寡妇征西镇守十二连城只是一个美好的传说，只因为人们太热爱忠烈千秋的杨家将了。在山西北部和内蒙古流传着许多杨家将的传说，比如呼和浩特市北的大青山上有一处天险叫蜈蚣坝，在蜈蚣坝底的回民区攸攸板镇段家窑村，有一处遗址被称为焦赞坟，今天这里还有一个被称为焦赞坟的自然村。其实在北魏辽金时被称为渔阳岭，这是大青山中最险要的隘口，当年丘处机曾在这里住过一晚上，就是电视剧《射雕英雄传》开始武功特别厉害的道长。说这些我就是想告诉您，十二连城和杨家将毫无关系，辽人烧毁城池弃守后十二连城一带便成了西夏人的疆域。

杨门女将虽然没有驻守过十二连城，但比杨门女将地位更尊贵的人却来这里驻过。第一位就是小说中传说的那个昏君隋炀帝，小说和评书里的隋炀帝荒淫无道，但历史上的隋炀帝真得客观分析一下了，他开凿的大运河把政治中心连接起了富庶的江南，目的是把经济命脉牢牢羁縻在自己手中，不单单是演义里所云为赏琼花而下扬州。晚唐诗人皮日休说了一句公道话，他在一首《汴河怀古》里写道："尽道隋亡为此河，至今千里赖通波。若无水殿龙舟事，共禹论功不较多。"在这首诗里充分肯定了隋炀帝开凿大运河的历史贡献。隋初突厥势力强盛，隋文帝通过军事打击和内部瓦解使突厥内部分裂，东突厥启民可汗称臣内附。隋炀帝时，隋朝和东突厥仍然保持着亲密关系，隋炀帝来十二连城，就是为了接受突厥启民可汗的朝见，继续保持北部边疆的稳定。

大业三年（公元607年）隋炀帝北巡，于六月十一来到榆林郡，就是现在的十二连城一带。在榆林郡隋炀帝居然逗留了近两个月，才继续北上向启民可汗炫耀隋朝的富足与兵威。在十二连城里，隋炀帝登上郡城的北楼，大宴文武百官，在城楼上悠闲地看渔民们在黄河里打鱼，看对岸的托克托县的东受降城一带烟树历历；隋炀帝又让工部尚书宇文恺造了一个能容纳数千人的大帐，在十二连城东隋炀帝稳坐在华丽的大帐里，仪杖和卫队威风凛凛，大帐内和周围旌旗招展，"宴启民及其部落三千五百人，奏百戏之乐"，真是既热闹又威风。突厥各部落的贵族以为见到了天上的景象，既惊怕又高兴，争着献出数千万头牛羊驼马，隋炀帝赏赐启民可汗也出手阔绰，一下子赐帛二千万段；隋炀帝又命宇文恺等制造观风行殿——下面有轮子可以移动的宫殿，上面可容纳数百人。还制作了周长二千步的皇帝住的宫城，这宫城以木板为主体框架，外边蒙画有丹青的布。城上用来瞭望的高台等一应俱全。突厥人惊以为神，每望见御营，十里之外就不敢乘马，开始屈膝跪拜。

在十二连城逗留期间，隋炀帝当然也没有忘记处理国事。其间召见了定襄太守周法尚等官员，商量去见启民可汗的事情，他还下诏征发百万男丁修了一道长城，这道长城西起十二连城，东到和林格尔县境内的浑河。在榆林郡逗留一个多月后，隋炀帝从十二连城进入托克托县境内，一路沿金河（今大黑河）向东北行进，前往在今托克托县古城镇附近的启民可汗的毡帐。八月初六这一天从十二连城出发时，浩浩荡荡有"甲士五十余万，马十万匹"相随出发渡河进入托克托县境内，旌旗辎重千里不绝，沿着大黑河的故道托克托县的河口镇、哈拉板申、五申、乃只盖、一间房到古城镇，启民可汗的牙帐在古城村附近，就是秦汉的云中故城附近。这条路线约40多公里，少年时代我因为上中学的缘故不止一次走过，如果步行的话走两三天也不轻松。

渡过黄河后耀武扬威溯金河而上，隋炀帝来到了启民可汗的牙帐。启民可汗跪伏在地非常恭敬地举着酒杯祝寿。喝着启民可汗敬的酒，心花怒放的隋炀帝赋诗一首："鹿塞鸿旗驻，龙庭翠辇回。毡帐望风举，穹庐向日开。呼韩顿颡至，屠耆接踵来。索辫擎膻肉，韦韝献酪杯。何如汉天子，空上单于台。"踌躇满志的隋炀帝感觉：汉武帝也不如自己的丰功伟业，能让四夷宾服。我每每读《资治通鉴》至此时遥想当年：隋炀帝率甲士五十余万从十二连城出发渡黄河，那是咋样一个"连云樯橹"的渡河场景；大黑河故道旁的我的家乡那个偏僻的小村旁，有蔽日旌旗曾从这里飘扬而过，有喧天鼓乐曾从这里响彻云霄，从十二连长城到古城镇，历史上居然曾有过这么盛大的排场。

隋炀帝的旌旗早已成泥鼓乐已经远去，大约一千年后又一位帝王来到了十二连城，他就是文治武功皆蔚然可观的康熙皇帝。康熙三十五年（1696年）是平定噶尔丹叛乱关键之年，这一年康熙皇帝亲冒霜雪戎马倥偬，两次亲征噶尔丹。十月二十四日离开归化城前往今托克托县境内的黄河渡口，二十五日驻跸今土默特左旗白庙子镇内，二十八日康熙帝率军抵黄河边湖滩河溯。湖滩河溯位于托县西南的黄河岸边，现在的村名叫沙拉湖滩，分为上下两个村。这位精力旺盛的皇帝用自己学习的数学知识算出"归化城距黄河岸一百七十里。"

　　这时正是黄河流凌但未结冰的季节，大军急切渡河不得。到了十一月初六，忽报一处叫喀林拖会的地方黄河结冰可渡，大军顺利渡河进入准格尔旗境内。《清实录》载"十一月六日，时天气温暖，自喀林拖会东西数里外，河水疾流，独我军济渡之处，冰坚盈尺。上命军士等分三路垫土，辎重渡河，如履平地。"康熙皇帝作《冰渡》诗庆贺大军渡河成功："云深卓万骑，风动响千旗。半夜河冰合，安然过六师。"

　　"喀林拖会"是蒙古语，意思是黑色的河湾。"拖会"也音译为"陶亥"，就是河水拐弯处，现在呼和浩特周围有的地方居然译为"桃花"。我看了一下地图喀林拖会应该在下沙拉湖滩村的西北，是树尔圪梁村和武马滩村一带的黄河，这里黄河拐了一个大弯，而且河床较窄。康熙渡过黄河就进入十二连城，但这个时候十二连城早已是断壁残垣的荒城了。根据《清实录》记载，康熙进入十二连城后驻跸在一个叫东斯垓的地方，蒙古语也音译为"多素哈"，汉语意思是村庄，就在十二连城乡境内的召梁村附近，距离黄河非常近。康熙皇帝还在鄂尔多斯境内行围打猎，去了察汗布拉克、瑚斯台等地方。

　　我是 2021 年阴历十月十二日踏访十二连城的，到达十二连城时太阳已经快要落山了。"荒城自萧索，万里山河空"，十二连城的断壁残垣上覆盖着薄薄的残雪，城里是农民收割后的玉米田，残留的玉米秸秆使古城更显萧条破败，荒城颓壁里的枯树上搭着一些喜鹊窝，在"隋唐胜州遗址碑"的北边，就是由西向东流淌的黄河，在一段东西走向的断垣边，我看到有过很多盗洞。这时斜阳将天空涂抹成了血红色，荒城让人倍感凄神寒骨不能久留，这时我想到了清代纳兰性德的《南歌子·古戍》："古戍饥乌集，荒城野雉飞。何年劫火剩残灰，试看英雄碧血，满龙堆。玉帐空分垒，金笳已罢吹。东风回首尽成非，不道兴亡命也，岂人为。"百战荒城复井田，又成了农民种玉米的农田。

　　踏勘十二连城不能不说一说君子津，君子津是黄河在十二连城处的重要渡口。北魏太武皇帝拓跋焘就曾率领两万骑兵从君子津的黄河冰上渡河，围攻大夏的都城统万城，最终在此造桥渡河，攻破统万城消灭大夏国。君子津的具体方位历来争讼不休，一说在托克托县旧城，一说在清水河县的喇嘛湾。过去大家都是从河岸左侧来考证君子津的方位，而没有从对岸的准格尔旗境内来寻找这一渡口具体方位。据《水经注》和《魏书》所载，君子津所处的黄河是南北流向的，如北魏明元皇帝拓跋嗣曾"西巡至云中，北猎野马于辱孤山，至于黄河，从君子津西渡，大狩于薛林山"。黄河在十二连城脚下是东西流向，然后在这里拐弯南流，君子津渡口在从十二连城开始的南北流向的黄河之上。君子津也可能是十二连城与对岸相通的渡口，汉代的沙南县在这里，隋唐时在君子津渡口边建造胜州城也是很方便的，城址选择在黄河西岸当然是中原王朝为了易于防守。

从十二连城遗址往黄河下游行走，我们还踏勘了天顺圪梁村附近的遗址，这是唐代河滨县古城遗址。古城遗址在天顺圪梁村西的梁峁上，站在梁上俯瞰黄河是很明显的南北流向，唐朝在这里设立河滨关，关侧置河滨县。《元和郡县图志》卷四"胜州"中记载："唐贞观三年，于君子津地置河滨县，东临河岸十五步，此处黄河阔仅一里"，这样一个方位与我们所看到的景象大体一致，河滨关是为保障君子津渡口交通畅通无阻的。如今这里只剩一些城墙遗址，还有如同疮孔般的盗洞分布在坡上。天顺圪梁对面就是下沙拉湖滩村，当年康熙驻跸的地方，下沙拉湖滩村稍向东南就是著名的河口镇，我觉得君子津由河口镇通往天顺圪梁这边更合理。

离开天顺圪梁时已是暮色苍茫时分，黄河两岸的灯火亮了起来。十二连城、河滨县、君子津……脑海里回味着这些地名，想象着昔日城池的雄伟和渡口的繁华，突然想起了王维的诗句——"荒城临古渡，落日满秋山"，已经是孟冬时节，夕阳笼罩着荒城颓壁的荆棘衰草，黄河在荒城古戍旁日夜奔流，炊烟从古渡两岸的村庄里袅袅升起。

那些坍塌和消失的学校

在我参加工作之前，从小学到大学我共读了十八年书，辗转了七所学校。我曾经为自己的读书经历自豪，但令我自豪的那些学校里，有六所不是坍塌在了乡野里，就是湮没在城市化的浪潮里。学校虽然不在了，但青春的梦想和回忆还在，就像绽放在岁月风尘深处的花朵，还是那么鲜艳夺目，闻一闻有时都能醉到心里。

五十年前我们村里就有一个非常令人向往的学校，学校从一年级到八年级齐全。在村子的东边有两排长长的"前坡后夺拉"的房子，房顶铺着青色的瓦，房子的四角和后墙都有砖柱基础，当时这是村里最好的房子。在我还是学龄前儿童的时候，父亲牵着我的手从村东走过，看到那两排长长的校舍我感觉特别神圣而气派，学校里传来琅琅的读书声，一群又一群孩子在学校的操场上追逐嬉戏，我的心里充满羡慕之情：什么时候我也能到这里读书，在宽敞的操场上尽情地玩耍啊！

1975年下半年，我如愿以偿上了小学，一二年级就在后排最东边的教室里。刚上小学学校里就组织批林批孔等运动，我们这些刚刚不穿开裆裤的孩子们，哪里知道这些复杂的人和事，在黑板上胡乱写一些小孩之间吵架骂人的话，就算是批判了。那个时候文化大革命虽然已近尾声，但学校里还是以各种批斗和运动为主。高年级的学生们走街串巷地张贴标语，批斗站在汽车上的"四类分子"，我们这些低年级的孩子们不知道他们为啥那样激动和亢奋，更痴迷的是在教室右边两人合抱粗的大树下玩丢手绢、捉迷藏和击鼓传花。

我们读一二年级时，赶上了多灾多难的1976年。周恩来总理逝世、唐山大地震、毛主席逝世……仿佛天要塌下来了，大人们六神无主地哭泣，哭得我们心里也慌得不行。在教室门前的操场上，我们戴着黑袖章默哀悼念毛主席，不久又庆祝打倒四人帮，我们看贴在墙上的各种各样揪出四人帮的大字报。当时上课学习是捎带的事情，但我们的班主任马开花老师坚持带我们进行读

尘封岁月

报等课外活动，这是变相的识字游戏。懵懂的我们并不知道，国家很快就要迎来改革开放的春天，这使得我们在学校里学习成了正业。从小学二年级开始，学校恢复了正常的教学秩序，这个时候学校大概有三百多名学生，是最鼎盛和红火的时候，学校是村子里最有生气的地方，孩子们攒在一起非常热闹，在村东学校快乐上课和玩耍的五年里，我们很好地完成了各种功课的学习。

六年级之后我们迁到了村西边的新学校上学。村西的新学校有六七栋教室，都是崭新的砖房结构的马脊梁房，学校西边是宽敞的操场，操场上有一圈长长的跑道，紧挨着农田和打谷场，再往西就是扬水站和浇地的水渠。春天在教室里能清晰地听到布谷鸟的叫声，夏天贪玩的孩子们会到水渠里游泳，秋天绿色的青纱帐是我们捉迷藏的好地方，冬天浇水后结冰的农田是滑冰的乐园……农村学校最迷人的地方就是大自然就在你身边，或者说你就是大自然的一部分。村里这所新学校被我们称作西校，算是我就读的第二所学校，这里也赐给了我许多童年的欢乐。

但农村学校的缺陷是教学质量或课程设置赶不上趟。我读七年级是1981年，那个时候城里的学校早已开设了英语课，相邻的一些乡村学校也开设了英语课，母亲打听到姥姥家附近的中滩学校便是开设学校之一。没有读过书的她听人们谈论认为英语很重要，就让我转学到中滩学校读书。中滩学校当时是一个较大的乡级中学，前后共有两排教室，每一排有四五个班，最高的年级是八年级，全校大约也有两三百学生，周围碾子湾、河上营等十几个村子的孩子们在这里上学。我转学之后耽误了近一个月的课，朴实的老师们抽课余时间把功课给我都补上了。

在黄河边的中滩学校里虽然只上了一年学，但校园的一草一木能在我的心中复原。学校的围墙是用那种很厚重的胶泥土坯垒的，每到课间男生们就翻墙出去打斗嬉闹，那个时候收音机里正播放评书《三国演义》和《杨家将》，我们手里边拿一根向日葵杆，便以为自己是赵子龙和杨六郎呢！在中滩学校上学时我得天天跑校，姥姥家所在的把栅村距学校有两公里多的路程，我每天起早贪黑奔波，在寒冷的冬天和泥泞的雨天非常辛苦。往返跑校磨练了我的意志，也锻炼了我的体魄，在上学的路上我听过不知名的小鸟鸣叫，看过不知名的花儿盛开。我和同学借了一本《唐宋诗词浅释》爱不释手，拼命想抄写完那里的古诗词，上学的路上我边走边抄，就是这次的抄写使我一生都迷上了古诗词。

在中滩学校上了一年学，因为想家，我央求母亲让我还回村里念书。母亲是一个非常有主见的人，她让我转到乡里的五申学校，因为五申学校设有英语课，这样我可以继续学习英语，离家也近了许多，其实她和父亲也想我。就这样我转回了五申中学读八年级，八年级是毕业班，就是后来的初三。五申中学是乡里的中学，周围都是两三千人的大村子，学校的规模比中滩学校要大多了，我印象中学校的西边是空旷的操场，校舍和办公室在东北角，学校院内大概有十几栋房子，学区的办公室也在这些房子内。学校从小学一年级到八年级都有，光八年级就有两个班，全校在校学生大约有五六百人的样子。在学校里我参加过学区组织的运动会，运动会上周围几个村学校的老师学生也来了，操场上足有两三千人，那热火朝天的场面令人难忘。

在五申中学上初中时，我还是骑自行车跑校。学校离我们村有四公里的路，我和邻居家的孩子刘如意每天风风火火地骑着自行车上学，冬天戴上棉帽和棉手套蹬自行车到了学校，往往已经是满头大汗，四公里坎坷的土路上行进浑然不觉得寒冷。夏天我们在凉爽的晨风里飞奔，田野里高低起伏的庄稼就在路的两边摇曳，不时有鸟儿惊起，箭一般地飞向了远处的树林。八年级是毕业班，课程是比较紧张的，但丰富多彩的学校生活让我们丝毫没有感觉累，一年后初中毕业我考上了托克托县民族中学。

现在回想起来，上高中进了县城其实就是对乡村的一种告别。故乡对我来说只是每年寒暑假的暂来暂往和心灵深处的回忆，和我在农村辗转过的这些学校的回忆一样，在上高中为高考而拼搏时还顾不上多想，当上了大学乃至走向社会的时候才觉得，在乡野里的那一所所简陋的学校里，那些朴实的园丁教会了我第一个生字和第一道算术题，为我安上了飞出乡村的翅膀，他们教授我们知识的同时也教会了我们能吃苦、爱劳动、善待人等农村人必备的优秀品德。我庆幸那个时候农村的学校也那么饱满，熙熙攘攘的教师学生们是学校最好的风景线，抑扬顿挫的琅琅书声是学校最盎然的生机；我庆幸在我该上学的时候国家迎来了拨乱返正冬去春来的时刻，中国开启了改革开放的春天，我们那一批小学生不用再卷入无休止的运动中，国家迅速恢复了高考，我们在校学习有了方向感，无数像我这样的农村娃顺利考入大学的殿堂，如今都已经是五六十岁的年龄了。

从上世纪八十年代末开始，村里那些学校逐步开始由盛转衰，甚至一步一步从乡村里消失。上大学的时候我回到村里，听说团结学校的东校已经卖给村民个人了，我特意去看了一下，原先还是教室的房子冒起了缕缕炊烟，校舍门前的操场被围成了不同的院落，角落里盖起了鸡窝和猪窝，闻到的是猪粪的味道，听到的是鸡鸣狗叫的声音。我们小时候经常在下面玩游戏的那棵大树也被砍了，那入云的树冠再也见不到了。今年春节我回村里看到，那成排的房子早已经拆除翻盖成了人家的院落，只剩我上一二年级时的教室还摇摇欲坠地矗立在那里，部分椽檩已经倾倒坠下，门窗上残存着一两块破碎玻璃，门前蒿草丛生，原先的操场变成了菜畦，没有解冻的菜畦上堆着一小堆羊粪……这就是我记忆里书声琅琅的教室？这就是我们曾经追逐嬉闹的教室？我突然想起了荆棘铜驼这个成语。

其他几所乡村学校的消失，也像草原上一个个充满生机的湖泊逐渐萎缩干涸一样，由大到小直至消失。我在天津上大学时，团结学校的西校还在维持，我的两个妹妹都是在那里上完初二，然后到五申中学读初三毕业班的。大学寒暑假里，我经常回西校看看，和老师们下下棋聊聊天。大概是上世纪九十年代以后，西校就只剩小学了，到后来小学也撤并到了五申镇，再后来西校就消失了。空旷的教室被个别村民占了一部分，另一部分听说盖了类似敬老院的周转房。学校从一个昔日两千多人的村庄彻底消失已经快二十年了，村里也只剩下六七百人。中滩学校的消失过程也差不多，先是变成了一所小学，然后小学也招不上学生了，最后不得不撤并。

五申学校一直坚持到了去年，也像一个要干涸的湖泊一样，蒸发掉了最后一滴水。自从1983毕业之后，我一直关注着这所学校，每次从团结村到县城时都要路过五申学校。作为人口较多的大学区学校，五申中学曾经有高中班，像我们村比我大四五岁的史美柱就是在五申中学读高中考上了大学。后来看到我上学时的那些平房全部拆掉了，盖起了一栋漂亮的三层楼，楼是漂亮了，但学生越来越少，少得甚至看不到操场上有学生活动。每次我路过五申学校就凝望半天：空旷的院子里曾经矗立着那么多平房校舍，那童稚的读书声曾在这里不绝如缕，曾经是操场的地方跑动过活泼可爱的身影，有了这些才使我们想起了花朵和园丁等形象的比喻，有了园丁和花朵哪怕是穷乡僻壤的土坏房学校也会活色生香，有了学校才能感觉村庄是充满生气的。今年春节我回村里，打听到五申学校后来也改成了小学，后来小学也只有十来名学生了，学生只好撤并到临近的乃只盖中学，或者孩子们到县里去上小学，五申学校的三层楼变成了镇政府的办公楼，童稚清脆的读书声彻底在这片土地上消失了，眼前只有一片空旷。

没有了读书声的村庄生气越来越少，只能越来越萧然衰残。看着那些坍塌破败的校舍，站在已经消失的校址前，我的耳边仿佛回荡起了泉水般清脆的读书声，我童年和少年时代最明媚的记忆又涌上心头，就像枯败的枝头曾经有过鸟语花香的美景，就像干涸的湖盆曾经有过鸢飞鱼跃的生机。但这些乡村学校的消失，就像朱颜辞镜花辞树，其实也是无可奈何的事情。改革开放带来了人口的大流动，人口大流动使农民开阔了眼界，许多有远见的农民在城里挣钱，也把孩子带进城里接受更好的教育。所以从上世纪八十年代末开始，从乡村走出去进城务工的农民越来越多，乡村学校的生源越来越少，过去三十多年间，好多乡村学校从饱满逐渐趋于干瘪，直至最后消亡。

我1983年考入托克托县民族中学读高中时，正是托克托县教育最为辉煌的时候，第一中学和民族中学是县城的重点中学，这两所学校出现过自治区高考理科和文科状元，还有好几位学生考入清华北大，比我们高一年级的张美厚也考入了北大，老师们常举他们的事迹给我们来励志。上世纪八十年代末期，城里的学校就开始从县城乃至乡村的学校请老师和学生，托克托县这几所学校的大量好老师被请到了呼和浩特、包头等大城市的学校里，一些学业优秀的学生也被选到城市的名校。人往高处走，谁也怨不得。被大城市挖走了大量师资和学生后的县城学校，只好再从乡村学校里物色好的老师和学生，乡村学校只能一步一步走向消亡。

我已不在故乡生活，但我希望故乡越来越有生气。让村里的后辈们像我们当年一样在村里有个好的读书环境已然非常不现实，我的那些小学同学已经是村里最年轻的劳力，他们的孩子几乎都在城里打工安家，孙辈们只能在城里上学，这使得城里的学校越来越紧俏。城市的管理者正在认真考虑这些务工者孩子们的上学问题，因为这些孩子们的父辈已经完全融入城市，成了城市的建设者。

站在乡村学校的废墟前，我思虑了很久，乡村学校走向衰亡似乎是一种必然。其实在城市化的浪潮中好多东西都消亡，像我大学时的母校天津纺织工学院的旧校区据同学们讲已荡然无存，新校区在哪里我不知道，但那肯定不是我心中的母校了。人可以怀旧，但不可守旧，让乡村学校还像四十多年前我上学时那般生机盎然，是不可能的事情。乡村学校可以消亡，但乡村孩子们的求学一定要有人统筹考虑，城里应该给他们一张公平的书桌。

"如果没有天上的雨水哟，海棠花儿不会自己开。"当年那些乡村学校和老师们就像雨水一样，那甘露般的雨水浇灌在了我们那一代渴望改变命运的农村孩子的心灵里，使我们像海棠花儿一样一点一点地绽放。

第 六 卷

书卷多情似故人

　　"书卷多情似故人,晨昏忧乐每相亲。"能读书并不断思索悟道,真是人间一大乐事。"有工夫读书,谓之福"。你看"数间茅屋闲临水,一盏秋灯夜读书",只要书卷在手青灯有味,箪食瓢饮不觉茅屋之陋也。"闭门惟有读书乐",读书可以销忧,读书可以悦目,读书甚至可以下酒,得闲时能读书、赏景、交友、饮酒、著书,都是饶有兴味的清欢。

光阴·光景·光华

唯有读书声最佳

　　谁都知道锻炼的好处，但好多人坚持不下来；读书的好处也不用说，但现在能坚持读书的人比能坚持锻炼的人更少。不锻炼身体会给你释放好多不舒服的信号，所以好多人还是能坚持锻炼的；不读书的坏处自己感觉不出来，在别人眼里的你也顶多是粗俗一点，而且有教养的人不会明着说出来，所以你即使心中落满了灰尘也不会自知的。更何况在急功近利的人看来，读书的好处远不如当网红做主播来得实在，为什么要读书呢？

　　在一个手机泛滥的时代，能够保持读书这一好习惯的人更少了。无论大人小孩一有空隙就要泡在手机上，哪还有时间去从事别的活动哪怕是娱乐健身活动？手机上自有黄金屋，手机上自有颜如玉，手机上吃喝玩乐的诱惑实在太大了。一些不负责任的家长把手机丢给孩子任由其玩耍，结果三五岁的娃娃就玩手机成瘾，这样能把孩子教育好吗？在古代人们是尊崇读书这件事的，从小就要培养孩子们读书的习惯，以至于出现了囊萤映雪、负薪挂角等勤学苦读的孩子，读书决定了他们未来人生的高度或精彩度。

　　头悬梁的孙敬和锥刺股的苏秦，读书就是为了功名富贵，但读书的好处远不止于此。"人学非知道，不学非自然"，读书最大的好处是可以知理明道，所以几千年来读书人虽贫而孜孜于读书求道，宋代大儒朱熹曾说："为学之道，莫先于穷理；穷理之要，必先于读书。"晚清博学儒医陆以湉在《励学箴》里也说："人无贤愚，非学曷成；理无精粗，惟学乃明。"孔子最得意的弟子颜回乐于读书悟道："一箪食，一瓢饮，在陋巷，人不堪其忧，回也不改其乐。"到了宋代，酷爱读书的陆游告诫自己的儿子子聿，"读书万卷不谋食，脱粟在傍书在前。要识从来会心处，曲肱饮水亦欣然"，读书万卷是为了会心悟道，只要悟到书中真意，生活再苦也是快乐的。

理义养心

　　读书还有一大好处是养气，勤于读书善于读书能"养吾浩然之气"。清代汪莹《示儿》诗说"读书能养气，乃为善读书"，读书可以不断提升自己的心性和涵养，诸葛亮告诫子弟读书说"非淡泊无以明志，非宁静无以致远，非学无以广才，非静无以成学"，只有读书才能养成宁静淡泊的心性，静下来才能干成远大的事业。孔子说"不患无位，患所以立"，不担心没有职位而是担心靠什么来胜任这个职位。靠什么？靠温良恭俭让的品德，靠能够讷于言而敏于行的才干，靠宁静淡泊的心性。"人心如良苗，得养乃滋长；苗以泉水灌，心以理义养"，读书可以陶冶出宠辱不惊的心性，可以去掉内心的浮躁。"慆慢则不能励精，险躁则不能冶性"，只有心性和平才能宁静致远，才能达到"饥寒不动是英雄"的涵养，才能拥有"腹有诗书气自华"的风度。"养气要使完，处身要使端"，养气就是要养齐家治国平天下的志气，就是要养心忧家国的浩然之气，就是要养"下则为河岳，上则为日星"的天地正气。

和辛苦耕耘之后方有收获一样，读书虽然好处多多但却是件非常勤苦的事情，所以很多人难以坚持下来。不必说"板凳要坐十年冷"去扎扎实实做学问，平时读书也要下苦功，比如宋代王禹偁在清明节也勤于苦读，"无花无酒过清明，兴味萧然似野僧。昨日邻家乞新火，晓窗分与读书灯"，读书大多数时候如老僧坐定，在清心寡欲的时候才能静下心来沉浸其中。读书就得勤苦一些，"三更灯火五更鸡，正是男儿读书时"，两岁而孤的范仲淹在学堂里不舍昼夜学习，五年不解衣而睡，划粥断齑和帷帐被读书灯焰熏黑的故事已成为励志读书的经典。唐代杜荀鹤《题弟侄书堂》写得好："何事居穷道不穷，乱时还与静时同。家山虽在干戈地，弟侄常修礼乐风。窗竹影摇书案上，野泉声入砚池中。少年辛苦终身事，莫向光阴惰寸功。"人们都记着这首诗的最后两句，其实前边写得也不错，穷且益坚读书之志，甚至家国遭逢干戈战乱也不辍读书，读书的灯火深藏心中永远不会熄灭。"读书如树木，不可求骤长"，读书获益是一个慢过程，不可急于求成，陆游说得好："古人学问无遗力，少壮工夫老始成。"读书要反复玩味理解，"读书切戒在慌忙，涵泳工夫兴味长；未晓不妨权放过，切身需要急思量"，在仔细的品味中就会品尝到读书的乐趣。

活到老，学到老。"年过七十眼尚明，天公成就老书生"，陆游读了一辈子书，而且是玩命地苦读，他告诉孩子们"圣师虽远有遗经，万世犹传旧典刑"，老祖宗留下来的都是好东西呀，我这么大岁数了还勤读不辍，"白首自怜心未死，夜窗风雪一灯青"，不仅风雪之夜要读，病了醉了还要读，"病里犹须看周易，醉中亦复读离骚"，真是嗜书如命的书虫。陆游也喜欢这种读书的生活，他不怕别人说他是书颠，甚至以此自负，如果不读书活得还有什么意义，"韦编屡绝铁砚穿，口诵手钞那计年。不是爱书即欲死，任从人笑作书颠。"读书的感觉真好，你看"白发无情侵老境，青灯有味似儿时"，读起书就找回了童蒙时感觉，这首诗的题目《秋夜读书每以二鼓尽为节》，二鼓尽是现在的晚上十一时左右，一位白发老人一灯如豆读到晚上十一点，真令人敬佩。陆游觉得别的都可以不计较，但没有读书便要深深自责，"人情冷暖可无问，手不触书吾自恨。"在古代，像这样勤奋读书的老人并不在少数，"少而学者如日出之阳，壮而学者如日中之光，老而学者如秉烛之明"，什么时候都不应该忘记了学习，每个人生阶段读书都会有不同的收获，清代文人张潮在《幽梦影》中说："少年读书，如隙中窥月；中年读书，如庭中望月；老年读书，如台上玩月。皆以阅历之浅深，为所得之浅深耳。"人生读书如登山看景，当会当凌绝顶时，肯定是一览众山小。

如果说得直白一些，好多人读书都是为了现实的功利目的，颜如玉和黄金屋成了读书人的动力。像孙敬、苏秦之流莫不如此，发明了令人悚然的锥刺股这种血淋淋的读书方式，没有强大的功利动力是不会如此决绝的。元末高明的《琵琶记》这样写道："朝为田舍郎，暮登天子堂。将相本无种，男儿当自强。不是一番寒彻骨，怎得梅花扑鼻香。十年窗下无人问，一举成名天下知……"这些大实话道出了为功利而读书的人的心事，十年寒窗是为了一举成名。再看唐代孟郊的《登科后》："昔日龌龊不足夸，今朝放荡思无涯。春风得意马蹄疾，一日看尽长安花。"苦读的日子是勤苦难言的，一旦春风得意就会神采飞扬。孔子说"学也，禄在其中"，其实读书求取功名也无可厚非，就像今天的高考一样，孩子们通过读书增长才干来鲤鱼跳龙门走进高校走向社会，仍是一种公平选才的最好方式。唐代大诗人白居易说得好，读书"少而干禄利，老用忘忧患"，人生每一个阶段读书都有不同的收获。虽然行行出状元，但知识改变命运这句话是没有错的。

我们国家的耕读文化历史悠久，但一个家族重视耕读更多还是为了光大门楣。真正把耕读当成一种快乐还是陶渊明，"晨兴理荒秽，带月荷锄归"，他真心喜欢田园里耕锄的劳动生活；"既耕亦已种，时还读我书"，劳动之余他就捧起了书本。读什么书呢？"泛览《周王传》，流观《山海图》"，《周王传》是《穆天子传》，《山海图》是《山海经》，泛读浏览这些神话传说类的书，就像我当年在校园里读武侠小说一样，纯粹是为了快乐而读书，读得轻松自在乐在其中，就像陶渊明所说"好读书，不求甚解，每有会意，辄欣然忘食"，读书这么开心而愉快的事情，"俯仰终宇宙，不乐复何如！"是啊，对真正的读书人来说，读书是件快乐无比的事。你看陆游对于父子在一起读书这件事情非常得意，"旧业虽衰犹不坠，夜窗父子读书声"，读到"灯青地炉冷"时自问"吾学其少进？"这样读书就是为了精进学问。清代袁枚是个书呆子，"书味在胸中，甘于饮陈酒"，他觉得读书比喝酒还令人陶醉。当代如钱锺书先生也是嗜书如命的人，"乍对书灯青有味，何劳高处望琼楼"，灯下有书可观哪里用去站在层楼观山景呢！真正以读书修身养性的人书卷真是"晨昏忧乐每相亲"，清人萧抡谓就觉得"一日不读书，胸臆无佳想。一月不读书，耳目失精爽"，不读书真是感觉浑身不舒服。

现在好多人逼着孩子读书去考一个好的学校，自己得闲时却像抽大烟一样斜躺在那里玩手机，怎么能成为孩子的好榜样呢！闲暇时能静静地读书是件十分幸福的事情，清康熙年间文华殿大学士兼礼部尚书张英，是桐城"六尺巷"佳话的主人公，他的家训《聪训斋语》曾国藩推崇备至，谈到读书时说"书卷乃养心第一妙物。闲适无事之人，镇日不观书，则起居出入，身心无所栖泊，耳目无所安顿，势必心意颠倒，妄想生嗔。"想一想古人一些读书的场景，我有时觉得羡慕得很："数间茅屋闲临水，一盏秋灯夜读书"，得闲时在数间临清流的茅屋里读书，多么惬意啊！还有"鸡窗夜静开书卷，鱼槛春深展钓丝"，想一想都美得不行。再看"照壁书灯青，煨炉茶火红"，这样以书消遣闲暇时光，是人生的福利啊！

今天能抵得住各种诱惑读书太不容易了，因为我们所面对的物质和精神世界比古人不知要丰富多少倍。但这也要看个人的定力和爱好了，明代河东大儒薛瑄认为"万金之富，不以易吾一日读书之乐也"，真是"富贵于我如浮云"；再看清代袁枚是怎样读书的，"寒夜读书忘却眠，锦衾香尽炉无烟。美人含怒夺灯去，问郎知是几更天！"书的诱惑胜过了美人，看来是真读进去了。要向这些古人学习，世界上的繁华和诱惑多了，关键在于自己如何选择有益身心的爱好了，欧阳修说："纷华暂时好，俯仰浮云散。淡泊味愈长，始终殊不变。"其实，好多人是敌不过"懒惰"二字，"力学如力耕，勤惰尔自知。但使书种多，会有岁稔时"，宋人刘过这首《书院》诗明白易晓，有耕种才有收获，勤奋还是懒惰就看自己的选择了。

"人家不必论贫富，惟有读书声最佳。"是啊，人间最美的声音是琅然的读书声，尤其是孩子们的读书声，这种读书声是令人自豪的，"过客不须频问姓，读书声里是吾家""梦回闻汝读书声，如听箫韶奏九成""闲得林园栽树法，喜闻儿侄读书声"……诗人们说这话心里都是窃喜自负的。"乃知读书勤，其乐固无限"，努力让自己成为一名读者，让仙乐般的读书声萦绕在你我耳边。

天阴欲雨能饮无

在我很小的时候，觉得喝酒是大人们的事，也是一件高兴的事情，要不然大人们在最高兴的时候总要喝几杯。等我长大以后，慢慢学会了喝酒，慢慢喝醉了，慢慢觉得喝酒有诸多的坏处，不仅容易蹉跎时光，也不利于身体健康。但我还是敌不过酒的诱惑，有朋友呼唤时心痒难耐，不喝不喝又去了，一喝结果又多了。

我第一次喝酒是被大人逗着玩儿喝多的。父亲当时是第二生产队粉坊里的粉大师傅，当时我上小学二年级，一放学便往生产队的粉坊里跑。为庆祝制作粉条成功，父亲和叔叔们有时会打一些散酒，在粉坊的炕上庆祝一番，煮上一些粉条用调料拌好，再打一块豆腐就是下酒菜，条件好了还有杂碎可以下酒。我在粉坊炕上蹭吃蹭喝，有一次被几个叔叔逗着喝了几杯酒，走路开始走曲线，晃晃悠悠回到我家院子里，母亲奇怪我怎么会一瘸一拐，在哪里玩得受伤了？闻到酒味才知道我这是喝醉了。这是我人生第一次喝酒，也是第一次醉酒，我丝毫没有觉出烧酒有半点好喝。

那个年代村里人们都很穷，喝酒是件奢侈的事，逢年过节或遇上个红白事宴人们才能喝点散装酒。有时生产队里几个人凑份子喝酒，人们叫打平伙。有一年二队有好多乡亲们聚在我家的炕上和地下，好像是开完会后聚餐一顿，人们开怀畅饮，喝着用暖瓶盛着的散酒。才元大爷是队长，端着酒碗劝大家多喝一些，后街上几位大娘嘀咕着："不花钱的酒，喝哇！"能管饱喝一顿酒不容易，女人们也放量来喝，但不花钱的酒也醉人，终于喝出了"家家扶得醉人归"的效果。我见过生产队里好几个打平伙喝酒的场面，非常红火热闹，使贫穷的岁月有了酒意和醇香。

那个年代人们把喝酒和赌博并列，认为是败家破业的事情，就是因为喝酒要花不少钱。但我倒不这么认为，在我记忆中对几个爱好喝酒的人印象都很好。村东北的赵亮小爱喝酒，按村里的叫法我应该叫他亮小哥，亮小哥年轻时嘴就中风歪了，村里人叫他歪嘴亮小，这是昵称而不含贬义。亮小哥喝酒时拳划得好，在酒场上划开拳就会意气风发。村子西北这边爱喝酒的是靳成威老汉，我叫他成威大爷。上小学的时候我的接拜利利家里开小卖部，我看成威大爷经常到利利家赊酒喝，成威大爷每次拿一个小瓶子或买或赊，打上二两散白酒站在地上先喝上一两口，出来在沿台再喝上两口，二两酒就没了，成威大爷脸红扑扑的，意犹未尽地走了。我对他喝烧酒那痴迷的神情动作记得特别清楚，他那灿烂的表情使我觉得喝酒可能是天下最美的事情了。

还有一个爱喝酒的人就是我的大爹。我父亲总共弟兄两个，我大爹长我父亲十几岁，我父亲是典型的好庄户人，我大爹则是一个会吃喝享受的人。他有一个铜酒壶，大概能装三两酒，喝酒时他会打满一壶酒用开水烫上，再炒上两三颗鸡蛋。酒壶往盅子里倒酒是一条细细的线，激起一个又一个小泡泡状的酒花儿，我在一旁看得咽口水，大爹喝得高兴了会夹一筷子炒鸡蛋给我吃上一口。上六年级的时候，中午在大爹家吃饭，我用他的酒壶倒着喝酒，不知不觉喝多了。下午去学校里上语文课，记得课文是《伊索寓言二则》，上到后来酒劲上来了，只好到学校后边的墙角去吐，我才知道喝醉了就不由自己了。

包产到户之后，烧酒逐渐多起来，农村喝酒之风也逐渐盛起来。大爹开过一阵子小卖部，我看他给别人用一两的酒舀子打酒，当打开散酒坛子后，酒香扑鼻而来，这就是人们为啥爱喝烧酒的原因。上了高中以后，每到寒假我就和几个同学回村里轮流请客到家里喝酒，大人们给我们炒几个菜，我们俨然像一个个大人在一起喝酒。那个时候已经时兴喝瓶装酒，我记得是喝一种两块五毛钱一瓶的二麯酒，再好一点是沙城老窖和绿豆大麯。村里的人们逢年过节都会互相请客喝一点，人们庆祝包产到户以后带来的好年景，那个时候二十来岁的我们学着做人，也学着喝酒，有时酒不太好，喝得第二天头疼欲裂。青春是美好的，看到宋代苏舜钦汉书下酒的故事，也一边看书一边喝酒，觉得这样喝有古人之风挺美的。

到如今喝过多少次酒是真的忘了，但最爱的还是村居饮酒的感觉。记忆中在村里饮酒兴之所至便可，丰收了可以聚在一起庆祝一下，谈论荬子高来糜子低的事情；谁家盖房上梁了，要喝几杯酒庆祝一下；大家互相帮忙干毕农活要喝两盅，既是为了答谢更是为了高兴。过阴天也是村里喝酒一个最常见的理由，下雨了地里干不成农活了，呼朋引伴喝几杯吧，院子里摘一些新鲜的时蔬，窗外的雨淅淅沥沥下着，炕头上温上几壶酒喝着，别提多美了。炕上那盘蔓菁咸菜也胜过了无数山珍野味，聊的都是没紧要的事情，"笑语相闻丰岁乐，耕桑自足古风淳"，这样的感觉真是再好不过了。

浊酒一杯话桑麻，闲闲的在一起喝酒聊天才是真正的喝酒。喝酒真的不宜在高楼会馆，不宜铺排出山珍佳肴，就像陶渊明那样"摘我园中蔬"，就像孟浩然那样"开轩面场圃"，才能品出酒的真淳来；喝酒时只要"酒熟乡邻递送迎"，只要"浊醪初熟劝翁媪"，就能品味出人间真情来。

又是一个麻阴阴天，恰好回到了村子里，"晚来天欲雪，能饮一杯无？"

请你记住妈妈的微笑

昨天是世界微笑日，今天是母亲节，世上的有心人真多，居然有人想起设立这么好的两个节日，真好！当你感到力不从心疲惫不堪时，当你感到"尘世难逢开口笑"时，当你感到在忧思和焦虑中沉沦时，请你想一想亲爱的妈妈，请你想一想妈妈的微笑，会使你的焦虑烟消云散，会使你的心头倍感温暖，会使你的前行信心满满。

提起这两个节日，我就想起了两首歌。第一首歌是用稚嫩的童声演唱的《歌声与微笑》："请把我的歌带回你的家，请把你的微笑留下。明天明天这歌声飞遍海角天涯，飞遍海角天涯；明天明天这微笑将是遍野春花，将是遍野春花……"美妙的歌声就像清洌的山泉一样，滋润出草木蔓发鱼跃鸢飞的美景。微笑是一个人用内心的美好绽放出的最美丽的花朵，当微笑的花朵绽放在每一个人的脸上时，这个世界就会让人感到姹紫嫣红风光无限，就会让人感到春风扑面温暖无比，就会让人感到鲜花满目荆棘不生。

第二首歌还是可爱的孩子们演唱的《世上只有妈妈好》，唱出了一个万世不变的真理。真的，这人世间没有第二个人比妈妈好，没有第二个人的爱能超越妈妈的爱，就像歌里唱的"世上只有妈妈好，有妈的孩子像块宝。投进妈妈的怀抱，幸福享不了……"不过这首歌有点伤感，听一次这首歌就要掉一次泪，眼睛酸酸的。还有一首歌是《妈妈的吻》："妈妈的吻，甜蜜的吻，叫我思念到如今……"这首歌也触动了好多人内心深处的柔情，每次听到这首歌我就想起了养育我的村庄，想起了那曾经居住的土坯房，还有那房顶上升起的缕缕炊烟，黄昏时妈妈会呼唤着我的名字回家吃饭。

微笑本身是美好心灵绽放出的花朵，妈妈的微笑更让人感受着太阳般的温暖，让人感受着花香般的温馨，让人感受着雨露般的安然。我的妈妈离开我已近二十年了，但我每次想起她时脑海里就浮现出温暖如太阳般的笑脸，这样的笑脸时时鼓励我奋斗和前行，给予我力量和志气。我知道只有内心良善的人才能露出那样的微笑，只有心中有光的人才会保持那样的欢喜。生活中哪能没有艰难，但母亲都能乐观面对，面对再苦再难的生活，母亲也会露出阳光般的微笑，在这样的微笑里，生活中的风雨都化作了彩虹，坚冰都化作了春水，坎坷都化作了坦途，荆棘都化作了鲜花。

想起妈妈的时候，就想起了那慈祥的微笑。愿每个人都记住妈妈的微笑，记住那最亲你的人的笑脸。生活有好多不如意，想一想妈妈那爱意满满的微笑，就会使你的回忆都沾满了像蜜一样又甜又稠的怜爱。在这茫茫浩宇和冷暖人世间，妈妈的微笑永远不会消失，就像不变的星辰和亘古的山川一样陪伴着你的岁岁年年，就像温暖的阳光和圣洁的月光一样陪伴着你的日日夜夜，在妈妈的微笑里，生活没有忧伤，日子充满阳光，幸福永远荡漾。

每一位妈妈都用微笑照耀着成长的儿女，请你记住妈妈的微笑！

那个喊一声就能止疼的人

在《红楼梦》第二回里，曹雪芹借冷子兴的口诉说贾宝玉的奇闻逸事，说他被父亲打得吃疼不过时，便姐姐妹妹乱叫起来，说是喊叫姐姐妹妹或可解疼也未可知，"因叫了一声，便果觉不疼了，遂得了秘法：每疼痛之极，便连叫姐妹起来了。"

小说中的冷子兴是把这事儿当笑话讲的。年轻时读到这里时，觉得虽然荒诞但很有趣很浪漫，真羡慕贾宝玉有那么多蕙质兰心的姐姐妹妹，他的"女儿是水做的骨肉"的说法也让人觉得十分新奇。第三十三回里贾宝玉真被他父亲痛揍一顿，姐姐妹妹们都来看他，黛玉也抽抽噎噎地规劝，宝玉听说长叹道："你放心，别说这样的话，就便为这些人死了，也是情愿的！"这些情节真是令人感动，一遍又一遍去想象那令人眼热心暖的场景。

上了年纪逐渐明白，这些只能是小说里编排出来的情节，世界上真有喊一声就能止疼的人，不是姐姐妹妹，而是"妈"。当人突然受到惊吓或袭击时，会不假思索地喊"妈",仿佛喊一声妈可以抵御可怕的伤害,喊一声妈可以抵挡彻骨的寒冷,喊一声妈可以走出无边的黑暗。像大地一样深厚的母爱覆载苍生,呵护和保佑着你的灵魂与身体,弥合和抚慰着你的伤痛和沮丧。

同样是在《红楼梦》里,曹雪芹其实明白人在最痛苦的时候叫的是妈。第七十八回来借小丫环之口道出晴雯死时的情状,晴雯在弥留之际呻吟乱叫,"宝玉忙道:'一夜叫的是谁?'小丫头子说:'一夜叫的是娘。'宝玉拭泪道:'还叫谁?'小丫头子道:'没有听见叫别人了。'宝玉道:'你糊涂,想必没有听真。'"

优秀的作品往往曲尽人情世态,刻画出了生活的真实与无奈。宝玉满心以为晴雯临终前叫的是自己,但生活的真实却是,人在弥留之际喊的肯定是娘,所以晴雯临终前直着脖子叫娘,在无意识的状态下只有喊娘才能减轻疾病折磨,只要喊娘才能消除坠入无边黑暗的恐惧。曹雪芹写出了生活的真实,我经过这样无可奈何的场面,六年前我父亲在弥留之际躺在老家的炕上,我握着他的一只手,他喊的就是"妈呀",喊到妈时父亲微笑着离开了人世。我的奶奶去世已经四十多年了,父亲肯定想到了年轻时守寡和幼小的他相依为命的奶奶。

《红楼梦》是一部伟大的作品,伟大的作品往往见功力于细节的真实与完美,这一点中外的优秀作品都有相通之处。在《约翰·克利斯朵夫》老约翰·米希尔去世的那一卷里,老约翰·米希尔在半昏迷半清醒的状态中,"他叫了声:'妈妈!'多沉痛啊!跟克利斯朵夫一样,老人竟会呼天抢地地喊他的母亲,喊他从来没提到过的母亲:这岂不是对着最大的恐怖做一次最大而无益的呼吁吗?……"在生命走向尽头的时候,老约翰·米希尔也叫的是妈妈,无论古今中外,人世间母爱的力量可以解脱一切困厄。

在这个世界上,如果有喊一声就能止疼的人,只能是妈妈。当你在苍茫尘世上感到无助的时候,当你在无边苦海中只能逃避时,当你在狂风骤雨里寻求庇护时,当你从心里从灵魂深处呼喊一声妈妈,你的心头就会滋生起战胜困厄的勇气和力量，无论一个人多么幼稚或多么苍老，无论一个人是多么坚强或多么冷酷，内心总会有一块柔弱的地方是留给妈妈，心底总会有一种自然的声音是呼喊妈妈。每当我们的心底响起呼喊妈妈的声音，思绪就回到了那被妈妈的爱包裹着的童年。我曾经和八十多岁的老父亲聊起了我的奶奶时，父亲的眼睛里是有光的，当聊到守寡的奶奶拉扯他的种种不容易时，父亲的眼睛里是有泪的，童年的种种爱怜穿越岁月风尘袭上了父亲的心头，他的眼神里充满了温柔和安静。

在高兴无比或困难无助的时候，我就从心底真切地呼喊过妈妈。还是上初二的时候，我骑自行车出远门，路途中遇上滂沱大雨，我扛着沾泥无法骑行的自行车，在泥泞的土路上跌倒爬起，在瓢泼大雨中无助的我哭喊着妈妈，任雨水和泪水在脸上流淌；大学本科毕业后我又考上人民大学继续学习，我心里念着妈妈把这个消息第一时间拍成电报告诉了家里，我想像着妈妈高兴地分享我的快乐；工作后我把妈妈接到市里，每天进家门的第一件事就是叫妈妈，妈妈答应后心里就踏实了；如今，妈妈已经从这个尘世渐行渐远，但我经常从心底呼喊着妈妈，我相信她能听得到最亲爱的儿子的呼唤，在天边佑护着后辈们的平安和成长，在我的心中她比任何神都灵验。

妈妈离开我已近二十年了，但我每次想起她时脑海里就浮现出温暖如太阳般的笑脸，这样的笑脸时时鼓励我奋斗和前行，给予我力量和志气。我知道只有内心良善的人才能露出那样的微笑，只有心中有光的人才会保持那样的欢喜。生活中哪能没有艰难，但母亲都能乐观面对，面对再苦再难的生活，母亲也会露出阳光般的微笑，在这样的微笑里，生活中的风雨都化作了彩虹，坚冰都化作了春水，坎坷都化作了坦途，荆棘都化作了鲜花。在这茫茫浩宇和冷暖人世间，妈妈的微笑永远不会消失，就像不变的星辰和亘古的山川一样陪伴着你的岁岁年年，就像温暖的阳光和圣洁的月光一样陪伴着你的日日夜夜，在妈妈的微笑里，生活没有忧伤，日子充满阳光，幸福永远荡漾。

人生会有许多遗憾，最遗憾的是那个喊一声就能止疼的人走了，你才觉得尽孝和陪伴不够。著名作家张洁在《世界上最疼我的那个人去了》一文中写道，她母亲去世一段时日后，她"还不习惯一转身已经寻不见妈的身影，一回家已经不能先叫一声'妈'，一进家门已经没有妈颤巍巍地扶着门框在等我的生活。"我羡慕那些父母亲健在的人们，他们还能像我当年一样一进门就能先叫一声"妈"。

喊一声就能止疼的人就是妈。但丁说："世界上有一种最美丽的声音，那便是母亲的呼唤。"我想说，世界上还有一种美丽的声音，那便是呼唤母亲，那一声亲切如天籁的"妈"。

什么时候想喝酒

什么时候想喝酒？高兴的时候你当然想喝酒，失意的时候你还想喝酒。除了高兴或悲伤的时候想喝酒，还有好多场合或时刻，人们都能想到喝两盅，今天看看古代诗人们是怎么说的。

大家都知道陶渊明、李白等是著名的好酒文人，殊不知白居易也是一个爱喝两口的人。"绿蚁新醅酒，红泥小火炉。晚来天欲雪，能饮一杯无？"这首著名的诗就是白居易和朋友商量喝酒的，就像我们今天和朋友商量："喝两盅？"要不就说："过个阴天？"北京著名的陶然亭公园，"陶然"二字便来自白居易的诗句——"更待菊黄家酝熟，共君一醉一陶然"，这首诗显然是受孟浩然"待到重阳日，还来就菊花"的影响。"陶然"是个什么境界，他在另一首里说"三杯即酩酊，或笑任狂歌。陶陶复兀兀，吾孰知其他"，这有点似醉非醉的样子，《晋书·刘伶传》里说刘伶"虽陶兀昏放，而机应不差"。

白居易有七首《何处难忘酒》，回答了我们什么时候想喝酒这一问题。古人说金榜题名时是人生一大喜事，当然要喝两杯，"初登高第后，乍作好官人。省壁明张榜，朝衣稳称身"，这真是"春风得意马蹄疾，一日看尽长安花"，"此时无一盏，争奈帝城春"，这个时候不喝一杯辜负了这大好的春光和人生的高光时刻。还有他乡遇故知，白居易写道"何处难忘酒，天涯话旧情。青云俱不达，白发递相惊。二十年前别，三千里外行。此时无一盏，何以叙平生。"是啊，天涯话旧情怎么能不喝一杯呢，这使我想起了杜甫的《赠卫八处士》，老友在战乱里二十年重逢怎么办呢？"问答乃未已，驱儿罗酒浆。夜雨剪春韭，新炊间黄粱。主称会面难，一举累十觞。十觞亦不醉，感子故意长。明日隔山岳，世事两茫茫。"这真该不醉不罢休。

还有什么高兴的时候可以举杯呢？那就是"莫放春秋佳日过"。白居易说"春分花发后，寒食月明前"的时候，"此时无一盏，争过艳阳天？"就是呀，花好月圆的良辰美景，怎么也得小酌一下啊！还有什么高兴事呀？将军凯旋归来时，当立下赫赫战功时，"还乡随露布，半路授旌旄。玉柱剥葱手，金章烂椹袍"，当此荣光之际"此时无一盏，何以骋雄豪？"久旱逢甘雨也是大喜事，一场及时雨过后，人们想象"千里稻花应秀色"的丰收景象，乡村父老就会"酒樽风月醉亭台"。我在农村的时候，经常遇到喜降甘霖后"家家买酒歌时康"的景象，雨在田野里喜滋滋地下着，父老们在家里喜滋滋地喝酒。

至于忧愁的时刻喝酒就多了，"一杯先为破愁城"，消愁解闷更是离不开酒。当秋声悲寂寥时，"暗声啼蟋蟀，干叶落梧桐"弥漫着秋天之萧瑟，"此时无一盏，何计奈秋风"；当长亭送别时，"敛襟收涕泪，簇马听笙歌"充满了离别之忧伤，"此时无一盏，争奈去留何"；被逐逢赦后，白居易也有喝的理由，"此时无一盏，何物可招魂？"人生伤别离，聚散苦匆匆，这是亲人朋友于聚散之际把酒的缘由，唐于武陵《劝酒》诗云："劝君金屈卮，满酌不须辞。花发多风雨，人生足别离。"喝酒可以暂时忘忧解愁，"醉时愁亦乐"，酒可以成为情绪的安慰剂，"三杯渐觉纷华远，一斗都浇块磊平"。

自从白居易作了这一组《何处难忘酒》后，这题目就成了后世文人喝酒行令赋诗的一个题目。北宋宣和年间诗人李处权有《彦修席上命赋何处难忘酒》，说明当时酒席宴间有以《何处难忘酒》为题赋诗的文字游戏，宋人也有不少同名的作品，但他们的立意和诗意与香山居士的诗比差得真是天上地下，王安石的诗写得好，但他的二首《何处难忘酒》读来让人感到俗不可耐，其中一首是"何处难忘酒，英雄失志秋。庙堂生莽卓，岩谷死伊周。赋敛中原困，干戈四海愁。此时无一盏，难遣壮图休。"另一首说难忘酒的原因是"君臣会合时"，说什么"深堂拱尧舜，密席坐皋夔"，看得让人直倒胃口，难怪耿介的郑侠和他的诗抢白说"何处难缄口，熙宁政失中。四方三面战，十室九家空。见佞眸如水，闻忠耳似聋。君门深万里，安得此言通"，句句说到了荆公的痛处。当时的王令一口气作了十首《何处难忘酒》，为何想喝酒？要么是"君臣草昧初"，或者是"天心渴太平"，还有"王朝四海中"，这种捧脚奉承的诗句真是一无足观，喝个酒扯到了那么远。

在我看来还是高兴和休闲的时候可以喝几杯，就像陆游说的"酒非攻愁具，本赖以适意"。在农村人们喝得比较闲适，像我们熟知的"莫笑农家腊酒浑，丰年留客足鸡豚"，或者"开轩面场圃，把酒话桑麻"，在农村喝酒名利的成分少一些，正是"醉乡路与乾坤隔，岂信人间有利名"，另外时间和场所都比较闲适恬淡，气氛适宜举杯，哪怕下酒菜粗淡简单一些，想一想"小槽酒熟豚蹄美"就流口水，听着鸡鸣犬吠就亲切，这个时候"野馈虽无食指动，村醅也解醉颜酡"。有的时候农家院子里的菜园里柿子红了，黄瓜绿了，正是"市远鸡豚不须问，小畦稀甲已堪烹"，像我们土默川农村，立夏这两天田野里苦菜刚刚长出来，拌上一盘又嫩又鲜的苦菜，再用小葱拌上一盘农家豆腐，烫上一壶酒就很美。

花前月下当然适宜喝酒，就像李白就喜欢"花间一壶酒"，喜欢"两人对坐山花开"。北宋康节先生邵雍以学易悟道而名，他的诗作得也好。他有一首"春在对花饮，春归花亦残。对花不饮酒，欢意遂阑珊。酒向花前饮，花宜醉后看，花前不饮酒，终负一年欢。"真是的，"晓露重时花满槛，暖醅浮处酒盈瓯"，这要是不喝两盅辜负了这花这景。邵雍还有几首喝酒的诗我也特别喜爱，比如《举酒吟》："闲与宾朋饮酒杯，杯中长似有花开。清谈才向口中出，和气已从心上来。物外意非由象得，坐间春不自天回。施之天下能如此，天下何忧不放怀。"再比如《插花吟》："头上花枝照酒卮，酒卮中有好花枝。身经两世太平日，眼见四朝全盛时。况复筋骸粗康健，那堪时节正芳菲。酒涵花影红光溜，争忍花前不醉归。"但他知道小饮怡情的道理，所以喝酒是"有酒时时三五杯"。赏花饮酒都要把握火候，"饮酒莫教成酩酊，赏花慎勿至离披"，所以写字喝酒时"大字写诗夸壮健，小杯饮酒惜轻醇"。喝个高兴开怀多好啊，"量力杯盘随草具，开怀语笑任天真。劝君似此清闲事，虽老何须更厌频"。

月下饮酒是文人们的最爱，举杯邀月和把酒问月的诗人太多了。李白"举杯邀明月，对影成三人"之举，让后世文人羡慕不已，苏轼对这首《月下独酌》熟稔于心，他在《念奴娇》里化用此句说"我醉拍手狂歌，举杯邀月对，影成三客。起舞徘徊，风露下，今夕不知何夕"，东坡又在另一首诗里写道"已遣乱蛙成两部，更邀明月作三人"。这些诗词虽好，胜不过李白的诗，但中秋夜欢饮达旦思念弟弟的《水调歌头》（"明月几时有？把酒问青天……"）一出传唱千古，其他月下喝酒的词尽废，就连李白的那首《青天有月来几时》也有点逊色。"月光长照金樽里"，对月饮酒成了后世文人的最爱，明代才子唐寅的《把酒对月歌》："李白前时原有月，惟有李白诗能说。李白如今已仙去，月在青天几圆缺……我也不登天子船，我也不上长安眠。姑苏城外一茅屋，万树桃花月满天。"真好啊，好朋友相逢明月夜，就像苏轼说的"有客无酒，有酒无肴，月白风清，如此良夜何？"怎么舍得辜负了这良夜明月呢！

说了这么半天，大家明白我要说什么时候想喝酒了。清人张潮的《幽梦影》里说"若无诗酒，则山水为具文；若无佳丽，则花月皆虚设"，具文就是徒有形式，就像当年杜甫在重阳赏菊时因肺病不能饮酒，于是赌气道"竹叶于人既无分，菊花从此不须开"，竹叶就是酒名。李商隐《春日寄怀》里也写道"纵使有花兼有月，可堪无酒又无人"，没有知己共饮花月真是虚设。

"酒逢知己饮，诗向会人吟"，闲适时不妨邀好友同饮，但饮酒切莫过量。《菜根谭》里说得好："花看半开时，酒饮微醉，此中大有佳趣。若至烂漫，便成恶境矣。"

听书看戏读好书

又送走了一个读书节，在这个爱读书的人越来越少的年代，我还是要重复说一句——"人生唯有读书好"。譬如说我自己吧，读书已经成为一种和一日三餐一样重要的习惯，我和大家分享一些读书的经历和体会。

也许是物以稀为贵，童年的时候书本奇缺，使我对读书有了强烈的愿望。而一个人的经历也会深深地影响自己的阅读习惯和兴趣，出生在上个世纪六十年代末闭塞的农村，我对阅读的兴趣是从听评书开始的。没上学时跑到别人家炕上听村里几位老人说书，说的是万古千年的事情，我喜欢上了孙悟空、赵云、薛仁贵等故事里的人物，他们就像我身边的朋友那样熟悉而亲切。其实就是从那个时候开始，我对古典文学和历史产生了浓厚的兴趣。

说书听书在农村已经流传久远，影响着一代又一代乡人的兴趣和三观，也折射出乡村追求真善美的道德观。当年陆游乘着小舟闲游近处的村庄，上岸后看到了小村的古柳下说书和听书的场景："斜阳古柳赵家庄，负鼓盲翁正作场。死后是非谁管得，满村听说蔡中郎。"我每一次读到这首诗的时候，就想起了自己小时候入迷地听书的情景，现在想来说书的那几个大爷其实知道的评书并不那么渊博，而且用方言把许多情节修改或演绎了，但评书里主人公们的善恶忠奸却深深地左右着我的情绪。

那个时候在偏僻而又贫穷的塞外农村，能够给孩子们带来乐趣的，除了亲近大自然或者贴近土地上的各种天然的游戏，就是挤在大人堆里听评书，再有就是一年难得看上几天大戏。其实上小学的时候，我还对古典文学和历史知识一无所知。记得是刚上小学一年级，我们几个男同学围着看一本小人书叫《投降派宋江》，看着那些穿袍子和靴子的人物，我们有点着急，因为从小看《渡江侦察记》《南征北战》等电影，看小人书时一定要分出谁是好人谁是坏人，但一下子看到穿戴复杂的古人就懵了，直到后来看了戏才慢慢弄清楚了这些穿靴戴帽的人是怎么回事。

在我出生的那个年月大戏是四旧，是禁止演出的。大约在我十岁的时候解禁让唱大戏了，那年村里唱的大戏名叫《十五贯》，我当时看不大明白，只记住丑角娄阿鼠是个杀人犯。之后村里庆丰收唱大戏的时候多起来，经常唱的剧目有《打金枝》《金水桥》《铡美案》等，这些经典剧目都有惩恶扬善的讽劝意义，老人们聚在一起或说陈世美忘恩负义，或说包公刚正不阿，或说郭子仪大义灭亲。而我也逐渐弄明白了这大戏就是舞台艺术化了的评书，我喜欢舞台上那铿锵的锣鼓，喜欢那耀眼的旗幡，喜欢那华丽的穿戴。

那时幼小的我还不知道，在听评书和看大戏的潜移默化中我喜欢上了中国古代的经典，此后一直与经典相伴的阅读习惯受益良多。大约是小学四五年级的时候，村里好多人家有了收音机，我才逐渐听上了真正意义上的评书，听了评书之后我知道了忠义千秋杨家将的故事，知道了精忠报国岳家将的故事。看戏也一样，从看晋剧到看京剧，国粹艺术一直像磁铁一样吸引着我。听书看戏越多，使我越发想知道更多历史人物和故事，我就想着多识字读书，可以知道历史深处的好多事情，还可以知道团结村外的好多事情。

像我们那样偏僻的农村很难找到可读的书本，我的父母亲几代都是农民，家里也没有祖上传下来的书籍。上小学的时候家里很穷，村里也很闭塞，除了课本我根本看不到什么课外书。早先看过电影《大闹天宫》，后来听的第一部评书是《西游记》，这部评书忘了是谁讲的，说书者基本是按原著来讲，和其他爱打闹的男孩子一样，我成了一个彻彻底底的孙悟空迷。读初中的时候在乡里的供销社看到了《西游记》和《水浒传》，我缠着母亲要买书钱，如获至宝般把这两本书"请"回了家，睡着时都放在枕头边。

那个时候读原著还是有些吃力，但我还是用心地去一点一点地啃。在读

《西游记》时我连文中那些枯燥的诗词也没有放过，我喜欢第一回那首诗："争名夺利几时休？早起迟眠不自由！骑着驴骡思骏马，官居宰相望王侯……"；我喜欢三十六回里那首药名诗："自从益智登山盟，王不留行送出城。路上相逢三棱子，途中催趱马兜铃……"，这些诗句在当时我就反复背诵了。在"四圣试禅心"那一回时，看到四圣点化的小院里有"丝飘弱柳平桥晚，雪点香梅小院春"的大红纸的春联，觉得太有意境了，每年春节也给自家院子写上这副春联贴好。看《水浒传》也是一样，吃力地啃就会啃出滋味来，看《林教头风雪山神庙》那一回不知多少遍了，看到切熟牛肉时直咽口水。

就像肠胃对小时候吃过的饭菜有记忆一样，小时候读过的书也像家乡菜肴一样让人终生难忘。到现在《西游记》我大概读了十遍左右，上大学后我从天津古籍书店买了一套繁体竖排的《新说西游记图像》，中国书店出版的上中下三本，影印本绘图绣像挺好，仿佛把人带入了云遮雾罩的神仙世界，我把这套书读了两遍。之后我陆续购买了七八个版本的《西游记》，像中华书局的线装名家点评四大名著，每次品著捧读都是一种享受。《红楼梦》《水浒传》和《三国演义》也购买了好多版本，有空便重温那些令人难忘的章节或词句，经典的美需要反复去品味和欣赏。人民文学出版社推出四大名著大字版后，我又购买了一套，等老眼昏花之后读起来会很舒服。

当年听书看戏的爱好还养成我的另一阅读或购书习惯，就是购买整理的评书作品和连环画。当年听《杨家将》《大隋唐》《岳家将》到痴迷处，我就想着能看到这些评书。结果我在书店里购买到了和收音机里所播评书不同的《杨家府演义》，还有褚人获的《隋唐演义》以及钱彩的《说岳全传》，这些作品开阔了我的眼界，知道一个人或一件事在不同人的笔下会有不同的故事和情节，但荒淫的隋炀帝形象不会改变，精忠岳飞的气节不会改变，不同的只是故事的细节和旁支。

当然我也购买到了不少整理出来的说书名家的评书，当年近乎废寝忘食地看这些书，其实这也使自己触摸到了历史的轮廓，为我后来喜欢阅读历史积攒下了兴趣。我购买了一套根据刘兰芳演播整理的评书《杨家将》，这套书我看了一遍又一遍，有一次竟看了一个通宵；陈荫荣演播的小说《大隋唐》又叫《兴唐传》，据此整理出《闹花灯》《南阳关》《瓦岗寨》《四平山》《锁五龙》等十部书，我当时在好几个乡镇的供销社里几乎把这十本书集齐。至今记忆犹新，我把《薛刚反唐》《少西唐演义》《呼杨合兵》等评书几乎搜罗齐备，这些书籍给我的少年时代带来了无穷的欢乐，也使我对那些刀光剑影的历史时刻既好奇又羡慕。遗憾的是这些评书好多被人借走不还零落丢失，去年我又把《杨家将》等新版的评书购买回来，想重温听书看戏时那一份美好。

听书看戏时免不了接触鬼怪的故事，这些故事在我的心灵里注入了对玄怪小说的浓厚兴趣。小的时候我听父亲给讲过一个纪晓堂捉鬼的故事，已经记不起故事的细节了，但一直记着父亲讲故事的情景。上大学后我喜欢上了《聊斋志异》，《聊斋志异》里的神鬼世界使人痴迷，我通读了五六遍，其中的《聂小倩》《婴宁》《香玉》《小谢》等名篇反复赏读。《聊斋志异》是纯粹的文言小说，读起来要比《三国演义》等名著还要费劲，我最早阅读的是人民文学出版社的版本，后来又购买了上海古籍出版社的《聊斋志异会校会注会评本》，可以了解书中大量典故的意思。之后，我搜罗到了四五个线装版本的《聊斋志异》，人到中年后我把阅读兴趣延伸到了六朝、唐宋及明清的志怪小说，《太平广记》翻了好几遍，有些故事不时浮想于脑海之中。

兴趣一旦培养起来以后便会成为一种良好的习惯，从上大学开始我就形成了购买和阅读经典的习惯。近几年来我改变年轻时曾轻视国外名著的习惯，认真阅读了那些经典流传的作品，像《约翰·克利斯朵夫》我读了好几遍，这部像大型交响乐或史诗一般的作品深深地影响了我，这部作品真的像江声浩荡一样蕴藏着无限生机，傅雷那精彩的译笔让我感到了一种美的震撼。这部激荡着生命活力的作品给人以百折不挠的力量，那些关于心理活动和精神世界的细致入微的描写给人置身其中的感觉。不论是国内还是国外，人类对于真善美的追求和感觉应该是相同的，在海量的图书之中，你一定要从经典里汲取营养和力量。

假设那个时候也像今天一样有手机和各种电子玩具，我还会对听评书看大戏感兴趣吗？我还能把读书选择为自己的爱好吗？我会不会沉迷于电子游戏？我会不会被那些胡编乱造的动画片吸引？我会不会向大人抢手机来玩？生在今天的孩子们面临的诱惑太多了，面临的陷阱也太多了，这些诱惑和陷阱都是那些利欲熏心的逐利者给他们精心布设下的。

感谢那个物质匮乏爱好简单的年代，养成了我阅读和喜欢经典的爱好。这样的爱好使我们一生都在汲取不竭的营养，汲取向上的力量，汲取人生的智慧，也希望更多的孩子能够养成爱好读书和读好书的习惯。

人生不能去躺平

转眼之间时令已经到了小雪节气，这一年感觉就像坐在雪撬上，转眼间从年头又滑到了岁尾，日子和日子之间一点缝隙都不留，真是时光匆匆如流水。到了小雪节气，就让人想到了岁暮，尽管有岁末送走流年的伤感，但想到年就在前边招手，心里还是暖融融的，就像在寒冬盼望温暖和明媚的春天一样。只要心里住着希望和梦想，种子迟早有一天会发芽，人一定会和四季相濡以沫不怨不谢。

"岁暮阴阳催短景"，冬至前的这一个多月白天一天比一天短。儿子在我身旁睡相贪婪，每天早上起床闹铃响过之后，他还是不想起床，再睡五分钟吧！直到不能再拖延才睡眼朦胧地起床，这时候太阳也才刚刚露头，匆匆地洗漱吃罢早饭，他便背上书包在熹微的晨光里踏入了上学的路途。向上吧，少年，就像这初升的太阳一样，只有升得更高才能普照人间，才能给人间带来更多的温暖和光明；就像这路旁的小树一样，只有不断成长才能遮出更多的阴凉，才能成长为高楼广厦的栋梁；就像这冬天的小雪一样，覆盖大地熬过寒冷的时光，就会化作温暖的春水激荡出欢快的浪花，浇灌出艳丽娇媚的花朵。

　　我知道，寒冬腊月这段时间上学是一件辛苦的事情，是真正起早贪黑的事情。但在我小的时候读书，就听到各种古老的励志格言，"三更灯火五更鸡，正是男儿读书时"，不起早贪黑怎么能读书成才；"少年辛苦终身事，莫向光阴惰寸功"，终身的事业需要年少时辛勤的付出；"宝剑锋从磨砺出，梅花香自苦寒来"，只有经过了苦寒的历练才能淬炼出才华绽放出芬芳……这些我们听着成长的格言，对于我们的孩子也同样管用。我把这些道理给女儿讲，也给儿子也讲，在大人们喋喋不休的讲述中，他们在一天一天地成长，他们的成长印证着重复的格言，格言就是古人的经验。

　　小的时候我也贪恋早觉不愿起来，那时识字不多的父母会教育我说"成人不自在，自在不成人"。我不止一次琢磨，"自在"这个词用得太好了，自在就是无拘无束，自在就是安闲舒适，野草闲花可以自在，但真正的五谷需要依时按候拔节抽穗，才能成为养育生命的粮食。爱玩是孩子的天性，但人世间没有任由天性的成功，如果在该拔节孕穗的时光荒芜了，该闻鸡起舞的时候躺平了，该读书学习的时候贪玩了……雨露跟不上的枝头不会绽放出理想中美丽的花朵，养分跟不上的庄稼不会孕育出希望里饱满的籽实，勤苦跟不上的人生不会迎接来憧憬中幸福的生活。当理想还在远方的时候，人生跋涉的途中累了可以躺下小憩积蓄继续前行的力量，但如果彻底躺平放展，理想只能变成无法实现的梦想。只要心中有理想，就永远不要躺平。

　　小雪节气来临，再一次降温使上学变得更加辛苦了。这让我想起了姑娘上高中的时候，当星星还闪亮的清晨，我们就得出去热车等待出发，孩子上学辛苦大人也辛苦，这时我就想，车里暖乎乎的比我小时候上学强百倍了。人生不会永远生活在黑暗里，当你在最苦的时候想一想更加艰难的时刻，想一想那些你几乎捱不过但又终于熬过来的时刻，你就会懂得熬过了黑暗就是光明，捱过了寒冷就是温暖。因为你的坚持没有躺平，所以迎来了光明和温暖的时刻，这些时刻其实离你只是咫尺之遥。

　　我们上学那会儿一到冬天那才叫苦，好多同学被冻得手足生疮耳朵流脓。

七年级时我在中滩学校上学，每天得步行两公里。八年级时又骑着自行车到四公里外的五申学校上学。带上中午的饭盒在黎明前的黑暗中出发，在凛冽的晨风中奔向学校，星星还在头顶上眨着眼睛。小雪节气过去了，天气一天比一天冷，这时我们就盼啊熬啊：小雪过去了，快杀羊了；大雪快到了，要杀猪了；想一想，快乐的寒假就在前边等着我们，喜庆的大年就在前边等着我们……算着这一周又过去了，算着这一个月又过去，算着这一天又过去了，在不知不觉中，寒冷的季节熬过去了。此后，每当遇到困难想躺平的时候，我就像这样去"倒计时"，比如我曾经和父亲去拔麦子，手疼腰困时一眼望不到地头，这时我每拔十步麦子就想着"离地头又近了十步！"不知不觉终于拔到了地头，突然发现自己很能干，居然拔倒这么多麦子。

当你觉得难熬时，数着数着苦日子就过去了；当你觉得想躺时，忍着忍着难时候也过去了。父亲告诉我"难的时候骨头上不能没有劲"，母亲告诉我"苦的时候心里头要长牙"，他们用骨头上的劲和心里的牙把苦难酿成了生活的美酒，给我们兄妹营造了温暖的巢。

我也告诉孩子们骨头上要有劲，心里边要长牙，遇到困难千万不要躺平。

过去未来共斟酌

我是一个喜欢怀念过去的人，常常会回忆起和父母亲在一起时的难忘时光，想起过去生活中的温馨时刻。我又是一个喜欢憧憬未来的人，往往会坚信未来的生活会出现各种各样的美好，会浮想联翩出各种幸福美满的愿景。每当有亲朋说我老是沉浸在过去辗转流连时，老是陶醉于未来充满遐想时，我就说请你们读一下纪伯伦《先知》里的诗行吧：用记忆拥抱过去，用希望拥抱未来！

黎巴嫩诗人纪伯伦集诗人与画家于一身，他的散文诗多以爱和美为主题，充满了浓郁的诗情和哲理。每当我接送孩子上学时，看着学校门前活蹦乱跳的孩子们，心中像被初升的太阳照耀一样充满了欢喜，身上洋溢着温暖。孩子们是这一轮初升的朝阳，是祖国的花朵，这个时候我就想起了纪伯伦的散文诗《孩子》："你的儿女，其实不是你的儿女。他们是生命对于自身渴望而诞生的孩子。他们借助你来到这世界，却非因你而来，他们在你身旁，却并不属于你……你是弓，儿女是从你那里射出的箭。弓箭手望着未来之路上的箭靶，他用尽力气将你拉开，使他的箭射得又快又远。怀着快乐的心情，在弓箭手的手中弯曲吧，因为他爱一路飞翔的箭，也爱无比稳定的弓。"是啊，为了孩子们成长飞得更高更远，大人们要成为无比稳定的弓，好给他们力量和速度。

孩子们是国家、民族和家庭的未来和希望，在他们成长的道路上我们该给予他们什么呢？纪伯伦的诗中还写道："……你可以给予他们的是你的爱，却不是你的想法，因为他们有自己的思想；你可以庇护的是他们的身体，却不是他们的灵魂，因为他们的灵魂属于明天，属于你做梦也无法到达的明天；你可以拼尽全力，变得像他们一样，却不要让他们变得和你一样，因为生命不会后退，也不在过去停留……"是啊，我试图按自己的想法让一双儿女成长，但他们总有自己的思想，我无法改变他们。我常常用自己过去成长的经历来教育他们，我试图让他们变得和我一样，但他们觉得现在更美好，反而是我在努力适应着扑面而来的新变化，我所熟悉的生活方式逐渐在消失。

看到活力四射的孩子们茁壮成长，我的心中充满了欢喜和幸福。"用希望拥抱未来"，每当我想起纪伯伦这句诗时，就想到可怜天下父母心，为了儿女什么苦都可以吃，什么累都可以撑下来，孩子成长的希望是父母能吃千般苦的动力，望子成龙的希望点燃了父母心中的灯，照亮了未来的路，哪怕未来的路上有多么困难都有勇气去战胜，哪怕未来的路上有多少荆棘都有信心去清除，是孩子这一希望赋予了父母战胜生活艰难的力量和勇气，生活无论欢乐和痛苦都要去积极拥抱，希望永远在遮蔽太阳的云层上边。哪怕生活压力大到像一座山，想到充满希望的孩子，就会从内心涌起源源不断的力量。墨西哥诗人奥克塔维奥有一句诗说"世界，你一片昏暗，而生活本身就是闪电"，为了希望而奋斗过的生活，就是一道照亮你周围世界的瑰丽闪电。

"光明终将驱散黑暗！""白天终将赶走黑夜！"——这是屠格涅夫经典的《两首四行诗》的两句，生活中的我们应该有着这样的坚信。我的父母亲是地地道道的农民，改革开放之初，村子里好多人家日子开始好起来，有了些积蓄就盖房子娶媳妇。我们家里怎么办？刚强的父母亲铁定了主意：自己一辈子吃了没有文化的亏，一定要供孩子念书成人，房子暂缓盖！结果供三个孩子上学把日子过得越来越难，到了我上大学那几年，每到新学期都要回去带一笔昂贵的学费，每一次父母亲都要熬煎这笔钱怎么能凑齐。1992 年父亲一下子得了脑血栓后，母亲不让通知在京上学的我，独力操持家务，我只剩半年就毕业了，母亲肯定是掰着指头数日子……日子总是有盼头的，只要心中升腾着希望，我们一家子终于走出了那最艰难的时候。现在想一想那些至暗时刻，让心中的希望点燃照亮前方的灯，再咬紧牙关坚持一下就会迎来久违的光明，若隐若现的彼岸肯定充满了希望。

除了可爱的孩子们，我们的生活中充满了各种各样的希望。希望使我们在拥抱未来时有了方向和指南，希望使我们在拥抱未来时有了力量和智慧，当我们向着希望的生活一点一点奋斗时，就像完成一件雕塑作品一样，一点一点把希望的样子勾勒得越来越清晰；又像建筑一幢高楼大厦一样，一天一天把图纸上的高楼搬到了真实的大地上……这样的执著使我们对生活有了强烈的期盼，我们有了足够的耐心等待希望的实现和美好的到来，每一天都精神抖擞等待日出和日落。哪怕有的希望破灭也不要紧，我们又会有新的希望萌生心中，就像秦戈尔说的"要学孩子们，他们从不怀疑未来的希望。"在人生道路上，有时天真要比成熟更好，只要不是被痛苦麻木出来的绝望就好，只要永远记住"明天的太阳照样升起"，就是面对永恒的困境你也能走出来。纪伯伦说，"生活的确是黑暗的，除非有了渴望"，心里要永远点亮一盏希望的心灯，不要被生活中的风吹灭，即使暂时熄灭了，也要用心底埋藏好的火种再次点亮。

用希望拥抱未来，也要用记忆拥抱过去。我常常会想起寄放着童年和美好的故乡，想起已经远去的父母和亲人，想起我曾经劳作和耕耘过的土地。我常常回到老家院子里搜寻那曾经有过的美好，用记忆拥抱和提纯美好的往日时光，就像酿制一坛陈年的老酒，那芬芳能让我反复陶醉，沉浸在往日时光我才能体味到人世间的美好。和亲人们在一起那些温暖的时光里充满了温馨，我从中汲取积蓄了无穷的力量，我生活的今天是父母亲无法到达的未来，我不能忘记他们为我劳作辛苦的过去，他们艰难的过去让我拥抱了美好的未来，他们把所有的苦和累咀嚼吞咽变成了肥料和营养，成为大树结出了子孙们可以享受的甜果，遮出了子孙们头顶上的阴凉。我今天也在为儿女们酿着未来的甜，但我不能忘记父母亲过去的苦，我不能只看着明天而忘记昨天。念旧怀亲，是为今天的幸福找到根，即使长成参天大树也不能忘了根。

"过去未来共斟酌"，我喜欢电视连续剧《渴望》里的这句唱词。经常用记忆拥抱过去，用希望拥抱未来，不忘过去才能拥抱未来，每个人活得都应像花儿一样在这个世界上灿烂，纪伯伦说："我饮着朝露酿成的琼浆；听着小鸟的鸣啭、歌唱；我婆娑起舞，芳草为我鼓掌；我总是仰望高空，对光明心驰神往；我从不顾影自怜，也不孤芳自赏……"，在这红尘俗世里，愿你活得像一朵花儿一样，有声有色有芬芳。

学会倾听孩子的心声

三年级的儿子一头扎进自己的课外书堆，他常常就像淘宝一样畅游于"知识的海洋"。他突然一跃而起，一本正经地拿起一本书铺在桌子上，拿起彩笔一边涂抹一边兴高采烈地说"这下找到知音了！"然后把书硬塞到我的手里说："爸爸，你一定要好好读一读！"

这是一本名为《小鸟的晨歌》的小学课外阅读书，里面有一篇文章是《小学生给家长的12条建议》。我查了一下这是新华社的一条通稿，是新华社河北分社的同事写的，这是石家庄市东风西路小学三年级一班的40多名小学生集体写的一封致家长的信，通过班主任转交给了全体家长。通过这封信，孩子们对家长重点提出了如下12条建议：

请让我们把话讲完您再说，要先知而后行，不要武断；

你们的有些错误得允许让我们纠正；

不要动不动就发脾气；

希望能让我们自己选择业余爱好；

在我们写作业时不要打扰；

不要让我们学成书呆子，给我们一点娱乐的时间；

不要经常拿我们跟别人比；

不要吵架，家庭要和睦；

不要用粗暴的语言对我们；

要多换位思考，我们考不好时需要更多谅解；

不要说话不算数，作出的承诺要兑现；

我们大胆给你们提出错误的时候，请尽量接受……

怪不得儿子说找到了知音，这些建议原本就是集纳孩子们的心声。我思考良久并逐一对照这些建议，有些建议作为家长做得确实有差距：比如我确实打断过他说话，有时真的还是有一种大人的武断，想一想他那可怜兮兮的眼神，真还是不应该；在他写作业的时候我真的打扰过他，他正认真写别的作业，我突然问起了他一首诗；有些错误真还是孩子帮我纠正的，比如过马路时看到空旷无人时，就闯了红灯，这时拉儿子他也不走，我只好撤回来和他一同等待红灯，儿子狡黠地看着我："我纠正你的错误了吧！"

还有一些孩子们的建议确实是我们做得不对，确实该像孩子道歉或改正。比如说"不要吵架，家庭要和睦"，还在他上一年级的时候，我和他妈妈因为琐事争吵起来，人在气头上就没有顾忌他在场，孩子一看吵得不像话，就冲我们说："一家人不许吵架，有话好好说。"我才意识到不对，唉，鸡毛蒜皮因为啥吵架了，还是涵养不够，让孩子也笑话。再比如他拖着老不写作业，或把家里祸害得不成样子，我就会生气地骂他几句，他就会说："不要这么粗暴啊！我如果是小兔崽子，你是啥了？不要骂自己嘛。"我想还是尽量克制不向他发脾气，对他不使用粗暴的语言。

有时他要纠正我的一些错误时，我急躁地说："你先管好你自己，先纠正自己的那些小毛病吧！"我仔细思考觉得自己做得不对，他要纠正的我的错误，我首先应该虚心接受，然后尽量改正，这才能做他的榜样。儿子当然也有不少毛病，比如不大专注，做事拖沓……我一直盯着他的毛病让他改正，以至于忽略了他眼中的我也是有毛病的，他纠正我时我也应该即行即改，这样才是平等的。

儿子把其中的三条用红笔重点标注了出来，看来这三点他是感触最深。其中一条是"不要经常拿我们跟别人比！"见贤思齐不能吗？我又不是那个笑话里讲的那位老师：说一个班里有一位好学生和一位差学生同桌，两个人在自习课上都睡着了，差学生被老师叫醒，老师指着睡着的好学生批评差学生说："你看人家睡着还学习了，你看你学习还睡觉了！"我没有拿他和他班里的的同学比呀，我只是说："你看你姐姐小学的时候，一放学一定要先把作业完成再玩儿；你看你一放学就玩得不想写作业。"我说得在理呀，有比较才能学习别人的优点呀。

"希望能让我们自己选择业余爱好"，这一点我没有管过他呀，看了这一点我有点好笑，他是不是想把玩儿当成功课，把学习当成业余爱好？儿子把这条建议标红了，我觉得他还是想多玩一会是一会儿。还有一条被标红的建议是"不要说话不算数，作出的承诺要兑现"，这倒是，大人说话要算数，我承认有些答应他的事情我没有做，比如家里已经有好多条玩具枪了，他还嚷嚷着要买，我就说啥也不给他买了；再比如我答应他看电影《长津湖》，但后来担心战争场面里流血和牺牲的镜头对他刺激太大，就没有带他去看。想一想，今后还是不轻易对他承诺，承诺下来的事情就要完成，免得他心里说我说话不算数。

还有几条建议儿子用三角划为重点，他肯定也琢磨了半天。比如"不要让我们学成书呆子，给我们一点娱乐的时间"，真是的，尽拣对他有利的说，我什么时候让他学成一个书呆子了，我什么时候不给他娱乐的时间。反而是他写作业也得我们催促，玩得高兴时反复说："我能不能再玩一会儿？"看一个有趣的电视，"我能不能再看一集？"没完没了怎么能行呢，必须让他学会刹车！在这一方面，贪玩是孩子们的天性，记得姑娘小时候每到夏天晚上就在楼下玩得不想回家，大人喊她回家，她会抬头央求："妈妈，能不能再玩十分钟？"对于儿子划的这一重点建议我倒是想，大人不能要求孩子一刻也不停地学习，孩子也不应该一门心思只想着玩儿。

"要多换位思考，我们考不好时需要更多谅解"，这条建议他也标了三角。我真想说："你为什么要老想着考不好呢，为什么不想着考好呢！"他有好几次考得不理想，我也没有太在意。其实孩子们自己也挺在意自己的成绩，考好了会炫耀，考不好他也挺纠结的："我怎么就考砸了呢？"一年级有一次他数学考好了，得意地说："考了个不用做假期作业的成绩。"二年级下半学期他去学校取通知书，出校门以后，他先贴着我的耳朵说："爸爸，谢谢你对我的培育之恩。"我心里想这是怎么了？考好了？一问成绩果不其然。心情高兴了他就愿意和我交流，有时我们海阔天空地聊一些事情。

孩子有孩子的想法，只有平等对待他，他才会对你敞开内心世界。看了这些建议，我还是觉得要认真研究一番如何放下大人的架子，陪伴他一起健康成长。

平安二字值千金

对于西方的平安夜，我不大了解其由来和习俗，只觉得平安是人类共同的追求和心愿。每年贴春联时，我最喜欢的一副对联是"和顺一门添百福，平安二字值千金"；朋友送别时道一声"一路平安"，比其他任何嘱咐和叮咛都让人感动；问候朋友时说一句"祝你平安"，比其他任何祝福和庆贺都让人温暖。

对于我们这个热爱和平的民族，有着珍视和祈求平安的悠久传统和历史。《诗经·小雅·常棣》就有"丧乱既平，既安且宁"的句子，战乱已经平息，生活恢复安定宁静，平安的日子开始了。饱经兵燹丧乱的华夏民族，在远古时期就渴望平安祈祷平安。《周礼·春官·宗伯》里有六梦之说，郑玄注云："一曰正梦，无所感动，平安自梦也……"，"平安"应是心境平和的意思。《韩非子·解老》中有"恬淡平安，莫不知祸福之所由来"的句子，这里"平安"也是指心境平静安定的意思，也就是淡泊恬静神定气闲时，没有不知道祸福从何而来的。和现在的平安的意思有所区别，但仔细想一想其实无事无非即平安，无事挂怀于心才能正确判断是非之所由，祸福之所从，然后再决定正确的行动趋利避害。

中华大地曾经饱受战争的摧残和蹂躏，这片土地上生活的人民知道平安的份量是最重的。盼望天下太平是中国百姓亘古的心愿，宋人在词里就抒发出了世世代代华夏儿女的心声："太平无事，四边宁静狼烟眇。国泰民安，谩说尧舜禹汤好……"，我小的时候就有一种游戏叫"天下太平"，和打沙包、跳皮筋一样受到孩子们的欢迎。作为老百姓都盼望着"安宁家国享长年"，宋人魏了翁有词云"天上玉颜合笑，堂上酡颜如酒，家国两平安……"，是啊，国泰才能民安，元人和明人的作品里都有"宁为太平犬，莫作离乱人"的感叹，战争给人们带来的痛苦太大了。

平安在诗词里可以汇成一条河，河水里流淌着亲人们满满的祝福。在离乱多于太平的古代，在离别多于团聚的人间，人们往往用家书来报平安，"书尺里，但平安二字，多少深长"，这是最情深意长的两个字。当收到亲人的书信时，看到封印处平安二字，思念亲人的心便已宽慰了一半。明高启《得家书》写出了这种心情："未读书中语，忧怀已觉宽。灯前看封箧，题字有

平安。"在"寄书长不达，况乃未休兵"的离乱之世，在"烽火连三月"的战乱里，收到亲人的一纸平安，那真是"家书抵万金"；在遥远的边关与亲人"各在天一涯"的戍边将士们，期盼着驿使把平安的消息带给亲人，急切之间没有纸笔修家书，也要叮咛把平安的消息带给亲人，"马上相逢无纸笔，凭君传语报平安"，平安两个字胜过了千言万语；在旅途的驿站里，白居易"想得家中夜深坐，还应说着远行人"，想着亲人牵挂着自己的平安；在中秋的月夜里，思念弟弟的苏轼凝望着一轮明月，祈愿"但愿人长久，千里共婵娟"，亲朋长久便是平安幸福。辛弃疾有一首《浣溪沙》祝寿词："寿酒同斟喜有余，朱颜却对白髭须，两人百岁恰乘除。婚嫁剩添儿女拜，平安频拆外家书，年年堂上寿星图。"描绘出了福寿双全的人生状态，其中平安是不可或缺。

平安在歌声里可以汇成满天星，星汉里闪现着天地间温馨的光芒。我记得当年电视连续剧《渴望》播出时万人空巷，李娜演唱的《好人一生平安》让我感动，使尚在读大学的我立志做一个好人；我记得刚参加工作时孙悦演唱的《祝你平安》风靡一时，"祝你平安，噢，祝你平安。你永远都幸福，是我最大的心愿……"，歌声让人平静而温暖；我记得当年看春节晚会节目时，每当《难忘今宵》的歌声响起时我就心潮澎湃，"难忘今宵，无论天涯与海角，神州万里同怀抱，共祝愿祖国好，祖国好……"，只有祝愿祖国越来越好，我们的每个人才会越来越幸福。还有一首《四季平安》歌，"年年岁岁都如意，四季平安乐起来。天增岁月人增寿，春满乾坤福满门……"，就像过年听人念吉庆一样，让人感到温暖扑面而来。

平安在春联里就像一首交响乐，乐曲中洋溢着人世间浓浓的情意。在斗方和横批里，除了迎春和福喜就是红彤彤的平安了：平安喜庆、四季平安、合家平安、竹报平安、平安是福……满眼都是平安。春联里有平安字眼的对联真是太多了，除了上面提到的那副对联，还有"出门大吉行鸿运，进宅平安照福星""年年顺利财源广，岁岁平安福寿多""福星永照平安宅，好景常临康乐家"……这样的春联数也数不清，小的时候快过年时，当村里的人们贴好春联后，我和小伙伴们挨家挨户串院落，看春联来识字，看到最多的是平安二字，只要看到平安二字心里，总有一种踏实的感觉，想到的是父母和家。

平安在家训里是一个永远嘱咐不完的话题，所有的治家之道都是为了平安二字。《菜根谭》里说："仕途虽赫奕，常思林下的风味，则权势之念自轻；世途虽纷华，常思泉下的光景，则利欲之心自淡"，告诉人们淡泊名利但求平安。在明清的清言和各类家训里，都反复阐述退让以求平安的大道理，"处世让一步为高，待人宽一分是福"，父亲当年不止一次告诉我"知足者常乐，能忍者自安"的道理。曾国藩在家书中不止一次讲到平安惜福切戒骄奢的道理，告诉子侄们学会勤俭持家才能平安，读书明理才能平安，"吾不望代代得富贵，但愿代代有秀才"。老九曾国荃回乡改葬父母选择墓地时，他叮嘱兄弟说"不求好地，但求平安"。

平安是福，平淡是真。"且共平安酒一壶"，让我们举杯祝愿好人一生平安，祝愿家国两平安。国泰方能民安，我们还应该有当年那种"读书救国最平安"的情怀，为中华之崛起而学习和工作。

松竹梅花岁寒心

又到小寒时节，一年到了最寒冷的时候。根据气象部门的统计，在北方地区小寒时节是一年最冷的时节。从冬至开始数九，到小寒已是二九第七天，真如民谚所云"小寒时处二三九，天寒地冻冷到抖"。

　　在天寒地冻一片肃杀的严冬时节，我突然想到岁寒三友松竹梅。在寒冷肃杀的冬天里，四季常青的松竹经冬不凋，欺霜傲雪的梅花凌寒吐艳，给萧瑟的寒冬时节带来了春天的消息和色彩；松竹梅不惧严寒的精神使人们生发出了战胜严寒的信心和气节。松竹梅共同在岁寒时节显现出自己的志节品行，被人们并称三友，宋代张明中在描写梅花时写道，"松竹不凋霜后翠，玉肌得共岁寒三"，说出了松竹梅耐寒的特点。明代程敏政的《寒岁三友图赋》解释更通俗："松竹越冬而不凋，梅耐寒而开花，谓岁寒三友。"

　　打小是从年画里知道了松竹梅岁寒三友，脑海里总是闪现着挺拔的青松、直节的翠竹和疏淡的梅花，这样的画面令人感到温暖。想一想风劲霜严的冰天雪地里，挺直高洁的青松枝干凌云，青黛的树冠繁茂积翠。刚劲挺拔的翠竹是松柏的伴侣，经冬犹绿林的翠竹孕育着勃发的生机。丛丛簇簇的寒梅傲立雪中怒放，迎风斗雪为大地传递春的消息。自宋代以来，文人墨客喜欢把岁寒三友作为绘画和诗文的题材，中国画里有许多古今名家所绘《岁寒三友图》惊艳传世。岁寒三友逐渐成为雅俗共赏的吉祥图案，民间寻常百姓也非常喜欢松竹梅，这使得岁寒三友熏陶上了人间烟火气，土默川农村四十多年前是没有松竹梅的，我们只能从炕围画和年画里见识松竹梅。

　　松竹梅虽处于恶劣的严寒中仍保持着旺盛的生命力，显示出坚贞不屈的顽强，这是人们喜爱它们的第一个原因。"岁寒，然后知松柏之后凋也。"松树耐得住严寒冷酷，人也要耐得住困苦艰难。"风声一何盛，松枝一何劲"，面对风刀霜剑更要不畏艰难刚劲挺立，不改苍翠的容颜，真是"浮花过眼无多日，劲节凌寒尽此生"；"千磨万击还坚劲，任尔东西南北风"。立根破岩中的竹子尽管遭受无数磨难，被狂风摇撼，仍然咬定青山不放松，所以人们"常爱凌寒竹，坚贞可喻人"，真正是"风霜胡可动，松柏乃吾俦"；"不经一番寒彻骨，怎得梅花扑鼻香。"梅花的香味就是从苦寒中绽放出的花朵飘出来的，"故山风雪深寒夜，只有梅花独自香"，往往是在天地彻寒的风雪夜里，梅花的香味淡淡飘来，不觉如缕。

松竹傲霜斗雪青翠不改,梅花在冰雪覆盖的枝头绽放,"松竹梅花共雪霜",都显示出了孤傲正直冰清玉洁的高尚品格,这是人们喜爱它们的又一个原因。"冰霜正惨凄,终岁常端正",刘桢夸赞"松柏有本性",即松树有耐寒的本性,这本性就是张九龄所谓"自有岁寒心";"凌霜竹箭傲雪梅,直与天地争春回",翠竹和雪梅也一样傲雪凌霜与天地争春,在苏轼眼中是"岁寒惟有竹相娱",在白居易眼中是"千花百草凋零后,留向纷纷雪里看"。宋人胡仲弓《翠竹》诗云:"修修青琅玕,霜雪不可折。肯随流水去,赖有岁寒节。"耐寒同样是翠竹的本性,"不随夭艳争春色,独守孤贞待岁寒"。梅花的精神也同样是在冰天雪地时展现,"高标逸韵君知否,正是层冰积雪时",陆游在一首《雪虐落梅》赞叹道,"雪虐风饕愈凛然,花中气节最高坚",任由风雪摧残而愈加凛然,人也应该有这样直面艰难困苦的精神。"向来冰雪凝严地,力斡春回竟是谁?"是岁寒三友松竹梅。

人们在吟赏之际,根据松竹梅的生长耐性又总结出了许多拟人化的品格加以赞美。比如松树的孤高正直,"千松万松同一松,干悉直上无回容",刚直向上是松树的本色,哪怕"根为石所蟠,枝为风所碎",但"赖我有贞心,终凌细草辈",有一棵坚贞不屈的心,终究会挺立于草莽平庸之辈;再比如翠竹的宁折不弯,黄庭坚赞叹"铿铿青琅玕,阅此岁凛冽。摧埋头抢地,意气终自洁",朱元璋眼中的雪竹是"雪压竹枝低,虽低不着泥。一朝红日出,依旧与天齐"。梅花的高洁脱俗为人们所赞美,"素蕊岂争桃李色,异香偏负雪霜姿"的梅花自是超凡脱俗,"平生固守冰霜操,不与繁花一样情"的梅花甘于清寒自守,"不比寻常野桃李,只将颜色媚时人"的梅花不会逢迎媚世。

此外,人们还附会出松竹梅许多其他寓意和品格,寄托着人们对理想人格和君子品行的追求。比如竹子是节节生长,人们便赞美它"只缘苦节天生直,风韵萧疏更不群",赞叹竹子有气节,"拔地气不挠,参天节何劲"。再比如竹子是空心的,又附会出了竹子是谦虚的,"未出土时先有节,便凌云去也无心"。甚至竹子无花无实也是美德了，清代方文有诗云"无实无花是此君，高人钟爱意何殷"，特别喜爱竹子的郑板桥这样赞美竹子："一节复一节，千枝攒万叶。我自不开花，免撩蜂与蝶。"这是因喜爱而生出的溢美之词。再比如梅花也被比作了"一任群芳妒"的君子，"潇洒托身溪谷，清高不染红尘"，在文人们眼中梅花超凡脱俗得有点不食人间烟火。清代诗人宋匡业认为梅花"孤芳合与幽兰配，补入《离骚》一种春"，这当然是出于对梅花由衷的喜爱，因为"痛饮酒、读离骚"便可成为名士。

世俗里的岁寒三友就接地气多了，有了许多吉祥安康的寓意。比如过去给老人们贺寿时，人们会献上写有"寿比南山不老松"之类的寿联，献上松鹤延年之类的图画；娶嫁之时，在大门左右贴上"缘竹生笋，梅结红实"的对联，希望子孙昌盛。春节时，我们常常能见到"梅开五福"的横批，梅花的五个花瓣象征长寿、富贵、康宁、好德、善终等五种美好的寓意。还能见到"竹报三多"的斗方和横批，竹叶多为三片，有着多福、多寿、多子的美好寓意。在人家的庭院中，也常常能见到松竹梅组成的图案，过去有钱人家甚至以岁寒三友来命名亭台楼阁。人世间免不了艰难困苦，人们但愿像岁寒三友那样耐得住霜雪严寒，经得住风雨摧折，哪怕在冰天雪地里也能郁郁常青姿容不改，哪怕在破岩瘠土上也能绽放美丽散发幽香。

"岁寒三友要君知，不比凡花儿女姿"，耐得住风雪严寒才能成为烂漫春天的使者，在红尘俗世里也有要高洁的气节和志行。愿你像松竹梅一样在岁寒时节更要打起精神，挺拔如松有凌云之志，高节如竹有不屈之行，高洁如梅有脱俗之态。

你比古人睡得好吗

睡个好觉太重要了，关乎你的身心愉悦和身体健康！你知道吗？节日里还真有一个世界睡眠日，是国际精神卫生和神经科学基金会于 2001 年发起，将每年的 3 月 21 日定为"世界睡眠日"，这个日子基本是我国传统节气春分的当天或后一天。

既然世界上有这么个节日，就说明睡眠不好的人太多了。人的一生约有三分之一的时间是在睡眠中度过，据说五天不睡眠人就会死去，可见睡眠对人来说太重要了。现代人们的健康意识普遍提高，但由于工作和生活节奏变快，人们的心理压力加大，偏偏在睡眠上也出了问题。有的资料说世界卫生组织调查有 27％的人睡眠存在问题，还有的资料说我国超过 3 亿人存在睡眠障碍……看来睡不着或睡不好的人太多了。

把睡眠日定在春分时节，说明春天是个能够入睡的好季节。"日暖风轻春睡足"，春季天地俱生万物以荣，确实是睡眠养神的好时节。我想起了唐代孟浩然的《春晓》："春眠不觉晓，处处闻啼鸟。夜来风雨声，花落知多少。"人们从这首妇孺皆知的诗里读出了春天鸟语花香的美好，我更羡慕孟浩然的春眠，处处的鸟啼声和落花的风雨声都没有惊醒他，好一场酣然的春睡。白居易《春眠》诗里说"枕低被暖身安稳，日照房门帐未开"，春暖花开室内暖和正宜入睡，在春梦里"还有少年春气味，时时暂到梦中来"，老年人的觉睡出了青春年少的活力。

"美人春困宝钗横"，人们往往把春困和美人联系到一起，但这种春困是一种情思。《红楼梦》里有"潇湘馆春困发幽情"这么一回，黛玉"每日家情思睡昏昏"是因为"滴不尽相思血泪抛红豆，开不完春柳春花满画楼。睡不稳纱窗风雨黄昏后，忘不了新愁与旧愁"，这是少男少女的相思之苦，是似睡非睡没有睡好。还有一种春睡里深藏着宏图霸业，典型的例子就是诸葛亮的草堂春睡，罗贯中有诗云："大梦谁先觉？平生我自知。草堂春睡足，窗外日迟迟。"这首诗意在刻画诸葛亮淡泊明志、宁静致远的大智大贤形象，但我总觉得草堂里的诸葛亮肯定没有睡踏实，刘备走进了诸葛亮的大梦里。走出隆中的诸葛亮一直殚精竭虑操不完的心，"受命以来夙夜忧叹"，觉是肯定睡不好的，最终因为食少事多鞠躬尽瘁死而后已。

真正怡养心神的春睡，得从宋代文人那种精致的书斋生活里去寻找。宋人读书春睡，你看陆游的《枕上作》，"愁得酒厄如敌国，病须书卷作良医"，古稀之年的陆游仍然嗜书爱酒，春天读书喝酒累了就补一觉，"今日快情春睡足，卧听檐鸟语多时"，檐间燕子呢喃软语商量，这一觉睡得真是雅致。宋人无论是官员还是僧人，都把生活打理调和得那么精致，"吏退晴窗春睡足，牙签狼籍满床书"，这是李纲的好朋友李弥逊写的一句诗。"青青岸草绿于袍，雨后江流数尺高。庭院日长春睡足，幽兰花底读《离骚》。"这是释道璨的《睡起》诗，睡好了在兰花底下读《离骚》，是真名士自风流啊！

古人能有如此安然的睡眠，大概是因为生活节奏慢，生活节奏慢了就有了闲功夫。得闲才能安然入睡，你看宋程颢《秋日》写道："闲来无事不从容，睡觉东窗日已红。万物静观皆自得，四时佳兴与人同。道通天地有形外，思入风云变态中。富贵不淫贫贱乐，男儿到此是豪雄。"我只所以把这首诗全部抄录下来，是因为这首诗教会你如何闲下来睡着觉，你看诗人可以睡个自然醒，一直睡到红日高照东窗，静观天地万物和四季风光都可以从中陶然自得，这份平淡静观的功夫是一种修行，其实就是不为尘世间名缰利索所束缚，富贵而不骄奢淫逸，贫贱如颜回箪食瓢饮而能够保持快乐，曲肱饮水亦欣然，男儿到了这个境界才是英雄豪杰，才能无所挂碍酣然入睡，睡到日上三竿自然醒。

小的时候母亲就告诉我，人活得幸福很简单，就是"吃得香甜，睡得安稳"，心中无事才能睡得安稳。富贵者为名利而忧，贫穷者为衣食而愁，所以达到无烦无恼无忧愁的境界是很难的，宋代邵雍有一首《昼睡》诗，白天能睡着不容易，得在"心间无事饱食后，园里有时闲步回"的时候，但是"请观世上多愁者，枕簟虽凉无此怀"，世界上好多人愁事萦怀，枕席虽好也睡不着。唐代白居易对睡觉很有研究，他在《睡觉偶吟》里说："官初罢后归来夜，天欲明前睡觉时。起坐思量更无事，身心安乐复谁知？"无官一身轻，睡一个好觉醒来觉得身安乐无比惬意；他在《安稳眠》里说"家虽日渐贫，犹未苦饥冻。身虽日渐老，幸无急病痛。眼逢闹处合，心向闲时用。既得安稳眠，亦无颠倒梦。"日子不要过到为饥寒而操心的地步，身体虽然渐老但没有病痛，无病无灾气定神闲才能有安稳觉，确实如此呀！白居易在唐代能享寿七十二岁，也算长寿之人了，他有着好的睡眠，秋雨之夜能睡着，你看"凉冷三秋夜，安闲一老翁。卧迟灯灭后，睡美雨声中。灰宿温瓶火，香添暖被笼。晓晴寒未起，霜叶满阶红。"卧听秋雨醒看红叶，这是诗意的睡眠！

什么时候睡得最好？首先是安闲的时候，即上边说的安稳觉。你看白居易《闲眠》写道："暖床斜卧日曛腰，一觉闲眠百病销。尽日一餐茶两碗，更无所要到明朝。"一场安睡能消百病，这里白居易还告诉我们养身之道，人老一定要暖床热被睡好了，同时吃得不能太多，而且一定要清心寡欲。比白居易大七岁的名相裴度有一首《凉风亭睡觉》："饱食缓行新睡觉，一瓯新茗侍儿煎。脱巾斜倚绳床坐，风送水声来耳边。"一觉醒来有侍儿煎茶，斜倚绳床听水声，他这个是官宦人家的生活了，一般人很难达到他这个水准。像退了休的陆游只能说"老夫暮年少嗜好，但愿无事终日眠"，心里无事有个好觉还能看书就是非常幸福的事情，"鼻间鼾声欲撼屋，手中书册正堕前"，正因为少嗜好想看书睡觉，陆游活了八十四岁高龄。

其次劳动或锻炼可以帮助你进入梦乡。小时候听过一句谚语，叫"劳动一日可得一夜的安眠"，父亲劳动一天后我常常听到他那如雷的鼾声。在农忙时节劳动一天的人们疲累不堪，往往是一挨枕头就睡着了，我干过那么几个假期农活，有切身的体会。在陆游的诗里就有这样的事情，他的《杂兴》诗写道，"东家饭牛月未落，西家打稻鸡初鸣。老翁高枕葛幬里，炊饭熟时犹鼾声"，农忙时节东家西家都天不亮就喂牛打稻，老翁也是累坏了，饭熟了都香甜地打着鼾声。

比起古人现在的人们节奏加快，压力加大，各种诱惑和物欲也比古代多了，睡觉不一定能比古人安稳。但要学会纾解压力，减少烦恼，放松心情，再加上适当的锻炼，就会改善自己的睡眠。最后，把元代杨维桢的一句诗送给您——

"愿尔康强好眠食，百年欢乐未渠央"，愿您健康强壮能吃能睡！心情不错长命百岁！

万古人心生意在

清明节又到了，这是一个万物生发欣欣向荣的季节，也是一个慎终追远祭祀感念的时节。

在这样一个生意盎然的时节礼敬祖先，在这样一个万物生长阳气清明的日子追念先人，这是一种生生不息的生命礼赞，这是一种代代无穷的人生仪式。从时间的维度来丈量生命，个体的生命有起点和终点，但无数个体接力就出现了"人生代代无穷已"的永恒，后代耕耘并守望着前辈生活的土地和家园，歌哭于斯的人世间永远荡漾着生机。

大自然中生命的延续是一个推陈出新的过程。"芳林新叶催陈叶，流水前波让后波"，刘禹锡的这句诗非常出名，蕴含着推陈出新的哲思，这首诗是悼念元稹等人去世的，这句诗的上一句很伤感，"世上空惊故人少，集中唯觉祭文多"，去世的故人和好友太多了，自己的诗文集里出现了好多祭文。陈叶不去新叶难生，前波不让后波难继，旧是新的铺垫和接续，后是前的传承和继续。刘禹锡不止一次思考过这一规律，他还有一句名诗云："沉舟侧畔千帆过，病树前头万木春。"

传说是李敖写的一首打油诗："长江后浪推前浪，前浪死在沙滩上。后浪风光能几时，转眼还不是一样。"放宽衡量时间的目光，前浪拉扯并为后浪铺垫，后浪迟早又会变成前浪，人类就是这样前后相衔接创造了丰富多彩的历史。白居易老年时感慨"耳里频闻故人死，眼前唯觉少年多"，岁数大了常常能听到故人逝去的噩耗，但他没有一味地悲观，他知道这个世界上老年人是渐行渐少，而充满活力的少年人越来越多，这是一种代代相传的生意。但有的人也想得无比悲伤，唐人灵澈听到朋友去世的消息，写了一首诗："时

小院春色

时闻说故人死，日日自悲垂老身。白发不生应不得，青山长在属何人。"白发无情侵老境当然是无奈的事，青山长在那肯定是属后人。

　　"人事有代谢，往来成古今"，一代又一代人思考着生命的离去和归来，人类就是在这种离去和归来的悲欢离合中演绎着生生不息的繁衍和继承。小的时候对大人讲鬼故事时会恐惧，夜晚去邻村看戏经过有坟园的小路时会害怕，到饲养院里的草料库房里玩耍看到老人们寄放在那里面的棺材时会发怵，总觉得死亡是一件可怕而无奈的事情，总觉得那是幽暗深远的事情。上小学二三年级时，学校西边一户人家的老人去世了，我们这些不知轻重的小娃们隔着人家窗户望去，老人平静地躺在炕上，就像睡着了一样。这是我第一次看到逝者，难怪人们把人的离开称作长眠。读小学的时候两个男同学被白血病夺去了还没有饱满的生命，他们空下的课桌像掉了牙的牙床。

懵懂无知的小时候，不明白为什么这个世界上有这么多生生死死的事情。后来读《约翰·克利斯朵夫》里老约翰·米希尔去世的那一卷，约翰·克利斯朵夫"怕看又忍不住要看"祖父去世的过程，听到了祖父痛苦的呻吟和呼喊，从半开半合的门口偷看到祖父"好像被一股残暴的力紧紧掐着脖子……脸上的皮肉越来越瘪下去了……生命渐渐地陷入虚无，仿佛是有个唧筒把它吸得去的……痰厥的声音教人毛骨悚然，机械式的呼吸象在水面上破散的气泡，这最后几口气表示灵魂已经飞走而肉体还想硬撑着活下去……"被吓得昏睡过去后的约翰·克利斯朵夫醒来后见到舅舅高脱弗烈特后，问他这是怎么回事，并问舅舅怕不怕死亡这件事，"怎么不怕呢？"高脱弗烈特停了一会又说。"可是有什么办法？就是这么回事，只能忍受啊。"

悲欢离合总无情，随着人生阅历的增长我对生死的事情有了更深的理解。从读高中到刚参加工作之间，大爹和姥姥这些给过我慈爱的人先后辞世，使我感到死亡真的是无奈的事情，但我还没有亲眼目睹过亲人的离去。2002年母亲生病住院，死神在我的眼皮底下夺走了母亲的生命，垂危之际母亲求我让大夫用好药挽留住她的生命，但再好的药也没有把母亲的生命留住，母亲离去的那一刻我的脑海中一片空白。后来读十九世纪法国著名历史学家米什莱的回忆文章，他侍奉母亲住院入睡，清晨乍一醒来得到母亲去世的噩耗后，他不相信："死！我简直不能理解什么是死，真奇怪，对于亲人的死我一点也不感到害怕，当死亡来临时也没有什么想法；我仿佛觉得我所钟爱的人永远不会死去。"真的是这样，就像《约翰·克利斯朵夫》里描写的那样："一个人对于死直到亲眼目睹之后，才会明白自己原来一无所知，既不知所谓死，亦不知所谓生。"

时间过得太快了，转眼间我已经有五十多年被称为阅历的旧时光。在这些旧时光里阅遍了不少人间生离死别，母亲离去已经二十年了，时间会稀释和消磨悲伤，但思念和温情从未断绝。六年前，在陪伴看病中又目睹了父亲的离去，他决绝地从病床上回到老家的炕上，面带笑容合上了双眼。看着给过我无数慈爱的父亲生命一点一点被死神拘押走，我只能像一个笨手笨脚无可奈何的旁观者，脑海一片空白茫然无措。"世间生老病死苦，时至即行何足论"，这真是不由人的事情，想起了高脱弗烈特告诉克利斯朵夫的话语："人是不能要怎么就怎么的。志愿和生活根本是两件事。别难过了。最要紧是不要灰心，继续抱住志愿，继续活下去。其余的就不由我们作主了。"这些年间和我年龄相仿佛的同学和朋友的父母们像发黄的秋叶从树上落下一样，纷纷离开了这个他们无比眷恋的红尘俗世。想一想好多亲人和熟悉的老人们去世多年，已经化作了大地里滋生五谷的土壤，纪伯伦说"只有当你们的肢体被大地占有，你们才真正起舞"，成为大地的一部分的先人们，承载着这个大千世界，承载着他们的后代子孙。

得享天年的老人们的离去让人想到瓜熟蒂落，但那些英年早逝者则让人感到非常惋惜。2012 年 5 月我们单位财务中心主任茹永恒去世了，永恒既是单位同事，又是我同村的老乡，走的时候他才五十虚岁，我失去了一位无话不谈的好朋友，心里充满了沮丧和孤寂。就在他走了这十年间，单位的同事里又走了马喜栓和高瑞新，想起了当年和他们痛饮狂歌的时光，他们也是非常至性的朋友，他们的生命也才定格在六十多岁的年龄。再稍放大一些范围，在我工作的国社的总社和分社里，不时听到三四十岁才华横溢的年轻人英年早逝，让人唏嘘惋叹不已，他们本来可以在这个世界上留下更多的光环，却过早地到了漆黑的彼岸。

生命中有时来不及悲伤，就又看到了秋风涌起大雪纷飞的景象。今年正月十五之后，突如其来的疫情向呼和浩特市城乡袭来，疫情如阴霾一样笼罩在心头，压抑得让人喘不过气来。就在这时，我的叔伯兄弟曙光突然打来电话，啜泣着说弟弟小毛没了。我惊呆了：小毛才四十四岁呀！疫情期间草草安葬完小毛还没有几天，曙光打来电话说他的父亲我的七爹又没了！这是怎么了？一个正月里父子两人相携而去，真的让人惋叹不已。那些日子在沉闷的疫情和惊人的噩耗里，我的思绪染上了忧伤的色彩：我想着小毛的孩子才十多岁，今后的生活怎么办；我想着我七爹生前的音容笑貌，难忘上高中他去学校看望我；我想着勤劳坚强的七妈内心是多么痛苦啊，疫情解封后赶紧去看看她！

虽然哀伤但我不是一个悲观主义者，我相信这个世界上生机永在。我知道生命中忧伤多于欢乐，生活中苦难多于幸福，但我宁愿看到光明和未来：就在我看到了生命离去的痛苦时，我也听到过生命降临时的欢乐，那些逝去的亲人和朋友的子孙后代们，从呱呱坠地逐渐成长壮大，娶妻生子并成为生活舞台的主角。在小说《约翰·克利斯朵夫》里，高脱弗烈特指着绚烂而寒冷的天边显现出来的朝阳，开导克利斯朵夫说："你得对着这新来的日子抱着虔敬的心……对每一天都得抱着虔诚的态度。得爱它，尊敬它……便是像今天这样灰暗愁闷的日子，你也得爱。你不用焦心，你先看着。现在是冬天，一切都睡着。将来大地会醒过来的。你只要跟大地一样，像它那样的有耐性就是了。你得虔诚，你得等待。如果你是好的，一切都会顺当的。如果你不行，如果你是弱者，如果你不成功，你还是应当快乐。"这段话非常治愈人心，人的目光永远要投向光明，投向温暖，投向生机，无论成功失败都要快乐。

呼和浩特市的疫情即将过去，真正花红柳绿的春天就要来临了。"万古人心生意在，又随桃李一番新"，清明时节追念逝去的亲人，是为了汲取生的力量，是为了把我们的爱传递给下一代。当我们想起已逝亲人们的音容笑貌时，当我们注视着少年孩童们充满活力的矫健身影时，我们就会被生命的美和生活的温情包裹渗透，更加热恋这欣喜与哀伤交织的尘世。

牧童生来日日娱

浮生长恨欢娱少，人生常常是不开心的时候多。喜怒哀乐不由己，随着年龄和履历的增多，悲伤和不如意的事情积攒心头，人很难主宰自己的快乐，生活牵引着你跟跟跄跄往前走，失去了自我的状态常常是灵魂跟不上自己的脚步。这样就很羡慕那些自由自在的人，能够自己决定自己快乐的人，比如隐士或牧童，现在，我们就聊一聊能够天天快乐无忧的小牧童吧。

我们先欣赏一首德国诗人海涅的《牧童》诗，是由资深翻译家钱春琦翻译的：

牧童是个国王，青山是他的宝殿；

他头上的太阳，是巨大的金冕。

他的脚边躺着绵羊，那些佩着红十字的佞臣；

小牛是他的武士，跑来跑去，威风凛凛。

小山羊是他的宫廷小丑，摇着铃儿的母牛，吹着笛子的小鸟，是他的宫中俳优。

乐声和歌声十分动人，还有枞树和瀑布的鸣声，沙沙淙淙，杂然并陈，使国王睡意沉沉。

他的那位忠犬大臣，这时只得代理朝政，他那狺狺的吠声，从四方传来回声。

……

这首诗还有两小段，但我觉得有画蛇添足之嫌。就抄录的这些部分来看，诗歌已经写出了牧童的无忧无虑和逍遥快乐，他可以把日月当作冠冕，任意指挥着眼前奔跑的牛羊。天真活泼的牧童是快乐的，他的快乐来自烂漫的童真和原始的自然。看过这首诗我的耳际就想起了另一首少年时代听过的歌——《乡间的小路上》，歌词也非常美，我们不妨再好好欣赏一下：

走在乡间的小路上，暮归的老牛是我同伴。蓝天配朵夕阳在胸膛，缤纷

牧羊小儿

的云彩是晚霞的衣裳。

荷把锄头在肩上，牧童的歌声在荡漾，喔呜喔呜喔喔他们唱，还有一支短笛隐约在吹响。

笑意写在脸上，哼一曲乡居小唱，任思绪在晚风中飞扬。多少落寞惆怅，都随晚风飘散，遗忘在乡间的小路上

……

歌词就像一首优美的散文诗，配上优美的旋律让人陶醉在了乡间小路的美景中。生在乡下的我熟谙这样的风景：乡间的小路上，红彤彤的夕阳烧红了西方的半边天，把远山和云彩也染红了，乡道上是人们吆喝着牛羊往村里返，这样的场景让你想到"斜阳照墟落，穷巷牛羊归"的诗意。在缤纷的晚霞里农夫荷锄而归，骑在牛背上的牧童快乐地唱起了歌，吹起了短笛，歌声荡漾笛声悠扬……在这样的美景里任何惆怅和落寞都会被遗忘和化解。这首歌的歌词显然化用了宋代雷震的那首著名的《村晚》诗："草满池塘水满陂，山衔落日浸寒漪。牧童归去横牛背，短笛无腔信口吹。"在诗里在歌里这位吹笛的牧童是自由而快乐的，世外桃源般的乡村风光是静态的，牧童的歌声和笛声是动态的，但牧童的笛声使这田园风光更加恬静悠远，可以治愈各种各样的不开心。

上高中的时候我听到《乡间的小路上》这首歌时，思绪就回到了故乡团结村北边的草滩上，在那绿茵茵平展展的草滩上我也放牧过马，也能算作是一个牧童吧。包产到户之后我家分到一匹马，到了暑假或星期天我就和小伙伴们结伴去放马，牛马结伴去吃草，我们几个小伙伴也可以一起来玩，也可以仰卧在麻袋上，看白云从湛蓝的天空上悠悠来去，看大青山群峰像一群奋蹄扬鬃的奔马一样在北边的天际。回想起来很像海涅诗中的这位牧童，抬头仰望日月星辰仿佛是自己的朋友一样，感觉是那么的亲近，那些吃草的牛马的眼神也是那么亲近，仿佛是在向各自的主人谄媚。放牧的时候，近处的草场和远方的路都像自己的疆土一样，心可以随意飞驰向远方，那种心情是放

松而快乐的。

其实，牧童的快乐在于简单而自然，在于能从简单的事情里找到快乐。你看那位"短笛无腔信口吹"的牧童，他是随意地横骑在牛背上，无腔无调地信口来吹笛，他是快乐的。你再看袁枚的《所见》："牧童骑黄牛，歌声振林樾。意欲捕鸣蝉，忽然闭口立。"捕蝉的事情给大人是带不来快乐的，但对童真的牧童来说是乐趣无穷的。儿童的心没有被名利玷污，没有被欲望填满，所以还能装得下快乐，就像黄庭坚的《牧童》诗写道："骑牛远远过前村，吹笛风斜隔陇闻。多少长安名利客，机关用尽不如君。"当然生活的压力也能把你感受快乐的神经麻痹掉，就像我当年"客串"牧童时，我只在意蓝天白云和遥山远水，我不用为柴米油盐等发愁，而父母亲就得为一家人的生计发愁，为我们兄妹上学的事情操心。我可以当一个自在快乐的牧童，而他们得扛起生活的大山来。操心发愁的事情多了，感受快乐的心就会迟钝；烦心的事情堵塞在你的心头，快乐的源头甚至会枯竭。

环境有时真的能改变人，能够触发你去寻找快乐的心境。上高中时学习吴均的《与朱元思书》中"鸢飞戾天者，望峰息心；经纶世务者，窥谷忘返"这句话，认为多少有些矫情，在峰谷之中人怎么会淡化追求利禄之心呢。毕业后参加工作经常去草原上采访，站在风吹绿草遍地花的草原上，站在牛羊好似珍珠撒的草原上，真的感觉天地如此苍茫，人的心胸也应该辽阔起来。在彩蝶纷飞百鸟唱的草原上，人会被翡翠般的草原陶醉，这无边无际的绿色是生命力在大地上的蔓延，怪不得牧羊姑娘会愉快地放声唱起来。

当你感到不快乐时，不妨想象做一个在广阔天地间自由自在放牧的牧童，想象山川大地是辽阔的牧场，牛羊六畜是自己的仆从。只有你的心变得像牧童一样单纯而童真，你才会像牧童那样天天快活。

冬至时节话持恒

这两天的太阳是最懒惰的时候，七点多了窗外还是黑漆漆的，直到快八点时太阳才懒洋洋地出工。这两天也是好多人最懒惰的时候，外面寒风凛冽，干啥都不如躲在被子里睡一会儿香甜。到了冬至这一天，迎来了一年来黑夜最漫长的一天，但就在这个开始数九天的漫漫长夜里，春天开始拔脚向我们走来。

想一想，冬至是一个非常富有哲理的节气。古人认为天地之间有阴阳二气，到了冬至这一天阴气已达到极致，但就在这阴气极盛的一天，也是阴阳转换的关键时刻，这个时候阳气开始生发，阴气渐衰而阳气渐旺，所以古人常以"一阳生"来指代冬至。从冬至这一天开始进入数九天，天气一天比一天冷。最黑暗的时候却是光明开始逐步占据上风，就像两只角力的公牛，光明在前进而黑暗在后退。这就是魏源说的"暑极不生暑而生寒，寒极不生寒而生暑。"至暗之时正是光明开始之时，至冷之日却是温暖诞生之日，其间蕴含的哲理在天时人事中，都有无数应验的实例。

对于上学的孩子来说，冬至前后是最辛苦的时候。这两天儿子睡眼朦胧醒来，看到窗外还是黑黢黢的，绒衣的另一只袖子还没有套上胳膊呢，便歪倒在床上又闭上了眼睛，"快七点了！起床啦！"小家伙这时才一跃而起，麻利地起来穿衣洗漱，或者听几句英语。我这时就会给他打气："快了，这么冷这么黑的天气也就这几天，再坚持上两三个星期，就快放假了，放了假就快过年了。"儿子信心满满地说："我先盼着放假就行！"然后高高兴兴地背上书包上学去了，这时天还没有亮。

是啊，人生贵在持恒，越是困厄塞舛时越要咬紧牙关坚持下去。就像这冬至节气一样，当你觉得黑夜难以忍耐时，当你觉得春天难以等待时，你梦寐以求的光明和温暖其实已经向你姗姗走来。但越是到了这个时候，忍耐和坚持越显得重要。像孩子们冬至这两天上学，难熬时就定一个小目标——盼

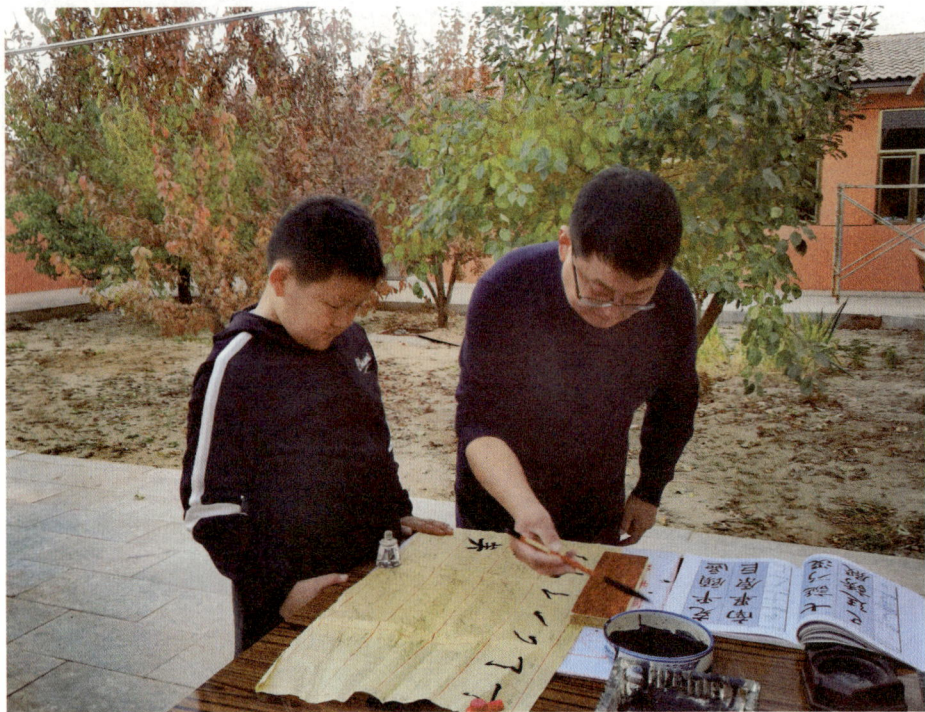

父子习书

望着假期，盼望着明天。凡人的生活也是如此，比如当年包产到户之前，我们村家家每顿饭只能吃玉米或高粱面饼，有的人家还有断顿的时候。母亲看着我们兄妹三人天天吃玉米饼流泪了，父亲的目标是发誓让我们吃上小麦面。恰好赶上像春天一样的包产到户，父亲的心愿实现了，从那年以后我们再没为吃白面而发愁，还吃上了以前没见过的大米。

在艰难的忍耐和漫长的等待过程中，人是要给自己设定一些小目标才能在不断的小惊喜中等来大光明。"冬至阳生春又回"，但阳回大地春到人间还需要经过一个至冷至暗的时刻，这个时候需要咬紧牙关向前行进，一步，又一步……不妨把每前行一步都当成是一个小的成功。"为者常成，行者常至"，坚持做下去才能成功，不断行走才能到达终点。只有熬过漫漫长夜才能等来光明，撑不住了就想一想纪伯伦在《情与思》里的这段话："除非通过黑暗的深渊之路，否则我们绝不能到达光明的顶峰。"穿越冬至后的这一段严冬时刻，是走向春天的必由之路。

如果认定了目标，就一定要锲而不舍坚持到底。我记得当年有一个高考作文题是看漫画写作文，题目是《这下面没有水，再换个地方挖》，画的是一个年轻人挖井，挖了四五个井孔，眼看就要见水，结果轻易放弃功败垂成。其实当年李白《赠友人》诗就有"凿井当及泉，扬帆当济川"的诗句，挖井就要挖出泉水，扬帆就要跨海过江，凡事不能半途而废而要坚持到底。我还想起了纪伯伦在《先知》里的一句话："再遥远的目标，也经不起执着的坚持。"当我们认定好目标后就要坚定信心不懈努力，有人说真的很难熬过黑暗，真的很难等来光明，但无畏的夸父宁可倒在追逐太阳的路上，执著的精卫宁可累死在填平大海的途中，也绝不失去逐日填海的毅力和意志。

冬至过后严冬虽厉，但春天已不再遥远。"好事尽从难处得，少年无向易中轻"，所有的成功都是战胜艰难后得来，没有人能随随便便成功，认定了的事情就坚持下去吧，终究会有美好的未来。

第七卷

诗书会心沐春风

"诗酒清欢兴味长"，当诗书在心中激起涟漪时有一种如沐春风的感觉。"要识从来会心处，曲肱饮水亦欣然"，要像颜回那样箪食瓢饮陋巷读书而不改其乐。诗书可以陶冶出宠辱不惊的心性，可以去掉内心的浮躁，使人心性平和宁静致远，拥有"饥寒不动是英雄"的涵养，拥有"腹有诗书气自华"的风度。

光阴·光景·光华

读些宋诗识理趣——北宋篇

中年之后读一些宋诗，觉得其中蕴含和阐发的人生哲理值得玩味。因为一直以为宋代的理学家们板着个脸孔一本正经，所以我过去读他们的诗较少，钱锺书先生在《谈艺录》里说"唐诗多以丰神情韵擅长，宋诗多以筋骨思理见胜"，但他在《宋诗选注》里没选一首这些理学家的诗，他说"宋代五七言诗讲'性理'或'道学'的多得惹厌"。

但仔细拣视理学家或道学家们的诗歌，还是能发现其中引人入胜的理趣之作。我们先不谈王安石"不畏浮云遮望眼，只缘身在最高层"的因物寓理，不谈苏轼"不识庐山真面目，只缘身在此山中"的含蓄蕴藉，也不谈陆游"山重水复疑无路，柳暗花明又一村"的警策传神，今天我们欣赏一下理学家们的哲理诗，这些理学家们从不同方面探讨着宇宙万物和人生性理等根本问题，自觉地修行完善自身之德行，圆满自己的人格，通过修身成圣成仁。细读理学家们的诗文，觉得在他们"道貌岸然"的外表之下，还有一颗猛虎细嗅蔷薇的诗心。这一篇里，我们先聊一聊周敦颐、程颢、程颐、张载、邵雍五个人的诗歌成就，他们因理学成就突出被称为"北宋五子"。

宋朝兴起的理学又称道学，周敦颐是当之无愧的道学宗主，朱熹赞美他说"千年道学兴吾宋，万世宗师首此翁"。他恢复了道统即性命之学并积极提倡践行孔颜之乐，即"曲肱饮水亦欣然"的安贫乐道之乐，他还大胆援引佛道以证儒学，提出"太极而无极"的宇宙论。他的《爱莲说》家喻户晓妇孺皆知，以莲花自喻洁身自爱，这也是他修行和处世的目标。《题春晚》是他的诗歌代表作，"花落柴门掩夕晖，昏鸦数点傍林飞。吟余小立阑干外，遥见樵渔一路归。"在静立修道之际，让人感到了"鸢飞鱼跃"的盎然生机。他的另一首《读易象》写道："书房兀坐万机休，日暖风和草色幽。谁道

书山有路

二千年远事，而今只在眼前头。"书房外是风和日丽草长莺飞的景象，但他能兀坐会心古人，沉浸于两千年前的事，这份读书功夫了得，让我想起了另一首《暮春即事》："双双瓦雀行书案，点点杨花入砚池。闲坐小窗读周易，不知春去几多时。"有人说这诗是比他晚的叶采写的，但我感觉这两首诗意境相同，出自周敦颐的可能性大。

宋人诗中"吟余"往往有对江山风物的感悟，"小立"往往能抒发景外之理。比如王禹偁看到"万壑有声含晚籁，数峰无语立斜阳。棠梨叶落胭脂色，荞麦花开白雪香"的乡村景色，便生起了"村桥原树似吾乡"的淡淡乡愁。就像陆游说的"枕上侧眠听语燕，池边小立看游鱼"，宋人往往在闲暇时推寻物理，宇宙万物都蕴含着人生哲理。你像黄庚的《乐道》诗云："门掩荒苔客到稀，闲情已与世相违。胸中宇宙自然景，眼底江山不尽诗。云淡风轻皆道体，鸢飞鱼跃总天机。吾心与物同真乐，此处宁容俗子知。"其实，和周敦颐同为北宋五子的程颢就写过一首《秋日偶成》："闲来无事不从容，睡觉东窗日已红。万物静观皆自得，四时佳兴与人同。道通天地有形外，思入风云变态中。富贵不淫贫贱乐，男儿到此是豪雄。"说的是心态和风景，阐发的却是天理，是富贵不淫贫贱乐的孔颜之乐。

程门立雪讲的就是程颐的故事。他和哥哥程颢同学于周敦颐，二程是北宋理学的奠基者，到了南宋朱熹继承并发扬光大为"程朱学派"。从现在流传下来的诗来看，程颐作诗不同而且缺少佳什，程颢在诗歌上的成就远在其弟之上，也在其师周敦颐之上，除了那首《秋日偶成》，他的《春日偶成》也写得漂亮："云淡风轻过午天，傍花随柳过前川。时人不识余心乐，将谓偷闲学少年。"作者通过描写春天云淡风轻的春景和平淡天真如少年的心情，写出了一种平淡自然的修身养性之道，诗味隽永理趣盎然。我从他的诗集里找出了不少我喜欢的佳句，比如"道人不是悲秋客，一任晚山相对愁"，写出了自己超然于物外的旷达；再如"水心云影闲相照，林下泉声静自来"，写出了自己内心的宁静安闲和淡泊。他有一首《郊行即事》写得也很好："芳原绿野恣行时，春入遥山碧四围。兴逐乱红穿柳巷，困临流水坐苔矶。莫辞盏酒十分劝，只恐风花一片飞。况是清明好天气，不妨游衍莫忘归。"写景之中寄寓了自己好多说理，告诉朋友要珍惜当下珍重友情。

"北宋五子"我们已经介绍了三位理学大家，还有邵雍和张载两位。先说横渠先生张载，"为天地立心，为生民立命，为往圣继绝学，为万世开太平"是他的名言，这四句充满了知识分子担当的名言被冯友兰先生称作"横渠四句"，他诗里的名句远逊这四句，但也能找出个别佳句，我挑选了一下，比如"清时无事青山醉，青山仍醉最青峰"，颇有点像杜牧的"清时有味是无能，闲爱孤云静爱僧"，隐喻自己是那赋闲的最青峰；"向晚浮云遮不尽，好山浑在有无间"，因阻雨在山上所见景象说明了道在虚无缥缈中；"人心识尽童心灭，世事谙多乐事稀"，说明作者看穿了宦海中的人情世故，颇有难得糊涂之心；他在《土床》诗里很直率地说"万事不思温饱外，漫然清世一闲人"，除了衣食不关心其他，极闲极淡中说明自己想做个悟道的闲人，土床布被粗茶淡饭亦足矣。

现在该说一说邵雍的诗了。邵雍字尧夫，民间称为康节先生，钻研易学的成就很大，如果论道学的成就，《宋史·道学一》将他排在"北宋五子"的最后一位，但论诗歌的成就他应该排在五子的首位。严羽的《沧浪诗话》中把他这种以说理为主的诗体称作"邵康节体"，并与苏东坡、黄庭坚、陈师道、王安石、陈与义和杨万里等诗坛高手并列。但由于人们对说理诗有偏见，邵雍的诗没有引起足够的重视，没有传播当然缺少粉丝了，读了他的诗我甘心成为他的粉丝。比如"一去二三里，烟村四五家。亭台六七座，八九十枝花。"这首好多小学生都会背的诗叫《山村咏怀》，就是邵雍的作品，《宋诗鉴赏辞典》里选了他两首诗，《安乐窝》和《插花吟》都是他闲适诗的代表作，《安乐窝》也称作《懒起吟》："半记不记梦觉后，似愁无愁情倦时。拥衾侧卧未忺起，帘外落花撩乱飞。"我曾经特别喜欢一句诗是"数点梅花天地心"，作者翁森是宋末元初遗民，后来我才知道他这句诗由邵雍的《梅花诗》中"数点梅花天地春"点化而来。

邵雍擅长的其实还是说理诗，借事咏物说理耐人寻味。比如《仁者吟》诗云："仁者难逢思有常，平居慎勿恃无伤。争先径路机关恶，近后语言滋味长。爽口物多须作疾，快心事过必为殃。与其病后能求药，不若病前能相防。"人人争先恐后想走的路必然充满凶险，不外名利两条路。劝人急流勇退的话语意味最为深长，值得人思考回味。好吃的东西吃多了也会生病，高兴的事情也不要过头了，与其事后补救不如事前预防，说清了物极必反的道理，也告诉了人们做事的原则。再如《观物吟》说"淳厚之人少秀慧，秀慧之人少审谛。安得淳厚又秀慧，与之共话人间事。"这是他观察到的人不得全的现象，不能把淳朴和聪明集于一身。再如《窥开吟（其一）》云："物理窥开后，人情照破时。一身都是我，瘦了又还肥。"用浅显的语言说明人该自己有一个正确的认识，不要被外界的虚浮之象所迷惑，就像我们土默川谚语说"个人得认得个人"。再如《清夜吟》："月到天心处，风来水面时。一般清意味，料得少人知。"我读这首诗读出了禅意，月淡风清是一种人生最美妙的境界。《安分吟》云："轻得易失，多谋少成。德无尽利，善无近名。"这首诗阐发了很通俗的人生哲理，轻易得到的就容易失去，工于心计一心谋划设计的事情很难成功。做了恩德之事不一定得到利益回报，做了善事不一定能博得眼前的好名声，就像那位曲突徙薪的劝说者一样。

读完北宋五位著名理学家的诗，你会觉得还是很有可观。诗本来就是让人明理的，不一定非要讽咏风花雪月，读一些理学家们的说理诗，可以使我们懂得更多生活的哲理，毕竟他们也是读书和修行都身体力行的人，汲取其中哲理的营养为我们涵养品行也大有好处。

读些宋诗识理趣——南宋篇

理学就是融合佛、儒、道三教一体的思想体系，朱熹与陆九渊将理学发扬光大，南宋末期理学被采纳为官学。南宋重要的理学家有杨时、朱熹、陆九渊、林希逸等，他们的诗歌也有很大的成就，其中被后世尊称朱子的朱熹是理学集大成者，也是儒学的集大成者，去世后成为唯一非孔子亲传弟子而配享孔庙者，他的诗歌创作也有很高的造诣。

先说一说杨时的诗，杨时就是程门立雪的主人公，为了求学站在老师程颐门前一尺多深的雪中，说明其求学之诚。他师事二程在理学上取得了很大的成就，他把两位老师的语录订定为《河南程氏粹言》，其中有"学者必求师，从师不可不谨也"的名言，这也是他爱戴老师的原因。还有"一德立而百善从之"的名言，这是理学家的道德主张和高尚品格，他的政声非常不错，主张"为政以德"和"爱人节用"，他也是著名的力主抗金者，体现出了文人的气节和担当。杨时少有诗名，现存近 250 首诗，我读他的诗有一种闲坐观照物我的感觉，有一种"豪华落尽见真淳"的感觉，比如他的五首《春日》写出了春日恬淡闲适的境界，"独步移床卧深屋，细看新燕巧经营"，我也有在小时炕上的窗台下细看燕子营巢的经历。再如"雨余残日照窗明，风弄行云点点轻。坐对庭阴人阒寂，时闻蛛网挂虫声"，对生活充满热爱和处处留心才能看到这样的景致或听到这样的声音。他的写景诗也是明白如话般地认真描摹，如《宜春溪》写道："斜斜疏柳照清漪，藉藉残红自满蹊。刺眼藤稍牵不断，欲寻流水路还迷。"

作为一名出色的理学家，我还是愿意多留意他的说理诗。他的《隐几》诗写道"上天不殒霜，万木正鲜泽。青蒿与长松，各挺岁寒节。朔风吹沙寒，高岭冻积雪。万木已摧落，长松独清洁。人生无艰危，君子竟何别。隐几试澄思，行藏易差辙。"这首诗使我想到了陈毅的《青松》："大雪压青松，青松挺且直。要知松高洁，待到雪化时。"以青松自况高洁的美德，真是"凌风知劲节，负雪见贞心"的君子。杨时还是一个教育儿孙有方的人，《杨时族谱》写下了著名的"二十不准"，不准奢侈淫逸、不准偷盗赌博等家规成了著名的治家格言。《杨时集》里有一首著名的《勉学歌》，这首诗写得很长，"愿言媚学子，共惜此日光。术业贵及时，勉之在青阳"告诉孩子们要惜时发奋，"富贵如浮云，苟得非所臧。贫贱岂吾羞，逐物乃自戕"，告诉孩子们要像陶渊明那样"不戚戚于贫贱，不汲汲于富贵"。他有一首《书怀》写道"敝裘千里北风寒，还忆箪瓢陋巷安。位重金多非所慕，直缘三釜慰亲欢。"三釜喻菲薄的俸禄，一釜即一鬴为六斗四升，这个典故来自《庄子》，是说曾子当初做官时俸禄虽薄父母健在，他很快乐；但后来再做官时俸禄丰厚，但父母不在心中充满悲伤。

现在该说朱熹了，他不仅是理学上的集大成者，而且诗歌成就也远远超越了其他理学家。在宋代诗坛上朱熹也是顶尖高手之一，他的字也写得好，明代陶宗仪《书史会要》里说朱熹"于翰墨亦工，善行草，尤善大字，下笔即沉着典雅，虽片縑寸楮，人争珍秘。"就像苏东坡会诗词歌赋，又擅长书法，天才就是常人所没法比的，如果非要比较会使自己非常沮丧，"人比人比死了，鸡比鸭子淹死了。"另外，我想理学家们都爱写大字，像邵雍在自己的诗里就多次提到大字写书，"大字写诗酬素志，小杯斟酒发酡颜"。书归正传，朱熹的好诗太多了。"半亩方塘一鉴开，天光云影共徘徊。问渠那得清如许，为有源头活水来。"这首《观书有感》以诗说理，有理趣而无理障，是历代广为传诵的好诗，"源头活水"的说理也已深入人心。朱熹的《观书有感》其实有两首，另一首是"昨夜江边春水生，蒙冲巨舰一毛轻。向来枉费推移力，此日中流自在行。"这首诗的名气没有第一首大，但也是不可多得的好诗，特别是诗中所寓的道理明白易晓，凡事要尊重规律把握规律才能办好，不能不按规律办那种干沙滩上推船的白费力气的愚蠢之事。再看《春日》："胜日寻芳泗水滨，无边光景一时新。等闲识得东风面，万紫千红总是春。"这首诗读来让人满面生春，我后来才知道这东风就是点染万物触处生春的圣人之道，是在泗水之滨传道授业的孔子所传之大道。最初读这首诗时，我真的不知道他是在说理，把理趣寓于美好的春天里。含英咀华之际我想，大道就在这生机盎然的天地间，当作一首上好的写景诗来看也未尝不可。

其实，朱熹的好多诗形象饱满，给人深临其境如见其景的感觉，但细思有的蕴含好多哲理。比如他的两首《水口行舟》是这样的，其一写道"昨夜扁舟雨一蓑，满江风浪夜如何？今朝试卷孤蓬看？依旧青山绿水多。"人生不是如此吗？虽然有风浪坷坎，但度尽劫波回望仍然是满眼青山绿水，不禁要沧海一声笑；另一首这样写道"郁郁层峦夹岸青，青山绿水去无声。烟波一棹知何许，鹧鸪两山相对鸣。"在看似平淡的写景中，寄寓了作者对人生的思考，对道学前途的思考，青山绿水间有小舟不畏艰险向前的坦荡胸襟。朱熹的诗寓理深刻，刻画的景象色彩饱满甚至到了浓艳的地步，让人一下子就产生了深刻的印象，如《秋月》写道："清溪流过碧山头，空水澄鲜一色秋。隔断红尘三十里，白云红叶两悠悠"，白云红叶色彩炫丽；《春日偶作》："闻道西园春色深，急穿芒屩去登临。千葩万蕊争红紫，谁识乾坤造化心"，大红大紫鲜艳夺目；《秋日》："一雨生凉杜若洲，月波微漾绿溪流。茅檐归去无尘土，淡薄闲花绕舍秋"，淡薄闲花就是能让人记住的色彩。他写墨梅是"蕊寒枝瘦凛冰霜"，写晚霞是"断霞千里抹残红"，写景铺垫好后再自然转入说理。他写的十首《武夷棹歌》再现了武夷九曲胜景，如同十幅动感十足的荡舟游武夷的山水画。

作为理学集大成者，朱熹诗词当然还是以说理为胜，他的那些代表作都有巧妙的说理。我还喜欢他的《劝学诗》，这首诗也题为《偶成》："少年易老学难成，一寸光阴不可轻。未觉池塘春草梦，阶前梧叶已秋声。"同样是劝年轻人寸金难买寸光阴，要努力珍惜时光努力向学，这首诗不会引起被劝学的人逆反，因为就像和你商量一样，用的还是"池塘生春草"等美丽的典故。再看他的三首《偶题》诗，其一云："门外青山翠紫堆，幅巾终日面崔嵬。只看云断成飞雨，不道云从底处来。"从他住所前青山耸立云蒸霞蔚的景色，悟出了高天上的流云源自底处的人间，伟大往往出于平凡，做人做学问都是如此，高山仰止的学识也是来自点滴的积累；其二云："擘开苍峡吼奔雷，万斛飞泉涌出来。断梗枯槎无泊处，一川寒碧自萦回。"生命力奔放的瀑布如奔雷怒吼从峡中涌出，那些断草枯枝无处停泊，只能在潭中打旋儿。人生只要奋斗你迟早会奔涌向前，在你人生自在的航行中会看到"沉舟侧畔千帆过，病树前头万木春"的景象。学识也是如此，充满生命力的新知会淘汰那些陈腐的识见；其三云："步随流水觅溪源，行到源头却惘然。始信真源行不到，倚筇随处弄潺湲。"就像人们找不到黄河源头在哪里一样，真知的源头也是由万千溪流汇集而成，就像颜回赞叹老师孔子的道德与学问"仰之弥高，钻之弥坚，瞻之在前，忽焉在后。夫子循循然善诱人，博我以文，约我以礼，欲罢不能，既竭吾才，如有所立卓尔。虽欲从之，末由也已。"至于那些朱熹训蒙的绝句，则纯以说理来告诉人们如何启蒙儿童。如《勿忘勿助长》云："忘则无功助则私，不忘不助正斯时。是中体段须当察，便是鸢飞鱼跃机。"再如《良知》："孩提自幼良知发，此日心蒙尚未开。既壮蒙开趋物欲，良心反丧亦哀哉。"

以说理见长的诗句却为许多人所喜欢，原因在于朱熹的诗词等文学创作功底深厚。举一个例子，杜牧有一首名诗题为《九日齐山登高》："江涵秋影雁初飞，与客携壶上翠微。尘世难逢开口笑，菊花须插满头归。但将酩酊酬佳节，不用登临恨落晖。古往今来只如此，牛山何必独沾衣。"这首诗充满了忧怀叹恨，看似旷达却充满抑郁之思。朱熹作了一首《水调歌头》，自注云"隐括杜牧之齐山诗"，"隐括"就是改写成另外的文学体裁，你看"江水浸云影，鸿雁欲南飞。携壶结客何处？空翠渺烟霏。尘世难逢一笑，况有紫萸黄菊，堪插满头归。风景今朝是，身世昔人非。　酬佳节，须酩酊，莫相违。人生如寄，何事辛苦怨斜晖。无尽今来古往，多少春花秋月，那更有危机。与问牛山客，何必独沾衣。"真是点铁成金的改写，杜牧的诗读来无可奈何令人抑郁，朱熹此词积极向上，赞美自然，赞美人生，赞美当下，"风景今朝是，身世昔人非"，给人以力量，给人以生机，给人以情怀，文学的力量就应该使人向上，而不是让人颓废。

朱熹说得太多了，咱们说下一个吧。林希逸，这位被称作竹溪公的学者是南宋末最后一名理学家，他对列子的研究在日本很有影响，刘克庄赞扬他是"儒林巨擘竹溪公"，我觉得有朋友溢美的成分。他的诗理障太多，有一首《溪上吟》写道："溪上行吟山里应，山边闲步溪间影。每应人语识山声，却向溪光见人性。溪流自漱溪不喧，山鸟相呼山愈静。野鸡伏卵似养丹，睡鸭栖芦如入定……"，还显得清新自然一些。再说一下陆九渊，人称象山先生或陆象山，我们上高中时就知道他的名言"宇宙便是吾心，吾心即是宇宙"，他的理学成就很高，明代王阳明评价他说"濂溪（周敦颐）、明道（程颢）之后，还是象山，只是粗些……"，他的诗也粗了一些，和朱熹的诗没法比。

其实，南宋还有一些理学家的诗写得不错，比如与朱熹、吕祖谦合称"东南三贤"的张栻。张栻主管岳麓书院教事，父亲是中兴名相张浚。他的诗有几首非常有名，如《立春偶成》："律回岁晚冰霜少，春到人间草木知。便觉眼前生意满，东风吹水绿参差。"再如《方广道中半岭少憩》："半岭篮舆小驻肩，眼中已觉渺云烟。山头更尽无穷境，非是人间别有天。"

再比如师事陆九渊之兄陆九龄的袁燮，人称絜斋先生，主张人心与天地一本，云："精思以得之，兢业以守之，天地相似。"你看他的《登塔》诗写道："远望巍峨耸百寻，今朝特达快登临。最高未是真高处，无尽应须更尽心。"再看《秋霁》诗云："怪底中秋尚郁蒸，滂沱三日势如倾。今朝雨霁新凉入，始信清秋本自清。"《桔槔》诗云："谁作机关巧且便，十寻绕指汲清泉。往来济物非无用，俯仰由人亦可怜。"桔槔就是提水的吊杆，吊杆一端系水桶，另一端系石头，利用杠杆原理吊水。

读完南宋理学家们的诗，特别是朱熹的诗词后，我觉得梨子好不好必须亲口尝一尝。说实在我过去犯了矮人看戏的毛病，人家说理学家不好我就信了。钱穆先生说"在中国历史上，前古有孔子，近古有朱子，此两人皆在中国学术思想史及中国文化史上，发出莫大声光，留下莫大影响。瞻观全史，恐无第三人可与伦比。"这是我最近才读到的，读书也应该兼听则明，就像朱熹写的"始信真源行不到，倚筇随处弄潺湲"，知识的海洋里真是难以穷源，只能拄着手杖随时欣赏知识的潺湲小溪。"水光月色精神好，长使襟怀似此时"，让我们珍重当下学习悟道吧！

璀璨银河七夕诗

今天是七夕，网上有好多关于介绍七夕诗词的文章，不少是堆砌而成。在描写传统佳节的诗词里，七夕的诗词几乎可以和中秋诗词媲美，浩如星辰的七夕诗词汇成了星汉灿烂的诗词银河，其中不乏熠熠生辉的名篇佳作。今天我带领大家在这光影斑斓的诗词长河里泛舟游览一番，领略七夕诗词的唯美风情和凄美风韵。

"纤云弄巧，飞星传恨，银汉迢迢暗度"，今天我们不要只聚焦宋代秦观这首流传千古家喻户晓的《鹊桥仙》；也不要只叹赏唐代杜牧《秋夕》的"银烛秋光冷画屏，轻罗小扇扑流萤"。让我们把目光移向那些不是太流行的篇什，在这些歌咏七夕的诗词里，我们可以欣赏到伤别离之外的另一种美，可以了解许多已经消失了的美好习俗，可以换个角度或眼光来看欢乐趣和离别苦。

"天上人间一种情"，源远流长的七夕诗词长河总体的基调是"别后相思空一水"的相思之情。从汉代无名氏的《迢迢牵牛星》种下了"盈盈一水间，脉脉不得语"的相思之苦，这种相思之苦经历代诗人反复煎熬，熬出了"玲珑骰子安红豆，入骨相思知不知"的味道。你看唐代杜牧的《七夕》："云阶月地一相过，未抵经年别恨多。最恨明朝洗车雨，不教回脚渡天河"，这就是相见苦短难遣离恨的心境。到了宋代范成大的《鹊桥仙》将这种情绪抒发得淋漓尽致："相逢草草，争如休见，重搅别离心绪。新欢不抵旧愁多，倒添了、新愁归去"，相见又添新愁，相见欢不敌离别愁，真是"相见时难别亦难"。

相见的欢乐和离别的痛苦交织于一宵之中，注定天上人间多少有情人今夜无眠。唐白居易的《七夕》说："烟霄微月澹长空，银汉秋期万古同。几许欢情与离恨，年年并在此宵中。"是啊，欢乐情和离别苦往往是相伴而来，这才是真实的生活，"相思相见知何日，此时此夜难为情"，不论天上人间都有悲欢离合。自从秦观说"金风玉露一相逢，便胜却人间无数"，使七夕牛郎织女这一见让人间无数人仰望，"两情若是久长时，又岂在朝朝暮暮"，又脱俗得离奇。其实人间的悲欢离合更多，有的别离一年或几年也见不上，所以唐代徐凝的《七夕》诗说："别离还有经年客，怅望不如河鼓星。"有人甚至把织女和嫦娥相比，在高冷的广寒宫里独居的嫦娥是寂寞的，哪里比得上一年一度与如意郎君和一双儿女相会有期的织女，明代沈明臣的《虎丘看月行》说："嫦娥亦是独眠人，牛女年年一问津。"

牛郎织女一年一见也使人间多少人羡慕不已。唐代李商隐遥想牛女相聚之欢娱，想起自己爱妻已不在，在《七夕》诗中写道："争将世上无期别，换得年年一度来。"唐代赵璜《七夕诗》（一作李郢诗）里写道"乌鹊桥头双扇开，年年一度过河来，莫嫌天上稀相见，犹胜人间去不回。"是啊，年年都能相见，这是凡人所难以企及的，所以清代诗人许廷鑅（héng）感慨"乌鹊桥成头渐白，银河天远水空盈。但令此夕常相会，牛女何劳别恨生"，七夕之夜浪漫相会羡煞多少人间有情人，"寻思不似鹊桥人，犹自得、一年一度。"

今天的好多妇女已经不干穿针引线的活儿了，更不会干抛梭织布的事情，但在七夕诗词里还能体会的"乞巧"风俗的盛况。在古代，女孩们会在七夕这天摆上时令瓜果，对天拜祭乞求织女传授自己心灵手巧的手艺，让自己娴熟地掌握针织女红技法，也乞求美满的爱情和婚姻。"七夕今宵看碧霄，牵牛织女渡河桥。家家乞巧望秋月，穿尽红丝几万条"，这是唐代林杰笔下的七夕乞巧盛况。"星河耿耿正新秋，丝竹千家列彩楼。可惜穿针方有兴，纤纤初月苦难留"，这是唐人李中笔下的七夕乞巧声势。白居易说"忆得少年长乞巧，竹竿头上愿丝多"，说明乞巧要用竹竿举着许愿的丝条。唐代权德舆的《七夕》也写道："今日云軿（píng）渡鹊桥，应非脉脉与迢迢。家人竞喜开妆镜，月下穿针拜九霄。"他还写道七夕这天晚上"外孙争乞巧，内子共题文……羡此婴儿辈，吹呼彻曙闻。"乞求天上织女教授女工手艺，再拜一拜天上将圆未圆的明月，乞愿天赐如意郎君，正是"香帐簇成排窈窕，金针穿罢拜婵娟"。也有盼望征夫早归团圆的，元杨维桢《乞巧词》写道："天上星重会，征西客未归。殷勤乞方便，灵鹊度人飞。"那机灵的喜鹊哟，你不要只给神仙搭桥，也给我们这些凡夫俗子搭桥。

天河、牛郎、喜鹊等因为有了七夕这浪漫一会，也成为诗人们歌咏的对象。"常时任显晦，秋至辄分明。纵被微云掩，终能永夜清。含星动双阙，伴月照边城。牛女年年渡，何曾风浪生。"这是诗圣杜甫笔下的天河，到了秋季天河空明如同草原上一条飞珠溅玉的河流，闪烁的繁星像明暗不同的宝石镶嵌银河的两岸，天地间荡漾着温柔与圣洁的光辉。七夕之夜月儿弯弯如舟，缥缈的天河中会有朵朵云彩，弯弯的月亮恰如织女抛出的梭子穿行天河，妆点出如梦如幻的童话或神话世界。"香闺报喜行人至，碧汉填河织女回"，这是唐代徐夤笔下的喜鹊的功劳，为行人报喜，给织女搭桥，这都是积德的事儿，难怪几千年民间那么喜欢它，让它飞上梅梢，让它登上花枝，贴在窗上装在心里。"圆似流钱碧剪纱，墙头藤蔓自交加。天孙滴下相思泪，长向秋深结此花"，这是宋林逋山的《牵牛花》，相思泪滴成牵牛花，这个构想真好啊！

"牵牛遥映水，织女正登车"，马上就要迎来浪漫的七夕了。我想起小时候七夕吃着瓜果听母亲说牛郎织女的神话，想起了清朱彝尊的《如梦令·七夕》："记摘小园瓜李，七夕年时花底。呆女嫁痴牛，嫁到良宵十四。弹指，弹指，好事已成虚事。"是啊，多少美好的往事都汇入了高远难及的银河，想起了陈寅恪先生的《辛卯七夕》："乞巧楼头雁阵横，秦时月照古边城。已凉秋夜帘深掩，难暖罗衾梦未成。天上又闻伤短别，人间虚说誓长生。今宵独抱绵绵恨，不是唐皇汉帝情。"一年一个浪漫的七夕，调动了多少人的思情和才情啊。

"银河翻浪拍空流，玉女停梭清露秋。天上一年真一日，人间风月自生愁。"在这清秋时节，愿天上人间家家团团圆圆，人人幸福美满。

诗中乡愁抵人心

最好的诗词是什么？就是我想到但没有表达出来的意思让你说了，你说出了我想表达但没有表达或不会表达的意思。真的，诗词之美不在于炫耀章法或逞才使能，而在于描摹出直抵人心的意境，这种意境美得迷离恍惚，像雾像雨又像风，吟赏之际你不知不觉中就成了意境中人。我们今天先欣赏几首关于乡愁的诗词，好多都说到了你的心灵深处，诗意的乡愁沁人心脾，像无边月色溶化在了你的心田。

古人最好的乡愁诗是哪一首？我认为就是李白的《静夜思》，真的，我觉得到目前还没有超越这首短诗的。"床前明月光，疑是地上霜。举头望明月，低头思故乡。"明白如话的诗句，描述出了平常如你所经历过的一段生活场景，有过这样一幕生活情景的主人公是你是我也是他，平常的情景里饱含着浓浓的思乡情绪。当年我到天津和北京上大学时，当月圆想家的时候我就想起了这首诗，当我读到这首诗时我就想起了千里之外的故乡，想起了田野中劳作的父母，想起了土炕和炊烟。故乡模糊得像高悬的明月，故乡又清晰得像入户的月光，思念就像这首诗一样明白如水清凉如月。

好的思乡诗的力量就在于自然而然地把每一个人牵引到了自己的故乡，在优美的诗句中寻找到了诗意的故乡。"昔我往矣，杨柳依依。今我来思，雨雪霏霏……"，即使在载饥载渴的道途中，即使在雨雪霏霏的异乡里，故乡的杨柳在心中仍然依依含情，还有倚门而望的父母，或者是望夫早归的妻子，或者是盼父归家的儿女。"露从今夜白，月是故乡明""仍怜故乡水，万里送行舟"……有情有义的故乡总是让人那么难忘，让人心系着家园的温暖和风物；"想得家中夜深坐，还应说着远行人"，我在异乡求学时就常常这样来想，父母肯定在灯下念叨着我，要不怎么老打喷嚏呢。

有一些思乡的诗词佳句，想一想就像自己有过的经历一样，又不知在什么时候经历过。"行人无限秋风思，隔水青山似故乡"，离开家乡久了看到他乡青山隐隐水迢迢的景象，真的想起了家乡的大青山，想起了黄河岸边的土默川；"何事吟余忽惆怅，村桥原树似吾乡"，在异乡的乡村行走，突然看到了村边的小桥，看到了原野上历历的烟树，噫！这不就是我家乡村西的小桥吗？这几棵树长得怎么也那么像呢？"若为化得身千亿，散上峰头望故乡"，我怎么也曾有过这种感觉呢？当然是想家最厉害的时候。

过去我是不大喜欢现代诗的，但后来读了几首现代的乡愁诗，觉得意蕴无穷直抵人心的诗是不分今古的。在上大学时读到了余光中的《乡愁》：

小时候

乡愁是一枚小小的邮票

我在这头

母亲在那头

长大后

乡愁是一张窄窄的船票

我在这头

新娘在那头

后来呵

乡愁是一方矮矮的坟墓

我在外头

母亲在里头

而现在

乡愁是一湾浅浅的海峡

我在这头

大陆在那头

一读上这首诗我就喜欢上了他的诗文，我在大学里购买了余光中的诗歌集读，还购买了一本他的散文集《鬼雨》，但能让我记住和背诵的还是这首《乡愁》。据说诗人早年刻意锤炼字句，苦思冥想现代诗的意象和矛盾语法，以惊人之语追求陌生化效果，但琅琅上了众人之口的还是这首明白如话意蕴悠长的《乡愁》。余光中还有一首思乡诗叫《满月下》，读来略感晦涩，在我看远不及《乡愁》。

席慕容的诗我上大学的时候在校园很风靡，好多同学都能背诵她的爱情诗和青春诗。她的《与你同行》是好多同学的最爱，他们会大段地背：

我一直想要和你一起

走上那条美丽的山路

有柔风 有白云 有你在我身旁

倾听我快乐和感激的心

……

但我那个时候还只会想家不会谈恋爱，我喜欢她的《乡愁》，我是读了余光中的同题诗后又找到这首诗的：

故乡的歌是一支清远的笛

总在有月亮的晚上响起

故乡的面貌却是一种模糊的怅惘

仿佛雾里的挥手别离

离别后

乡愁是一棵没有年轮的树

永不老去

读了之后我觉得她写出了乡愁的感觉和形态，对故乡的思念如笛声般悠远缠绵，就像李白所写的"此夜曲中闻折柳，何人不起故园情"，一曲《折杨柳》牵动无限相思；又像李益写的"不知何处吹芦管，一夜征人尽望乡"，乡愁在如霜的月光里随着芦管之声飘向远方；还像李白写的"相思相见知何日？此时此夜难为情！"在有月亮的晚上总能让游子相思不尽今夜无眠。

出生于重庆的席慕容既没有在草原上出生，也不是在草原上长大，故乡的面貌对她来说真的是一种模糊的怅惘。但她是一位能在诗歌里煎熬乡愁的高手，由她作词的歌曲《父亲的草原母亲的河》传唱不衰，"站在芬芳的草原上我泪落如雨……"，是美丽的歌词，也是一首漂亮的抒情诗。其实，精神上的故乡永不老去，为诗人们提供了不竭的诗行。不是吗？你看由蔡琴演唱的《出塞曲》也是由席慕容作词，"向那草原千里闪着金光，向那风沙呼啸过大漠，向那黄河岸啊阴山旁，英雄骑马壮，骑马荣归故乡……"对于她来说是恣意想象出来的意境，对于我来说黄河岸边阴山旁的土默川，那是生我养我的故乡，每次听蔡琴唱起这首歌，我的心中就豪情万丈！

随着年龄的增长，对于故乡的思念与日俱增。特别是父母亲故去后，我对他们的思念全部寄放在故乡，我喜欢上了云南昭通诗人雷平阳的《亲人》：

我只爱我寄宿的云南，因为其他省

我都不爱；我只爱云南的昭通市

因为其他市我都不爱；我只爱昭通市的土城乡

因为其他乡我都不爱……

我的爱狭隘、偏执，像针尖上的蜂蜜

假如有一天我再不能继续下去

我会只爱我的亲人——这逐渐缩小的过程

耗尽了我的青春和悲悯

我真的不喜欢他提到的那些地名，因为那些地方不是我的故乡。借用雷平阳诗行的逻辑来推理，我也是只爱我的内蒙古，我也只爱我的呼和浩特，我也只爱我的托克托县，我也只爱我的团结村……噫！我的爱怎么变得越来越狭小，变得越来越专注，就像一锅淡淡的开水，最后煎熬出来的是浓浓的乡愁，怎么也化不开。

祖国，在我心中是什么？

国庆节马上要来了，儿子兴冲冲地绘制喜迎国庆的手抄报，他绘制了一幅天安门的侧面画，画面上有冉冉升起的气球，展翅飞翔的和平鸽，当然还有迎风飘扬的五星红旗……在儿子小小的童心里，祖国充满了冉冉上升的蓬勃朝气，祖国给了他和平安宁的幸福成长环境，祖国让他心中充满了对未来的憧憬。

祖国，在我心中是什么？每一个人的心中都会把抽象的祖国概念对照描摹出不同的实景实物来。十六年前我带着七十多岁的父亲去北京旅游，我问他想去哪里？第一次来北京的父亲说出了自己最渴望的心愿：登天安门城楼、看毛主席纪念堂。我明白，对于一辈子在村里劳动的父亲来说，祖国就是那庄严的天安门城楼，是毛主席站在天安门城楼郑重宣布"中国人民从此站起来了！"新中国真的使给地主打短工的父亲站立了起来，使他逐渐过上了好日子并拥有了幸福的晚年。当我带着他瞻仰了毛主席纪念堂，逛了故宫并登上天安门城楼后，老爷子高兴得像个孩子："村里多少老人想看一看毛主席，结果没看上，我这辈子没白活了！"

祖国，在我心中是什么？祖国在我心中是一首歌。当我唱着《我爱北京天安门》这首儿童歌曲长大以后，我的儿子又用稚气的童声唱起了这首歌，熟悉的旋律激荡起了我对祖国的热爱。"我的祖国和我，像海和浪花一朵；浪是海的赤子，海是那浪的依托……"上大学的女儿这两天又唱起《我和我的祖国》那优美动人的旋律，让我感到我和祖国真是一刻也不能分割。七十多年来，一首又一首歌唱祖国的歌汇成了浩荡的江河，歌声或情深意切，或激昂奋进，或气势磅礴，或婉转悠扬，一代又一代人接力传唱，唱出了对祖国的自豪，唱出了对祖国的热爱，唱出了对祖国的祝福。

祖国，在我心中是什么？祖国在我心中是一条河。"一条大河波浪宽，风吹稻花香两岸。我家就在岸上住，听惯了艄公的号子，看惯了船上的白帆……"在我出生之前这首令人热血沸腾的歌曲已传唱了十二年。母亲做针线纳鞋底的时候经常哼唱这首歌，我听过无数遍这首优美的歌，在我的心中，祖国就是一条奔腾澎湃的大河，这条大河是"大江来从万山中"的长江，这条大河是"奔流到海不复回"的黄河，祖国就是这两条哺育了中华民族的母亲河，这条大河流淌出的是对一个民族的爱，她孕育了一个生生不息的伟大民族。祖国就像奔腾的大河一样，中华人民共和国成立以来，中国人民用双手书写了国家和民族发展的波澜壮阔的史诗，走过了站起来、富起来、强起来的伟大历程。气势磅礴和波澜壮阔只是她展示给世人的外表，流淌不尽的母爱孕育无限生机和无数生命才是大河的内涵，黑眼睛黑头发黄皮肤的中华民族孕育在长江和黄河的两岸，河流把自己的颜色渗透到了一个古老民族的血脉中。

祖国就像长江和黄河一样，孕育出中华民族和文明的源头，也孕育着中华民族伟大复兴的中国梦。在黄河和长江的源头，一泓又一泓或粗或细的泉水，一条又一条有名无名的溪流，汇聚成了孕育出中华民族和文明的源头，河流汇成蔚为壮观的华夏文明，拥有光彩照亮人类文明史的四大发明，下游续写着中华民族伟大复兴的辉煌篇章。中华文明曾是世界上最伟大的文明，但历史曲折如九曲蜿蜒的大河，中华文明曾有过衰落的时候，甚至有过任人欺凌和宰割的至暗时光。但只要长江和黄河不会停下奔流到海的脚步，只要长江和黄河有汇入大海拥抱世界的向往，只要我们这个民族还拥有最伟大的梦想，我们肯定会实现中华民族伟大复兴的中国梦，那时我们会更加深情地歌唱祖国。

祖国，在我心中是什么？祖国在我心中是一座山。这座山就像"齐鲁青未了"的泰山一样，巍然屹立在世界东方，没有任何力量能够撼动我们伟大祖国的地位，没有任何力量能够阻挡中国人民和中华民族的前进步伐。新中国成立以来，在中国共产党带领下，中国人民取得了举世瞩目的伟大成就，书写了人类发展史上的伟大传奇，取得了史诗般的进步，创造了震古烁今的人间奇迹，使这座山更加巍峨高大，使这座山风景这边独好，使这座山拥有了无限风光。中华民族向世界展现的是一派欣欣向荣的气象，正以不可阻挡的步伐迈向伟大复兴。"登高壮观天地间"，在不辍的跋涉和登临中，这座山有了"一览众山小"的气魄，中华民族伟大复兴的中国梦，激励着每一位登临跋涉者生出了"会当凌绝顶"的信心。

就在国庆节前夕，在加拿大被无理扣留的孟晚舟女士终于回到祖国怀抱。她由衷感慨——"没有强大的祖国，就没有我今天的自由"，她直抒胸臆——"如果信念有颜色，那一定是中国红"。这也是每一位热爱祖国的炎黄子孙的心声，生在今天和平昌盛走向复兴的祖国，我们没有理由不热爱这充满了生机和希望的中国红！

诗意雪花似童话

小雪和大雪是两个唯美的节气，是两个如诗如画的节气，是两个如梦如幻的节气。试想如果没有雪花像蝴蝶般翩翩而来，寒冷的冬天就只剩下了寒冷和萧瑟，失去了童话的精彩和诗意的温馨，正是有了精灵般的雪花漫天飞舞，漫长的冬天才有了精神和生意。突然降温的天气适宜在家中品茗读书，请随我畅游一番诗意的小雪大雪吧。

什么是雅致的雪花？读《红楼梦》肯定是闲雅时才有的生活方式。我大约从初中开始读四大名著，《水浒传》里"林教头风雪山神庙"那一回雪下得精彩，但山神庙前"那雪正下得紧"，再加上"林冲夜奔"的旋律里杀机四伏，"紧"与"奔"都不是普通下雪的节奏，都不是我喜欢的闲适的雪；《三国演义》里卧龙岗前的雪"山如玉簇，林似银妆"，这是治国安邦的雪，文中云"正值风雪又大"，那肯定也不是优雅从容的雪；《西游记》里"六出花，片片飞琼；千林树，株株带玉"，这个有点仙气太重，不是人间烟火的小雪大雪。只有《红楼梦》中芦雪庭结社的那场雪雅致无边，有红妆美人踏雪寻梅，

乡村雾凇

有红楼佳丽赏雪吟诗，让人感觉到雪可以美得摄魂夺魄，可以雅得通天彻地，小说里描写的这场雪景真正美到了不朽，纷纷扬扬地洒落在无数多情儿女的梦魂里。

《红楼梦》里金陵十二钗的判词到现在我好多已经背不下来，但黛玉和宝钗的判词会不经意浮现到我的脑海。我想象着"金簪雪里埋"的景象，虽然寂寞凄凉但也冰清玉洁，其实繁华和寂寞永远是不离不弃，循环往复汇成了人生多彩多姿的旋律。我更钦佩黛玉的咏絮之才，知道这是《世说新语》里赞美谢安侄女谢道韫才华非凡的典故，咏絮即指咏雪，她把纷纷扬扬的雪花比拟成了因风而起的柳絮。她以女性的细腻柔情发明了这个形神俱似的比喻，赋予了雪花精神魂魄，使一千六百多年前那场雪唯美飘洒至今。才女是幽微灵秀的天地之间孕育的精魂玉魄，天地间有了谢道韫、李清照和林黛玉这些才女们，落雪才有了诗词的浪漫、美人的温柔和天地的宠爱。有了才女的讽咏比拟，这天地间的雪花才变得清爽，雪和才女一样是水做的骨肉。

"有时造出可怜态，柳絮梨花乱纷扑"，自从谢道韫之后，纷纷扬扬的雪花常被比作杨花柳絮，比作如梦的自在飞花。朦朦胧胧的雪花仿佛这渺渺茫茫的尘世，就像这恍恍惚惚的杨花，诗意就从这种惘然若失的美而来。谢道韫的比喻我觉得是受了《诗经》的启发，"昔我往矣，杨柳依依，今我来思，雨雪霏霏"，这句优美的诗句是谢道韫比喻的源头。后来范云的《别诗》："洛阳城东西，长作经时别。昔去雪如花，今来花似雪"，雪花冷春花白，聚散总依依，白雪和杨花其实都是一种意绪。后来读苏轼的《少年游》："去年相送，余杭门外，飞雪似杨花。今年春尽，杨花似雪，犹不见还家。"这首诗一看就是脱胎范云的诗，只不过东坡的好多诗词点化前人而超凡脱俗。

其实，让杨花来比轻柔的雪花，对于雪花来说是不公平的。"杨花榆荚无才思，惟解漫天作雪飞"，这样的比喻雪花是不愿意的，宋代邓深诗云"杨花似雪雪应嗔，散漫轻飞太逼真"，雪花并不似杨花轻薄，倒是把雪花比拟作梅花更加恰当，宋人卢梅坡的《雪梅》说得好："梅雪争春未肯降，骚人阁笔费评章。梅须逊雪三分白，雪却输梅一段香。"他的另一首诗说"有梅无雪不精神，有雪无诗俗了人。日暮诗成天又雪，与梅并作十分春。"梅花使得乾坤里香气馥郁，雪花使得天地间诗意盎然。"梅花柳絮一时新"，落花飘飘有时在诗人们眼中更似雪花，李后主云"砌下落梅如雪乱，拂了一身还满"，在伤心人眼中一如他的愁绪。杜牧初冬夜饮时写下了"砌下梨花一堆雪"的诗句，把阶前积雪比作了堆簇的梨花，清代蒲松龄有"梨花密洒霓旌湿，柳絮横飞辇路平"的比喻，梨花和柳絮是有了轻盈质感的雪花。在明代唐寅的眼中，雪花飞舞是"万山开遍玉芙蓉"的景象。

在品赏诗词中我注意到，雪花触发了诗人们各种各样的想象。比如苏东坡就有"暮雪纷纷投碎米"的比喻，我总觉得"投碎米"这个比喻比"空中撒盐"强不了多少，缺少一份轻盈和美感；元代华幼武说"剩喜漫天飞玉蝶"，把雪花比作洁白如玉的蝴蝶翩翩起舞，有了灵动的美感。宋代王令爱出惊人之语，爱造奇特之境，他笔下的雪花是"雏鹤暖娇摇羽脱，老龙枯痒退鳞飞"，把雪花比作小鹤脱羽和老龙退鳞，别人很难造出这样的意境来。元人吴澄这样描写："风竹婆娑银凤舞，云松偃蹇玉龙寒。不知天上谁横笛，吹落琼花满世间。"把覆盖积雪的竹枝比作婆娑起舞的凤凰，把挂雪的松枝比作虬曲盘旋的玉龙，既新奇又贴切，天宫上横笛吹落满天琼花，撒到人间化作了漫天雪花，有着天女散花的浪漫。清代郑板桥诗云"银沙万里无来迹，犬吠一声村落闲"，以银沙喻积雪，是画家的独特眼光。

"玉山亘野，琼林分道"，寥廓美丽的雪景总是让人心旷神怡。宋代黄庚有"江山不夜月千里，天地无私玉万家"的雪景，给人以心胸开阔的感觉；清代张实居云"忽惊夜半寒侵骨，流水无声山皓然"，这种冷天早上起来开门雪满山的感受我也曾有过，清代郑燮《山中雪后》就描写了"晨起开门雪满山，雪晴云淡日光寒"的景色。雪霁读书当然也是不错的选择，唐戎昱诗云："风卷寒云暮雪晴，江烟洗尽柳条轻。檐前数片无人扫，又得书窗一夜明。""窗扑春娥雪打团，杯浮绿蚁酒中寒"，看着窗外团团像春蛾扑灯一样打向窗棂的雪，小饮几杯也是个不错的选择，明代唐寅有这样的心愿，其实是当年白居易"晚来天欲雪，能饮一杯无"的招饮之词，读书饮酒是白乐天喜欢的雅事，他曾对雪吟道："昔经勤苦照书卷，今助欢娱飘酒杯。""半夜琼瑶深没膝，欲归迷路肯留无。"苏辙的这句诗是对殷勤的友人的戏谑：夜已深，雪过膝，我想回家但怕在风雪中迷路，你肯留我暂宿吗？当然留呀，留下当然是接着喝啊！

诗意的下雪天气，是一个温馨而安然的童话世界，让我们在童话般的诗词雪景里欣赏雪的清姿，领略诗的美妙，享受岁月的静好。

江声浩荡永向前

——读《约翰·克利斯朵夫》随感（之一）

这两天我又重读《约翰·克利斯朵夫》这部史诗般的作品，这是我第三次读这部作品了，我居然像当年读金庸的武侠小说一样读这部外国小说——伟大的作品是不分古今中外的，吸引着我手不释卷。

《约翰·克利斯朵夫》是法国作家罗曼·罗兰于 1912 年完成的一部长篇小说。凭借这部不朽的巨著他于 1915 年获诺贝尔文学奖。约翰·克利斯朵夫是小说主人公的名字，小说的丰富思想伴随着约翰·克利斯朵夫从小到大，其中对自由生命的向往与追求一直隐藏和贯穿于他一生的坎坷经历中，从儿时音乐天才的觉醒、到青年时代对权贵的蔑视和反抗、再到成年后在事业上的追求和成功、最后达到精神宁静的崇高境界。小说至始至终充满了对自由生命的向往、对理想真理的追求，歌颂了"生命力"的重要。

与其说《约翰·克利斯朵夫》是一部小说，更不如说它是人类一部伟大的史诗贴切。正如翻译家傅雷所说："切不可狭义地把《约翰·克利斯朵夫》单看做一个音乐家或艺术家的传记。艺术之所以成为人生的酵素，只因为它含有丰满无比的生命力……"越是艰险越向前，历经风雨的约翰·克利斯朵夫总能找到力量战胜磨难获得重生与自由，闪耀着个体生命在精神层面绽放出的活力与光芒，经历了充满激情与斗争的生活后，最终会进入"清明高远的境界"。

我从《约翰·克利斯朵夫》一书中汲取了许多正能量，但只能说是探宝山捡一些零碎的玉石。傅雷先生说"对于一般读者，这部头绪万端的迷宫式的作品，一时恐怕不容易把握它的真际……"我就是这样的一般读者，我首先和大家分享一些直观易见的宝石，不必说作品那交响乐般的叙事，仅仅是那些充满生命的活力佳句，以及那些对自然音乐饱蘸感情的泼墨就让人激动不已。正如罗曼·罗兰在小说的扉页上所题"献给各国的受苦、奋斗、而必战胜的自由灵魂"，这部不朽的作品充满了对生命力的赞美与歌颂，唤起我们的热情去追求幸福。

下面让我们欣赏佳句：

傅雷献辞：

真正的光明决不是永没有黑暗的时间，只是永不被黑暗所掩蔽罢了。真正的英雄决不是永没有卑下的情操，只是永不被卑下的情操所屈服罢了。所以在你要战胜外来的敌人之前，先得战胜你内在的敌人；你不必害怕沉沦堕落，只消你能不断地自拔与更新。

随感：这是 1937 年傅雷写给《约翰·克利斯朵夫》一书的献辞，非常精彩励志。第一句让我想到屠格涅夫经典的《两首四行诗》中的两句诗："光明终将驱散黑暗！""白天终将赶走黑夜！"第二句让我想起了感叹髀肉复生的刘备，英雄不会乐于安逸的生活无所作为。第三句话使我想起了王阳明所云"破山中贼易，破心中贼难"。第四句话让我想起了"世上无难事，只要肯登攀"这句诗。年轻时读这四句话非常励志，仿佛浑身有使不完的劲儿。

傅雷弁言：

一个人唯有在这场艰苦的战争中得胜，才能打破青年期的难关而踏上成人的大道。儿童期所要征服的是物质世界，青年期所要征服的是精神世界。还有最悲壮的是现在的自我和过去的自我冲突：从前费了多少心血获得的宝物，此刻要费更多的心血去反抗，以求解脱。

随感：这是 1941 年傅雷写的序文中的两句话，我把它介绍给已读大学的女儿和刚上小学的儿子。我对女儿说："你已经走过了迷茫的青春期，人生的成长也像哲学里的否定之否定规律，成长就是这样螺旋式上升。"我对儿子说："不要老缠着我买好吃的、好玩的，没完没了。"

江声浩荡，自屋后上升。

随感：这是傅雷所译《约翰·克利斯朵夫》的开篇第一句，我从中看到勃勃的生机，看到了震撼的气象，听到了浩荡的声响，听到了奔涌的力量，每次读到这一句总是让人热血沸腾，总是让人热泪盈眶，总是让人看到希望，总是让人充满力量。

我们只希望他一件事，就是做个好人。

做个正人君子才是最美的事。

人生第一要尽本分。

随感：这是小说里约翰·米希尔的话语，多么朴实啊，但又是好多人难以达到的做人标准，看来中外都一样，做人就要做个安分守己的好人。

奇妙的音乐，象一道乳流在他胸中缓缓流过。黑夜放出光明，空气柔和而温暖。他的痛苦消散了，心笑开了；他轻松的叹了口气，溜进了梦乡。

随感：这奇妙的音乐是小说里圣·马丁寺的钟声，傅雷翻译这钟声是"严肃迟缓的音调，在雨天潮润的空气中进行，有如踏在苔藓上的脚步"，音乐一下有了质感，知音是一个尚在婴孩的音乐天才约翰·克利斯朵夫。

流光慢慢地消逝。昼夜递嬗，好似汪洋大海中的潮汐。几星期过去了，几个月过去了，周而复始。循环不已的日月仍好似一日。有了光明与黑暗的均衡的节奏，有了儿童的生命的节奏，才显出无穷无极，莫测高深的岁月。

随感：道出了时光的特点，有"人生代代无穷已，江月年年望相似"的感慨。"儿童的生命是无限的，它是一切……"，岁月无穷无尽。

儿童所熟识的小天地，每天醒来在床上所能见到的一切。所有他为了要支配而费了多少力量才开始认得和叫得出名字的东西，都亮起来了……没有一件不相干的东西：不论是一个人还是一个苍蝇，都是一样的价值；什么都一律平等地活在那里：猫，壁炉，桌子，以及在阳光中飞舞的尘埃。一室有如一国；一日有如一生。

随感：不懂事的孩子是最幸福的，是自己眼之所及的世界的国王。宇宙即是吾心，吾心即是宇宙。就像书中写的"这些生命初期的日子在他脑中蜂拥浮动，宛似一片微风吹掠，云影掩映的麦田。"

　　暮霭苍茫，空气凉爽，河水闪着银灰色的光。回到家里，只听见蟋蟀在叫。一进门便是妈妈可爱的脸庞在微笑……如今是门户掩闭的家里的黄昏了。家……是抵御一切可怕的东西的托庇所。阴影，黑夜，恐怖，不可知的一切都给挡住了。没有一个敌人能跨进大门……炉火融融，金黄色的鹅，软绵绵的在铁串上转侧。满屋的油香与肉香……

　　随感：读到这段好温暖，我的童年也有过这样的温馨的时刻，尽管家是穷的，但是最快乐的，妈妈的爱像银色的月光笼罩着家……

　　有一两次，两个孩子（克利斯朵夫的两个弟弟）跑在街上，曼希沃（克利斯朵夫的父亲）出去了，她（克利斯朵夫的母亲）要大儿子留在身边替她做点儿小事。她绕线，克利斯朵夫拿着线团。冷不防她丢下活儿，热情冲动地把他拉在怀里，虽然他很重，还是抱他坐在膝上，紧紧的搂着他。他使劲把手臂绕着她的脖子。他们俩无可奈何地哭着，拥抱着。

　　"可怜的孩子！……"

　　"妈妈，亲爱的妈妈！……"

　　他们一句话也不多说，可是彼此心里很明白。

　　随感：这一情节让人掉泪，家里艰难没有吃的，醉鬼父亲曼希沃又不肯少吃。为了让弟弟们多吃一个马铃薯，才六岁的约翰·克里斯多夫非常懂事，假装不饿并故意装出若无其事的样子，太令人感动了！他的妈妈看见眼里疼在心里，和儿子拥抱在一起。才6岁就有这样懂事的孩子，真是穷人家的孩子早当家。

　　在这片沉闷的黑暗中，在一刻浓似一刻的令人窒息的夜里，像一颗明星流落在阴暗的空间，开始闪出那照耀他一生的光明：音乐，神妙的音乐！

　　随感：当约翰·克利斯朵夫被成长的烦恼纠缠时，当他被儿童对死亡的恐惧折磨时，音乐开始照耀他的生活。父亲从一架旧钢琴奏出的琶音，他听出了"仿佛阵雨之后，暖和的微风在林间湿透的枝条上吹下一阵淅沥的细雨"的美妙。

莱茵河在屋下奔流……悲伤使感觉格外锐敏；眼睛经过泪水的洗涤，往事的遗迹给一扫而空，一切在眼膜上刻画得更清楚了。在孩子心目中，河仿佛是个有生命的东西，是个不可思议的生物，但比他所见到的一切都强得多！克利斯朵夫把身子往前探着，想看个仔细，嘴巴鼻子都贴着玻璃。它上哪儿去呢？它想怎么办呢？它好似对前途很有把握……什么也拦不住它，不分昼夜，不论晴雨，也不问屋里的人是悲是喜，它总是那么流着，一切都跟它不相干；它从来没有痛苦，只凭着它那股气魄恬然自得。要能像它一样地穿过草原，拂着柳枝，在细小晶莹的石子与砂块上面流过，无忧无虑，无牵无挂，自由自在，那才快活咧！

随感：小小的约翰·克利斯朵夫能从美好的自然里化解情绪，从河流中体会出哲思，"仿佛自己随波逐流跟着河一起去了……""河向着海流去，海也向着河奔来，终于河流入海，不见了……音乐在那里回旋打转，舞曲的美妙的节奏疯狂似的来回摆动。自由的心灵神游太空，有如被空气陶醉的飞燕，尖声呼叫着翱翔天际……欢乐啊！欢乐啊！什么都没有了！……哦！那才是无穷的幸福！"……每当读到《约翰·克利斯朵夫》卷一第二部结尾这一大段文字，我就反复宁神静气地读，仿佛自己化作了小说的小主人公，看到了异国梦幻般的景色，听到了那些美妙而令人陶醉的音乐。

儿童创造幻觉的奇妙力量，能随时拦住不愉快的感觉把它改头换面。

随感：这种创造幻觉的儿时，我们也有过，把不快和丑恶过滤掉。

对一个天生的音乐家，一切都是音乐。只要是颤抖的，震荡的，跳动的东西，大太阳的夏天，刮风的夜里，流动的光，闪烁的星辰，雷雨，鸟语，虫鸣，树木的鸣咽，可爱或可厌的人声，家里听惯的声响，咿咿哑哑的门，夜里在脉管里奔流的血，——世界上一切都是音乐；只要去听就是了。

随感：看这段文字使像我这样的音乐盲理解了音乐的内涵。文学创作也是如此，清水出芙蓉，天然去雕饰，美好的作品毫无雕琢装饰便可直抵人心。

忽然高脱弗烈特在黑暗里唱起来。他的声音很轻，有点儿嗄，象是闷在心里的，一二十步以外就听不清。但它有一种动人的真切味儿，可以说是有声音的思想；从这音乐里头，好象在明净的水里面，可以直看到他的心。克利斯朵夫从来没听到这样的唱，也从来没听到这样的歌。又慢，又简单，又天真，歌声用着严肃的、凄凉的、单调的步伐前进，从容不迫，间以长久的休止，——然后又继续向前，逍遥自在，慢慢的在黑夜里消失了。它仿佛来自远方，可不知往哪儿去。清明高远的境界掩饰不了骚乱不宁的心绪；恬静的外表之下，有的是年深月久的哀伤。

随感：约翰·克利斯朵夫从他舅舅高脱弗烈特的歌声中听出了音乐的原始之美，这让我想到了《诗经》，当年也是用音乐唱出来的诗，肯定也是带着年深月久的哀伤。好的文学作品都带着淡淡的忧伤，"一弹再三叹，慷慨有余哀"。高脱弗烈特是个高人，他教会了小外甥艺术的真谛——要师法大自然里各种动物的声音："月亮刚从田野后面上升，又圆又亮。地面上，闪烁的水面上，有层银色的雾在那里浮动。青蛙们正在谈话，草地里的蛤蟆象笛子般唱出悠扬的声音。蟋蟀尖锐的颤音仿佛跟星光的闪动一唱一和。微风拂着榛树的枝条。河后的山岗上，传来夜莺清脆的歌声。"这些是天籁之音，用小说里的话说是"上帝的音乐"。

小说借高脱弗烈特之口说不能"为写作而写作"，他说："你瞧，孩子，你在屋子里写的那些，全不是音乐。屋子里的音乐好比屋子里的太阳。音乐在外边，要呼吸到好天爷新鲜的空气才有音乐。"

"愿读者以虔诚的心情来打开这部宝典罢！"——这是傅雷献辞的荐读之言。我认真读完卷一《黎明》，便理解了傅雷先生的话语，这是一部能走进心灵的宝典，不仅能给你生活的希望和力量，也给你带来创作和理解其他艺术的智慧，我也想去拥抱草原、河流、天空和那些可爱的星。

割舍不断的父子情

——读《约翰·克利斯朵夫》随感（之二）

　　一个人的性格是多面复杂的，能把人物矛盾复杂的性格描述得活灵活现才是真正伟大不朽的作品。《约翰·克利斯朵夫》吸引人之处还在于出色的人物心理描写和人的心路历程的描写，读罢仔细想想，好多心理导演的东西我们仿佛也有过。

　　先说一个大家不大喜欢的小说中的人物——曼希沃，他是约翰·克利斯朵夫的父亲，一个庸庸碌碌的酒鬼。他好杯中物，"尼采说酒神是音乐的上帝，曼希沃不知不觉也是这么想；不幸他的上帝是无情的：它非但不把他所缺少的思想赐给他，反而把他仅有的一点儿也拿走了。"因为喝酒他"他不再用功，深信自己的技巧已经高人一等，结果把那点儿高人一等的本领很快的就丢了。别的演奏家接踵而至，给群众捧了出来；他看了非常痛心；但他并不奋起力追，倒反更加灰心，和一伙酒友把敌手毁谤一顿算是报复。"

　　就是这样的一个人，小说中对他有精彩的描写。"他不是一个坏人，而是一个半好的人，这也许更糟；他生性懦弱，没有一点儿脾气，没有毅力，还自以为是慈父、孝子、贤夫、善人；或许他真是慈父孝子等等，如果要做到这些，只要有种婆婆妈妈的好心，只要象动物似的，爱家人象爱自己一部分的肉体一样。而且他也不能说是十分自私：他的个性还够不上这种资格。他是哪一种人呢？简直什么都不是。这种什么都不是的人真是人生中可怕的东西！好象一块挂在空中的没有生命的肉，他们要往下掉，非掉下不可；而掉下来的时候把周围的一切都拉下来了。"由于曼希沃的不负责任，使得家境越来越艰难，使得约翰·克利斯朵夫不得不早早承担起与他年龄不相称的苦难和责任。

　　家里的艰难感觉最清楚是约翰·克利斯朵夫，曼希沃对此居然毫不难为情。"父亲是一点不觉得的；他第一个捡菜，尽量地拿。他咭咭呱呱地说话，自得其乐地哈哈大笑，全没注意到他的女人强作笑容，和瞧他捡菜的那种目光。盘子从他手里递过来，一半已经空了。鲁意莎替孩子们分菜，每人两个马铃薯。轮到克利斯朵夫，往往盘子里只剩了三个，而母亲自己还没拿。他早已知道，没轮到他就已经数过了，他便鼓足勇气，装做满不在乎的说：'只要一个，妈妈。'"多么懂事得的孩子，多么没心肝的父亲，这个家伙居然还和孩子们抢食马铃薯，"有一回父亲怪他作难，把最后一个马铃薯充公，自己拿去吃了。从此克利斯朵夫留了神，把剩余的一个放在自己盘里，留给小兄弟恩斯德；他（曼希沃）一向是贪嘴的，早就在眼梢里瞅着了，待了一忽儿就说：'你不吃吗？给我行不行，克利斯朵夫？'"

看到这里真想搧这个人嘴巴子，但恰恰衬托出克利斯朵夫的懂事。"哦！克利斯朵夫多恨他的父亲，恨他想不到他们，连吃掉了他们的份儿都没想到！他肚子多饿，他恨父亲，竟想对他说出来，可是他又高傲地想起来，自己没有挣钱的时候没有说话的权利。父亲多吃的这块面包，是父亲挣来的。他还一无所用，对大家只是一个负担……"多么通情达理的孩子，他爱这个十分不称职的父亲，当曼希沃醉酒回家狂舞时，"父亲兴高采烈地回家，在他简直象过节一样。家里老是那么凄凉，这种狂欢正好让他松动一下。他多么需要快乐，父亲滑稽的姿势，不三不四的玩笑，使他连心都笑开了。"他觉得母亲喝阻父亲醉舞也不对，"他跟着一起唱歌，跳舞，觉得母亲很生气地喝阻他非常扫兴。这有什么不对的地方，父亲不也在那样做吗？"尽管觉得父亲好些行为不对头，但克利斯朵夫对父亲仍旧很崇拜，"因此克利斯朵夫把他对父亲的一切怨恨都忘了，尽量找些景仰他的理由：羡慕他的身段，羡慕他结实的手臂，他的声音笑貌，他的兴致；听见人家佩服父亲的演技，或者父亲过甚其辞地说出人家对他的恭维话，克利斯朵夫就眉飞色舞，觉得很骄傲。他相信他的自吹自擂，把父亲当做一个天才，当做祖父所讲的英雄之一。"

对于曼希沃也不能简单地用一个"坏"字来定性，他借酒精麻痹自己的懦弱无能。他喝醉后把约翰·克利斯朵夫拉过去，"抱他坐在膝上，先拧着孩子的耳朵，结结巴巴的，把儿童应该如何尊重父亲的话教训了一顿。随后，他忽然改变了念头，一边说着傻话一边把他在怀里颠簸，哈哈大笑。然后他又急转直下地想到不快活的念头，哀怜孩子，哀怜自己，紧紧搂着他，几乎教他喘不过气，把眼泪和亲吻盖满着孩子的脸；末了，他高声唱着《我从深处求告》，摇着孩子给他催眠。克利斯朵夫吓昏了，一点不敢挣扎。他在父亲怀里闷死了，闻到一股酒气，听着醉汉的打嗝儿，给讨厌的泪水与亲吻的口水沾了一脸，他又害怕又恶心的在那儿受难。"这说明他很爱孩子，我喝醉也亲过儿子，不知他有没有"受难"的感觉。

　　曼希沃有时还会良心发现，觉得对不起女人和孩子。当他醉酒后折磨小克利斯朵夫时，鲁意莎挽着一篮衣服进来了。她大叫一声，把篮摔在地下，拿出她从来未有的狠劲，奔过来从曼希沃怀里抢出了克利斯朵夫，"克利斯朵夫以为父亲要去杀死母亲了。可是曼希沃被他女人声势汹汹的态度吓呆了，一句话也没有，哭起来了。他在地下乱滚，把头撞着家具，嘴里还说她是对的，他是一个酒鬼，害一家的人受苦，害了可怜的孩子们，他愿意马上死掉……那一夜，鲁意莎在发烧的克利斯朵夫的床头坐了好久。酒鬼却躺在地下打鼾。"曼希沃心底还是装着孩子的，当约翰·克利斯朵夫因为饱受嘲讽不想上学时，他把儿子硬送到学校交给老师，是他发现了儿子的音乐天赋，尽管因为功利心驱使逼着克利斯朵夫学习音乐，让儿子成名的信念使他有了耐心，并毫不厌倦地教他把同样的功课来了一遍又一遍。以至于克利斯朵夫不明白父亲怎么肯这样费心："难道是喜欢他么？喔！他多好！孩子一边用功一边心里很感激。"当祖父约翰·米希尔要管教曼希沃时，父子之间大吵一场，"他们俩（米希尔和曼希沃）的脾气都异乎寻常的暴烈，一忽儿功夫就口出恶言，互相威吓，差不多预备动武了。但即使在最冲动的时候，曼希沃也摆脱不了对父亲那根深蒂固的敬意；并且不管他醉得多厉害，结果还是低下了头，让米希尔大叫大骂地百般羞辱。然而下次一有机会，他照样再来。"这说明他哪怕是醉着对父亲都心存敬畏，说明他是个善良的人，在我们土默川农村，我听说过儿子打老子的事情，人们在传播和谈论这些事时对那些不孝的儿子嗤之以鼻。

约翰·米希尔去世后，家境更加困难。失去了唯一能管住他的人之后，曼希沃不但拿自己挣来的钱去喝酒，还把女人和儿子辛辛苦苦换来的钱也送到酒店里去。他不仅把所有家用的钱拿去花掉，还卖掉了父亲传下来的东西。当克利斯朵夫回家看到旧钢琴不见了，“他全身的血都涌上了脸，立刻冲到他们面前，嚷着：‘我的琴呢？’

曼希沃抬起头来，假作吃了一惊的神气，引得孩子们哈哈大笑。他看着克利斯朵夫的可怜相也忍不住掉过头去笑了。克利斯朵夫失掉了理性，象疯子似的扑向父亲。曼希沃仰在沙发里猝不及防，被孩子掐住了喉咙，同时听见他叫了一声：

‘你这个贼！’

曼希沃马上抖擞一下，把拚命抓着他的克利斯朵夫摔在地砖上。孩子脑袋撞着壁炉的铁架，爬起来跪着，扬着脸气哼哼地又喊道：

‘你这个贼！……偷盗我们，偷盗母亲，偷盗我的贼！……出卖祖父的贼！……’

曼希沃站着，对着克利斯朵夫的脑袋抡着拳头；可是孩子眼睛充满了憎恨，瞪着父亲，气得浑身发抖。曼希沃也发抖了。他坐了下去，把手捧着脸。两个小兄弟尖声怪叫地逃了。屋子里喧闹了一阵忽然静下来。曼希沃嘟嘟囔囔不知说些什么。克利斯朵夫靠在墙上，还在那里咬牙切齿地用眼睛盯着他。曼希沃开始骂自己了：

‘对，我是一个贼！我把家里的人都搜刮完了。孩子们瞧不起我。还是死了的好！’

他嘟囔完了，克利斯朵夫照旧站着，吆喝着问：

‘琴在哪儿？’

‘在华姆塞那里，’曼希沃说着，连头也不敢抬起来。

　　克利斯朵夫向前走了一步，说：'把钱拿出来！'

　　失魂落魄的曼希沃从袋里掏出钱来交给了儿子。克利斯朵夫快走出门了，曼希沃却叫了声：'克利斯朵夫！'

　　克利斯朵夫站住了。曼希沃声音发抖地又说：

　　'我的小克利斯朵夫！……别瞧不起我！'

　　克利斯朵夫扑上去勾住了他的脖子，哭着叫道：

　　'爸爸，亲爱的爸爸！我没有瞧不起您！唉，我多痛苦！'

　　他们俩都大声地哭了。曼希沃自怨自叹的说：

　　'这不是我的错，我并不是坏人。可不是，克利斯朵夫？你说呀，我不是坏人！'

　　他答应不喝酒了。克利斯朵夫摇摇头表示不信；而曼希沃也承认手头有了钱就管不住自己。克利斯朵夫想了一想，说道：'爸爸，您知道吗，我们应当……'

　　他不说下去了。

　　'什么啊？'

　　'我难为情……'

　　'为了谁？'曼希沃天真地问。

　　'为了您。'……"

　　读完小说中的这一幕情景剧我真泪目了，真是爱恨交加割舍不下的父子情，亲情永远是难以割断的，尽管克利斯朵夫恨父亲到了极点，但他又多么爱他的父亲，这使他痛苦万分；尽管曼希沃酗酒成性，但他心底还藏着羞耻之心，他希望儿子"别瞧不起我！"对着儿子严厉的眼睛只觉得心虚胆怯。不知怎么，看到曼希沃的事情，使我想到了《平凡的世界》里的逛鬼王满银，他爱着兰花和他的两个孩子。

　　约翰·克利斯朵夫也爱着这个酒鬼父亲，尽管有时对他恨到了极点。曼希沃喝醉酒回家躺在地上，他怕他是死掉了，"克利斯朵夫无可奈何的抓着他的胳膊，尽力地推他摇他："爸爸，好爸爸，你回答我啊！"他怕他死掉。上学后当有人影射嘲笑他父亲时，克利斯朵夫"羞得满脸通红，拿起墨水瓶对准一个正在笑的人扔过去。"当曼希沃酗酒闹笑话时，克利斯朵夫恨不得找个地缝钻进去。"他也知道父亲已经成为全城的话柄。他因为无法阻止，好象受着刑罚一样。戏完场以后，他陪着父亲回家：教他抓着自己的手臂，忍着他的唠叨，想遮掉他东倒西歪的醉态。可是这样的遮掩又瞒得了谁呢？纵使费尽心机，他也不容易把父亲带回家里。到了街上拐弯的地方，曼希沃就说跟朋友们有个紧急的约会，凭你怎么劝，他非去不可。而且还是谨慎一些，少说几句为妙，否则他拿出父亲的架子骂起来，又得教街坊上推出窗来张望了。"他费尽心机要遮掩父亲的丑态和缺点。

当曼希沃死在了磨坊旁边的小沟后，克利斯朵夫痛苦至极。"克利斯朵夫叫了一声。世界上别的一切都消灭了，别的痛苦都给扫空了。他扑在父亲身上，挨着母亲，他们俩一块儿哭着。"这个时候他忘记了对他的恨，心里只想着他慈爱的一面，"他望着睡着的父亲，觉得无限哀怜。他生前的慈爱与温情，哪怕是一桩极小的事，克利斯朵夫也记起来了。尽管缺点那么多，曼希沃究竟不是个凶横的人，也有许多好的脾性。他爱家里的人。他老实。他有些克拉夫脱刚强正直的家风：凡是跟道德与名誉有关的，决不许任意曲解，而上流社会不十分当真的某些丑事，他可绝不容忍。他也很勇敢，碰到无论什么危险的关头会高高兴兴地挺身而出。固然他很会花钱，但对别人也一样的豪爽：看见人家发愁，他是受不了的；随便遇上什么穷人，他会倾其所有的——连非他所有的在内，一起送掉。这一切优点，此刻在克利斯朵夫眼前都显出来了：他还把它们夸大。他觉得一向错看了父亲，没有好好地爱他。他看出父亲是给人生打败的：这颗不幸的灵魂随波逐流地被拖下了水，没有一点儿反抗的勇气，此刻仿佛对着虚度的一生在那里呻吟哀叹。他又听到了那次父亲的求告，使他当时为之心碎的那种口吻：

'克利斯朵夫！别瞧不起我！'

他悔恨交迸地扑在床上，哭着，吻着死者的脸，象从前一样地再三嚷着：

'亲爱的爸爸，我没有瞧不起您，我爱您！原谅我罢！'

可是耳朵里那个哀号的声音并没静下来，还在惨痛地叫着：

'别瞧不起我！别瞧不起我！……'"

难以割舍的父子情，使约翰·克利斯朵夫忽略了父亲所有的缺点，人生的无常激发了他向前的勇气，祖父和父亲的离去使他想到，"宁可受尽世界上的痛苦，受尽世界上的灾难，可千万不能到这个地步！"使他明白，"跟这个罪过（死亡）相比，所有的痛苦，所有的欺骗，还不等于小孩子的悲伤？"十五岁的他听到"望前啊，望前啊，永远不能停下来"，他明白了"人不是为了快乐而生的，是为了服从我的意志的。痛苦罢！死罢！可是别忘了你的使命是做个人——你就得做个人。"

开到丁香花事了

"开到荼蘼花事了"，在温暖的南方，荼蘼是送别春天迎接夏季的花儿。如果点窜一下这句诗，在气候寒冷的呼和浩特，应该是"开到丁香花事了"，丁香花开在料峭微寒的春天，谢在万物繁茂的夏天。

每年的谷雨节气前后，正好是呼和浩特丁香花开的季节。谷雨是春天的最后一个节气，呼和浩特的春天往往是从谷雨节气前才刚刚开始，却又在谷雨后很快结束。城市的供暖期也是在谷雨节气的前几天才结束，停止供暖的屋内显得有些阴冷潮湿。但屋子外面已是杏花开过丁香绽放的景象，到了正午时分已经有了夏天的味道，心急和爱美的人已经穿上了半袖衫和连衣裙。

"春风满城花满树"，丁香花开的时节是呼和浩特最美的季节。丁香花1986年被选定为呼和浩特市的市花，青城人都喜欢这种芬芳四溢的花儿，喜欢这朴实、清香、淡雅、恬静的花儿。不怕寒冷的丁香强健地生长在呼和浩特市的各个角落，家属区、学校、机关单位乃至公园草坪上，到处都可以见

丁香花开

到丁香花的身影：或孤芳独立吐幽香，或丛簇相依绽芳蕊。丁香花朵以白色和紫色居多，紫色又分淡紫、紫红及蓝紫色，纤小文弱的花朵筒细长如钉，而且香气馥郁，故名丁香。

最早驻足欣赏丁香花的芳姿是参加工作以后。也是暮春初夏时节，一个风和日丽的星期天，我和妻子及两个妹妹陪着从村里来的父母亲一起逛青城植物园，公园里飘着扑鼻的丁香花香，让人想起了"花气袭人知昼暖"这句诗。园里游人如织，丛丛簇簇的丁香点缀着公园里的草坪和小径。园中景色令人流连陶醉，园内花香让人心旷神怡。父母一直生活在乡下，没有见过丁香花，母亲一边欣赏一边赞叹："世上还有这么香的花儿！"

母亲是剪纸高手，她的双手剪出了无数的花团锦簇，让我们看到了生活的美好。母亲是一个爱花之人，她喜欢画里雍容华贵的牡丹，也喜爱电视里深红浅红的桃花，在我们那个偏僻而寒冷的村庄，根本见不到这些花朵，花香鸟语的美好景色只能是一种想象。进城游园看到这些既香且美的丁香花，她的心情大好，和我们有说有笑地游赏。在一丛将近两人多高的丁香花前，我们看到几株丁香开着不同颜色的花朵，除了纯一色白色和紫色的花儿，还有白紫色、蓝紫色、紫红色、白绿色的花朵……一丛花里绽放出多种颜色，真是让人赏心悦目，在这丛丁香花前妻子给我们兄妹三人和父母亲一起留影，这是我们家为数不多的全家福之一。如今父母亲已经远去多年，每当丁香花开的时候，我就对着照片发呆，回忆起了那美好的往日时光。

呼和浩特市的市民喜爱丁香花，是因为丁香花不像名贵的花儿那样骄气，它有着顽强的生命力。丁香花具有抗寒、抗旱、抗盐碱和抗病虫害等特点，所以能在苦寒贫瘠的塞外之地生长，这些能够抵抗不利环境而生长的性状被称作植物的抗逆性，我把它称作花卉的品格和本性。我曾请教过园艺师，他们告诉我，丁香特别耐瘠薄，除强酸性土壤之外，在其他各类土壤都可以正常生长。刚刚栽植的幼树不能在阳光下暴晒，但幼树长大之后，丁香树喜欢阳光，没有光照花儿会很稀少。春夏之交的呼和浩特阳光是热情而炽烈的，所以有丁香花开香满城的风景。

这两年呼和浩特的丁香花越来越多，在城市的每一个角落都能闻到丁香花的香味，都能看到或白或紫的丁香树。呼和浩特树龄最长的四株古丁香树在将军衙署院内，据说是当年从北京颐和园中移植而来，距今已有快200年的历史了，如今这些丁香树冠已经与将军衙署的堂庑和宅第比肩了。我想正是由于从皇家园林移植到了塞外边疆，经历了苦寒和风沙的磨砺，它们的花香才更加醉人了，人也应该在艰难困苦的逆境里才能玉汝于成。如今，这四株古老的丁香树已经不再寂寞，热爱它们的呼和浩特人已经把一座塞外名城种植成了丁香的花园，在寻常百姓家的院落里都能找到色香俱佳的丁香树，丁香花开香满城已经成了青城一道美丽醉人的风景线。

有时我想，生活在呼和浩特这片土地上的人们像极了这些花朵细小如钉的丁香花。在这片苦寒贫瘠的土地上，平凡而乐观的人们像钉子一般扎根一方水土，把贫瘠的土地耕耘改造成了一方乐土，把平常的日子联缀妆点成了美好生活。这些细小而卑微的丁香花，像极了我的父老乡亲，像极了我的父母姐妹，他们把苦乐相间的生活谱成了歌，他们把悲欢相随的人生酿成了酒，在天地间散发出像丁香花般沁人心脾的幽香，这香味弥漫在温馨而美好的人间。

丁香花儿的花期长，要开足足一个月的时间。即使进入了骄阳似火的夏天仍然能闻得到丁香的味道，从春天的谷雨到夏天的立夏和小满，丁香树上白紫相拥团团簇簇，素雅而清香。火辣辣的夏天就像这热情豪爽的青城人，热情豪爽的青城人又像这幽香质朴丁香花，老远就能闻得到它的香味，而且可以闻很长时间，特别耐闻。

一声无那诗意美

小的时候读古典诗词，只觉得有些词语很美，但仔细思量却不知道为什么这么美？正是知其然，不知其所以然，有些美好就像江上清风山间明月，美得那么自然脱俗，美得藏都藏不住。

"更吹羌笛关山月，无那金闺万里愁。"早时读唐王昌龄《从军行》时，对诗的意思不求甚解，反复玩味着"无那"这个词的美。总觉得"无那"是春风里婀娜生姿的万千柳条，是妆镜旁袅袅婷婷的豆蔻少女，是关山月下丝丝缕缕的乡思离愁。后来我知道王昌龄这句诗的意境是，在绝域边关回荡起了幽怨的羌笛声，羌管吹奏的曲调是《关山月》，无奈这笛声更加勾起了征人对万里之外妻子的相思之情。

这笛声之美一直牵引着我，让我玩味"无那"一词难以言传的美。我不是研究语言方面的专家，只能从别人已有的一些研究成果里揣摩玩味字词的意思。"无那"在诗词里多作"无奈"来解释，比如杜牧的《书怀》，"满眼青山未得过，镜中无那鬓丝何"，看着那么多青山绿水没有游历过，而自

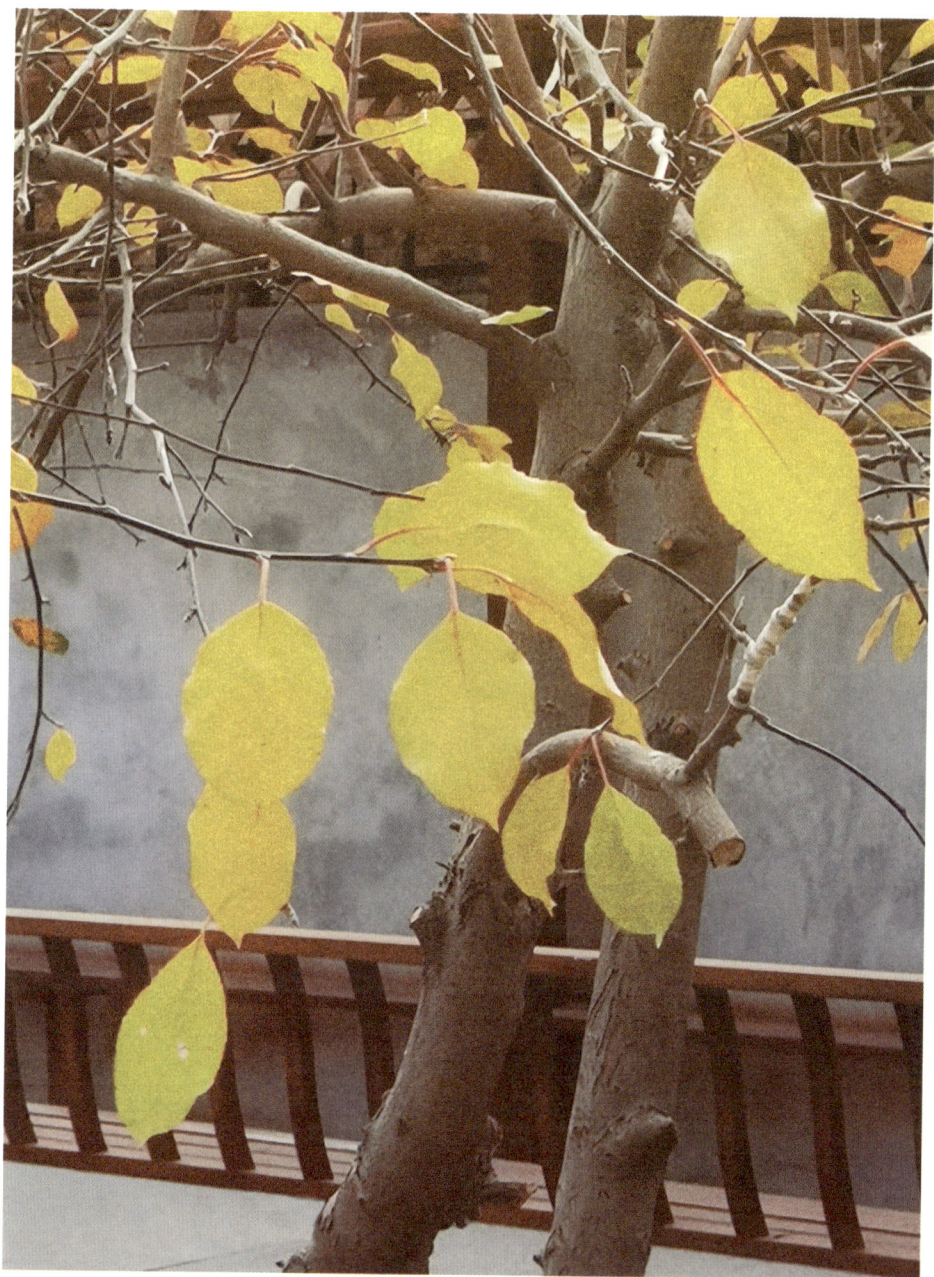

黄叶知秋

己已经两鬓斑白，人生真是充满了"时光只解催人老"的无奈啊。所以风流倜傥的杜郎感叹"只言旋老转无事，欲到中年事更多"，就像我们好多人盼着退休告老后可以自由自在游山玩水，可尘世间芜杂的事情就像杂草一样纠缠着你，让你叹息世事纷乱如草。

翻阅唐宋直到清人的诗词，"无那"在诗词里也大都解释为"无奈"。"朝云聚散真无那，百岁相看能几个"，这是宋代太平宰相晏殊《栏花》里的一句词，人生有许多无奈，悲欢离合总无情，百岁厮守相看能有几人。"若似月轮终皎洁，不辞冰雪为卿热，无那尘缘容易绝"，这是清代纳兰性德《蝶恋花》里一句非常有名的词，如果能像天际明月长圆不缺，我将无惧广寒宫的寒冷为你送去温暖，无奈尘世情缘容易断绝。这首词让人想起《雪山飞狐》电视剧插曲《我有一片心》，叹息人间有许多无奈。到了近当代的文人们仍然频频遣"无那"入诗入词，像俞陛云有"年时怕听红船橹，无那西风误雁声"的词句，程千帆有"青春无那去堂堂，别久流光共梦长"的佳句。

据学者们考证，"无那"就是"无奈"的意思。《辞源》的解释是，无那即无奈，奈何念得急了就是"那"。那应该念作 nuó，《正字通》里的解释是"那，借为问辞，犹何也。如何、奈何之合音也。"清代顾炎武《日知录》卷三十二考证，"奈何"二字始于《尚书》中的《五子之歌》，"六朝人多书'奈'为'那'……唐人诗多以'无奈'为'无那'。"翻捡唐宋人的作品集，以"无奈"入诗入词是宋以后人多于唐人，你看南唐后主李煜那句"无奈夜长人不寐，数声和月到帘栊"，再听那句"无奈朝来寒雨晚来风"，这些唯美的句子令人陶醉。

但我总觉得"无那"就像京剧里那婉转悠长的念白，把无可奈何的意蕴拉得悠长缠绵。"无那杨华起愁思，满天飘落雪纷纷"，一声无那将春恨秋悲扬洒得纷纷的；"山长水远愁无那，又见江南月上弦"，一声无那将客路乡愁牵引得长长的；"河梁自古伤心地，无那分携泪满衣"，一声无那将刻骨相思煎熬得的浓浓的。你看宋人向滈这首《如梦令》："谁伴明窗独坐，和我影儿两个。灯烬欲眠时，影也把人抛躲。无那，无那，好个栖惶的我。"这是孤馆灯青的思乡之苦，还是情人怨遥夜的竟夕相思，一声"无那"让人感到了无穷无尽无边无际的无可奈何。

比起"无奈"来，"无那"多了无限和无比的意思。李煜《一斛珠》词有"绣床斜凭娇无那"的句子，金代董解元《西厢记诸宫调》有"对郎羞懒无那"的措写，都是描写少女娇羞无限之意，就像唐寅《美人图》里所写"最是含羞无那意，故将结发试穿针"。传为仓央嘉措的《情诗》里有"美颜无双处处夸，玉帐香肌娇无那"，都是无限的意思。在描写愁思时，无那则有了"无边丝雨细如愁"的无穷无尽之意，你像陆游诗里有"归来更觉愁无那，剩放灯前酒碗深"的句子，杨万里听到子规啼叫，便有"不论客子愁无那，便遣家人听亦悲"的诗句，这"愁无那"，就是愁无限、愁无边的意思。此外，诗词里的"无那"还有"可惜"的意思，宋代陈普有一首咏怀孔融的咏史诗，诗云："一身撑拄汉乾坤，无那危时喜放言。不受祢衡轻薄误，未容曹操驾金根。"这里"无那"就是可惜的意思。

到了晚清民国和现当代，有不少人填词作诗都喜欢上了意蕴深厚的"无那"一词，就像好多人喜欢国粹京剧一样。你像陆曾沂有"儿时明月依然白，旧国斜阳无那红"的好句，苏曼殊有"滇边山色俱无那，迸入苍浪泼墨来"的奇句。沈尹默《卜算子》有"花发旧年枝，月照新来我。似旧还新无限情，只是情无那"的词句，陈独秀曾寄沈尹默绝句四首夸赞沈尹默，其中一首写道"论诗气韵推天宝，无那心情属晚唐。百艺穷通偕事变，非因才力薄苏黄。"当代国学大师顾随有"眼前此景镇寻常，新来渐觉愁无那"的诗句，杂文家何满子有"行到潇湘肠断处，乡思无那诵离骚"的好句。

一声无那诗意美。让我们在一种似吟似唱的韵味中感受诗词带给我们的美，感受汉语言文字那美艳无比的意蕴。一声余韵悠长的"无那"，诗意袭上你伤高怀远的心头，袭上你多愁善感的眉头。

把根扎在故乡里

九岁多的儿子现在特别喜欢回老家，经常嚷嚷着要我带他回老家农村去。

父亲八十岁那年，小儿呱呱坠地，父亲乐开了怀。按照老父亲的嘱咐，把儿子的胎盘用两个新碗合起来扣好，埋在了老宅门槛下的土里。

父亲摸着儿子的小脑瓜对我说："你的胎盘也在这门槛下，这叫顶门立户，村里人有这样的讲究。这种规矩不讲究也不要紧，但我想这个娃娃出生在城市里，该多接一下地气，将来才能不娇气，才能吃得下苦。"

我想父亲这个说法有道理。对于村里这样的讲究我不好说些什么，有些事情顺着八十岁的父亲就是了，"孝"不就是一个"顺"嘛。我也喜欢把胎盘埋在老宅门槛下的做法，这样我和儿子就好像把根深扎到了土里，把血脉连接到了故乡，就有了一种不再虚浮和飘荡的感觉，有了一种踏实而幸福的心情。

最要紧的是让儿子真心爱上农村。父亲活着的时候，逢年过节都要带着他回老家，当学步的儿子搀着脚步蹒跚的父亲走在乡间的小路上时，我想起了当年健步如飞的父亲把我扛到肩上看大戏的情景。当年坐在父亲的肩上，吃着他买来的麻糖，我咀嚼出了慈爱和甜蜜；如今儿子牵着他爷爷的手，也慢慢地懂得了爱。

儿子长到两岁多以后，渐渐懂事并喜欢上了和城里不一样的农村生活。过年时，坐在爷爷的膝盖上看着窗外璀璨的烟花，看着院子里妆扮得花团锦簇的彩旗，他高兴地直拍手跺足；中秋节，在老宅的院子里看又大又圆的月亮，听远远近近传来的狗吠声，他感到特别好奇欣喜；夏日里，在村边望着彤红的夕阳从天际落下，在水渠边和田野里听取蛙声一片，他会指点着向我问这问那。

父亲在孙子和孙女的陪伴下，幸福地在老家过了四个年头后安详地走了。"芳林新叶催陈叶"，父亲告别了他深深眷恋着的尘世和深爱着的后辈，但儿子还不懂得爷爷这种远行和告别，一次又一次问我："爷爷哪去了？"我说：

门前浅巷

"找奶奶去了。""奶奶在哪里？""很远很远的地方。"既然生命中注定要有这样的离别，就不该过分沉溺于悲伤和哀痛，而是要把父亲的心愿实现。他肯定希望我继续带着儿子回老家，让老家的院落里永远充满亲情和希望；他肯定希望儿孙们把根扎在故土里，好踏踏实实地长成枝繁叶茂的大树。

父亲走了以后我们仍然经常带着儿子回来。每年过年必须回老家农村感受旧的一年的离去，迎接新的一年的到来，仪式感满满。在迎送流年中，儿子一天比一天长大懂事，我怅然于父母的离去而又欣然于儿子的成长，生命就是这样在悲欢交替中前行。在农村的老家里，我一次又一次体味着人生的意义，一次又一次想着父亲希望我们把根扎在土里的话语，父亲一辈子匍匐在土地上，他懂得这土地是最亲切的，只要贴近这亲人般的土地，心就会像种子一样自然而然地孕育出希望。

大概是快上小学一年级的时候，读了一些书的儿子更加懂事了。暑假夜晚和我在老家院子的台阶上乘凉，清风徐来，满天的星星在灿烂的银河里闪烁眨眼，天地被温柔和圣洁的光辉笼罩着。小家伙忧郁地对我说："我知道爷爷和奶奶去世了，我好想他们，我想让他们活过来。"我抬头望着天上的星星对他说："爷爷和奶奶化作了星星，在天上一刻不停地看着我们，在天上保佑着你的平安和成长。"儿子双手托腮望着天空出神，慢慢地问我："爷爷和奶奶是哪两颗星星啊？"在星汉灿烂的夏夜里，我搂着儿子盯着星星像宝石般镶嵌的银河出神。

父亲让儿子接地气的愿望实现了，长得越来越壮实的儿子真是打心眼喜欢上了农村，他喜欢看叔叔大爷们是如何劳动的。春天浇地的时候，他跟上我的发小、他的干爹利利到地里去，手里拿上一张铁锹学着去拢堰堤；秋收的时候他又爬上了我的同学、他的"师父"丁补元驾驶的收割机，感受农民们收割玉米的喜悦；接羔的时候，他又钻进他利军大爷的羊群里，抱着出生没有几天的小羊羔，给小羊羔喂牛奶……春节前的一两天是他最快乐的时候：一会跟上大爹贴春联，一会跟上茹义大爷挂红灯，忙得不亦乐乎。前一段时间回村里他又要跟上利军大爷出村放羊，还要跟上茹义大爷去种玉米，在城里他是见识不到这些的。

老家回的次数多了，儿子特别喜欢我儿时的同学和朋友们。他经常缠着这些叔叔大爷们，玩得十分开心，一会儿缠住他们来下象棋，一会儿又要拜补元为师学木工，真还一起像模像样地打制了一把小凳子。当补元在我家钉书柜时，他开始帮着传递工具和钉子，后来也拿起木工电钻来，钉橱柜门上的合页，我知道做些都是孩子的好奇心驱使，没几分钟热度，就郑重地告诉他，要真心向这些叔叔大爷们学习不怕吃苦的品行，学习热爱劳动的美德，学习不惧艰难的劲头。

农村是一个丰富的人生大课堂，老家是一本厚重的生活教科书。如今已五十多岁的我，回望曾经走过的人生道路时，感谢我曾在故乡的土地上从事过拔麦子等艰苦的劳动，让自己在清贫的生活里长起了志气。人生所经历的每一种苦难都是一种财富，但只有心里生出战胜苦难的勇气和坚韧，才能使这种财富变现和收获，这样的勇气也是我们生活前行的动力。只要是为生活的美好插上奋斗的翅膀，只要是为生活的美好放飞远大的理想，人生就会展现蓬勃向上和勇往直前的姿态。父母亲当年都告诉我："即使刨土吃食，心里也要长出骨头来，也要长出牙来！"人要有志气而且能吃苦，这也是我想让儿子传承的美德，希望他能够像父母当年教育我的：心里长出牙来！

带着儿子回老家，我不仅想让他体魄好爱劳动，更想让他学会乡下人的厚道和善良。我的童年是在泥土里摸爬滚打长大的，那样的摔打磕碰不仅使我有了健康的身体，也使我有了战胜挫折的勇气。看一下我那些发小们，哪一个没经受生活大山的重压，但他们都能笑逐颜开云淡风轻地面对。在简单而质朴的生活里，他们踏实而自在地生活着，活得有滋有味、有声有色、有情有义，精神分外饱满充实。我希望儿子也能从土地中汲取吃苦耐劳的坚韧和乐于助人的厚道，学会良善处世和谦恭虚己。就像他爷爷那样再重的农活也没有压弯身躯，再苦的生活也是微笑着面对，人性中的温暖与宽厚可以把生活的苦难和人情的不快都融化掉。

把根扎在故土里，心中才能又长出一个有情有义的故乡。植根泥土汲取营养，迟早会长成参天的大树，迟早会撑起蔽日的绿阴，迟早会散出馥郁的芬芳。

上房瞭一瞭

在绵延起伏的大青山南麓，便是辽阔平坦的土默川平原，古称敕勒川。一眼望不到边的平原像一大块平坦开阔的绸缎，从大青山一直铺到了黄河边。现在土默川农村偶尔也能看到二三层的楼房，四五十年前人们大多住土坯房，要想登高望远只能是上房瞭一瞭，房顶是人们的瞭望哨和望远台。

那个时候农村的房子是土墙土炕土烟囱。当时人们形容土默川的房子是"远看一堆泥，近看有玻璃"，盖房子用的土坯是用土和小麦秸秆和起来的泥土脱制而成，人们盖的房子矮的只有一丈多高，最高的也高不过两丈。房子盖好后人们把房顶、烟囱和外墙用麦秸泥抹出来，抹得光滑平展。土房顶一般是北高南低呈缓坡状，下雨时好让雨水顺着缓坡流到屋檐下，再顺屋檐流到院子里，土默川农家讲究"肥水不流外人田"。

房子修好之后，还要修好上房顶的大台阶。这上房的台阶有点像古代城墙边的蹬道，踏级用土坯垒砌而成，每个踏步台阶一般有一个土坯那么大小。那个时候很少有人家用木制的房梯，因为当时木材很精贵，人们盖房子用的椽檩都得攒上好长时间，不像土坯那么实惠又安全。由于日晒雨淋，墙壁、房顶和上房的台阶每隔一两年就得用麦秸泥重新抹一抹，否则泥土剥落后太过光滑，父亲时常和我念叨一句口口相传的谚语："人活脸面树活皮，墙头靠把圪渣泥"，这圪渣泥就是指麦秸泥。

土默川人家的房顶是孩子们的乐园。当年农村那些淘气的孩子，谁没有爬墙上房的经历，我们甚至玩这样的游戏：用手抠着房沿，跳到松软的地上。在房顶上我曾经和同龄的伙伴嬉戏打闹过，有的时候好几户人家的房子是相连的，我们从这户人家的房子上去，跑过好几家人家的房顶，从最靠边的人家的房子上下来，感觉非常新奇而过瘾。有时候在房顶上跑得动静大了，屋里的大人听到动静出来冲着房顶上喊骂一声"踩塌房片（方言：屋顶）呀！"奔跑的孩子们赶紧从房顶上找房梯子，鼠窜而下。

夏日微风吹拂的向晚时分，我还喜欢在房顶上看书和背诵课文。父母亲要出地劳动，让我在家里照看门户，我感到一个人呆在屋里的炕上很憋屈，喜欢上房顶上铺上一条麻袋，坐在上面看书或背诵课文。在房顶的麻袋片子上，我曾经入神地看过《水浒传》和《西游记》等名著，也背诵过《曹刿论战》和《岳阳楼记》等课文名篇。看书累了我会向北遥望远处连绵起伏的大青山，体味"绿树村边合，青山郭外斜"的诗意；我会向西张望近处村道上扛着锄头往来的农民，体味"晨兴理荒秽，带月荷锄归"的辛劳。夕阳西下，在房顶上看着羊倌吆喝着牧归的牛羊走在村边的小路上，看着彤红的落日笼罩着整个村庄，飘飘袅袅的炊烟在村庄上空散入一片天青和绛紫中……当看到劳动归来的父母亲时，感到非常踏实而激动。

炎夏的时候，屋顶是乘凉最好的地方，晚风吹来凉爽宜人。日头落下去了，可天还大亮着，邻居们端上稀粥碗拿上饹饼上房顶，一边喝稀饭一边聊天，大人们聊得海阔天空，从日月星辰到气候收成，从家长里短到婚丧嫁娶，七嘴八舌无所不聊。对于孩子们来说，炎夏时节的屋顶是看星星和看月亮的好地方，在孩子们心中上房顶离星星和月亮更近了，能够更真切地看到星辰和月亮，在这夏夜凉爽的房顶上，我曾经眺望着满天的星星寻找北斗星，幽深无际的夜空无数颗星星也向我眨着眼睛；我曾经在皓月当空的夜晚在房顶上凝望月亮，想看见嫦娥和玉兔住着的广寒宫，想知道吴刚为何要不休歇地砍伐桂树。

房顶是妈妈呼唤和瞭望孩子的高台。不像现在村里找个孩子都不容易，那个时候村里的孩子们特别多，三个一群五个一伙在村里的犄角旮旯里玩，妈妈们找不到孩子时，便上房高声喊着孩子的名字，被喊的孩子真还能听到妈妈的声音，贪玩的孩子不情愿地回家，有时也被准许继续玩耍。村里二队的打谷场和饲养院就在我家西北不远处，我经常和小伙伴们或者在打谷场的麦秸垛里翻跟头，或者在饲养院里的草料房里捉迷藏，往往玩得不知道回家吃饭。黄昏的时候，就会传来妈妈站在房顶上呼唤我回家吃饭的声音，那是世界上最亲切而慈爱的声音。我到县城上高中后，每当我骑自行车返回学校上学时，回头总能看到站在房顶烟囱旁的母亲，直到瞭不见我的身影后，她才会从房顶上下来。

房顶也是父亲的打谷场和晾晒五谷的场圃。从打谷场收拾回来各种农作物，父亲就在房顶晾晒和去除杂物。我见过父亲把小麦、莜麦、豌豆等粮食在房顶上摊开晾晒，收获小麦的时节是小暑前后，怕房顶上的粮食丢掉，夜晚父亲就睡在房顶上。在房顶上，我们一家人一起搓剥过玉米棒子和玉米粒，一起搓剥过黑豆角和葵花籽。父亲还在房顶上扬过场，把糜黍和谷物打扫得干干净净的，一阵风从房顶吹过，谷粒像雨一样下着，谷雨里是父亲的笑脸。这样的劳动已经是收获在即，一家人一边劳动，一边沉浸在丰收的喜悦中。辛苦了一年，在房顶上晾晒好就可以颗粒归仓了，能不让人高兴吗？

最让我难忘的是在房顶上晒枸杞。上世纪八十年代初每公斤枸杞的收购价已达到七八元甚至十几元，这在当时是一个让人眼馋的价格。人们不光在院子里和盐碱地里种枸杞，还种到了心爱的口粮田里，种植最多的人家有十几亩，产量数以吨计。枸杞子成熟后，就得摘下来晾晒到房顶和院子里，摘下来的枸杞先用碱精在脸盆里颠匀了，除去枝叶杂质，然后均匀地摊在纸板做的晾晒框里，再把这些晾晒框在屋顶摆开。晾晒枸杞的活儿也很繁重很折腾人，遇到晴天还好，早上晾开晚上收起来就行了，但小暑前后的乌云顽皮得很，看着一块乌云快到当头顶了，一副下雨的架势，赶紧把晾晒框摞起来，用塑料布苫盖严实了。结果云过日出，赶紧又在屋顶排列开这些晾晒框，抬头一看——远处一朵乌云又飘过来了。看到天上有像要下雨的云彩，全村的大人小孩们都跑上屋顶，大家在屋顶上忙碌聊天，骂天气太多变了，那场面非常壮观。

后来，村里好多人家把土坯房拆盖成了砖瓦房，砖瓦房上覆盖了漂亮的红瓦，人们怕踩坏了瓦，很少上房顶了，除非下雨屋漏换瓦片或者掏烟囱。小孩子更不能上房顶疯跑疯逛去玩，而且砌了瓦片的房顶不能再当场圃用了，房顶就只是遮风挡雨的。房顶是变漂亮了，但少了上房的大人和小孩们，房顶变得寂寞了。人们无法站在房顶上说话聊天，人也越来越懒得说话，村庄仿佛没了精神。

"上房瞭一瞭，瞭见个王爱召……"参加工作后我不止一次去鄂尔多斯达拉特旗采访，每一次都能听到这美妙动听的曲调，这上房一瞭还寄托着美好的爱情向往。后来我听过二人台《妹妹上房瞭一瞭》，想不到上房瞭一瞭还是一种撩人的办法，还是一种约会的手段，让人联想到"梯横画阁黄昏后，又还是、斜月帘栊"这句很出名的宋词。

但我每次听到"上房瞭一瞭"，想起的都是已经拆了的老屋的房顶。如果真的还能上房瞭一瞭，还能瞭见慈爱的父母和远去的童年吗？

当年落榜去补习

落榜生？补习班？现在的孩子们很少知道这是怎么回事了，当年我们高考时落榜的考生远比考上的考生多，参加高考的补习生要比应届毕业生多。落榜说明人生不能随随便便成功，必须通过补习"回炉"才能改变命运。

1983 年我从五申中学考到托克托县民族中学，在这里经过高中的苦读我们将冲刺高考，大家的目的性很明确。我们农村班所有的同学们，就是要改变祖祖辈辈面朝黄土背朝天的命运，不再受父辈们那种苦和累，过上城里人体面的生活。那个时候城乡之间流动性小，对于农村娃来说，要想改变自己的命运只能通过高考。

上世纪八十年代初，我们的国家尽管还很贫穷，但改革开放之初的社会上充满了活力与激情。上高中这两年我们耳畔萦绕的是"年轻的朋友们，今天来相会。荡起小船儿，暖风轻轻吹"等催人奋进的歌曲，我们抱着"为中华之崛起而读书"的理想，我们充满"学会数理化，走遍天下都不怕"的自信，近乎拼命地拼搏学习，为了三年后能够顺利走进大学校门，改变自己的人生和命运。

但那个时候高校招生规模很小，所以能考上大学难度很大。上世纪八十年代中期大约七八个人里面才能考上一个大学生，印象中比今天的考研难度都大，毕业后国家包分配工作，所以考上大学仿佛古代考生中举一样，大学生被称为天之骄子，家人也为孩子考上大学感到无比荣耀。我们一上高中，老师们就讲述往届考上重点大学的学生给我们励志，薛智勇考上了清华，杜若明考上了北大，同学们把对这些学霸的羡慕化作了学习的动力。

但残酷的现实是，即使所有的人都拼尽全力奔跑，过线的同学毕竟还是少数，大多数人得有名落孙山的心理准备。那个时候高考比现在要晚一个月，7月7日开始高考，正是骄阳似火酷暑难耐的时候。1986年高考到来了，设在托克托县民族中学的考场外悬挂着醒目的标语："一颗红心、两种准备"，考试用的教室和生活区用白粉划了警戒线，我感到莫名的紧张。晚上，我有点失眠……胡乱睡了一阵，天明后走进了考场。

我们这个班有五六十位同学，这一年只有七八位同学考上了大学，考上的学校也不是十分理想。大多数同学都接受这个现实，开启了补习班"回炉"的人生，把劲儿攒到来年甚至是后年再参加高考。刚开始上高中时，老师们一边激励我们向优秀的学霸们学习，一边也向那些顽强的补习生们学习，有位学兄，连续参加了八年高考才考上大学，他的事迹在我们民族中学传为美谈：坚持就是胜利！三年高中毕业考不上落榜并不丢人，丢人的是参加过两三次高考考不上就泄气了。

高考落榜是非常正常的，暂时的落榜并不代表人生永远处于低潮。那个时候各种高考补习班多的是，就我们县城里就有民中补习班、托中补习班和师范补习班，呼和浩特市还有政协补习班等可以选择。落榜的同学暑假就到这些补习班报名，再到补习班周围的住户家合租好房子，因为学校已经不给补习生安排住宿了。合租的同学里，有补习两三年的，也有年头更长的，学习和生活都有丰富的经验。

对于我来说不单单是选一个补习班那么简单，还有更多的煎熬。这一年高考我考得不理想，只考取一个专科学校。暑假里我就不甘心地想：怎么考这么点分数，如果补习一年我会考好的！我和父母亲不止一次商量这事儿，他们也拿不准，在犹豫中开学了，父亲把我送到了呼和浩特。只上了一两天学，我便从呼和浩特市回到村里，父母亲正在村西南的地里收拾向日葵，见到父母我的眼里满含着温暖的泪水，母亲安慰着我，父亲说："我去给你办退学手续，你明天就去县里补习吧。"

我如愿以偿地进了民中补习班学习，但这样的选择并不轻松。我得投入到紧张的补习中，补习班的教室拥挤不堪，教室里大约有百十来号人，根本没有走廊，桌子挨着桌子，课间想出去方便时，只能和同学打好招呼，从桌子边走到窗户边，然后爬窗户而出。我认真地补习倒没觉得难熬，但父母亲心里肯定担惊受怕，承担昂贵的补习班学费倒是其次，他们受不了一些村民指指点点："考上大学不去又补习，小心失脱（方言：失误）的哇！"听着这些话，父母亲心中肯定打着鼓。

补习这一年很快就过去了，1987年的高考季又来了。连考三天很正常，我很自信能有好成绩。在焦急的等待中，分数公布那一天到来了。我和邻村的同学郝世凯骑上自行车去县城查分数，父亲不放心我，怕成绩万一不好我想不开，也相跟上到了县城。县教育局里来查分的学生和家长人山人海，考上的学生喜笑颜开，落榜的学生有的痛哭流涕。世凯查到自己分数没上线，鼻血当时就流了下来，他却浑然未觉。不相信再查一遍，结果还是一样，世凯蹲在台阶上任由鼻血和眼泪交流。能不着急吗，这已经是第二年落榜了，如果真考不上就得头顶烈日锄地拔麦子，干一辈子农活。在忐忑不安中我的分数也查到了，上了一本分数线，父亲脸上的皱纹里充满了笑意。

我算是幸运的，只补习了一年就上了大学。我的同学菅泽英第一年考到了区内一所大学，他也选择了退学补习，这一年考到了南开大学。郝世凯擦干血泪，和没有考上的同学又二进补习班，考上了兰州大学这样的名校。后来，经过三进或四进补习班，我们那个农村班的同学只有五六个没有考上大学。经历了落榜的哭泣和补习的锻造，同学们都拥抱了成功的喜悦。

人生哪里能够一帆风顺，一定要坚持到底。"宝剑锋从磨砺出，梅花香自苦寒来"，落榜就是人生一时的苦寒，补习班就是不惧失败者的磨刀石。

田园村居意境美

村居即在乡村里居住时的所见所闻，是古代诗人喜欢饱蘸浓墨描摹的一个重要题材。从古到今中国文人都有非常浓厚的隐逸情怀，告别俯仰随人的仕宦生涯，在山明水秀的乡村居住，陶冶了诗人们的性情，激发了诗人们的灵感，那些美妙而恬静的诗歌让人陶醉在诗意而童话的乡村景色里，沉浸在"衣冠简朴古风存"的美好乡风中。

让我们先欣赏一下小学课本里的村居诗，最出名的一首当属清代高鼎的《村居》，高鼎也因为这一首诗留名后世。"草长莺飞二月天，拂堤杨柳醉春烟。儿童散学归来早，忙趁东风放纸鸢。"这首诗不用我去费劲解读，据说是诗人归隐于江西上饶地区农村时所写，但生长在北方农村的人们读来一点都感觉不到有隔阂，仿佛诗中所描绘的地点就是我们小时候的村庄，自己仿佛就是奔跑在春风里放风筝的孩童中的一个。草长莺飞，杨柳堆烟，完全是村郊的自然风光，跑动着放风筝的孩子们给这静态的画面带来了动感。诗里充满了没有被俗世污染的快乐，就像孩子们奔跑在春风里。

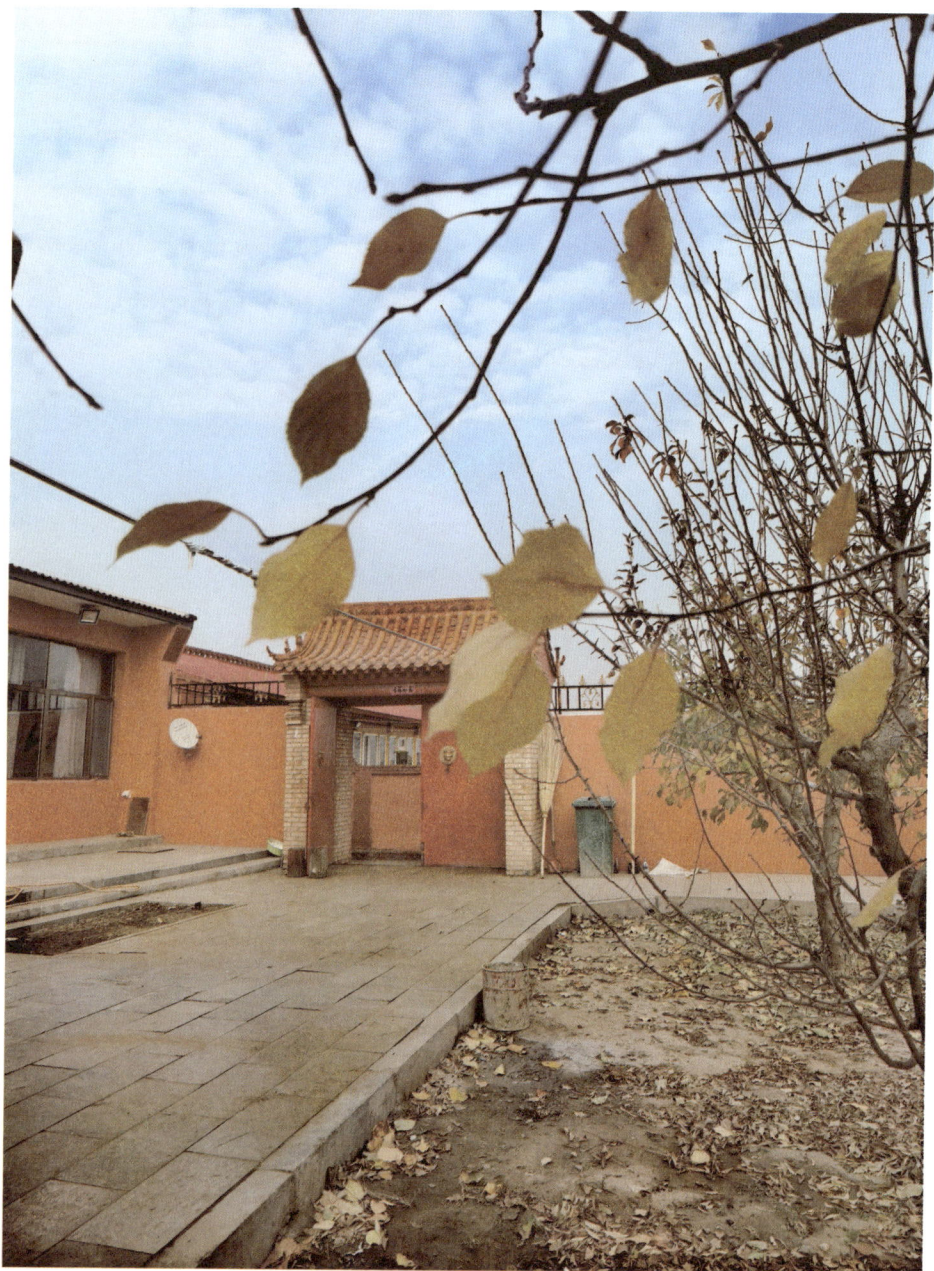

小院秋景

　　课本里的另一首《村居》是著名词人辛弃疾的一首词《清平乐》："茅檐低小，溪上青青草。醉里吴音相媚好，白发谁家翁媪？大儿锄豆溪东，中儿正织鸡笼。最喜小儿亡赖，溪头卧剥莲蓬。"这首耳熟能详的词能勾起我们对少年时代的回忆，当年学习时感觉特别亲切，我家住的就是茅檐土房，放马时经常能看见溪上青青草，这一切都能让我联想起自己的童年生活。对锄草和编鸡笼不陌生，但对剥莲蓬不大理解，不过我们北方也有一种沙篷草，俗名称作莲篷，我居然把割沙篷草的经历嫁接到了辛词的意境中。一切都是那么简单而快乐，乡间的风物和人情都是自然的。

　　从上面两首经典的诗词就可以看出，优秀的村居诗词少不了乡间天真烂漫的儿童的身影。你看范成大那首著名的《夏日田园杂兴》里"童孙未解供耕织，也傍桑阴学种瓜"的景象，是一群从小耳濡目染喜爱劳动的孩子；再看杨万里的"日长睡起无情思，闲看儿童捉柳花"和"儿童急走追黄蝶，飞入菜花无处寻"的情景，他眼中也是一群活泼可爱的孩子。再看贺知章的"儿童相见不相识，笑问客从何处来"，还有杜甫的"稚子敲针作钓钩"，有了这些天真无邪的儿童才有了乡村灵动的魂，才有了村居动态的美。每次我回到日渐凋敝的老家农村，心里就充满了无限的惆怅，村里很少能找到儿童了，村庄的诗意和童年的美好随着岁月渐行渐远，缺少儿童点缀的村庄显得老态龙钟。

　　"山重水复疑无路，柳暗花明又一村。"在乡村里居住时，诗人们首先赞美的是乡村里山水花柳等自然风光。平时红尘俗念雍塞心头，就像尘土蒙蔽了明镜一样。一旦置身乡村朴素安静的生活，就会让心境回归为一面澄澈明净的镜子，把天光云影都自然而然地映照进来。"水绕陂田竹绕篱，榆钱落尽槿花稀。夕阳牛背无人卧，带得寒鸦两两归。"宋代张舜民的这首《村居》就是一幅动静相衬的画。宋代叶茵《村居》这样写道："数舍茅茨簇水涯，傍檐一树早梅花。年丰便觉村居好，竹里新添卖酒家。"在梅花映衬下，数间茅屋闲临水，还有那新添的酒家，让人想起了乡村里把酒话桑麻的饮酒场景，想起了元代曹德的散曲"茅舍宽如钓舟，老夫闲似沙鸥。江清白发明，霜早黄花瘦，但开樽沉醉方休……"

自从晋代陶渊明真正过上归园田居的生活，后世文人虽然不能像他这样，但他们展开了想象的翅膀，也描摹了美好动人的田园风光，歌唱了无拘无束的乡村生活。每一位文人心中都有自己的一片田园风光，比如身为贵公子的纳兰性德过着锦衣玉食的生活，但他心中也有着美丽的田园风光，在《南乡子·秋暮村居》中写出了深秋时节的山野风光："红叶满寒溪，一路空山万木齐。试上小楼极目望，高低。一片烟笼十里陂。吠犬杂鸣鸡，灯火荧荧归路迷。乍逐横山时近远，东西。家在寒林独掩扉。"这里有鸡鸣犬吠的生气，有灯火荧荧的温暖。不独古人有这样的田园情结，现代文人有时也常把自己想象为田家，想象着田园的生活，你看何其芳眼中的《秋天》：

震落了清晨满披着的露珠，
伐木声丁丁地飘出幽谷。
放下饱食过稻香的镰刀，
用背篓来装竹篱间肥硕的瓜果。
秋天栖息在农家里。
向江面的冷雾撒下圆圆的网，
收起青鳊鱼似的乌桕叶的影子。
芦篷上满载着白霜，
轻轻摇着归泊的小桨。
秋天游戏在渔船上。
草野在蟋蟀声中更寥阔了。
溪水因枯涸见石更清冽了。
牛背上的笛声何处去了，
那满流着夏夜的香与热的笛孔？
秋天梦寐在牧羊女的眼里。

这位现代诗人笔下的秋日田园风光鼓荡着诗意的美，这种美有着秋天般的安静。但我觉得乡村最美好最打动人的除了望而息心的田园风光，更重要的是淳朴厚道的人情。你看"莫笑农家腊酒浑，丰年留客足鸡豚"，为了留住客人捧出了满桌的鸡肉和猪肉，捧出的是农家的一片真情。虽然是"盘飧市远无兼味，樽酒家贫只旧醅"，但对于茅庵柴屋的主人来说是酒深情更深。所以有真实乡村生活的人能体验到"茅柴酒与人情好，萝卜羹和野味长"，能理会到"待到重阳日，还来就菊花"的那份郑重相邀。杜甫感受过"夜雨剪春韭，新炊间黄粱"那种深深的故人情，陆游感受过"乞浆得酒人情好"的乡村风俗，讨一杯水喝时田家会给你捧出酒来，所以他感慨地说"处处乞浆俱得酒，杖头何恨一钱无？"乡村最令人感动的那种朴实无华的古风旧俗，真的不是能用金钱来衡量的。

"午枕闭门无客搅，夜灯开卷有儿同"，我很羡慕陆游所述的这种村居状态。我经常带着儿子回农村感受乡间的风光和人情，我希望他能爱上乡村的风光和人情，而我也希望有更多村居的闲暇，和孩子们一起开卷夜读，一起看村边的朝晖夕阴和云卷云舒。

英雄不愧武灵王——托克托史话（上）

我以前写过一篇《闲话家乡托克托》，今天还是再聊一聊托克托吧。从考古和文化的角度来聊起，托克托是一个很有文化底蕴和历史积淀的地方。

黄河蜿蜒成了中华民族的血脉，从托克托身边流过，拐弯奔向晋陕大陕谷。黄河几字弯右上角是托克托县双河镇河口村，这里是黄河上游和中游的分界点，也是历史上大黑河汇入黄河的地方，河口之名由此而来。大黑河是黄河上游最末端的一条大支流，与黄河共同冲积出美丽富饶的土默特平原。大黑河的上游在汉朝被称作荒干水，下游被称为沙陵河，隋唐、辽、金时期大黑河被称为金河。金河汇聚了许多条小河流注入黄河，历史上便有了"万水归托"

东胜卫古城遗址

的说法。

人类历史和文明最初萌芽的地方只能是河岸边，河流孕育了人类早期的文明，文明的曙光最先从河岸边升起。如今，在河口古镇下游不远处就是著名的神泉旅游区，神泉之名是因为这里曾有过神奇的泉水，就在附近的海生不浪村。海生不浪是蒙古语，汉语的意思是神奇的泉水，这里曾有冬季也冒着热气的泉水。就在海生不浪村北约百米左右，在距离黄河仅一公里的北岸的一片平缓的三级阶地上，曾经发掘过著名的海生不浪遗址，发现了以仰韶三期为主的新石器时代遗存。

聪明的先民们发现了这片离黄河很近的平坦的台地。他们已经不甘心住在潮湿低矮的洞穴和地穴里，在坡地上整理出平整的地面，他们已经会造一种圆角长方形的房子，所造的房子用土墙来承重，房子里要修好几个灶。那个时候人们的造房技术显然还不是太高，考古发现的柱洞比较零乱，说明柱子只是用来装饰和辅助房子的，人们还不大会用柱子来承重建造比较广阔宽大的房子。考古发现了人们使用过的陶器、石器和骨器等，还发现一座陶窑，人们已经掌握了用火烧制各种陶器的技术，烧制出了钵、盆、罐、瓶等生活中使用的陶器，这些陶器多为黑彩陶，上面还绘有各种纹饰。

值得托克托县人骄傲的是，凭借发现较早和文化面貌较为单纯等特点，考古界后来将内蒙古中南部仰韶三期遗存均统称作"海生不浪类型"，甚至直接命名为"海生不浪文化"。海生不浪文化包括的地域很广阔，有清水河县白泥窑子遗址、包头的阿善和西园遗址、凉城县老虎山和园子沟遗址、察右前旗庙子沟遗址等多处遗址，它们分别代表了内蒙古中南地区新石器时代各时期的文化，为研究中华文明的起源偎供了许多考古实物资料。作为最早发掘的海生不浪遗址，为后来这些同类遗址的发掘提供了可资比较的材料，为深入研究内蒙古中南部地区新石器时代文化奠定了基础。

我一直和周围的朋友们吹嘘，说托克托县是我们国家最早建立的郡城，她有一个诗意的名字叫云中城。公元前三世纪赵武灵王胡服骑射建立起强大的骑兵步队，胡服骑射改革的第二年（公元前306年）一边进攻中山国，一边"西略胡地，至榆中"。张守节《正义》云榆中"在胜州北河北岸"，唐代胜州遗址在准格尔旗十二连城，则榆中在准格尔对岸的托克托县境内。之后赵武灵王北破林胡和楼烦，灭白羊王，经土默川进攻河套地区，拓疆千里。

当时有着雄才大略的赵武灵王站在广袤的土默川平原上，心里规划着自己的雄图霸业。头枕阴山南临黄河的土默川平原不仅拥有河山之固，而且是进入关中和晋中及河北平原的交通枢纽。想一想这几年，他让儿子主政治国，自己亲自穿着胡服从"西北略胡地"，如今终于占领了这片可以南下进攻关中的沃土，在这里可以放牧马匹训练骑兵。他要把西北新开辟的疆土设置为一郡，这个郡像天边的云一样飘逸，仿佛是云中君的赐予，对就叫云中郡，这样云中郡和雁门、代郡构成了赵国西北稳固的防线。赵武灵王在今天包头市九原区的麻池乡设置了九原城，"欲从云中九原直南袭秦"，这是赵武灵王苦心经营西北最重要的目的。为了观察进攻路线和地形顺便观察秦昭王是否有作为，赵武灵王"诈自为使者入秦"，秦昭王开始没有觉察，后来觉得这位赵国使者气度不凡，"非人臣之度"，派人急追，这时赵武灵王已脱关而去。

思想了很久的云中城建在哪里呢？在这片后人眼中"天似穹庐，笼盖四野"的苍茫之地找一个筑城之地，这是一件让人犯难的事情。北魏郦道元《水经注》所引《虞氏记》详细记载了筑城的经过："赵武侯自五原河曲筑长城，东至阴山。又于河西造大城，一箱崩不就，乃改卜阴山河曲而祷焉。昼见群鹄游于云中，徘徊经日，见大光在其下，武侯曰：此为我乎？乃即于其处筑城，今云中城是也。"《虞氏记》把赵武灵王误为赵武侯，因为赵武侯时赵国的势力并没有到达土默川一带，考古资料证明赵武侯时这里是林胡、楼烦等少数族居住之地。根据《虞氏记》这段近乎神话的记载可以知道，赵武灵王先在黄河西岸筑城崩塌失败，改而到黄河东北离阴山不远处另觅城址。白天看见一群天鹅整日翱翔云中，群鸟下方光芒耀眼，赵武灵王以此为吉兆筑城，筑城成功遂命为云中城。

这一片群鹄翱翔不去的原野，就是今天的托克托古城镇古城村，2300 多年前曾矗立着中国最早的郡城之一。上世纪五六十年代，云中城遗迹还保存完好，城墙如天上星座联线呈不规则多边形，可见云中城名取名于神话，城墙建设也摹仿了天空星象。古云中城选址在水草丰美的土默川平原中心地带，是训练骑兵和放牧战马的好地方，地势平坦的平原宜农宜牧，可以发展生产保障给养。古云中城不仅有黄河阴山之固，而且周围有荒干水（今大黑河）、武泉水（今小黑河），白渠水（今宝贝河）等萦绕。另外黄河两岸边沙性土壤居多，这也是开始在河西筑城失败的原因。而土默川平原的大黑河流域多胶质土壤，夯实打压后可以屹立千年。

　　为了保卫云中城和土默川平原不受北边骑马民族的袭扰，赵武灵王配套修了长城。这条长城"自代并阴山下，至高阙为塞"，起点在河北省西北部的蔚州市，沿洋河而上进入内蒙古中南部，这条长城修建在大青山南麓，七百年后北魏郦道元《水经注·河水注》看到的是这样的景象："顾瞻左右，山椒之上，有垣若颓基焉。沿溪亘岭，东西无极，疑赵武灵王之所筑也。"我曾经在呼和浩特市回民区乌素图召附近和包头市固阳县境内，看到了当年郦道元所看到的景象，这些断续蜿蜒的赵长城遗迹，当年就是为了保护土默川平原和云中城的。最新的考古调查发现，战国赵北长城的东端起点在今兴和县城关镇脑包窑村附近，西端止于巴彦淖尔市乌拉特前旗白彦花镇张连喜店村北侧，也就是说高阙塞应在此处。由于赵武灵王时期匈奴的实力还不强大，直到赵国末年名将李牧为边将时重创匈奴，匈奴十余年不敢近赵之边城。赵国长城只是有一种疆界标志的作用，还没有构成完整的防御体系，直到秦汉后续修，北边的长城才逐渐完备。

　　云中城是蒙古高原历史上第一座大型城市，是当时交通的枢纽。公元前236年云中城被秦军攻取，两年后（公元前234年）秦国在此设立云中郡，土默川转入秦朝的控制。又过了十三年，公元前221年秦始皇消灭六国，划分天下为三十六郡，云中郡成为其中一郡，云中城成为北边重要的城市和交通枢纽。公元前210年，秦始皇第五次出巡崩于沙丘宫（今河北省广宗县境），满载鲍鱼的尸车就是由井陉北上，到云中城西去九原上秦直道，然后回到咸阳。因为秦始皇晚年很想从北边沿直道回咸阳，赵高等秘不发丧沿此路线回咸阳可以蒙骗外人，好像秦始皇还活着。西汉初年，由于云中和雁门二郡之间太过辽远，又在二郡之间设置了定襄郡，郡治盛乐即今和林格尔县土城子，土城子是土默川平原的南大门，和云中城、九原城构成了重要的军事防御体系和兵员物资补给线。到东汉末年毁弃时，云中城使用了九百多年。

　　云中古城对后世的影响是巨大的，北魏时在这里重建了不少大型建筑。从考古发掘看，古城南北长1920米，东西宽1760米，这样的城址规模很大。

夯筑的城墙大都保存完好，城内西南角还有一座 140 米见方的子城。大城内有许多建筑遗迹，在中部一座俗称"钟鼓楼"的大型夯土台基上，曾出土北魏"大代太和八年"的鎏金佛像，这是孝文帝年号，台基下散布着北魏的残瓦。北魏遗物还大量分布在古城的中部和西南部，说明北魏在云中城的残城里曾修筑过宫殿或华丽的庙宇。有人认为昭成皇帝什翼犍曾移都于云中之盛乐宫，这座宫殿可能是这个俗称钟鼓楼的台基，也可能是西南角那座 140 米见方的子城，有的考古工作者推测云中之盛乐宫就建在前代的云中城内。还有的考古工作者认为，北魏"云中之金陵"就在云中城附近，但还缺乏确凿的考古发现来支撑此说。

不管怎么讲，今天的托克托人非常喜爱云中城，喜爱胡服骑射的赵武灵王。在托克托县城矗立着赵武灵王胡服骑射的雕像，在东胜卫故城之南修筑了云中郡主题文化公园，人们喜欢把托克托县称作"千年古云中"。仲夏时节，在长风浩荡的广场上，想起了翦伯赞先生赞美赵武灵王的那首《登大青山访赵长城遗址》："骑射胡服捍北疆，英雄不愧武灵王。邯郸歌舞终消歇，河曲风光旧莽苍。望断云中无鹄起，飞来天外有鹰扬。两千几百年前事，只剩蓬蒿伴土墙。"其中就化用了见群鹄徘徊而筑云中城的典故。郭沫若游历丛台时也有"照黛妆楼遗废迹，射骑胡服思雄才"的诗句，赞美他胡服骑射的壮举。

一座云中城辉煌了九百年，一番胡服骑射的壮举让人赞叹了两千多年。岁月悠悠太匆匆，人的一生能有一件盖世功业就够了。

黄河黑水绕荒城——托克托史话（中）

"远芳侵古道，晴翠接荒城。"我曾和许多朋友自豪地说起，面积只有一千四百多平方公里的托克托县，在面积占全国八分之一的内蒙古绝对是地域面积"袖珍"的旗县，但这里不仅是我国历史上最早设郡的县城，也是内蒙古已知古城遗址最多的旗县，古城数量在全国的县市里也是相当可观的。

自从战国赵武灵王设云中郡之后，历代在托克托这片土地修筑过不少城池。从战国到明代几乎每个朝代都筑有规模不小的城池，全县境内已知有十三座历代古城遗址，但我觉得远远不止这个数量，不知托克托是不是全国古城数量最多的县城。黄河、大黑河、小黑河、等河流萦带着这些荒残的古城。赵武灵王设云中郡后秦汉沿置，据《汉书·地理志》记载，云中郡设有十一个属县，其中有云中、桢陵、阳寿、沙陵4县设在托克托县境内。云中城即今古城镇的古城遗址，上篇中我已介绍了这座城池，下面介绍一下别的城池。

在黄河东北岸的托克托县新营子镇章盖营村东南沙梁上，分布着一座汉代古城遗址。这座古城遗址为周长约300多米的正方形，据考证这里就是桢陵县故城遗址，《水经注》载"河水南入桢陵县西北，历沙南县东北"，也就是说桢陵县在黄河的东北岸，沙南县在黄河的东南岸，后汉时桢陵称作箕陵。章盖营古城遗址对面的黄河岸上就是准格尔旗城壕村古城遗址，城址里分布有大量汉代陶片残片，这两座遗址与史书记载非常吻合。《汉书·地理志》载"桢陵，缘胡山在西北"，缘胡山在今托克托城东南沿黄河诸山，这与谭其骧主编的《中国历史地图集》相合。

汉代的阳寿和沙陵二县故城也在今托克托县境内。从今托克托县县城出发，向北偏西行进约两公里，就是哈拉板申村，这是一个蒙古语村名，汉语的意思是黑色的房子。秦汉时期哈拉板申村西有著名的沙陵湖，由东而来的白渠水（今宝贝河）和由西北而来的荒干水（亦称芒干水，大黑河），到此一同汇入沙陵湖，《汉书·地理志》云"白渠水出塞外，西至沙陵入河……荒干水出塞外，西至沙陵入河"，《水经·河水注》亦载"芒干水又西南注沙陵湖，湖水西南入于河"。古代的沙陵湖面积非常大，唐时称金河泊，《元和郡县图志》卷四"胜州榆林县"条云金河泊"在县东北二十里，周回十里"，说明水面很大。宋代此湖仅被称作金河泊，明代称为天端泊，到清代中叶湖仍存在，称为黛山湖。沙陵湖如今已干涸，哈拉板申村西北七星湖的村名就是沙陵湖逐渐萎缩为小湖的例证，古代的沙陵湖的湖区中心应该就在七星湖旧村周围，历史上大黑河和宝贝河在沙陵湖汇合，然后从西南注入黄河。

汉代的沙陵县就是以沙陵湖而命名的，经多位考古专家考证就在哈拉板申村东的古城。哈拉板申村东古城曾出土有"云中丞印"，城址内过去经常有铜镞、铜钱和铜印等文物出土，著名考古学家李逸友先生经过详细考证，认为哈拉板申村东这一古城遗址即汉代沙陵县城址。哈拉板申村西还有一座古城，这座古城地处古沙陵湖旁，这座古城池淘损非常严重，已经很难觉出古城的存在，考古人员曾在这里发现迭压的文化层，下层文化遗物属于战国时期，上层为秦代的残花纹砖瓦。据《史记·匈奴列传》记载，秦始皇"使蒙恬将十万之众北击胡，悉收河南地。因河为塞，筑四十四县城临河，徙适戍以充之"，李逸友先生认为这一古城是四十四县城其中之一。也有人认为哈拉板申村西古城遗址为汉代阳寿县故城遗址，已故的托克托县文物考古工作者石俊贵先生持此说。但汉代云中郡的两个县城之间不应相距如此之近，阳寿古城应在沙陵故城的东南一带，托克托县神泉旅游区不远处黄河岸边的蒲滩拐古城，应是阳寿古城遗址，《中国历史地图集》是如此标定。

另外，汉代云中郡的武泉县城是否在托克托县境内，学界还存在争论。关于武泉县城的方位有多种争论，多数学者倾向在今呼和浩特市东北的塔利古城即武泉县故城，谭其骧先生主编的《中国历史地图集》亦依此说而标定，但这些都没有考古文物佐证。石俊贵先生认为黑水泉古城遗址曾两次发现两块戳印为篆书"武泉"的陶片，而且黑水泉村就是因泉水而名，因此黑水泉古城极有可能是武泉故城遗址。

从托克托县已知的秦汉城遗址来看，就像哈拉板申村西古城一样，许多城址的下层发现了战国文物，并且有铁工具使用。这说明从战国到两汉，托克托大地上有不少古代城池，经历了两千多年河流的冲淘或淤积，可能有一些城池被淤积深埋地下，今天还没有被我们发现。另外，托克托县境内的秦汉城池遗址鲜少东汉的遗物，说明王莽之世与匈奴交恶战祸连年，城池被毁人民流离。到东汉末年云中郡建制仍在，但属县和人口都在减少，不少农田又回归为草原。在古城镇云中郡故城西墙外的古墓群，曾发掘出东汉闵氏壁画墓一座，壁画有"闵氏奴"等傍题，说明墓主人生前是豪强地主。再加上和林格尔县东汉墓壁画的农耕图，说明和林、托克托等广袤的土默川平原上，曾存在大量富庶的庄园。

从东汉末年三国到两晋，再从北魏到隋唐之初，托克托县境内考古发现的古城不是很多。据《三国志·魏书·武帝纪》载建安二十年（215 年）"省云中、定襄、五原、朔方郡，郡置一县领其民，合以为新兴郡"，这算是东汉末年正式裁撤云中郡，这就是《元和郡县图志》所载"汉末大乱，匈奴侵边，云中、西河之间，其地遂空，讫于魏、晋，不立郡县。"这个时期托克托县所在的广阔的土默川平原，成了游牧骑马民族进入中原地区的跳板和牧马之地，其间出土文物数量也不多，以至于在北朝民歌《敕勒歌》里的景象是"敕勒川，阴山下。天似穹庐，笼盖四野。天苍苍，野茫茫。风吹草低见牛羊"，一派草原风光。

但北魏时期许多宫阙肯定在托克托境内修建过城池宫阙。北魏郦道元在《水经注》里多次提到云中城，即今天的古城遗址，郦道元在介绍其他山川城池时多以云中城为重要的地标建筑，比如他介绍君子津的方位时说"即名其津为君子济，济在云中城西南二百余里"，介绍桢陵县的方位时说"北去云中城一百二十里"。郦道元在注中多次引用《魏土地记》，这部书里也是以云中城为地标建筑，如"云中城东八十里有成乐城""云中宫在云中故城东四十里"等记载，这些文献说明北魏在汉代云中故城的基础上重新筑城建过宫室等，考古发现也证明了这一点，在云中故城俗称钟鼓楼的台基上，散布有大量北魏建筑构件和瓦当，其中有"富贵万岁"的瓦当，寻常百姓是不敢僭用此物的。披检《魏书》中诸帝纪，多次提到"云中宫""云中之盛乐宫""云中旧宫之大室"等宫室，说明托克托境内肯定有重要的宫室，以供北魏皇帝来这里驻跸，北魏皇帝们或者北巡六镇或到阴山祭天，或者来到云中旧宫来谒陵庙，或者来到这里休息进而过黄河或翻阴山去狩猎。北魏在托克托县境内的城池宫室或金陵等遗址，在将来的文物考古中肯定会有惊人的发现。

到了隋朝，托克托县的建制就只有一个县。这个县为金河县，前面说过汉代的沙陵湖到了隋唐时改称金河泊，就在哈拉板申村西北，隋朝就在这里因湖而名设了一个金河县，归榆林郡管辖，榆林郡治在今托古托县黄河对岸准格尔旗的十二连城古城遗址。金河县时间不长便废了，到隋末因避杨坚之父杨忠的讳，云中改称云内，在云中故城设置了万寿戍，成了一个边关屯兵之所。唐代亦设榆林郡，托克托县仍归榆林郡管辖。

唐代托克托县最出名的城池就是东受降城了。"回乐烽前沙似雪，受降城外月如霜。不知何处吹芦管，一夜征人尽望乡。"这首充满了撩乱边愁的唐诗名篇背诵过无数遍，那城头的月光笼照在了我的心上，小的时候我不知道东受降城就在托克托县旧城。唐代名将张仁愿当年筑三受降城于黄河套外的岸边，有力保护了河套平原和土默川平原，节省了大量军费和人力。三受降城体系修筑后，后突厥默啜可汗无力返回漠南，只能在漠北活动，国力被严重削弱，此消彼长后突厥汗国逐渐衰弱直至灭亡。东受降城修筑在托克托城境内，隔河与胜州（十二连城）相对，有人认为今神泉旅游区黄河下游不远的蒲滩拐古城，是东受降城的遗址，但我觉得这里距河对岸的十二连城太远，不便于胜州方面的兵员和物资运输，不大可能是东受降城。

李逸友、陆思贤等先生都认为东受降城就在旧城圐圙的大皇城，也称大荒城，后来的朝代在东受降城基础上重建了州城。但我觉得大荒城里的东受降城很可能是第二次所筑的城。《元和郡县志》记载东受降城在十二连城东北八里。按这样的距离推断，张仁愿所筑之东受降城很可能在今上、下沙拉湖滩村附近，因临近黄河已经被冲毁。《旧唐书·宪宗纪》记载，元和七年（812年）春，"振武河溢，毁东受降城"，振武河即振武节度使辖区内的黄河。也有文物工作者认为张仁愿所筑东受降城毁在哈拉板申村西的河床里。东受降城被冲毁十三年后开始重修，《旧唐书·敬宗纪》记载，年宝历元年（825年）四月，"赐振武军钱一十四万贯，修筑东受降城"，九月"振武节度使张惟清以东受降城滨河，岁久雉堞坏，乃移置于绥远烽南，及是功成。"旧城圐圙大皇城内的东受降城，就是张惟清移置于绥远烽南的新筑之城，绥远烽应在城圐圙北面的高地上。呈长方形的大皇城即张惟清移置的东受降城，东西长约620米，南北长约500米，西墙后来明代修东胜卫时沿用了一段。墙垣保存仍高峻，残高有5至8米，马面明显突出墙外可以侧射敌军。在大皇城内曾发现很多唐代遗迹和遗物，有砖瓦、铜镜、钱币等。

到了辽代，托克托境内有两座著名的城池，东胜州、云内州和设在呼和浩特东的丰州是辽代著名的"西三州"。辽太祖神册元年（916年），耶律阿保机率兵西征突厥、吐谷浑、党项、沙陀突厥诸部，大胜东归，率众三十万围攻晋王李克用养子李嗣本镇守的振武（今和林格尔县土城子），攻破振武后又攻取了党项诸部占领的胜州（今准格尔旗十二连城）。因为辽兵要东返，处于黄河西岸的胜州不便于管理，于是将胜州的居民迁移到黄河东岸的托克托县境内，在唐代东受降城故址上另筑州城，因在原胜州东黄河对岸，故称为东胜州，遗址在今双河镇丁家窑村东的大皇城，距县城五里左右。辽代东胜州是在唐代东受降城的基础上扩建的，1996年秋，托克托县一位农民在东胜州故城遗址正南一里的地方耕地时，发现一件买坟地的"合同分券"砖。砖上明确记载所买墓地在"东胜州南一里余"，说明大皇城正是辽代的东胜州。金代也沿置东胜州，还在大皇城东边兴建了一座子城，当地老百姓称为"小皇城"或"小荒城"，小皇城基本是边长约350米的正方形，墙体残高仅2米，西墙利用了大皇城的东墙。金代东胜州规模明显缩小，管辖范围也仅托克托境内。到了元代，辽金的东胜州城已残破，元代虽也有东胜州，但耶律楚材经过县城所见到的景象已是"荒城萧洒枕长河，古寺碑文半灭磨"。

在东胜州的东北约四十里处，契丹人另筑一座州城名叫云内州（今托克托县西白塔古城），当地老百姓称为西白塔。东西白塔是辽代留给土默川平原的古迹，人们都知道呼和浩特市东边的丰州白塔，很少有人知道云内州的白塔——西白塔。西白塔在古城村东北约二十里，文献记载这座白塔建在辽代云内州的南墙外，如今白塔已毁。我曾和托克托县现任博物馆长石磊一起去踏勘过，白塔古迹已荡然无存，据介绍 2000 年之后还有人到古城废墟捡铜钱、佛像等，有的佛像等流落到了潘家园等古董市场，文物古董界不少内行都知道托克托县有一个西白塔古城，这里出土有不少佛像用品和辽代钱币，有人推测这里是辽代一个重要的佛像等佛事用品集散地。我站在白塔的废墟旁眺望北边的辽代云内州，隐隐约约还能看到残城南墙的轮廓，这是辽代一座非常繁华的城市，据《辽史·卷二十九·天祚皇帝纪》记载，辽代末帝天祚帝耶律延禧保大二年（1123 年）逃亡经过托克托县境内，曾"驻跸于云内州南"。

此外托克托县还有两座屯兵戍守的辽代古城。在托克托县毛布拉扬水站下游不远的黄河岸边，有一座碱池古城，这也是辽人戍守时修筑的隔河与西夏对峙的古城。还有一座是双河镇双墙村古城，这个古城不远处就是托克托县南梁二道脑包的最高点，正北四公里处便是东胜州城，从考古发掘的情况看，双墙村古城也是建于辽代，金代沿用而废于金末，因为遗址中没有元代遗物。双墙村古城也是一座戍守的城池，是金与西夏对峙的防御城堡。

到了明代了，该说一说我们托克托旧城那些古城了，因为城挨城，城套城，城摞城，挺复杂的，好多人一看就懵圈了。托克托县旧城这些城呀，统称为东沙岗古城，因为这些城在双河镇西北的东沙岗，这个沙岗因在黄河东岸而称东沙岗，高出河道四十多米，历代以来黄河河道距离旧城或远或近。沙岗北面和东面都是平坦的土默川平原，南面是连绵起伏的丘陵地带，老百姓俗称"南梁"。旧城的大城圐圙里西北部有两座小城，这两座东西毗连的小城，西城俗称大皇城，东城俗称小皇城。著名考古学家李逸友先生曾对这里的古城做过调查，他认为可分为三重城：大城圐圙是明代东胜卫故城，阿拉坦汗时期为脱脱城，清代改称托克托城；大皇城为东受降城，辽金元时的东胜州故城，小皇城为金代东胜州子城。李逸友先生对古城之剖析非常清楚明白，但大皇城应是张惟清移置的东受降城，而非张仁愿第一次所筑之城，而且现在看到的城墙、马面等设施是洪武四年筑东胜卫时重筑，也就是说现在看到的大皇城是明代建筑，而非唐代建筑。另外，大城圐圙的明代东胜卫故城是洪武二十五年（1392 年）第二次修筑而成。

明代的东胜卫其实也修筑过两次。明洪武四年（1371 年）明军攻取元东胜州后，废东胜州在大荒城址上设东胜卫，我一直疑惑，我考察过的唐代乃至辽金元古城中，没有像大荒城这样保存如此完好的，城墙最高处有 8 米左右，马面也保存那么好，只能说唐代的东受降城，经历辽金重修之后，到了明朝又重修设立东胜卫城。到了明洪武二十五年（1392 年）明廷又"屯田于大同、东胜，立十六卫"，重新扩建了东胜卫城，这次所修的东胜卫城就是我们今天看到的城圐圙，城圐圙略呈长方形，南北长 2410 米，东西宽 1930 米，城墙为夯土而成，基宽 14 米，顶宽 6 米半，残高有 9 至 12 米。四面城墙正中都开有城门，并筑有瓮城。这是内蒙古目前规模最大、保存最完好的明代古城，但我觉得还应该进一步加强保护。

东胜卫城是左卫城，明代在托克托共设有二座卫城和一座县城。东胜卫是左卫城，为什么要在托克托县修筑这样一座规模宏大的城池，明正统年间出任山西安东中屯卫百户的边将周谅说："故东胜州废城，西濒黄河，东接大同，南抵偏头关，北连大山榆阳等口，其中有赤儿山，东西坦平二百馀里，其外连亘官山等山，实胡虏出没往来必经之地。臣愚以为若屯军此城，则大同右卫、净水坪、偏头关、水泉堡四处营堡皆在其内，可以不劳戍守。每遇冬月就命将统领四处守备官军于此驻扎备御，待春乃回。既不重劳军马又不虚费粮储，非惟籍以捍蔽太原、大同，而延安、绥德亦得以保障矣。"（《明实录》）说出了托克托县战略位置的重要性，因此永乐元年（1403 年）徙东胜卫于河北境内后，正统三年（1438 年）在托克托县复置东胜卫，这一设又是十多年，后来才又废弃。

明朝在托克托县建的另一座卫城便是镇虏卫城，就是今天黑城村古城。这座古城保存比较完好，古城基本呈正方形，边长约为 1240 米，四个墙的正中都设置有城门，还筑有瓮城，城墙夯土而成，最高处有 5 米。1928 年托县保安队在城中得到一门铸于洪武七年的火炮，村民在城址西方打井还挖出过刻有监工人姓名的方砖和一个铸有洪武年号的铜火铳。我们去踏勘时，看到城墙上还有废弃的装有窗户的窑洞，村里的老人们和我们聊起了挖出铜火铳的故事。

到了明嘉靖中期，西土默特部阿拉坦汗的义子恰台吉（即脱脱，或称妥妥）驻牧妥妥城，托克托城名便由此而来。清代托克托县境内没有修筑大的城池，康熙皇帝率军征噶尔丹时，夸赞托克托城乃形胜之地，《脱脱城》诗写道："土墉四面筑何坚，地压长河沿屹然。国计思清荒服外，早将粮粟实穷边。"

再坚实的古城也经不住岁月的销磨，但滔滔黄河依旧从古城的废墟旁流过。"颓墉寒雀集，荒堞晚乌惊"，坚城可以颓败，黄河奔流千古，江山留胜迹，我辈复登临。住在托克托县的人们，正是"结庐古城下，时登古城上。古城非畴昔，今人自来往"。

云中佳话古今传——托克托史话（下）

历史悠久的托克托县，流传着许多脍炙人口的佳话。这些佳话饱含了对一方水土的热爱，充满了对诚信善良的崇扬，流露出对英雄豪杰的赞美。当我们仔细品味流传于古云中郡的千古佳话时，我们会更加喜欢上河山壮美人文厚重的古云中大地，更加喜欢上烟水苍茫古城耸峙的托克托风光。

赵武灵王筑云中城的过程，是一个近乎神话传说的筑城佳话，我在上篇里已介绍过这个故事，这里只简要概述一下。在黄河西岸筑城失败的赵武灵王，来到了头枕阴山脚踏黄河的土默川平原，来到了大黑河和宝贝河环绕的古城镇附近，白天看见一群天鹅在这里整日翱翔云中，飞翔的群鹄之下光芒耀眼，于是便在这里筑城，并起名云中城——神话般的传说，诗意般的城名。我回老家五申镇团结村时要经过云中古城，每次走到这里我都遥想赵武灵王胡服骑射的飒爽英姿，抬头望一望有没有翔集的鸿鹄和天鹅。

这一神话般的传说来自北魏郦道元《水经注》所引《虞氏记》，也就是说是有明确记载的。说出了这个美丽的筑城故事的郦道元，在他的《水经注·河水注》又讲了另一个发生在托克托县的故事，故事发生的地点是君子津，在今天托克托县的河口镇附近。原文是这样的："河水于（桢陵、桐过）二县之间，济有君子之名。皇魏桓帝十一年，西幸榆中，东行代地。洛阳大贾赍金货随帝后行，夜迷失道，往投津长，曰子封，送之渡河。贾人卒死，津长埋之。其子寻求父丧，发冢举尸，资囊一无所损。其子悉以金与之，津长不受。事闻于帝，帝曰：君子也。即名其津为君子津。"

这个故事讲述了一个为人厚道不贪图钱财的津长的故事。津长就是管理渡口的小吏，说魏桓帝时一个洛阳商人带着金银跟随魏桓帝，结果落在了后边，夜里迷路来到黄河边这个渡口，商人找到津长子封，子封送他过河，商人暴病而死，子封把他安葬。后来商人的儿子来寻找其父的下落，打开坟墓找到尸体，商人生前所带的金银袋子都完好无损地随葬，商人的儿子非常感动，要将钱财全部赠给淳朴善良不贪财货的津长子封，子封坚决不接收。魏桓帝知道了这件事后赞叹："真是一个君子啊！"于是把这个渡口命名为君子津。君子津的故事在托克托县流传很广，托克托县乌兰牧骑还推出了二人台现代戏《君子津传奇》。

"自到云中郡，于今百战强"，两汉时代的云中郡的战略地位非常重要，派到这里当太守的都是名将能臣。"为报如今都护雄，匈奴且莫下云中""见说云中擒黠虏，始知天上有将军"……这些都是唐人赞美戍边将军们勇敢的诗句，飞将军李广就任过云中太守，以善战而闻名。还有后汉时的廉范字叔度，是战国时赵将廉颇的后代，他担任云中太守时，正是匈奴大举犯塞入侵的时候，每日烽火不断。按照惯例敌人超过五千人，就要向傍郡传檄求救，廉范却自率士卒拒敌，敌人太多廉范的部队寡不敌众。正赶上日暮，廉范命令军士各把两根木棍横竖绑成火炬，士兵抓住一头木柄，其余三头火炬点火，火炬在营中如星星一般繁盛。敌人遥望火炬特别多，以为汉兵的救兵到了，大惊失色。天明将退的时候，廉范命令部队突击，斩首数百级，敌人自相踩踏，死者千余人，由此不敢复向云中。《后汉书·卷三十一·廉范传》记载了这一场大胜仗，不难看出廉范是一个智勇双全的云中太守。

汉文帝之时的云中太守魏尚，也是一位非常杰出的将领。冯唐把他比作廉颇、李牧一样杰出的将领，《汉书·陈汤传》里载太中大夫谷永的话说"赵有廉颇、马服，强秦不敢窥兵井陉；近汉有郅都、魏尚，匈奴不敢南乡沙幕"，可见魏尚是当时闻名的战克之将。魏尚为云中太守时，"其军市租尽以飨士卒，私养钱，五日一椎牛，飨宾客军吏舍人"，说明他平时是恩养士卒，所以士卒肯为他冲锋陷阵，"是以匈奴远避，不近云中之塞。虏曾一入，尚率车骑击之，所杀甚众"。魏尚守卫云中功劳卓著，但因为报功时多报了六颗敌人的首级，汉文帝便把他免职并处服刑苦役一年。魏尚的朋友冯唐以孝行著称，年纪很大才做到郎官，汉文帝一看这么老的一个郎官在宫中，一问冯唐是代郡人，汉文帝曾经做过代王，顿时感到很亲近，谈起了赵将才能的优劣，冯唐盛赞廉颇和李牧的才能，文帝感慨自己若得到廉颇、李牧这样的将领何惧匈奴，冯唐说"陛下即使有廉颇、李牧这样的将领也不能用。"汉文帝很不高兴，但他毕竟是个能听进去话的明君，单独召见冯唐，冯唐把魏尚的事情奏报，说服文帝不该"法太明，赏太轻，罚太重"，文帝恍然大悟，马上任命冯唐为特使来到云中郡赦免了魏尚，并恢复他云中太守的职务。

《史记》卷一百零二《冯唐列传》有声有色以汉文帝和冯唐对话的形式记载了这个故事，《汉书·冯唐传》完整地保留了这段精彩的对话，冯唐对汉文帝两次提到魏尚的名字，南宋洪迈《容斋随笔》卷十五"云中守魏尚"条感叹"重言云中守及姓名，而文势益遒健有力，今人无此笔也"，也就是佩服太史公司马迁笔力遒劲，气势磅礴。每次当我经过古城镇时，我想象古城的当年肯定演绎过这样一幕：手持天子符节的冯唐翩然从长安跋涉而来，满城百战能胜的士卒为平日体恤他们的太守魏尚遇赦荷甲而舞，云中郡内欢声雷动。后来的诗人们非常羡慕冯唐为魏尚讨回了公道，又持节使有作为的人官复原职。历代文人对冯唐持节云中这段佳话叹赏不已。唐王维《老将行》有"莫嫌旧日云中守，犹堪一战取功勋"的诗句，云中守就是指魏尚。苏东坡《江城子·密州出猎》有"持节云中，何日遣冯唐"的词句，俨然把自己比作了被沉埋的魏尚。黄庭坚在《洞仙歌》里也说"问持节冯唐几时来，看再策勋名，印窠如斗"。宋刘克庄《冯唐庙》诗云"当馈而今渴将材，岂无枭俊尚沉埋。不曾荐得云中守，也道身从省户来"，是对史籍里冯唐的事实作了一番勾勒。宋叶明《题冯唐庙》诗云"千百年来汉老郎，晓来灯火晚来香。庭前不用寻碑记，已载班书数十行"，是赞美冯唐因自己的正直之举在《汉书》里已留下了美名。

我读史书时觉得汉代的云中太守们，总是先受一番冤屈，然后由正直之人上书有道明君，最后都有一个皆大欢喜的结局，好像说书唱戏一样。再说一位叫孟舒的云中太守的事情，孟舒是汉高祖时任命为云中太守的，因为匈奴人大举进犯云中郡，孟舒被朝廷以抵抗不力的罪名治罪免官。汉文帝初立，问田叔天下谁是忠厚长者，田叔想了一下说原云中太守孟舒是长者，文帝认为孟舒做了十多年的云中郡太守，匈奴才入侵，孟舒就不能坚守，无故使士卒战死数百人，怎么能是长者呢？田叔说这正是孟舒是长者的原因，楚汉相争多年士卒疲惫，孟舒不忍心命令他们再作战，但士兵们愿意为孟舒拼死作战，就像为父兄打仗一样，因此战死数百人，孟舒并没有驱使他们作战拼命！

这正是孟舒是长者的原因。汉文帝被田叔这番话感动，赞叹孟舒是贤德之人，并召回他重新担任云中郡太守。《汉书·卷三十七·田叔传》详细记载了此事，宋洪迈《容斋随笔》"孟舒魏尚"条说："孟舒、魏尚，皆以文帝时为云中守，皆坐匈奴入寇获罪，皆得士死力，皆用他人言复故官，事切相类，疑其只一事云。"

历代帝王经过托克托县时也留下了佳话。隋炀帝大业三年（公元607年）北巡榆林郡，要去突厥启民可汗的牙帐示以恩威。隋炀帝在榆林郡（今内蒙古准格尔旗东北十二连城）逗留了一阵子，八月初六从十二连城进入托克托县境内，一路沿金河（今大黑河）向东北行进。隋炀帝的行进路线是"历云中、溯金河"，从准格尔旗十二连城乡大队人马渡过黄河，沿大黑河的故道托克托县的河口镇、哈拉板申、五申、乃只盖、一间房到古城镇。八月初九，隋炀帝巡幸了启民可汗的牙帐。有人说启民可汗的牙帐在和林格尔的土城子或今乌兰察布市察右中旗的灰腾梁地区，我觉得都不对。隋炀帝初六渡黄河出发进入托克托县，初九到了启民的牙帐，浩浩荡荡的人马三天是到达不了灰腾梁的。少年时代我因为上中学的缘故，不止一次走过隋炀帝溯金河而上这条路线，从河口镇到古城镇约40多公里，如果步行的话两三天也不轻松，我认为启民可汗的牙帐就应该在古城村附近，这里就是秦汉的云中故城。我每每读《资治通鉴》至此，就遥想隋炀帝当年在托克托县境内原来有这么盛大的排场，大黑河故道旁的我的家乡那个偏僻的小村旁，有蔽日旌旗曾从这里飘扬而过，有喧天鼓乐曾从这里响彻云霄。

隋炀帝进入托克托县境内有"甲士五十余万，马十万匹"相随，旌旗辎重千里不绝，真是太威风了。一番耀武扬威之后，隋炀帝来到了启民可汗的牙帐，启民可汗跪伏在地举酒杯祝寿，喝着启民可汗敬的酒心花怒放，隋炀帝赋诗一首："鹿塞鸿旗驻，龙庭翠辇回。毡帷望风举，穹庐向日开。呼韩顿颡至，屠耆接踵来。索辫擎膻肉，韦鞲献酒杯。何如汉天子，空上单于台。"踌躇满志的隋炀帝觉得汉武帝也赶不上自己的丰功伟业，能让四夷宾服。正是因为隋炀帝好大喜功炫耀兵威不恤民力使天下很快分崩离析，但这次北巡客观上促进了民族交往和融合，震慑了北方少数民族，带来了北方边境的和平。

隋炀帝的旌旗早已成泥鼓乐已经远去，大约一千年后又一位帝王来到了托克托县，他就是文治武功皆蔚然可观的康熙皇帝。康熙三十五年（1696年）是平定噶尔丹叛乱关键之年，这一年康熙皇帝亲冒霜雪戎马倥偬，两次亲征噶尔丹。十月二十四日离开归化城前往今托克托县境内的黄河渡口，路过游览昭君墓时，写下了"目睹当年冢，心怀四海图。开诚示异族，布化越荒途……"的诗句。二十五日驻跸今土默特左旗白庙子镇内，二十八日康熙帝率军抵黄河边湖滩河溯。湖滩河溯位于托县西南的黄河岸边，现在的村名叫沙拉湖滩，分为上下两个村。这位精力旺盛的皇帝用自己学习的数学知识算出"归化城距黄河岸一百七十里。"在渡河之前康熙皇帝目睹了今托克托县旧城的脱脱城，写下了"土埠四面筑何坚，地压长河沿屹然。国计思清荒服外，早将粮粟实穷边。"

这个时节正是黄河流凌但未结冰的季节，大军急切渡河不得。到了十一月初六，忽报有一处叫喀林拖会的地方黄河结冰可渡，大军顺利渡河进入准格尔旗境内。《清实录》载"十一月六日，时天气温暖，自喀林拖会东西数里外，河水疾流，独我军济渡之处，冰坚盈尺。上命军士等分三路垫土，辎重渡河，如履平地。"康熙皇帝作《冰渡》诗庆贺大军渡河成功："云深卓万骑，风动响千旗。半夜河冰合，安然过六师。""喀林拖会"是蒙古语，意思是黑色的河湾。"拖会"也音译为"陶亥"，就是河水拐弯处，现在呼和浩特周围有的地方居然译为"桃花"。我看了一下地图喀林拖会应该在下沙拉湖滩村的西北，是树尔圪梁村和武马滩村一带的黄河，这里黄河拐了一个大弯，而且河床较窄。

"千古风流人物，一时多少雄豪"，人杰地灵的托克托县历史上也出现不少英雄豪杰。比如《汉书·卫青传》记载，汉武帝时的强弩将军李沮和拔胡将军郭昌，都是托克托县人，都曾做过卫青的部将。在汉末群雄里有一位名叫张扬，《三国志·魏书八》里有他的传，李催、郭汜作乱时汉献帝流亡至河东，张杨率兵前往救援。张杨与吕布的关系非常好，曹操围吕布于下邳时张杨想去救援却不能够，于是率军前往东市，遥与吕布成掎角之势，结果被部下杨丑暗杀，张杨的另一个部下睢固杀掉杨丑。张杨是个仁厚之人，裴松之注引王粲的《英雄记》说："杨性仁和，无威刑。下人谋反，发觉，对之涕泣，辄原不问。"谋反的人怎么能宽恕他呢？俗话说慈不掌兵，所以张杨被部下杀害了。元初名儒郝经评价张杨说："张杨有奉迎之功，据河山之郡而无雄才，卒堕匹夫之手，智不足称也。"我觉得这不是智谋的问题，而是张杨心太软，生逢乱世刀头舐血怎么能心慈手软呢！

再说一下北周时期的独孤信，他也是托克托县人，《史书》记载独孤信"美容仪，善骑射"，他"风度弘雅，有奇谋大略"。他的三个女儿在北周、隋、唐三朝都是皇后，这在历朝历代里从未有过。他的长女是北周明帝宇文毓的皇后，谥号明敬皇后；他的四女儿是唐高祖李渊的母亲，追封元贞皇后；七女儿独孤伽罗是隋文帝杨坚皇后，隋炀帝的母亲，谥号文献皇后。独孤伽罗在《隋书》卷三十六有传，史书记载她优点很多，能谦卑自守，不爱钱财，但特别妒忌，后宫里尉迟迥的孙女特别漂亮，杨坚挺喜欢她，独孤氏趁杨坚听朝的时候把她杀害了。杨坚气得在山谷里策马狂奔二十里，高颎和杨素追上他后，杨坚气得说："我贵为天子，连个甚也不如！"她知道高颎没说她的好话，劝说杨坚贬黜高颎，废太子杨勇，立晋王杨广，都是她的计谋。杨坚临死才明白过味来，无奈地说："独狐诚误我！"隋朝的短祚和独孤皇后是有关系的。

"一时人物风尘外，千古英雄草莽间"，多少英雄豪杰都风流云散了，但我们托克托这片土地还在，黄河千古，云中千古。不说那么多沉重的事情了，听一听元代倪瓒的散曲《折桂令·拟张鸣善》："草茫茫秦汉陵阙，世代兴亡，却便似月影圆缺。山人家堆案图书，当窗松桂，满地薇蕨，侯门深何须刺谒，白云自可怡悦。到如今世事难说，天地间不见一个英雄，不见一个豪杰！"

看一看托克托那些荒城古渡、那些曾在托克托叱咤风云的帝王将相，当你还在尘世间品尝着酸甜苦辣，你不觉得这是一种现世的幸福吗？一切都要看淡看开，活一回就要像花儿一样灿烂一回。